[illegible] études de droit, il a travaillé à la
[illegible] de se lancer dans l'écriture. Par la
[illegible] son premier thriller, s'est
[illegible] en Allemagne et a été traduit
[illegible] Il est également l'auteur de [illegible]
[illegible] *Le Prisonnier* [illegible]
[illegible] Fitzek [illegible]

LE CHASSEUR DE REGARDS

Sebastian Fitzek, le nouveau prodige allemand du suspense, est né à Berlin en 1971. Après des études de droit, il a travaillé à la radio et à la télévision avant de se lancer dans l'écriture. Par la magie du bouche à oreille, *Thérapie*, son premier thriller, s'est retrouvé numéro un des ventes en Allemagne et a été traduit dans vingt-quatre pays. Il est également l'auteur de *Tu ne te souviendras pas*, adapté au cinéma, *Le Briseur d'âmes, Ne les crois pas* et *Le Voleur de regards*. Sebastian Fitzek est l'auteur de thrillers le plus populaire en Allemagne.

Paru dans Le livre de Poche :

LE BRISEUR D'ÂMES

NE LES CROIS PAS

THÉRAPIE

TU NE TE SOUVIENDRAS PAS

LE VOLEUR DE REGARDS

SEBASTIAN FITZEK

Le Chasseur de regards

TRADUIT DE L'ALLEMAND PAR JEAN-MARIE ARGELÉS

L'ARCHIPEL

Titre original :

DER AUGENJÄGER

Publié par Droemer, Munich, 2011.

ISBN : 978-2-253-18424-9 – 1re publication LGF

À Freimut, mon père.
Nous nous voyons dimanche prochain,
à 10 heures, comme toujours.

[illegible]

[illegible] que vous [illegible]

[illegible] la longueur.

C[illegible] que vous deviez [illegible] pour com-
prendre de quoi il retourne ici. Le présent thriller est une histoire en soi.

Cependant [illegible]
souvent [illegible]

Avertissement

Un avertissement en tête d'un roman ? Ça alors ! Jamais encore Fitzek n'avait fait ça !

Exact, mais soyez sans crainte. Sachant que nombre de lecteurs n'aiment pas les préambules, je n'ai pas l'intention de vous en infliger un long.

Quelques lignes sont pourtant nécessaires, et le mot « Avertissement » n'est pas là à seule fin de piquer votre curiosité. J'ai aussi éprouvé le besoin de porter à votre connaissance, avant que vous ne commenciez à lire, un fait important : *Le Chasseur de regards* est le deuxième roman d'une série dont j'ignore moi-même quelle en sera la longueur.

Ce qui ne signifie nullement que vous deviez absolument avoir lu *Le Voleur de regards* pour comprendre de quoi il retourne ici. Le présent thriller est une histoire en soi.

Cependant, bien entendu, un second volume fait souvent référence au premier. Le contraire serait fort peu naturel, car les événements liés aux agissements du Voleur de regards avaient très sérieusement éprouvé les protagonistes, Alina et Zorbach, et profondément marqué leur vie, pour ne pas dire que… Non, je ne vais rien dévoiler. Ceci mis à part : si vous commencez par lire *Le Chasseur de regards*, *Le Voleur de regards* sera moins captivant. Il n'était malheureusement pas possible de procéder autrement.

Voilà qui est dit, et j'espère que vous me pardonnerez cette annonce préalable. Mais, pour l'amour du ciel, ne le prenez surtout pas pour une incitation à acheter d'autres livres de moi. Je le répète pour ceux à qui il est indifférent de savoir ce qui s'est passé dans la première partie : c'est leur droit et c'est possible. Ce livre existe par lui-même, il raconte une histoire à part entière. Je souhaite seulement ne pas recevoir ensuite des mails me demandant : « Pourquoi ne pas m'avoir prévenu ? » Je viens de le faire. Il n'est pas encore trop tard. Vous pouvez encore refermer le thriller, le reposer sur l'étagère ou le renvoyer.

Bien sûr, vous vous priveriez de savoir ce qui se passe dans les pages qui suivent. Est-ce bien là votre intention ?

Bien à vous, en espérant pouvoir vous appeler bientôt « cher lecteur ».

Sebastian Fitzek

Berlin, avril 2011

Rebondissement dans l'affaire du Voleur de regards. Les enfants sont libérés. Le coupable avoue. Mais les assassinats continuent.

Ces derniers mois, le « Voleur de regards » s'est livré à un jeu de cache-cache mortel, mais son identité est maintenant connue : Frank Lahmann, vingt-trois ans, stagiaire dans un grand quotidien berlinois, a avoué avoir assassiné de manière bestiale quatre femmes et trois enfants au total.

Lahmann agissait selon un mode opératoire aussi minutieux que répugnant : d'abord, il tuait la mère, puis il enlevait l'enfant et lançait un ultimatum au père, lui donnant quarante-cinq heures et sept minutes pour découvrir l'endroit où il le retenait prisonnier. Ce délai écoulé, les victimes mouraient, étouffées automatiquement dans leur cachette. Le Voleur de regards fut ainsi surnommé parce qu'il manquait l'œil gauche à chacun des petits cadavres.

Les spécialistes de psychologie criminelle estiment que – comme c'est fréquemment le cas – il convient de rechercher dans l'enfance les motifs de ce comportement morbide. De premières recherches ont révélé que Lahmann a grandi dans un environnement très difficile. Sa mère a abandonné le foyer familial et, pour le père, les enfants n'ont jamais été qu'un fardeau, surtout le frère de Frank dont l'œil gauche avait été détruit par une tumeur cancéreuse.

Un jour, les deux frères s'étaient cachés dans un congélateur au rebut, certains que leur père se soucierait d'eux et les rechercherait. Mais il ne leur avait pas donné cette preuve d'amour qu'ils espéraient de lui. Tandis que, ne se doutant de rien, il allait d'un bistrot à l'autre, les enfants, incapables de se libérer par leurs propres moyens, avaient lutté pour ne pas mourir étouffés. C'est par un pur hasard qu'un forestier les avait découverts, mais trop tard. Au bout de quarante-cinq heures et sept minutes, le jeune frère de Frank Lahmann avait perdu la vie.

Pour les psychologues, c'est ce traumatisme qui sert de déclencheur aux assassinats ultérieurs. Dans un courriel adressé à la rédactrice en chef de son journal, l'assassin a lui-même écrit : « Bien entendu, j'en conviens volontiers, ce qui me frappe dans mon comportement, c'est que je recrée les circonstances que nous connûmes alors, mon frère et moi. Une mère qui, pour nous, était déjà morte et que je dois donc d'emblée chasser du terrain de jeu. Un père qui néglige ses enfants. Une cachette contenant assez d'air pour y respirer quarante-cinq heures et sept minutes et un cadavre à qui, comme à mon frère, il manque l'œil gauche. »

Hier, il a fallu l'intervention du reporter Alexander Zorbach pour que le Voleur de regards perde, à la toute dernière seconde, la quatrième partie de son jeu. Grâce aux investigations de Zorbach, on a réussi à découvrir l'endroit où étaient cachés les derniers enfants enlevés, des jumeaux. Mais le journaliste a dû payer le prix fort pour les sauver. Pendant qu'il libérait la fillette et le garçonnet d'une cage d'ascenseur, Frank Lahmann avait choisi une nouvelle victime : Julian, le fils de Zorbach, qu'il a enlevé non sans avoir au préalable assassiné sa mère, Nicci Zorbach.

Depuis lors, on a perdu toute trace de Frank Lahmann. Et le nouvel ultimatum contre lequel Alexander Zorbach doit désormais se battre s'il veut revoir son fils vivant expire dans quelques heures à peine…

« Mais s'il y a accident, tu donneras vie pour vie,
œil pour œil,
dent pour dent, pied pour pied, brûlure pour brûlure,
meurtrissure pour meurtrissure, plaie pour plaie. »

Exode 21, 23-25

« Vous avez entendu qu'il a été dit : "œil pour œil et dent pour dent". Eh bien, moi je vous dis de ne pas tenir tête au méchant ;
au contraire, quelqu'un te donne-t-il un soufflet sur la joue droite, tends-lui encore l'autre. »

Évangile selon saint Matthieu, 5, 38-39

Johanna Strom

1

Treize degrés, un ciel légèrement couvert, un doux vent de septembre. C'était le temps qu'aimait Johanna Strom. Un temps parfait pour mourir.

L'homme assis à côté d'elle sur le banc du parc parut deviner son désir secret, même si, ce jour-là, il ne lui avait pas encore adressé la parole. Il n'était d'ailleurs jamais loquace. Une fois par jour, deux heures après le déjeuner, elle était autorisée à aller dans le parc enclos de la clinique, près de Hambourg, pour « se dégourdir les jambes », comme disait l'infirmière en chef. En réalité, il fallait bougrement regarder où l'on posait les pieds sur les sentiers inégaux qui serpentaient entre les arbres de l'établissement psychiatrique. Hier encore, le vieux Wischnewski avait trébuché contre une racine cachée sous les premières feuilles mortes et s'en était tiré avec des contusions à la hanche.

— Il aurait mieux fait de tomber sur la tête, avait-elle entendu les soignants plaisanter à propos du malheureux. On ne se serait aperçus de rien.

Comme chaque patient de la clinique Sankt Pfarrenhopp, elle ne s'y sentait absolument pas à sa place. Non parce qu'elle n'était pas malade – *oh non, Dieu sait qu'elle l'était* –, mais parce qu'elle ne tenait pas à guérir. S'il n'y avait eu que l'alcoolisme pour détruire sa dignité et finalement sa santé, elle aurait peut-être repris un jour le dessus et réussi à affronter les démons qu'elle tentait de noyer dans le tord-boyaux vendu par packs à la station-service. Peut-être même, si elle avait bénéficié d'une aide qualifiée, se serait-elle défendue quand son mari l'attachait pour, selon ses propres termes, « honorer son humble conduit ». Au commencement de leur relation, elle avait considéré cela comme une espèce de jeu auquel elle pouvait se résigner pour lui faire plaisir.

Au lit, elle s'était laissé traiter de truie à trois trous, de putain domestique et de salope en chaleur, et, au début, comme elle se l'avouait avec honte, elle ne pouvait nier avoir effectivement éprouvé une certaine excitation quand il la malmenait un peu. Une tape sur les fesses, une prise à la gorge… Bon, jusque-là, ça allait. Elle voyait que ça l'excitait et que ça n'était pas non plus sans effet sur elle ; et puis, sachant dans quelles colères il pouvait entrer lorsqu'elle refusait de s'agenouiller devant lui au moment où il allait jouir, elle préférait se plier à ses désirs. Qu'il satisfasse donc les fantasmes que lui inspiraient les films porno ! Il n'y avait pas de quoi fouetter un chat.

Loin, très loin, tout au fond d'un réduit caché de sa conscience, l'idée qu'il était peut-être déjà trop tard s'agitait faiblement, l'idée qu'elle avait manqué l'ultime embranchement sur la route de son existence, au moment où elle aurait encore pu corriger les choses avant que ça ne dérape. Elle s'était laissé humilier trop souvent, n'avait pas assez protesté. Après tant d'années, avouer subitement à Christian qu'elle n'avait jamais partagé certains de ses goûts en la matière aurait été avouer qu'elle avait menti et l'aurait profondément blessé (à juste titre, avait-elle estimé). Elle avait donc continué à se taire, s'imaginant longtemps encore contrôler la situation.

Cet espoir s'était dissipé par une lourde journée du mois d'août, en rentrant chez elle, les bras chargés de provisions pour le week-end et couverte de sueur. Sa fille Nicola étant en voyage scolaire au bord de la Baltique, elle avait envisagé avec plaisir une soirée tranquille, avec pizza et DVD (*Angel Heart* avec Mickey Rourke, film que son mari ne connaissait pas et qu'elle avait acheté pour trois euros sur un présentoir de soldes). Aussi fut-elle déçue en voyant dans le salon des hôtes qu'elle n'attendait pas. Christian était vautré sur le canapé avec deux de ses amis du cabinet. Ils avaient manifestement déjà vidé plusieurs bouteilles de vin. Johanna ne s'attendait pas à être accueillie par un baiser, geste dont il avait toujours eu horreur. Il lui donnait généralement une tape furtive sur les fesses ou, depuis peu, lui pinçait légèrement le bout d'un sein. Cette fois, il était allé plus loin.

Elle ne se souvenait plus de tout ce qui s'était passé ce soir-là, son subconscient gardant miséricordieusement sous clé nombre de détails, mais ce qui lui restait en mémoire suffisait pour qu'elle se réveillât la nuit en hurlant.

Christian s'était levé et, sans prévenir, l'avait frappée au visage du plat de la main.

— Tu nous as fait attendre, espèce de petite salope, avait-il dit d'un ton de reproche feint, puis se tournant vers ses amis : Qu'en dites-vous ? Comment punir ma putain de femme ?

Johanna avait grimacé dans le vain espoir qu'un sourire ferait passer l'accès de violence de son mari pour une innocente plaisanterie. Ses amis avocats (tous deux en costume strict avec cravate et pochette, et portant une alliance au doigt) eurent un rire équivoque. C'est seulement alors qu'elle remarqua le film porno qui, sans le son, passait sur l'écran de la télé. On était en train de mettre un capuchon de cuir sur la tête d'une femme nue.

— Je vous apporte quelque chose ? proposa Johanna en tremblant et, aujourd'hui encore, elle se demandait si cela n'avait pas été une erreur.

Christian avait-il compris qu'elle acceptait de participer au jeu de rôles dans lequel elle devait être livrée à ses amis ?

Livrée. Le mot qu'employait Christian pour exprimer la violence conjugale qu'il exerçait sur elle. Combien de fois, au lit, lui avait-il murmuré à l'oreille ses fantasmes de viol : il rêvait de l'attacher nue à un arbre, en forêt, pour la livrer sans défense aux joggeurs passant par hasard. Ses fantasmes étaient parfois si ridicules (un jour, il avait effectivement voulu la faire travailler dans un bordel) qu'elle n'avait jamais sérieusement eu peur de le voir passer à l'acte. Elle comprit son erreur en cette lourde soirée d'août.

Le lendemain, elle se mit à boire. Pour s'étourdir. Pour oublier. Oublier le jour où elle avait connu les plus grandes souffrances de sa vie, le jour qui avait été le premier jalon jusqu'à son internement à Sankt Pfarrenhopp, quatre ans plus tard. Elle avait déjà perdu son emploi, tous ses contacts sociaux et une bonne partie de sa volonté de vivre après que Christian lui avait annoncé, à la table de la cuisine, qu'il voulait divorcer. Il était tombé amoureux d'une femme plus jeune, plus jolie et plus intelligente, une étudiante qui ne se négligeait pas comme elle. Et, bien entendu, il emmènerait Nicola, leur fille adolescente, car il n'était pas question de la laisser à une alcoolique tombée si bas qu'elle se jetait au cou du premier venu, telle une vulgaire traînée.

Elle n'avait pu retenir ses larmes et, exceptionnellement, le tremblement de ses mains n'était pas dû au manque d'alcool.

— Tu ne peux pas faire ça, avait-elle voulu lui crier. Tu ne peux pas me jeter comme un vieux paillasson et m'enlever ma fille.

Mais elle ne réussit qu'à émettre un horrible cri de douleur. Christian avait hoché la tête d'un air dédaigneux, son regard n'exprimant que le mépris. Il savait qu'il avait gagné la bataille avant même qu'elle débutât. Lui était avocat et elle une soûlarde dont le psychisme était atteint. À elles seules les vidéos qu'il avait tournées pendant qu'elle était obligée de se soumettre à des amis, des connaissances, voire des inconnus, suffiraient à ranger du côté du mari la juge la plus émancipée. Des vidéos dans lesquelles Johanna était la seule à ne pas être autorisée à porter un masque.

Deux mois après le départ de Nicola et Christian, peu après que sa fille eut disparu sans laisser de trace, elle avait pour la première fois tenté de se suicider. On l'hospitalisa le lendemain de son troisième échec, le jour où la police cessa de rechercher Nicola.

Elle était ici depuis six mois déjà et, grâce au sevrage, son corps se rétablissait peu à peu. Ses dents étaient gâtées, l'état de son foie toujours catastrophique, mais la douleur lors des mictions devenait de jour en jour plus supportable. Elle transpirait beaucoup moins et, depuis qu'elle arrivait de nouveau à brosser plus facilement ses cheveux, elle se risquait à l'extérieur. Mais son psychisme était toujours aussi perturbé, elle continuait à se considérer comme une épave.

Une épave en robe de chambre se traînant seule dans le parc.

L'homme d'un certain âge assis sur un banc, qui lui adressait toujours des signes de tête amicaux et l'invitait en silence à prendre place à côté de lui, paraissait ne pas être gêné par son apparence décatie. Séjournant depuis si longtemps dans cette clinique, Johanna avait presque l'impression de faire partie des meubles.

Elle connaissait au moins par leur nom de famille la plupart des autres patients, mais elle n'avait pas encore réussi à découvrir pour quelles raisons son voisin taciturne avait été interné. Elle ne l'avait jamais aperçu à l'intérieur de la clinique, ni rencontré par hasard dans les couloirs, ni vu en compagnie des autres pensionnaires dans le réfectoire. Pourtant, dès qu'elle se dégourdissait les jambes dans le parc, l'homme à l'allure un peu démodée était là. Droit comme un i, les cheveux clairsemés bien coupés, la raie aussi nettement marquée que le pli de son pantalon de flanelle grise, il jetait des miettes aux pigeons, aux mésanges, aux étourneaux et aux moineaux qui se bousculaient à ses pieds. De loin en loin, il lançait un sourire espiègle à Johanna tout en se fourrant un morceau de pain dans la bouche.

Durant ces quelques instants de communication muette, elle avait peine à détacher son regard de ses yeux qui paraissaient beaucoup plus jeunes, vifs et mystérieux que leur propriétaire dont elle n'arrivait guère à deviner l'âge, et qui peut-être avait une bonne cinquantaine d'années.

Ce jour-là, elle lui adressa la parole après que, comme d'habitude, ils furent restés un petit moment assis côte à côte, écoutant le bruit lointain de l'autoroute urbaine.

— Je peux vous demander quelque chose ?

— Naturellement.

Son ton de voix amical lui rappela un ancien répétiteur de mathématiques, mort depuis longtemps, qui ne perdait jamais patience, même lorsqu'il devait répéter la même chose pour la vingtième fois.

— À cause de quoi êtes-vous ici ?

Il se tourna vers elle et la fixa de ses yeux étranges.

— À cause de vous.

Elle se mit à rire, s'attendant à ce qu'il se reprît et lui avouât qu'il plaisantait. Mais il garda son sérieux.

— Comment dois-je l'entendre ?

— Je ne suis pas un patient. Je suis un visiteur.

— Et vous rendez visite à… Vous me rendez visite à moi ?

— Effectivement.

— Pour quelle raison ?

— Pour vous montrer quelque chose.

— Quoi ?

— La preuve que l'existence a été clémente avec vous jusqu'ici.

Sa voix, d'un seul coup, avait cessé d'être amicale. Il n'avait plus rien non plus du jeune retraité nourrissant les pigeons dans un parc faute de savoir que faire d'autre.

— Regardez bien ceci, dit-il en lui tendant une photo.

Les pupilles de Johanna se dilatèrent quand son regard tomba sur l'image très nette d'une jeune fille. Il lui fallut une bonne seconde pour prendre conscience de toute la cruauté et de toute la brutalité de cette photo, car son cerveau, par une espèce d'autoprotection, se refusait à accepter l'inimaginable.

— Vous pouvez la conserver, dit le vieux en lui fourrant le polaroïd dans la main. Considérez-la comme un juste châtiment pour vos fautes.

Il se leva, arrangea son veston et vérifia la braguette de son pantalon.

— Si vous voulez bien m'excuser maintenant, le devoir m'appelle. Comme vous avez pu le voir, je n'en ai pas encore fini avec votre fille.

Puis, juste avant que Johanna ne s'effondrât en hurlant, il s'éloigna d'un pas souple et léger. Le pas d'un homme heureux et satisfait, bien dans sa peau.

Cinq mois plus tard

Aujourd'hui

2

Alexander Zorbach (moi)

État d'éveil indésirable. La pire des horreurs porte souvent un nom anodin. Voici longtemps, quand j'avais encore ce qu'on pourrait appeler une vie, j'ai interviewé une femme totalement traumatisée. Bien que ce qui lui était arrivé – *un état d'éveil indésirable* – remontât à de nombreuses années, Lara Weitzmann subissait toujours des accès de panique. Si, auparavant, elle n'avait jamais éprouvé de troubles dans des pièces de dimension réduite, elle était désormais incapable de séjourner dans les bureaux, pourtant *open space*, de mon journal. Après deux tentatives avortées d'interview où nous n'avions pu aller au-delà de ma première question sur ses souffrances inimaginables, nous avions dû renoncer et notre entretien se déroula à l'extérieur. C'est donc en plein soleil, dans le Tiergarten[1], que j'ai écouté les descriptions cauchemardesques de la jeune femme.

---

1. Grand parc du centre de Berlin.

— Ce n'était qu'un kyste dans mes organes génitaux, commença-t-elle tout bas, et je suis toujours pris de frissons quand je me rappelle sa voix cassée sur la bande de mon dictaphone.

Une voix qui s'accordait parfaitement à l'apparence de Lara, à croire qu'un metteur en scène l'avait choisie spécialement en fonction de la faiblesse de ce corps. Le traumatisme avait profondément atteint son psychisme et, si on était attentif, on pouvait même en discerner les effets. Lara était si mince, sa peau si claire et si parcheminée qu'on se mettait à craindre que les rayons du soleil ne pénètrent directement son corps.

— Je ne savais pas que ça existait, poursuivit-elle en hochant la tête, comme si elle était toujours incapable d'y croire.

Son chirurgien avait derrière lui des milliers d'interventions de routine de ce genre et il n'y eut d'ailleurs pas de complication notable dans son cas. Au moins pour ce qui concernait l'enlèvement du kyste.

Tout se déroula comme lors d'innombrables opérations antérieures. Avec une petite différence : Lara Weitzmann n'avait *pas* perdu connaissance. On ignore à ce jour si le narcotique avait été mal dosé ou bien si elle était porteuse d'une anomalie rare provoquant une absence de réaction à l'anesthésie. Les médicaments avaient seulement paralysé les facultés motrices. Lara était éveillée mais dans l'incapacité de se faire comprendre, de montrer qu'elle sentait tout : le scalpel ouvrant sa paroi abdominale, les pinces introduites dans son corps pour maintenir la plaie ouverte et les points de suture au bout d'une petite heure. Elle aurait voulu hurler sa douleur à la face des médecins et des infirmières qui, durant l'intervention, avaient parlé de la difficulté à trouver dans Berlin un jardin d'enfants où il n'y eût pas d'étrangers. En vain. Personne ne pouvait entendre ses cris, qui ne sortaient pas de sa bouche mais résonnaient aujourd'hui encore en elle.

État d'éveil indésirable. Les patients qui s'éveillent en cours d'opération avec une totale conscience de la douleur et qui ne peuvent le signaler.

D'un point de vue statistique, cela arrive si rarement qu'il faut, devant la virgule, un zéro et un autre derrière pour en rendre compte : 0,03 %. Aussi invraisemblable que de se faire foudroyer un jour de plein soleil. De quoi se rassurer tant qu'on ne commence pas à se dire que cela représente trois fois sur dix mille, soit trente personnes dans le Stade olympique affichant complet. Rare certes, mais pas inconcevable.

Depuis que je suis devenu le jouet du Voleur de regards, de l'homme qui a tué ma femme et enlevé mon fils, je sais ce qu'a enduré Lara Weitzmann sur le billard, éventrée en pleine conscience, les anesthésiques étant aussi efficaces sur elle que du sparadrap sur des reins brisés.

On peut toujours se bercer de statistiques et minimiser les risques encourus. Il y aura pourtant toujours quelqu'un pour être l'un des malheureux sans qui le zéro ne serait pas suivi d'une virgule. Et parfois, nous sommes ce quelqu'un qui voit tomber la foudre alors que le soleil brille. Comme il brille aujourd'hui, en cette glaciale journée de décembre où je me trouve enfin devant la cachette où le Voleur de regards a enfermé mon fils. Il m'avait donné quarante-cinq heures et sept minutes pour le découvrir. Si j'arrivais trop tard, ne serait-ce que d'une minute, Julian étoufferait automatiquement dans son réduit. Ce sont les règles du jeu. Aussi perverses qu'immuables. Je sais donc ce qui m'attend quand j'ouvre la cloison étanche et pénètre dans l'obscurité.

Sept minutes après l'expiration de l'ultimatum.

3

— Merde, dit l'homme qui tient la lampe de poche derrière moi.

Un instant, j'ai envie de me retourner et de le frapper au visage de toutes mes forces. Je ne veux pas ravaler plus longtemps mon désespoir, et Stoya, en dépit de l'arme à feu dans sa main droite, me semble un paratonnerre parfait. Un bref instant seulement, puis le faisceau lumineux de sa lampe de poche tombe sur une petite boîte posée sur le plancher métallique.

— Demi-tour, annonce le commissaire dans son émetteur-récepteur. Et envoyez une équipe de déminage. Il y a un objet suspect.

Oui, un objet. Et ce n'est pas mon fils.

Je m'agenouille en prenant appui sur un sommier à lattes tandis que j'entends, derrière moi, les bottes du commando spécial en retraite résonner sur l'échelle d'acier.

C'est un vigile des chantiers navals de Hambourg qui nous a fourni le renseignement nous permettant de venir chercher Julian sur ce méthanier au rebut. Jeune retraité, il était chargé d'empêcher des récupérateurs de ferraille de désosser la vieille carcasse en cale sèche. Ayant cru entendre les pleurs d'un enfant au cours de sa tournée dans les soutes, il l'avait signalé à ses supérieurs. Je prends une profonde inspiration.

Ici, dans le ventre du bateau, règne une odeur d'huile, de graisse et de sueur. Ça sent aussi la poussière, la pisse et la peur. Mais le pire, c'est qu'il y a l'odeur de Julian.

L'odeur de sa peau tiède et de ses cheveux mouillés collés sur son front quand il arrive, hors d'haleine, devant la porte d'entrée : n'ayant encore pas vu le temps passer, il est venu du terrain de foot en courant afin de ne pas être en retard pour le dîner. L'odeur d'un enfant de dix ans, forte et douceâtre à la fois, qu'on aime tant chez sa progéniture mais qu'on trouve rapidement insupportable chez les enfants des autres quand on y est exposé de manière intensive, par exemple dans les vestiaires après l'heure de sport d'une classe de l'école élémentaire.

— Vous êtes dur d'oreille ? demande Stoya à côté de moi.

Il a l'air d'un fantôme dans la lumière blafarde renvoyée par les parois métalliques. Le manque de sommeil se lit sur son visage amaigri où l'on ne voit plus que les rides et les yeux boursouflés, un visage sans doute semblable au mien.

— Il n'y a rien là-dedans, à part cette boîte. Peut-être une bombe. Qui peut à tout instant nous sauter à la figure.

J'inspire à fond par le nez, et j'en ai la certitude : entre les miasmes de la peur et de la douleur qui, dans cet obscur réduit, se mêlent aux odeurs de vernis, de produits de nettoyage et de vieux moteur diesel, il flotte un parfum léger mais évident, le parfum de Julian. Mon fils était ici, je le sais. C'est ici, dans cette soute, qu'il a attendu son père durant les dernières quarante-cinq heures, prisonnier des griffes d'un monstre qui a déjà tué sa mère. Il a choisi le coin gauche au fond, là où il y a un câble d'ancre effiloché, pour faire ses besoins. Il s'est sans doute usé les ongles en grattant les parois avec le noir, avec l'espoir de trouver une issue.

— OK, OK, dis-je en levant les mains. Je ne suis pas las de vivre, ajouté-je en mentant à nouveau.

Satisfait, Stoya hoche la tête et commet une grave erreur. Il pose maladroitement un bras sur mon épaule pour me témoigner sa sympathie. Sur la route de Hambourg, il m'a parlé de sa propre famille, de sa nièce d'un an et demi qui dit toujours « poire » au lieu de « boire », alors qu'elle prononce sans difficulté le « b » de « bonbon ».

Il veut me donner à entendre qu'il est lui aussi un homme normal, avec de la famille, pas simplement le chef de la brigade criminelle, et qu'il peut imaginer ce que je ressens. Peut-être en est-il d'ailleurs effectivement capable, qui sait ? Mais il se trompe s'il croit que la peur d'une bombe pourrait me faire reculer d'un millimètre. Je suis venu ici, dans l'endroit que mon fils a vu pour la dernière fois. Et je suis, dans tous les sens du terme, arrivé au terme de mes cauchemars. Il n'est plus d'endroit au monde où je puisse aller. Je suis dans un état proche de celui qu'a connu Lara Weitzmann. Mon anesthésique est le choc que je viens de recevoir, pas assez fort pour m'enlever toute conscience, mais assez cependant pour m'ôter la force de me défendre plus longtemps contre la violence du Voleur de regards. Je suis dans un état d'éveil indésirable. À la différence près que, contrairement à Lara Weitzmann, l'opération ne finira jamais.

Tout cela, Stoya ne peut le comprendre, ni même le pressentir. C'est pourquoi il n'a rien anticipé quand, fléchissant légèrement les genoux, je lui flanque, de bas en haut, un grand coup de tête dans le menton. Il pousse un gémissement, fait un faux pas et finit par retomber à l'extérieur par la porte métallique demeurée ouverte, mais seulement après que je lui ai arraché des mains sa lampe de poche en même temps que je lui administrais un coup de pied dans l'estomac.

En moins de trois secondes, je referme de l'intérieur la cloison étanche, au nez des policiers.

Mon portable sonne à cet instant précis.

4

C'est à peine si l'écran est visible dans ce trou, mais le nom du monstre responsable de tous mes tourments se détache d'autant mieux : Frank Lahmann, le « Voleur de regards » qui doit son surnom au fait que, après leur mort, il ôte l'œil gauche des enfants qu'il a enlevés.

Je prends l'appel.

— Salut, Alex, dit Frank.

C'est ainsi qu'il m'a mille fois salué au téléphone et au journal. Il parle d'un ton neutre, sans émotion, sobre. Comme si nous étions de simples collègues ayant à discuter d'un article. Comme s'il n'avait pas brisé la nuque de ma femme et enlevé mon fils.

« Je te trouverai ! ai-je envie de lui hurler. Je te retrouverai, même si je dois y consacrer le reste de mes jours. Et il vaudrait mieux pour toi que cela arrive le plus tôt possible. Car plus longtemps je te chercherai, plus j'aurai le temps de réfléchir aux tortures que je t'infligerai avant de te tuer. »

Mais je n'en ai pas la force dans l'état d'éveil indésirable où je me trouve. Je me contente de croasser un mot :

— Où ?

Où est Julian ? Où as-tu transporté son cadavre ?

Le Voleur de regards a pour habitude de ne pas laisser les cadavres dans leur cachette, mais de les abandonner en plein air. Dans un lieu boisé semblable à celui où se trouvait jadis le congélateur.

— Tu es en retard, dit-il.

Derrière moi, Stoya frappe comme un fou contre la porte métallique, si bien que j'ai du mal à comprendre ce que me dit Frank.

— Mais je te pardonne, poursuit-il.

— Tu me pardonnes, *à moi* ?

— Oui. Bien que tu aies mal interprété tous les signaux que je t'envoyais, Alex. Bien que tu aies perdu ton temps à me pourchasser et à écrire toute une série d'histoires sur mon compte au lieu de fêter les onze ans de ton fils. Bien que tu ne sois pas meilleur que tous les autres pères qui gâchent leur vie à travailler au lieu de se consacrer à leurs enfants, j'admets qu'il y a entre nous une relation particulière.

Une relation particulière. Une telle envie de vomir me prend que j'en perds le souffle. Frank était mon stagiaire. C'est moi qui le formais dans le journal à sensation où je travaillais. C'est moi qui l'avais engagé et j'intervenais toujours en sa faveur auprès de la rédactrice en chef parce que je croyais reconnaître une part de moi-même dans son zèle et sa manière de toujours la ramener. Je sais que l'idée d'avoir choisi en personne et favorisé l'assassin de ma famille me plongera dans la folie quand tout cela sera terminé.

— Je ne voulais pas que nous devenions ennemis, Alex. Je voyais vraiment en toi un modèle. Voilà pourquoi j'ai tout fait pour te tenir éloigné de mon terrain de jeu. Or tu n'as rien voulu entendre. Mais comme je te l'ai déjà dit, je ne suis pas un monstre. Je t'aime bien, vraiment. Je suis peut-être un sentimental stupide, mais en reconnaissance de notre passé commun, je t'accorde une seconde chance de sauver Julian.

Le sauver ?

À cet instant, je comprends pourquoi des gens deviennent croyants. Je me mets à prier tous les dieux que je connais pour que le sadisme de Frank n'aille pas jusqu'à me donner des espoirs sans fondement.

— Julian est en vie ?

— Oui. Mais cet état est modifiable, comme tu le sais.

— Que dois-je faire ? demandé-je en essayant d'ignorer les cris derrière la porte.

Stoya n'est plus seul à présent et il me menace de procéder à l'évacuation du bateau et de m'abandonner si je ne sors pas immédiatement. Je suis si bouleversé que je ne suis pas certain d'avoir posé ma dernière question. Je répète donc :

— Que faut-il faire pour que tu le relâches ?

La réponse est aussi brève qu'incompréhensible.

— Treize. Dix. Soixante et onze.

— C'est quoi ?

— Un nombre.

— À quoi sert-il ?

— À ouvrir la boîte.

Lever le bras gauche exige de moi un effort incroyable. J'y arrive enfin et la lampe éclaire l'objet posé à mes pieds, exactement au centre de la soute carrée.

Le coffret en bois aux ferrures en étain évoque un très vieil écrin à bijoux. Nicci en possédait un semblable, bien que plus petit, qui se trouve aujourd'hui encore sur le rebord de la tête de notre lit conjugal sans avoir jamais renfermé le moindre objet de valeur. Ma femme avait acheté au marché aux puces de la rue du 17-Juin l'écrin bombé et tendu de velours rouge et, comme tant d'autres trucs sans intérêt, l'avait rapporté chez nous. Les souvenirs que cette boîte suscite en moi suffisent à m'arracher des larmes. Que ne donnerais-je pas pour me quereller encore une fois avec Nicci à propos des nids à poussière de notre chambre à coucher ! Mais Frank m'a privé à jamais de cette possibilité.

— Connais-tu l'expression « Je t'aime plus que moi-même » ? l'entends-je demander.

Mon oreille, contre laquelle je presse le portable, me brûle littéralement. Je m'agenouille à nouveau pour prendre en main le cadenas à chiffres qui ferme la boîte.

— Je ne t'entends pas, Alex.

— Oui, oui, je connais l'expression, dis-je en faisant tourner les molettes qui résistent.

Treize. Dix. Soixante et onze.

— Et alors ?

— Alors quoi ?

Le dernier chiffre s'enclenche, le cadenas s'ouvre avec une force inattendue et tombe par terre. Ouvrant la boîte, j'y trouve exactement ce à quoi je m'attendais.

— Aimes-tu Julian plus que toi-même ?

— Oui.

— Alors, prouve-le.

— Il faut que je me brûle la cervelle ? dis-je en sortant le pistolet de l'écrin.

Il n'est pas plus lourd qu'un jouet, mais ma vie antérieure de policier m'a appris les dégâts que peut occasionner un tir bien ajusté à l'aide de cette arme. C'est avec une arme de ce type que, des années auparavant, j'ai abattu une femme qui, en proie à la démence, allait tuer un bébé.

— Oui. Mais il faut que tu le fasses correctement.

Correctement ?

— Qu'est-ce que tu veux dire ?

— Tu entends ce bruit ?

J'appuie encore plus fort le portable contre mon oreille et le tic-tac d'un chronomètre devient distinct. Je fais un effort pour ne pas engueuler Frank.

Laisse tomber tes jeux de malade. Rends-moi Julian. Et puis cache-toi mieux que tu n'as caché tes victimes. Car si moi ou quiconque d'autre te trouve, tu…

— Tu as encore quatre minutes et six secondes, dit Frank, et le tic-tac diminue d'intensité. Pose le canon contre ton œil gauche et appuie sur la détente. Dès que j'aurai vu ton cadavre aux informations, je relâcherai Julian. Mais, si tu hésites trop longtemps, tu auras perdu ton joker et j'étoufferai Julian avant de lui ôter l'œil gauche.

Comme à tous les autres enfants avant lui.

— Ah, et puis autre chose encore : au cas où j'aurais le moindre soupçon d'un bluff de ta part… (Frank s'interrompt un bref instant.) … au cas où j'aurais la moindre raison de douter de ta mort, j'exécuterai Julian et tu ne retrouveras jamais son cadavre. Ce n'est plus ton fils que tu rechercheras mais son enveloppe charnelle ; or tu ne trouveras jamais rien que tu puisses enterrer. Le poisson frétille encore dans mes filets. Je peux encore fournir à la police des indices pour le retrouver. Des indices qui lui sauveront la vie. Tu m'as compris ?

— Oui, croassé-je.

— Alors, pourquoi est-ce que j'entends encore ta voix ? Si j'étais toi, je placerais cette foutue arme comme je te l'ai dit ! Le temps s'écoule !

Je suis toujours à genoux devant l'écrin. J'ai posé la lampe par terre pour pouvoir tenir le téléphone d'une main et l'arme de l'autre. Maintenant je me redresse lentement. Tout est silencieux derrière la porte, ce qui laisse supposer que Stoya a mis sa menace à exécution et s'est retiré.

— Je veux lui parler, dis-je d'une voix étonnamment ferme, tandis que la sueur coule entre mes omoplates et que je respire avec peine. À mon fils. Passe-le-moi.

— Tu me vexes, Alex. Tu n'as plus confiance en moi ? Alors que je t'ai si souvent donné la preuve de ma loyauté ?

J'entends un bourdonnement sur la ligne, des parasites couvrent ses derniers mots. On a l'impression qu'il a branché un rasoir. Mais il s'est certainement contenté de changer de position, ce qui l'a amené à proximité d'un appareillage quelconque. Je profite de ces quelques secondes pour m'assurer d'un coup d'œil que j'ai bien enclenché l'enregistrement et que notre conversation est sauvegardée.

— Qui t'a donné les indications nécessaires qui ont permis de libérer les jumeaux ? reprend-il. J'aurais pu enlever les enfants de leur cachette avant que tu ne les y retrouves. Au lieu de quoi, je me suis tenu à mes règles du jeu.

— Je-veux-parler-à-Julian, insisté-je.

J'ai l'impression que la pression sur mes poumons grandit à chacune de mes inspirations. Je sais que ma panique croissante ne me laisse guère de temps. Je vais bientôt commencer à hyperventiler.

Rien ne se passe pendant quelques instants, seuls les parasites se font plus forts à l'autre bout de la ligne. Puis j'entends un craquement suivi d'un soupir de Frank.

— Bon d'accord, c'est bien parce que c'est toi, Alex. Mais dépêche-toi. Il ne reste que quarante secondes.

Le bourdonnement cesse et, un bref instant, j'ai peur que la communication ne soit coupée, mais j'entends ensuite un seul mot, chuchoté, qui me fait monter les larmes aux yeux.

— Papa ?

— Oh, mon Dieu, Julian.

La voix de mon fils, beaucoup plus enfantine que dans mon souvenir, est à la fois un soulagement et un crève-cœur. Je vacille et m'agenouille avant de perdre l'équilibre. Je n'ai pas dormi une heure ces derniers jours, on m'a torturé et j'ai failli me noyer en sauvant deux enfants. J'ai tenu dans mes bras le corps de ma femme assassinée et j'ai pourchassé un peu partout ce psychopathe – mais je n'en ai pas terminé. Je ne fais que commencer. Après toutes ces épreuves, après l'expiration de l'ultimatum qui m'avait été adressé, j'ai finalement réussi. Je suis sur le point de sauver Julian et sa vie, une vie de onze années. Je ressens en cet instant l'échange que me propose Frank comme un cadeau et une délivrance.

— Quand viens-tu ? demande Julian, d'une voix épuisée et craintive, comme jadis quand il frappait à la porte de notre chambre à coucher, arraché au sommeil par un orage.

— Je ne sais pas, mon trésor, murmuré-je en pointant l'arme contre mon œil.

— Encore dix secondes, dit le psychopathe en arrière-plan.

Julian se met à pleurer.

— Je t'aime, papa.

— Moi aussi, je t'aime.

Pour l'éternité.

Je prends une profonde inspiration et retiens mon souffle. En même temps, j'appuie le canon contre mon œil fermé. Quand le réflexe respiratoire est sur le point d'intervenir et que mes poumons menacent d'exploser, je presse la détente.

Il y a d'abord un bruit aigu, celui d'une explosion, suivi d'une détonation qui, parvenue à son summum, peu après que le projectile a percé mon crâne, s'interrompt soudain – ensuite, tout a disparu : la soute, le pistolet dans ma main, la lumière et l'explosion. Et puis…

Le noir.

Le monde dans lequel j'ai gaspillé les dernières années de mon existence, le monde dans lequel j'ai tout perdu, n'existe plus.

Sept semaines plus tard

5

Alina Gregoriev

— Faut-il que je me déshabille ?

La voix de Zarin Suker paraissait faite pour transmettre de mauvaises nouvelles. Douce, chaude, pleine d'empathie. D'après ceux qui le connaissaient bien, c'était la voix d'un as des salles d'opération, d'un membre de la Société académique, lauréat de nombreuses distinctions.

La voix d'un violeur et d'un assassin.

— *D'après nos dossiers, il figure parmi les tout meilleurs chirurgiens ophtalmologues du monde*, avait affirmé le commissaire principal Philipp Stoya lors de leur premier entretien au sujet de Suker. *Il est spécialisé dans les opérations de l'œil les plus délicates. Il fut le bachelier le plus jeune et le plus brillant de sa promotion. Diplômé de quatre universités, il est titulaire de plusieurs brevets pour des appareillages médicaux, notamment un scalpel qui porte son nom. Le couteau Suker. Il l'a inventé afin d'intervenir avec plus de précision sur le nerf optique. Il avait vingt-trois ans à l'époque.*

— Le haut du corps seulement, je vous prie, répondit Alina à son sinistre patient.

Pour la centième fois de la journée, elle maudit Stoya de l'avoir embarquée dans cette entreprise démente.

— *Je vous en prie, rendez-moi ce service*, l'avait-il suppliée, feignant de ne pas avoir tous les atouts en main.

Comme si le commissaire ne disposait pas d'informations qui la rendaient vulnérable au chantage. Elle était prête à tout pour les obtenir.

Foutu salopard, je suis ici maintenant.

Ici, dans ce cagibi du secteur fermé de l'hôpital pénitentiaire, un local qui sentait les produits de désinfection et les sols caoutchoutés et où ses paroles rebondissaient contre les murs nus.

— Vous serez prudente au moins? demanda Suker. N'allez pas me faire mal!

Alina entendit un bruit désagréable, presque obscène, le bruit d'un corps maigre se penchant en arrière sur un lit de camp en similicuir.

Aucune des victimes de Suker n'était morte directement de sa main. Les femmes avaient en effet survécu aux tortures physiques. Mais pas aux blessures psychiques qu'il avait provoquées en leur faisant endurer un interminable martyre et qui les avaient conduites ensuite à se suicider. Deux femmes s'étaient pendues, une autre s'était vidée de son sang dans sa baignoire remplie d'eau chaude. La dernière, la plus jeune, venait de se jeter sous un tramway à Friedrichshain.

— S'il vous plaît, restez assis au début de mon intervention, ordonna Alina.

Le médecin-chef de l'établissement avait initialement insisté pour être présent, mais, ne souhaitant pas de témoin pour ce traitement inhabituel, Stoya avait passé outre, si bien qu'Alina se retrouvait seule avec un monstre. Seule avec une brute qu'elle allait devoir à présent manipuler.

La pièce était placée sur écoute et deux policiers armés étaient postés devant la porte, prêts à surgir au moindre soupçon et à intervenir en quelques secondes. Alina n'était néanmoins pas rassurée d'être enfermée avec un psychopathe sans camisole de force ni menottes, même si elle savait que Suker n'avait encore jamais tué spontanément et à mains nues.

Zarin Suker. À lui seul, le nom sonnait comme un aveu de culpabilité, évoquant la peur, la douleur et la torture. Elle savait bien sûr qu'elle était influencée par les gros titres de la presse, qui avait déjà condamné l'ophtalmologue de cinquante-huit ans : il était pour elle un violeur et un tortionnaire bestial.

Alina passa la main sur le formica de la table de consultation où elle avait posé son sac à dos. On aurait dit les tables de l'école de son enfance. Elle se demanda comment on avait pu y creuser les profondes rainures et éraflures que sa main rencontra. Tous les objets pointus qu'elle portait habituellement sur elle lui avaient en effet été confisqués dans le sas de sécurité de la prison.

— Qu'est-il arrivé à vos yeux ? demanda Suker à brûle-pourpoint.

Elle s'attendait à cette question, car elle portait des lunettes de soleil comme chaque fois qu'elle rencontrait des gens qu'elle n'aimait pas, des patients désagréables par exemple. Les lunettes étaient alors pour elle une espèce de visière la protégeant des regards importuns.

— Mes yeux n'ont rien à voir dans l'affaire, répondit-elle en se remémorant le plan de la pièce carrée.

Elle était venue une heure plus tôt pour l'étudier, avant que deux gardiens n'introduisent Suker. Elle avait enregistré la distance entre la table, le lit de camp et les chaises. Elle avait aussi tâté les murs jusqu'au moment où elle s'était sentie capable de s'y orienter « les yeux fermés », selon l'expression consacrée.

Quand elle se déplaçait dans un environnement familier, elle manifestait une telle assurance que beaucoup ne remarquaient pas immédiatement son handicap, ce à quoi son physique excentrique n'était pas non plus étranger. Bien qu'aveugle, Alina était un être « optique » : elle n'avait pas besoin de voir de ses propres yeux le monde dans lequel elle vivait pour savoir que l'apparence, pour quelqu'un comme elle, avait plus d'importance que les valeurs intérieures, l'emballage définissant le contenu. Seul un demeuré pouvait mettre en doute cette banale sagesse pratique.

Quand elle sortait dans ses tenues favorites (jeans en cuir aux genoux déchirés, rangers d'un vert éclatant et sweat-shirt Abercrombie), elle n'était jamais l'objet d'attentions particulières. En revanche, avec un tailleur de femme d'affaires, des Manolo Blahnik aux pieds et un soutif push-up sous un corsage moulant, il ne s'écoulait pas trente secondes avant que, entrée dans une boutique ou une banque, elle ne se vît offrir un café. L'attention de la plupart des gens était d'abord attirée par l'étrangeté de sa silhouette, ses cheveux attirant particulièrement le regard. Selon son humeur du moment, ils étaient courts ou longs, parfois strictement attachés, parfois bouclés, parfois coiffés en queue-de-cheval sévère ou en tresses rasta. Il n'était pas rare que leur couleur changeât plusieurs fois le même jour. Ces métamorphoses étaient possibles grâce à un stock inépuisable de perruques en cheveux naturels qui engloutissaient une bonne partie de ses revenus de physiothérapeute.

Ce jour-là, compte tenu des circonstances, elle avait choisi la simplicité : jean blanc, bottines d'hiver plates et pull à col roulé gris. Ses longs cheveux noirs n'étaient pas attachés. On était un week-end, elle avait connu l'enfer ces dernières semaines et, à dire vrai, elle aurait préféré quelque chose de moins sage, par exemple sa robe camouflage qui lui donnait l'air d'une amazone, surtout quand, renonçant à ses coiffures artificielles, elle se montrait en public le crâne rasé. Indépendamment du fait que, par les températures sibériennes de ce mois de février, ce n'aurait pas été une excellente idée, cette tenue n'aurait pas été de nature à inspirer confiance à Suker ; aussi, au grand soulagement de Stoya, s'était-elle présentée devant les portes de l'établissement pénitentiaire dans un accoutrement on ne peut plus sérieux.

— Je ne voudrais pas vous vexer, dit l'ophtalmologue qui avait dû remarquer son état de tension, mais vos lunettes de soleil ont glissé, et j'ai alors aperçu l'opacification caractéristique montrant que vous n'êtes pas aveugle de naissance, n'ai-je pas raison ?

Alina acquiesça de la tête et s'irrita dans le même temps d'avoir eu cette réaction. L'accident remontait à vingt-trois ans, et pourtant aucun de ses souvenirs n'était plus précis que ceux du moment de l'explosion qui avait détruit ses yeux.

— Voulez-vous que je vous traite maintenant ou non ? demanda-t-elle au détenu d'un ton un peu plus cassant qu'elle ne l'aurait voulu.

— Pourquoi tant d'agressivité, mon enfant ?

Agressivité ? Ce ne serait même pas de l'agressivité de te flanquer une balle dans la tête pour tout ce que tu as fait subir à ces femmes. Et si tu m'appelles encore une fois « mon enfant », je te crache à la figure.

— Bon, eh bien dans ce cas, dit-elle en prenant sur la table la bouteille contenant l'huile de massage et en la remettant dans son sac à dos.

— Qu'avez-vous en tête ?

— Ce que j'ai en tête ? Je m'en vais, dit-elle en refermant le sac et en le mettant sur son épaule. On m'avait dit que vous vous étiez coincé un nerf en faisant des exercices dans votre cellule et que vous aviez besoin des soins d'un professionnel, mais, à ce que je vois, je perds mon temps ici.

« Cet imbécile s'est froissé quelque chose au niveau des lombaires au cours d'une séance d'abdominaux. Établissez avec lui une relation de confiance, persuadez-le de se laisser traiter. Touchez-le, et peut-être… » À cet endroit de son speech, Stoya avait simplement cessé de parler, sans doute parce qu'il s'était rendu compte de l'ineptie qu'il allait énoncer s'il terminait sa phrase.

— Que signifie ce cinéma, Alina ? demanda brusquement Suker.

Elle se figea sur place quand elle entendit son nom dans sa bouche. Elle s'était présentée à lui comme étant Sabine Schneider.

Putain ! J'en étais sûre !

Il était arrivé ce qu'elle redoutait.

— *Il me reconnaîtra. Ma photo était dans presque tous les journaux, mon nom dans tous les magazines.*

Stoya avait balayé ses protestations :

— *Suker est en isolement depuis près de deux mois. Il n'a pas de téléviseur, il n'a pas Internet et n'a accès à aucun média. D'après les experts psychologues, il représente un danger pour les autres détenus et n'a donc aucun contact social. Il se promène seul et n'a même pas de voisin dans une autre cellule avec qui communiquer. Vous, Alina, n'êtes célèbre que depuis quelques semaines. Pour lui, vous n'êtes qu'une physiothérapeute aveugle. Je crois que nous pouvons courir le risque.*

— Vous pensiez vraiment que j'ignorais qui vous êtes ? dit Suker en riant.

Elle l'entendit descendre lentement du lit de camp.

— Vous vous appelez Alina Gregoriev, vous avez vingt-six ans et vous êtes aveugle depuis l'âge de trois ans, récita-t-il comme s'il avait appris ces informations par cœur. Fille d'un ingénieur du génie civil et d'une femme au foyer, vous avez grandi en Californie, et déjà votre comportement ne passait pas inaperçu. Quand les autorités ont voulu vous envoyer dans une école pour handicapés, vous avez déposé un recours pour entrer dans une *high school* publique. Quand on a refusé à l'élève que vous étiez de régler la circulation à la sortie des classes, vous avez de nouveau alerté le tribunal administratif. De nouveau avec succès.

Tu entends, Stoya ? Et voilà pour ta théorie selon laquelle Suker ne recevait aucune information en taule. Super. Chapeau !

Alina leva les deux mains comme pour se rendre, mais sans parvenir à interrompre le flot de paroles du médecin.

— Chopée par la police à dix-sept ans alors que vous rameniez chez eux, en voiture, des amis ivres. Deux ans plus tard, vous avez terminé troisième d'un concours de planche à voile, seule aveugle parmi deux cents participants. Ayant achevé vos études de physiothérapeute, vous avez fait le tour du monde pendant un an, apprenant en Chine les techniques du shiatsu et, après quelques détours par l'Afrique du Sud, l'Inde, la Nouvelle-Zélande et l'Amérique du Sud, vous vous êtes fixée à Berlin, où vous avez ouvert un cabinet dans la Brunnenstrasse.

— Bravo ! s'exclama Alina en applaudissant avec une lenteur appuyée. Vous avez vos cahiers de classe sur vous ? Sinon, où puis-je coller une vignette pour vous récompenser d'avoir si bien appris votre leçon ?

— Donc, ce qu'on a écrit sur vous est vrai ? s'enquit Suker d'une voix ayant soudain perdu son ton patriarcal. Il paraît que vous êtes un médium qui voit le passé, est-ce exact ? Avez-vous vraiment eu le Voleur de regards comme patient et vu, pendant que vous le traitiez, ce que ce criminel avait infligé aux pauvres enfants ? Il paraît aussi que c'est uniquement grâce à vos indications que le pauvre Alexander Zorbach est parvenu à libérer les jumeaux des griffes de Frank Lahmann.

Il partit du rire d'un être ne connaissant pas la joie. Alina aurait aimé le gifler quand, avec sa question suivante, il enfonça le clou :

— Et à présent vous êtes chargée de répéter ce miracle sur ma personne et de trouver une preuve qui empêchera qu'on me relâche. C'est ça ? Vous allez me toucher et voir dans mon passé.

Elle l'entendit ricaner.

— Voilà ce qu'on attend de vous. Que vous me massiez et qu'ensuite vous meniez les policiers jusqu'au scalpel avec lequel, avant de le cacher, j'ai coupé les paupières des femmes sans les avoir anesthésiées…

6

Tandis que la question de Suker restait comme suspendue, flottant dans la pièce, Alina ne put s'empêcher de songer à son tout premier entretien avec Stoya, une semaine plus tôt, quand il l'avait convaincue de se lancer dans cette folle entreprise.

— J'ai ici une expertise psychologique attestant que Zarin Suker souffre de graves troubles sociopathiques et préconisant de le placer en détention psychiatrique de sécurité aussitôt après sa condamnation, avait déclaré le commissaire au début de son monologue. Cette expertise n'a pas été demandée par le parquet, mais par la défense. On me l'a communiquée parce que l'avocat de Suker en personne veut empêcher que le monstre soit libéré. J'aurais voulu vous montrer des photos de ses victimes, mais ce n'est bien sûr pas possible. Je pense que je peux tout de même vous donner une bonne idée de ce dont il est capable.

Alina avait d'abord entendu un déclic, puis un bourdonnement qui lui était familier, car son père lui passait jadis des cassettes dans la voiture. Puis le bourdonnement avait été déchiré par un bruit qui la fit frémir d'horreur. C'était au mieux un cri, mais un cri difficilement attribuable à une créature vivante.

Le couinement entrecoupé de râles commençait dans les suraigus, dans des fréquences dépassant de peu le seuil de perception. Au bout de quelques secondes, il se mit à descendre une gamme qui n'avait rien d'harmonieux. À chaque degré, le hurlement animal devenait plus profond et plus intense, jusqu'au moment où, parvenu tout au bas de l'échelle, il enfla jusqu'à se transformer en un cri primal paraissant nourri des cauchemars les plus terrifiants. Quand il se mua en un crissement strident et continu, Alina se rendit compte qu'une femme était en proie aux pires supplices de son existence.

— Bon sang, que lui fait-il ?

— Au moment de l'enregistrement ? avait demandé Stoya en arrêtant la bande. Rien du tout. C'est à cela que sont réduites les victimes de Suker alors qu'il en a depuis longtemps terminé avec elles. La femme que vous venez d'entendre s'appelle Tamara Schlier. La cinquième victime. Suker l'a enlevée comme les autres et transportée dans un lieu que nous n'avons pas découvert. Nous savons seulement que le local en question doit être équipé comme un bloc opératoire.

Alina avait levé les mains pour arrêter Stoya, qui poursuivit néanmoins :

— La journée, il opère ses patients de la cataracte. La nuit, il coupe les paupières de ses victimes. Puis il les viole. Quand il en a assez d'elles, il les abandonne devant l'issue de secours d'un cinéma porno, à la porte d'un bordel ou à proximité d'un quartier de prostituées. Rien d'étonnant à ce que toutes se soient suicidées dès qu'elles en ont eu la force physique.

— Je ne veux pas en entendre davantage, avait supplié Alina.

— Tamara Schlier a eu de la chance, si on peut parler de chance en l'occurrence. On l'a retrouvée avant qu'elle ait eu le temps de boire du liquide de débouchage des canalisations. Elle est notre témoin clé. Il lui faudra des semaines avant de pouvoir faire une déposition utilisable.

Stoya avait remis l'appareil en route, le crissement de la femme recommençant à soumettre les haut-parleurs à rude épreuve, tandis que sortait du lecteur de cassette un long ruban de bruits évoquant la peur et les tourments.

— C'est ainsi que s'est exprimée Tamara Schlier lors de sa première audition, avait précisé Stoya en baissant le son. Suker est habile. Pas d'empreintes, pas de traces d'ADN, tous les viols sont perpétrés avec un préservatif. À la suite d'une dénonciation anonyme, nous l'avons surveillé pendant des mois, mais sans rien trouver d'utilisable dans un tribunal. Nous n'avons que des indices contre lui, mais, avec Tamara, nous disposons enfin d'un témoin dont nous sommes sûrs qu'elle identifiera Suker.

— D'accord, c'est épouvantable, avait dit Alina. Mais je ne vois pas ce que j'ai à voir dans cette histoire.

Stoya avait donc fini par lâcher sa bombe.

— Nous allons devoir relâcher Suker dans une semaine.

— Pardon ?

— Tamara Schlier a disparu. Toute l'accusation repose sur son témoignage. À part ça, nous ne disposons d'aucune preuve justifiant qu'on maintienne Suker plus longtemps en détention, ne serait-ce qu'une journée supplémentaire. Tamara semble s'être volatilisée et nous n'avons plus rien contre ce porc.

Alina dut se remémorer toute l'histoire pour ne pas quitter sur-le-champ la pièce. Depuis le suicide de Zorbach, elle s'était juré de ne plus jamais mettre le destin à l'épreuve, de ne plus faire *ÇA*, d'autant plus qu'elle n'était même pas certaine de disposer de ce don. Et, si elle en disposait néanmoins, les dons de médium que lui attribuait la presse s'étaient jusqu'ici révélés plus nocifs qu'utiles : la femme de Zorbach avait été assassinée, lui-même s'était brûlé la cervelle et la police recherchait toujours le cadavre de Julian. Pourtant, si elle avait peut-être le pouvoir d'empêcher que, dans quelques jours, un dangereux maniaque sexuel fût remis en liberté, elle allait bien devoir se faire violence.

— Non, répondit Alina après un long silence.

Non. Je ne peux pas lire dans votre passé.

Ce n'était même pas un mensonge, tout au plus une demi-vérité. Pour être tout à fait franche, Alina aurait dû avouer qu'elle ignorait elle-même ce qui se passerait si elle massait Suker.

Autrefois, avant sa rencontre avec le Voleur de regards, elle croyait effectivement pouvoir lire dans le passé de quelqu'un en le touchant. Non, plus exactement, elle le redoutait ! Les visions qui apparaissaient tout à coup devant ses yeux intérieurs comme des scènes de film mal découpées s'étaient pour la première fois manifestées après qu'un automobiliste ivre l'avait renversée quand elle était encore enfant. Lorsque l'homme l'avait relevée et qu'elle avait voulu prendre appui sur sa jambe blessée, un sentiment épouvantable s'était mêlé à la douleur : le sentiment d'avoir changé de corps et de revivre les ultimes secondes avant l'accident, mais cette fois avec les yeux de l'ivrogne.

Ce n'avait pas été la seule expérience traumatisante de sa jeunesse qu'elle fût incapable d'expliquer. On aurait dit que sa cécité avait été compensée par une aptitude nouvelle, jusque-là demeurée cachée, qui lui permettait, dans des circonstances exceptionnelles, de « voir » avec les yeux de quelqu'un d'autre. Se sentant déjà suffisamment stigmatisée en tant qu'aveugle, Alina avait longtemps gardé le silence sur son « don ». Elle n'avait rien dit de cette chose inexplicable qui la frappait toujours sans crier gare, dans des conditions apparemment jamais semblables. Des années s'étaient écoulées avant que sa conscience ne l'obligeât à briser son silence afin de raconter à Alexander Zorbach les images terribles qui s'étaient glissées dans sa tête au cours d'une séance de shiatsu, images de l'assassinat d'une mère et de l'enlèvement d'un jeune garçon. À cette époque, il y avait deux mois, elle était certaine d'avoir manipulé le Voleur de regards et de l'avoir « vu » accomplir son dernier rapt. Effectivement, ses indications avaient conduit Zorbach d'abord, les enquêteurs ensuite, jusqu'à la cachette des jumeaux. Et cela bien qu'Alina se fût trompée sur un point essentiel concernant ses facultés extraordinaires.

Je ne peux pas voir dans ton passé, Suker. À supposer que je voie réellement quelque chose, ce sera dans le futur, ton futur d'assassin.

— Les journaux écrivent que vous êtes médium, dit l'ophtalmologue.

— D'où le tenez-vous ? Je croyais que vous étiez à l'isolement.

— Ça ne vaut pas pour mon avocat.

Alina soupira comme quelqu'un s'irritant de sa propre naïveté.

— Vous ne devriez pas croire tout ce qui est écrit dans les journaux.

— Et ce qui sort de votre bouche ? demanda-t-il en éclatant de rire.

Elle se raidit. L'odeur du savon de Marseille avec lequel il s'était lavé la figure le matin était devenue plus forte. Il avait dû se lever et se rapprocher d'elle bien qu'elle n'eût rien entendu.

— Un point de vue très intéressant de la part de quelqu'un qui, par ailleurs, ne met pas le moins du monde en doute les écrits les plus éhontés sur mon compte.

— Qui vous l'a dit ?

— Votre corps. Il m'indique par chacune de ses fibres l'antipathie que je vous inspire. Et comme je ne vous ai pas accueillie en vous crachant au visage ni fait quoi que ce soit pour vous provoquer, cette antipathie doit venir des calomnies des médias.

— Vous êtes donc innocent ? s'enquit Alina en s'efforçant de parler d'un ton neutre.

— Innocent ? Qui l'est totalement ?

Elle se tourna dans la direction d'où venait la voix. Il était encore devant elle à l'instant, il devait à présent être sur sa droite, contre le mur.

Ou bien contre la porte ?

Son inquiétude grandit et elle dut s'avouer avoir perdu le sens de l'orientation dans cet espace pourtant réduit.

— Cinq femmes, dit-elle pour gagner le temps de se ressaisir. Toutes ont disparu à des périodes où votre cabinet était fermé pour les congés annuels. Toutes ont été amputées de leurs paupières.

— Nous vivons dans un monde affreux, n'est-ce pas ?

Suker était à présent derrière elle.

— C'est vrai. Nous vivons dans un monde où l'on doit libérer les psychopathes parce qu'ils éliminent les témoins.

Il ricana.

— Vous croyez que j'ai menacé Tamara Schlier afin qu'elle ne témoigne pas contre moi ?

Alina haussa les épaules.

— En tout cas, elle s'est soudain volatilisée.

— Et comment m'y serais-je pris ? Je suis en prison depuis des semaines. Quoi qu'il en soit, à supposer même que je sois vraiment coupable…, commença Suker avant de prendre une profonde inspiration… à supposer que j'aie enlevé Tamara et lui aie coupé, sans l'endormir, les paupières supérieures, puis les inférieures…

Alina resta silencieuse, se demandant si le moment était venu de prononcer le mot de code convenu,

« Réfrigérateur », qui amènerait Stoya à interrompre aussitôt la séance et à faire entrer ses hommes.

— … Admettons aussi, de manière purement hypothétique bien sûr, que j'aie amené cette malheureuse femme dans une pièce pour lui faire subir une pénétration anale : comment expliquer que les incisions par lesquelles je l'aurais auparavant amputée de ses paupières soient aussi maladroitement exécutées que l'a prétendu la presse ?

— Par tactique ? Vous saviez que c'était justement cet aspect illogique qui instillerait le doute chez les juges.

— Oh, mais je vous en prie. La Fédération internationale des ophtalmologues m'a élu trois fois successivement meilleur chirurgien d'Europe. La Harvard Medical School m'a décerné un doctorat honoris causa pour mes mérites. Je ne sais comment formuler la chose sans paraître prétentieux, mais, si Lang Lang jouait intentionnellement une fausse note, son jeu n'en resterait pas moins magistral. Il n'est pas possible de refouler l'art authentique, mon enfant. Même si je ne dormais pas pendant une semaine et me soûlais à mort pour opérer délibérément les mains tremblantes, dans l'obscurité, vous pourriez utiliser mon intervention comme film éducatif à l'intention des étudiants en médecine.

Il lui toucha le bras et elle sursauta.

— Écoutez, Alina. Nous savons tous les deux pourquoi vous êtes ici. Il n'y a ni témoin ni preuve. Le procureur ne peut me maintenir plus longtemps en détention, et les policiers sont si désespérés qu'ils se raccrochent à la plus ridicule des bouées de sauvetage, à vous ! Vous êtes chargée de me toucher et, grâce aux visions qui, paraît-il, vous assaillent, de les mener sur la piste de preuves tangibles.

— Et quand bien même ? Qu'est-ce qui s'y oppose si vous êtes innocent ?

Alina fut surprise de recevoir une réponse à sa question rhétorique.

— Rien. Vous avez raison.

— Donc je peux vous masser ?

— Oui.

— Je ne vous crois pas, dit Alina, étonnée du tour pris soudain par leur conversation.

— Allez-y ! Empoignez-moi ! Massez-moi ! Stimulez mes méridiens ! Et puis vous filerez, vite, vite, retrouver Stoya pour lui décrire ce que vous aurez senti. Qui sait, peut-être suis-je après tout un individu exécrable, et vous *verrez*… (Il prononça ce dernier mot comme s'il le mettait entre guillemets.)… le chemin menant à ma chambre de torture jusqu'ici non découverte. Ou bien vous reconnaîtrez le plancher sous lequel est caché le scalpel que ni la fouille de ma maison, ni celle de mon cabinet n'ont permis de retrouver.

Alina entendit de nouveau le bruit du similicuir froissé. Suker avait regagné son lit de camp et s'était allongé.

— À une condition seulement.

Bien sûr. Le diable propose toujours un pacte.

— Laquelle ?

— Enlevez vos lunettes, mon enfant. Je veux voir vos yeux.

Elle soupira. Tout cela était insensé. Le dément voulait seulement jouer avec elle.

— Vous êtes un salopard plein de suffisance.

— Non. Si tant est que j'en sois un, un salopard très capable alors, et je pourrais vous le prouver. Voyez-vous, je suis certain que vous avez passé la moitié de votre enfance chez des ophtalmologues. Et chacun de ces soi-disant spécialistes vous a expliqué que vous ne retrouveriez jamais la vue parce qu'il n'existe pas de possibilité de guérison pour des patients comme vous, chez qui la cornée est totalement détruite, ai-je raison ?

— Et quand bien même ?

— Alors, vous avez gaspillé votre temps avec des charlatans. Car ces médecins se trompent. Dans de rares cas et dans des circonstances particulières, une greffe peut être couronnée de succès. Et les accidents d'origine chimique, comme le vôtre, entrent dans ce cadre. Cela dépend, naturellement, de la qualité de l'organe du donneur et de la main du chirurgien qui devrait, dans une opération en deux temps, d'abord transplanter un greffon épais de quelques centièmes de millimètre seulement. Je ne connais au monde qu'une poignée de médecins qui en soient capables. Et un seul, parmi eux, peut vous garantir que ça marchera.

— Laissez-moi deviner, dit Alina en riant de manière un peu plus ironique qu'elle ne l'aurait voulu.

— Oui, *moi*, dit Suker. Et, par chance, je pourrai la semaine prochaine de nouveau accepter des rendez-vous, dès que j'aurai quitté ces lieux inhospitaliers. En homme libre, ajouta-t-il avec un claquement de langue satisfait. Je sens que vous ne m'aimez pas, Alina. Mais je peux vous donner quelque chose que vous désirez depuis toujours. Imaginez un peu qu'au bout de vingt-trois ans vous ouvriez les yeux et puissiez voir à nouveau.

Il parlait d'une voix aussi douce qu'au début de leur entretien.

— Allez, faites un effort, cria-t-il en direction d'Alina qui s'apprêtait à partir.

Elle était juste devant la porte, le poing droit levé.

— Je vous en prie, Alina. Ôtez vos lunettes et laissez-moi examiner si vous êtes susceptible d'être opérée avec succès.

Il ricana quand elle martela la porte d'acier. Les policiers tardèrent quelque peu à ouvrir, si bien que, à son corps défendant, elle entendit les dernières phrases du détenu :

— Un regard dans vos yeux contre un regard dans mon âme, Alina. Qu'avez-vous à perdre ?

7

Vingt minutes plus tard, l'écho de la proposition de Suker résonnait encore dans ses oreilles. À la fois dégoûtée et fascinée, elle avait de la peine à se concentrer sur son environnement.

Imaginez… que vous puissiez voir à nouveau…

Ses paroles étaient comme une rengaine qu'on trouve insupportable la première fois qu'on l'entend mais qu'on ne parvient pas à se sortir de la tête.

Qu'avez-vous à perdre ?

Elle repensait à la voix douce, au ton de conspirateur avec lequel le psychopathe sadique avait essayé de semer en elle un germe d'espoir impossible. Plongée dans ses pensées, elle arriva aux feux du carrefour entre la Brunnenstrasse et la Bernauer Strasse, quand plusieurs choses se produisirent tout à coup et simultanément. D'abord, son portable se mit à vibrer. Avant qu'elle eût pu le sortir de son sac pour lire le SMS, une main vigoureuse l'attrapa par le bras. L'homme respirait avec peine, elle sentit l'odeur du tabac qui s'était incrustée dans un épais manteau d'hiver et elle n'arriva pas à se défaire de la prise qui l'entraînait dans la rue contre son gré.

Ah non, ça va comme ça! pensa-t-elle. C'était déjà la deuxième fois que cette mésaventure lui arrivait cet hiver. Alors qu'elle était sur le trottoir, le feu passait au vert, et un passant se sentait investi du devoir de faire traverser la rue à une aveugle munie d'une canne.

Berlin vivait la période de froid la plus rude depuis que l'on enregistrait les températures. Dans la nuit, on était descendu à moins vingt, ce qui avait provoqué la mort de quatre SDF. Il y avait pénurie de sel pour nettoyer les rues, même les artères principales n'étaient plus entretenues; depuis des semaines les trottoirs faisaient concurrence aux patinoires et partout se dressaient des montagnes de neige sale. Les trajets quotidiens pour se rendre au travail s'étaient transformés en exercices de survie. Aussi Alina n'avait-elle pas d'objection de principe contre une main secourable. Mais contre un enlèvement, oui.

Parmi les non-voyants de sa connaissance, peu n'avaient pas été un jour victimes d'une tentative de ce genre. Bien sûr, elle avait peut-être eu l'air en perdition en fouillant dans son sac à dos sur l'îlot directionnel verglacé. Et le passant ignorait sans doute tout de l'entraînement qu'elle avait suivi et qui lui permettait de s'orienter dans son environnement familier, même par mauvais temps. Mais quel signal émettait-elle donc pour qu'un voyant en vînt à penser qu'on pouvait la tirer en laisse? Une seule fois, un enfant lui avait demandé poliment si elle s'était égarée. Tous les autres «secouristes» pensaient sans doute qu'elle était non seulement aveugle, mais stupide par-dessus le marché, et donc de toute façon incapable de parler.

— Ce n'est pas nécessaire, merci.

Alina tenta de se libérer de l'étreinte de l'homme qui s'obstinait à lui faire traverser le carrefour ; dans la bonne direction à vrai dire. Il n'était pas rare, en effet, que le zèle intempestif des bonnes volontés accrût la désorientation des aveugles, qui se retrouvaient ensuite dans un endroit où ils ne comptaient pas aller.

— J'y arriverai toute seule, merci beaucoup.

Comme elle l'avait craint, sa protestation en douceur resta sans effet. L'homme ne dit rien, il raffermit sa prise, si bien qu'elle n'eut plus qu'une alternative : se résigner et se laisser tirer comme une enfant de trois ans sur la rue couverte de verglas et de gravillons, ou se montrer désagréable.

Se décidant pour le deuxième terme de l'alternative, elle donna un coup de canne bien ajusté. L'homme la lâcha immédiatement en poussant un glapissement. Il couina plus exactement, ce qui arracha un sourire à Alina. Son cri était trop peu viril et totalement incongru chez un type que, compte tenu de son volume respiratoire et de la taille de ses mains, elle estimait devoir peser au moins cent kilos et mesurer un mètre quatre-vingt-dix.

— Oh, je suis désolée, souffla-t-elle.

Elle l'avait donc, comme prévu, atteint dans l'entrejambe.

Parfait.

— Putain, on m'y reprendra à t'aider !

Elle sentit son haleine brûlante sur son visage.

Quels effets un coup dans les couilles peut donc avoir !

— Connasse d'aveugle, haleta-t-il, maintenant à un mètre d'elle.

Alina lui adressa un baiser de la main tout en continuant de sourire dans la direction où elle l'avait entendu pour la dernière fois. On se mit à klaxonner à côté d'elle : le feu n'était manifestement plus au vert. Elle se dépêcha donc de finir de traverser.

Elle n'alla pas loin. Quelqu'un la bouscula, et elle eut peur que l'homme ne fût revenu pour la frapper. Elle sentit alors un souffle chaud sur le lobe de son oreille. Puis elle entendit une voix. Elle sut qu'elle l'avait déjà entendue, mais, en cet instant, elle ne réussit pas plus à se remémorer en quelles circonstances qu'elle ne comprit ce que l'homme voulait lui dire.

— Treize. Dix. Soixante et onze, chuchota-t-il.

Il disparut aussi vite qu'il était venu, et, si elle n'avait pas gardé sur le lobe de l'oreille une sensation de brûlure humide, là où l'inconnu l'avait touchée avec la langue, elle aurait fait fi de l'étrange incident, le considérant comme un pur produit de son imagination.

Mais elle resta figée sur place, au milieu de l'animation du carrefour, profondément troublée, une désagréable sensation au niveau de l'estomac, le bourdonnement dans ses oreilles étant plus fort que le bruit des voitures qui passaient à côté d'elle en klaxonnant.

8

Les yeux sont, paraît-il, les fenêtres de l'âme. Même si on trouve cette image dans nombre de romans d'amour à l'eau de rose, Alina pensait qu'il s'agissait d'un cliché aussi kitsch qu'erroné. Ne pouvait-on donc pas discerner l'âme des aveugles pour la seule raison que leurs yeux sont éteints et opaques ?

La véritable fenêtre donnant accès à l'âme, Alina en était sûre, s'ouvrait quand on pleurait. Elle estimait qu'il existait autant de manières de pleurer que d'êtres sur la terre. La combinaison de gémissements, de sanglots, de halètements, de braillements, de hoquets, de soupirs, de râles et de mille autres bruits qu'un corps au désespoir peut émettre par la gorge est aussi singulière et personnelle qu'une empreinte digitale.

La femme assise dans son salon pleurait d'ailleurs d'une manière qu'Alina n'avait encore jamais entendue. Des pleurs à peine audibles, pareils aux bruits involontaires qu'émet un bébé endormi, mais infiniment plus tristes. Plutôt que la douceur de ces sanglots silencieux, Alina aurait préféré que l'importune visiteuse poussât des hurlements de douleur. Mais John l'avait prévenue.

— *Fuck*, pourquoi es-tu rentrée ? Je t'ai pourtant envoyé un SMS pour que tu m'appelles avant. Une demi-heure encore et je me serais débarrassé de la folle.

À peine avait-elle ouvert la porte de la maison que son meilleur ami l'avait couverte de reproches. C'était John tout craché de toujours pratiquer la fuite en avant quand il avait commis une erreur.

— Je me suis dit que c'était une patiente qui s'était trompée d'heure et je l'ai laissée entrer, *shit* !

Alina habitait un duplex sous les toits dans la Brunnenstrasse, l'étage inférieur étant réservé à son cabinet. John était resté chez elle afin de garder TomTom qui ne se portait pas bien depuis quelque temps. Les chiens, en outre, n'étaient pas admis dans la prison, et Alina, renonçant à son GPS vivant, s'en était donc remise à sa canne.

— Je ne pouvais pas deviner qu'elle est un peu détraquée, *baby*.

Fuck, shit, baby... John parlait parfaitement l'allemand, mais aimait employer des expressions anglaises, surtout quand il était énervé. Comme il était américain, cette manie n'était pas aussi désagréable que chez maints Allemands qui ne s'expriment de cette façon que pour paraître à la coule en dépit de leur prononciation déplorable.

— Que me veut cette femme ? lui avait-elle demandé en l'embrassant fugitivement sur sa cicatrice.

Une entaille de la longueur d'un crayon serpentait de son front jusqu'à sa mâchoire inférieure, passant à quelques millimètres seulement de l'œil gauche. Un souvenir que, à l'aide d'un couteau, lui avait laissé un groupe d'homophobes après l'avoir tabassé à mort ou presque dans les toilettes d'une discothèque.

— Pas la moindre idée. *She's crying*, elle n'arrête pas depuis que je lui ai ouvert.

— Enfin une qui n'a pas succombé à ton charme.

John, d'apparence l'homme le plus hétéro du monde, était le meilleur exemple de la facilité avec laquelle on pouvait se tromper. Alina le connaissait depuis le jardin d'enfants et, au fil des années, s'était forgé une si belle image de lui qu'elle n'avait plus besoin de se fier aux descriptions de ses amies voyantes, qui presque toutes rêvaient d'un flirt avec lui, même celles qui étaient mariées. *Surtout celles qui étaient mariées!*

Alors que, chez elles, elles s'irritaient de ce que leurs époux ne rangeaient pas les assiettes sales dans le lave-vaisselle, elles ne trouvaient rien à redire quand il écrasait son mégot sans filtre sur la semelle de ses brodequins d'ouvrier du bâtiment. Le meilleur ami d'Alina avait en horreur les parfums et Barbra Streisand, il préférait écouter Eminem ou 30 Seconds to Mars. Il détestait le Christopher Street Day, la parade homosexuelle parcourant Berlin chaque été.

— Comment nous faire prendre au sérieux par les hétéros si nous nous exhibons comme des tordus, le cul à l'air, sur des charrettes de forains? s'interrogeait-il régulièrement en voyant à la télé les images du défilé.

Alina avait une théorie bien à elle pour expliquer pourquoi ce garçon mal dégrossi et se donnant tant de peine pour dissimuler ses traits virils sous des cheveux en broussaille et une barbe de plusieurs jours avait tant de succès auprès des femmes. C'est qu'elles ne voyaient pas le moindre danger en lui.

John était comme un roman policier qu'on lit pour vivre quelque chose de palpitant, mais qu'on referme et jette dès qu'on s'en lasse. Pas le type d'homme dont on veut pour plusieurs nuits. On voulait monter derrière lui sur sa moto, passer la nuit au bord d'un lac et, deux ou trois orgasmes plus tard, dès le lendemain, l'affaire était réglée. On pouvait rentrer à la maison et continuer à veiller à ce que son mari ne laissât pas le robinet ouvert pendant qu'il se brossait les dents. *Voulait*… Un désir irréel, parce que John était plus gay que le maire en personne. Alina le savait par expérience personnelle. Une seule fois, elle était parvenue à le persuader de coucher avec elle, et ils avaient eu l'air de deux écoliers s'allongeant l'un contre l'autre, nus, pour «jouer au papa et à la maman». Cela s'était terminé par une crise de fou rire au bout de trente secondes. L'expérience en était restée là, une fois pour toutes.

— Ta patiente a vraiment l'air malade, lui avait encore dit John tandis qu'elle se rendait dans son salon. Des cheveux comme de la paille, plus fins encore que les tiens, et des dents dignes d'un Gremlin. C'est pourquoi j'ai pensé qu'elle avait besoin d'aide. Et voilà que, d'un seul coup, elle se met à pleurer et à hurler, elle est complètement *crazy*!

Cela s'était passé cinq minutes plus tôt, et à ce moment-là on pouvait entendre la femme du palier. Maintenant qu'Alina avait pris place en face d'elle sur le canapé, le flot de larmes n'était toujours pas tari, mais les cris avaient perdu de leur intensité.

— Qui êtes-vous? demanda Alina, et il s'écoula un petit instant avant qu'elle n'obtînt une réponse.

Finalement, après s'être essuyé le nez pour au moins la dixième fois, elle froissa en boule le mouchoir entre ses mains et dit :

— Je m'appelle Johanna Strom.

9

L'étrange visiteuse chuchotait aussi silencieusement qu'elle avait pleuré quelques secondes plus tôt.

— Strom[1], comme énergie, disait toujours mon mari.

— Bon, bon. Est-ce que nous nous connaissons ?

— Non, je ne pense pas.

La voix était pleine d'interrogation comme si l'inconnue elle-même avait des doutes. Alina sentit que le petit tas de misère devant elle remettait en question une existence entière. Ne jamais s'engager, de crainte d'être repoussée : l'attitude paraissait désormais appartenir à la nature même de cette femme.

Mince, quelle fine psychologue, Alina ! Une inconnue est en train de pleurer sur ton canapé et tu diagnostiques qu'il s'agit d'un manque de confiance en soi. C'est dingue.

— Et en quoi puis-je vous être utile ?

— Ma fille, je… un instant…

Alina entendit comme un froissement. Johanna Strom semblait fouiller dans son sac. Peu après, elle avait trouvé ce qu'elle cherchait.

1. *Strom* signifie notamment « courant électrique » en allemand.

— Voilà, je la garde toujours dans mon portefeuille. Elle a quatorze ans là-dessus, c'est-à-dire il y a deux ans. J'ai eu ma petite très tôt, je venais de passer mon bac. Elle s'appelle Nicola et elle…

La femme s'interrompit et s'empressa de s'excuser.

— Oh, je suis navrée, quelle bêtise de ma part !

— Pas de problème, répondit Alina.

Ça lui était effectivement égal. Pour ce qui était de mettre les pieds dans le plat, il y avait pire que de montrer une photo à un aveugle. Le forcer à passer à un feu, par exemple.

— Quelle bêtise, vraiment, reprit l'inconnue.

Alina se demanda si elle était consciente de sa manie consistant à terminer presque chacun de ses propos en répétant deux fois la même chose. Autre signe de son manque d'assurance. Elle craignait d'être mal comprise ou mal entendue.

— Je vous laisse quand même la photo, si vous n'y voyez pas d'inconvénient. Mon adresse est au verso. Peut-être que vous pourrez faire quelque chose et me dire si…

— Qu'est-il arrivé à votre fille ? l'interrompit Alina.

Johanna Strom se moucha avant de répondre à voix basse :

— Mon mari, Christian, et moi sommes en instance de divorce. Il m'a quittée.

— Hum.

— Nous avions, comment dire… notre ménage était problématique. Problématique, oui. C'est le mot qui convient. Il convient tout à fait.

— Je ne suis pas psychologue, objecta Alina, croyant comprendre le malentendu qui amenait cette femme chez elle.

Ce n'aurait pas été la première fois que quelqu'un confondait physio- et psychothérapeute.

— Je soigne les accidents du sport, les contractures, les déformations pathologiques, ce genre de choses. Cela a certes à voir avec le psychisme, mais ma thérapie est d'ordre manuel. Je crains qu'on ne vous ait mal orientée, madame Strom.

— Mais je sais, je suis au courant, répliqua la femme en se raclant la gorge. Ce n'est pas de moi qu'il s'agit.

Alina ouvrit le couvercle de sa montre et tâta le cadran. 13 h 29. Son premier patient serait là dans une heure et elle avait besoin d'un peu de repos.

— Il s'agit de Nicola.

— Votre fille ?

— Oui, elle est partie.

— Partie ? Elle a fait une fugue ?

— Non. Non, ça, c'est ce qu'ils disent. Mais ils se trompent.

— Qui sont ces « ils » ?

— Mon mari. La police. Tout le monde, quoi ! Tout le monde.

Alina hésitait. Le plus raisonnable aurait été de lui demander de partir. Mais elle ne pouvait ni l'aider ni la congédier avant de savoir quel était son problème. Et puis, cette femme était dans un état pitoyable. Alina se serait sentie minable de la mettre à la porte sans ménagement.

— Nous avions de gros problèmes, reprit l'inconnue. Plus exactement, j'avais de gros problèmes.

J'en ai vraisemblablement encore. C'est pourquoi je suis un traitement. Un traitement à cause de mon alcoolisme. Je suis désolée de vous ennuyer avec ça. Mais notre moniteur, je veux dire celui qui dirige les séances à Sankt Pfarrenhopp, il répète sans arrêt qu'il faut être très franc à ce sujet. Très franc.

Haha, voilà le fin mot de l'histoire. Une alcoolique, se dit Alina qui ne comprenait toujours pas ce qu'elle avait à voir dans cette histoire.

— Mon mari, lui, ne trouve pas ça très bien. Cette franchise, je veux dire. Il estime que cela nuit à sa réputation. Vous voyez ?

Alina haussa les épaules.

— Il faut que vous sachiez que Christian est avocat. Un bon avocat. Très bon. Si vous le voyiez, jamais vous ne… Oh, je suis désolée. Je suis confuse, je veux dire, vous parler de voir… Bien sûr que vous ne voyez pas. Désolée, c'était impoli. Ça m'a échappé, parce que je suis dans tous mes états.

— Vous n'avez pas à vous excuser, madame Strom. J'aimerais pouvoir vous aider. Mais pour cela, il faudrait d'abord que vous me disiez pourquoi vous êtes venue me voir, moi. Car, s'il est question de conseils matrimoniaux, je peux vous donner une bonne adresse…

— Non, non. C'est gentil à vous, mais non. Nous n'en sommes plus là. Je n'ai pas non plus besoin d'assistance, ni de rien de ce genre, même s'il m'est arrivé d'y songer. En définitive, il a tout simplement emmené Nicola avec lui, mais c'était sans doute la bonne décision. Il est tout de même avocat. Un avocat connaît le droit, n'est-ce pas ?

— Vraisemblablement, répondit Alina en portant à nouveau la main à son poignet : 13 h 33.

— Ça n'a jamais été facile avec Nicola. Ce n'était d'ailleurs pas facile non plus avec moi. Elle a souvent compris bien des choses. Mes défaillances. Des défaillances, c'était toujours le terme qu'employait Christian quand je ne me conduisais pas bien. Lui, en revanche, a toujours été correct. Envers elle, je le crois du moins.

Alina se pencha en avant. John lui avait expliqué que ce geste signalait à l'interlocuteur qu'on s'impatientait. Quoi qu'il en soit, Johanna Strom sembla ne rien remarquer.

— Nicola aime beaucoup son père. Moi, à la fin, elle ne me disait plus bonjour, ne m'accordait plus un regard, même à table quand je lui avais préparé son plat préféré. Elle mangeait toujours des raviolis de gibier en civet. Mon Dieu, qu'est-ce que je raconte ? Elle mange bien entendu des raviolis. Elle est encore en vie. Vivante.

La mystérieuse visiteuse parlait à présent sans discontinuer.

— Un jour, elle n'est pas rentrée. L'école m'a appelée parce qu'ils n'avaient pas réussi à joindre Christian à son cabinet. J'étais là. Car c'est lui qui a déménagé, et je suis restée chez nous dans un premier temps. Et j'étais à jeun, par chance. Ou par malheur, qui sait. Ça n'a pas d'importance. Beaucoup de choses n'ont plus d'importance. Tout, à vrai dire. Plus rien ne compte jusqu'à ce que je sache enfin où elle est. Jusqu'à ce que…

— Donc, si je vous ai bien comprise, votre fille est partie de chez elle après votre séparation d'avec votre mari ? l'interrompit Alina. C'est très triste, mais je ne vois vraiment pas ce que je pourrais…

— Non, non. Elle n'est pas partie. Elle se plaisait chez son père. Elle aimait son appartement, la liberté qu'elle y avait. Elle avait une chambre beaucoup plus grande, ses amies pouvaient y passer la nuit, il n'était pas très strict sur ce point et, ah… non. Je vais essayer de mieux vous expliquer tout ça, excusez-moi. C'est bête de ma part, vraiment bête. Je radote, je vous prends votre temps. Alors que tout ce que j'ai à dire est si simple ! Voyez-vous, Nicola ne peut pas être partie. Pas sans son portable. Jamais elle ne partirait sans, je le sais. C'est ce que j'ai dit à la police, mais ils ne me croient pas. Personne ne me croit.

— Qu'est-ce qu'ils ne croient pas ?

— L'histoire du monstre.

— Du monstre ? répéta Alina à voix haute, afin que John pût entendre de la pièce d'à côté.

Il se tenait discrètement en retrait avec TomTom, mais elle savait qu'il interviendrait si l'entretien prenait une tournure encore plus dingue et si elle avait besoin d'aide à un moment.

— Oui, je l'ai su dès le début. À la seconde où la directrice m'a téléphoné en disant : « Madame Strom ? Madame Johanna Strom ? Il s'agit de votre fille. » À la manière dont elle a insisté sur le mot « fille », j'ai su que quelque chose de grave était arrivé. Quelque chose de plus grave qu'une rébellion d'adolescente. Elle n'était d'ailleurs absolument pas rebelle. Plutôt butée. Oui, butée. Mais elle n'est pas partie. Et j'en ai la preuve maintenant.

— La preuve ?

— J'ai des problèmes, oui, j'ai déjà tenté de me suicider, plusieurs fois. Voilà pourquoi j'étais dans cet établissement. Je le dis franchement, et pas seulement parce que le thérapeute le recommande. Je n'ai rien à cacher, vous savez. C'est à cela que vous remarquerez que je ne mens pas. J'ai vraiment vu la photo. Elle était sur cette photo, toute seule. Je l'ai vue. Ma fille, nue sur ce lit, et, avec elle, il y avait cette, euh… cette peur. Vous ne pensez pas vous aussi qu'une mère, elle peut la voir, cette peur… Oh, je suis désolée. De nouveau, ce verbe « voir ». Je n'ai pas fait exprès.

Alina eut un geste de dénégation. Elle avait envie de lui dire qu'elle pouvait utiliser autant d'expressions visuelles qu'elle le désirait, à condition d'en venir à l'essentiel. En réalité, elle devait s'avouer que le puzzle que Johanna Strom étalait devant elle par bribes de phrases commençait à l'intéresser.

— Vous avez donc vu une photo de votre fille ?

Une photo sur laquelle elle était torturée ?

— Oui, oui. Il y avait une date dessus, le 22 septembre. On peut certainement la falsifier, n'est-ce pas, mais dans quel but ?

— Pourquoi vous venez me raconter cette histoire à moi, et pas à la police ?

— Je suis désolée. Absolument désolée. Je ne voulais pas vous prendre votre temps. C'est seulement que, bon, j'ai lu que vous aviez eu le même problème un jour, n'est-ce pas ? Personne non plus ne vous a crue quand vous vous êtes rendue à la police, c'est bien ça ?

Alina commençait à comprendre où cette femme en pleine confusion voulait en venir.

C'est vraiment trop con, John. Comment as-tu pu la laisser entrer ?

— Écoutez, madame Strom. Je ne voudrais pas être impolie, mais je ne peux pas vous aider.

Alina était à bout de patience et voulait à tout prix éviter que la conversation prît la tournure qu'elle redoutait. Mais, dès la phrase suivante, l'affaire était entendue.

— J'ai lu pas mal de choses sur vous, madame Gregoriev. Il paraît que vous pouvez, enfin… que vous pouvez accomplir ce dont d'autres sont incapables. Cette affaire des enfants disparus.

— Vous vous trompez, dit Alina en se levant.

— Mais les journaux…

— Ils se trompent aussi.

— Je croyais pourtant qu'avec les jumeaux…

Juste ciel !

Durant deux mois, elle avait fui tous les journalistes, faisant dire qu'elle n'était pas là et répétant inlassablement la même phrase au téléphone : « Pas de commentaire. » Elle avait même envisagé de changer de nom, comme elle l'avait déjà fait une fois, afin de pouvoir vivre en paix.

— Je vous donne un conseil, madame Strom. Allez voir la police.

— Il y a longtemps que j'y suis allée. Mais eux aussi ont dit que Nicola était une fugueuse.

La femme toussa comme si elle avait avalé de travers.

— Mais je ne le crois pas. Nicola a seize ans. Bon, tous les enfants donnent des soucis, surtout quand il y a des problèmes à la maison. Mais elle était assez sage, au moins avec son père. Quand Christian disait : « Nicola, tu dois être rentrée à minuit », elle arrivait toujours cinq minutes avant. Et il n'y a jamais eu d'histoires de garçons, elle était encore vierge. C'est du moins ce que je crois, elle ne m'a jamais parlé de…

— Vous n'avez pas montré la photo à la police ? l'interrompit Alina.

— C'était impossible.

— Comment ça ?

— Elle n'existe plus. Oui, oui. Je sais l'effet que ça produit, mais c'est comme ça. C'était un polaroïd, mais pas une vraie photo. Elle avait subi un traitement spécial, un truc particulier. Je ne m'y connais pas. La technique n'est pas mon fort, et, à la maison, c'est toujours Christian qui s'en occupait. La photo s'est comme évaporée, quelques secondes après son départ.

— Son départ ?

C'est alors seulement qu'Alina s'avisa qu'elle n'avait pas demandé comment Johanna Strom était entrée en possession de cette preuve étrange.

— Le vieil homme. Il me l'a donnée dans le jardin de la clinique psychiatrique. Il avait l'air si gentil, mais il ne l'est pas du tout. Ce n'est pas non plus un patient, c'est un sale type, un monstre ! Car il était aussi sur la photo. Il n'y avait pas que Nicola avec ces pinces dans les yeux, il se tenait juste à côté d'elle, à côté de la table d'opération sur laquelle elle était attachée. On les appelle comme ça ? Comment appelle-t-on les lits dans les blocs opératoires ? Des tables d'opération ? Oh, mon Dieu, vous pensez que je suis dérangée, n'est-ce pas ?

— Je suis désolée, éluda Alina. Je suis vraiment désolée, mais j'attends un patient d'une seconde à l'autre.

À en juger par les bruits, Johanna Strom s'apprêtait elle-même à se lever, ce qui ne l'empêchait pas de continuer à essayer de convaincre Alina.

— Son visage m'était totalement inconnu quand il m'a adressé la parole dans le parc. Où l'aurais-je vu d'ailleurs, c'est à peine si je regarde la télé à la clinique. Je ne lisais pas les journaux. Mais quand on l'a arrêté quelques mois plus tard, je l'ai reconnu. Un homme si aimable, vieux jeu et gentil. J'ai crié : « C'est lui le type ! » en montrant le téléviseur dans le foyer. Mais ils se sont tous contentés de rire. Personne ne m'a crue, personne n'a cru à mon histoire de l'homme dans le parc et de la photo. Il avait dit que c'était le juste châtiment pour ce que j'avais fait. Mais j'ignore totalement de quoi j'ai bien pu me rendre coupable. Je suis tombée en dépression après avoir vu cette photo épouvantable. En dépression.

Un pressentiment désagréable s'insinua en Alina.

— L'homme qui vous a montré la photo…

Dans le parc d'un établissement psychiatrique. Une photo qui, semble-t-il, s'est volatilisée.

— … Vous voulez parler de Zarin Suker ?

Un instant, le silence régna dans le salon d'Alina. Seuls les bruits de la circulation dans la Brunnenstrasse se frayaient un chemin jusqu'à l'intérieur de l'immeuble. Jusqu'au moment où Johanna Strom, qui s'était remise à pleurer sans retenue, finit par répondre.

10

— Je vous remercie beaucoup, mon enfant.

La même salle de soins, la même voix. Seule l'envie de vomir qui envahit Alina quand elle songea à ce qu'elle allait entreprendre à l'instant avait changé. Elle était pire encore. Elle tâtonna à la recherche de ses lunettes de soleil, qu'elle avait enlevées dix minutes plus tôt d'un geste brusque, et les remit sur son nez.

Étrangement, se présenter nue à des inconnus ne lui posait aucun problème. En revanche, permettre à quelqu'un d'observer de si près ses yeux morts et sans éclat était pour elle comme une atteinte à la partie la plus intime de son être. Au début, Suker avait regretté de ne pas avoir ses instruments à sa disposition, puis, ne prononçant plus un seul mot, mais chantonnant tout bas, il avait examiné ses yeux avec attention. Maintenant qu'il avait enfin terminé, elle se sentait salie et aurait aimé prendre une douche.

— Pourquoi avoir changé d'avis, Alina ?

Sans le savoir, Suker posait la question avec laquelle Stoya l'avait accueillie dans son bureau une heure plus tôt. À vrai dire, le chef de la sixième brigade criminelle n'avait pas eu le ton arrogant et suffisant de l'ophtalmologue. Alina en était directement venue au fait, répondant par une question :

— Dans quelle mesure peut-on se fier à Johanna Strom comme témoin ?

— Strom ?

Stoya n'avait pas eu à se faire apporter le moindre dossier. Il n'avait pas non plus consulté son ordinateur, ni appelé de collègue à l'aide. Il avait immédiatement su de qui il s'agissait.

— Comment êtes-vous tombée sur cette femme ?

— Elle est venue chez moi hier.

— Je vois. Elle veut que vous l'aidiez. Je n'aurais pas cru cette pauvre femme capable de ça.

— Pardon ?

— Une telle initiative personnelle ! La Strom en question est extrêmement dépressive, alcoolique de surcroît, et, à ma connaissance, elle suit un traitement psychiatrique. Du moins c'était le cas quand elle est venue déposer. En pleine crise de nerfs, elle n'a pas cessé de pleurer tout au long de son audition. Je crois que c'est Scholle qui l'a interrogée, mais c'est sans importance. Pendant environ deux semaines, elle est venue chez nous presque quotidiennement ; pour finir, elle nous a reproché de n'avoir rien entrepris, de ne pas l'avoir prise au sérieux. Mais ce n'était pas vrai, même si son époux en personne nous avait laissé entendre qu'il valait mieux ne pas prêter attention à une mère de famille à l'esprit dérangé dont l'ivrognerie avait détruit leur ménage.

— Et alors ? avait demandé Alina d'un ton provocant.

— Et alors quoi ?

— Vous avez recherché l'enfant ?

— Nicole ou Nicola, si je ne me trompe ? Bien entendu. Mais pas en rapport avec l'affaire Suker. C'était une simple affaire de disparition.

Depuis quand de telles affaires sont simples ? avait eu envie de lui rétorquer Alina. Mais cela n'aurait servi à rien. Elle se contenta donc d'une autre question :

— Comment en êtes-vous arrivés à cette conclusion ?

— L'enfant n'avait que quinze ou seize ans, elle était beaucoup trop jeune en tout cas. Les victimes de Suker sont toutes majeures, la plupart ont plus de trente ans. En outre, les antécédents ne laissaient guère de doutes : un ménage brisé, un père qui s'en va, une fille en pleine puberté. Vous n'avez pas d'enfant, Alina, mais vous connaissez à coup sûr l'équation à trois termes : la mère boit, le père se fait la malle et l'enfant fugue. Cela arrive dans les meilleures familles.

Stoya s'était bruyamment levé derrière son bureau et avait arpenté la pièce tout en parlant. Alina se l'était représenté gesticulant des deux mains.

— Bon Dieu, Alina. Je pourrais maintenant vous raconter des salades à seule fin de vous voir entreprendre avec Suker ce qui, en soi, n'est qu'une folie.

Stoya avait parlé d'un ton qui démentait ses propos. Bien sûr qu'il croyait à l'impossible. Ou, du moins, il était si désespéré qu'il *voulait* y croire. Dans quelques heures, le juge d'instruction lèverait le mandat d'arrêt de Suker et, par manque de preuves, libérerait une bête féroce.

— Il n'en sortira probablement rien, et vous ne sentirez ni ne verrez rien du tout chez lui. Et même si c'était le cas, vous n'aideriez certainement pas cette pauvre femme Strom. Sa fille a fugué, renseignez-vous auprès du père. Il y a eu une dispute entre les deux, si je ne me trompe pas. Il faudrait que je vérifie, mais, d'après ce que je sais, le père et la fille se sont querellés et, le lendemain, la petite avait disparu. Donc, si vous voulez me rendre service, c'est bien volontiers ; j'en suis heureux. Mais faites-le pour d'autres raisons. Je ne veux pas vous motiver davantage au prix d'un mensonge.

Pour finir, Alina se demandait si ce n'était pourtant pas le cas : si ce n'était pas un mensonge qui l'avait poussée à revenir auprès de Suker, un mensonge de la pire espèce, celui de croire qu'elle pourrait ainsi réparer une terrible erreur qu'elle avait commise.

— Que vous a-t-on promis pour que vous vous fassiez violence ? questionna le chirurgien, semblant avoir deviné ses pensées.

Suker, qui s'était approché de la table de massage dès qu'elle le lui avait suggéré, s'allongea à grand bruit.

— Avec quel appât l'appareil d'État vous a-t-il séduite ?

Un appât ? Si tu savais à quel point tu es proche de la vérité, songea Alina, son dégoût envers cet homme ne cessant de grandir.

— Si je manipule cette brute, avait-elle demandé à Stoya en le quittant, obtiendrai-je enfin ce que vous m'avez promis ?

Me donnerez-vous la bande magnétique ?

Le commissaire avait répondu oui avant la fin de la question.

— Que ce soit bien clair une fois pour toutes, monsieur Suker : je vous ai laissé voir mes yeux, un point c'est tout. Maintenant, je serais heureuse de pouvoir renoncer sur-le-champ à toute conversation avec vous.

— Vous ne souhaitez donc pas connaître mon diagnostic ? L'examen a été plein d'enseignements.

— Non merci, ça ne m'intéresse pas, répondit Alina en s'approchant du lit de camp.

Elle passa la main le long du rebord rembourré jusqu'au pied de la table. Elle ôta alors une de ses chaussures basses.

— Même si je vous propose un marché ? Attendez, non, ne dites rien, s'il vous plaît, contentez-vous de m'écouter, d'accord ? Écouter, ce n'est pas converser.

Alina soupira, à bout de nerfs, ce que Suker interpréta manifestement comme un assentiment.

— Il faut que vous sachiez une chose à mon sujet, Alina. Peu importe ce que raconte Stoya, ce que la presse écrit : j'aime les yeux. Pas ceux couleur émeraude, étincelants, souvent comparés avec des diamants ou des étoiles, qui nous contemplent dans les publicités. *Sain* et *beau* ne sont que des synonymes d'*ennuyeux*, vous ne trouvez pas ? Je fais la chasse à la beauté véritable. À l'extraordinaire, à l'unique. Et, dans la nature, la singularité est toujours l'équivalent de l'anomalie, vous avez déjà réfléchi à cela, mon enfant ?

— C'est tout ?

— Maintenant que j'ai contemplé vos merveilleux yeux malades, je suis certain que vous pouvez être opérée. Si vous le désirez, Alina, si vous voulez voir à nouveau, je vous rendrai la vue en deux interventions seulement. Et cela, à un tarif qui n'aura rien d'excessif ; pour vous, ce sera gratuit. Tout ce que vous avez à faire, c'est de renoncer à la contrepartie que je vous ai promise.

— Ne pas vous masser ?

Alina aurait tellement aimé accepter la proposition de ne pas le toucher. Mais alors Stoya renoncerait à leur accord. Jamais elle n'apprendrait ce qui s'était réellement passé dans les ultimes secondes qu'avait vécues Zorbach sur le méthanier.

Et je me serais ouverte totalement en vain à un psychopathe.

— C'est mon offre, dit Suker en chuchotant tout à coup.

— Offre rejetée. S'il vous plaît, asseyez-vous de manière à regarder le mur. Bien droit, en me tournant le dos.

— Comme vous voudrez, madame, soupira Suker.

À en juger d'après les bruits, l'ophtalmologue obéissait, ce qui fournit à Alina l'occasion de poser la main sur sa bouche sans que Suker s'en aperçût.

— C'est votre décision, mon enfant. Je ne peux pas faire votre bonheur contre votre gré, n'est-ce pas ?

Elle retint son souffle, releva sa jambe déchaussée vers l'arrière et la lança devant elle. Ses orteils recroquevillés heurtèrent de plein fouet le pied métallique du lit de camp. La douleur remonta le long de la jambe et, durant un moment qui lui parut interminable, elle ne sentit rien d'autre. Le choc avait été si violent qu'il lui aurait arraché un cri si sa main, devant sa bouche, ne l'avait étouffé, ne laissant passer qu'un gémissement étouffé. Son front se couvrit de sueur et elle fut prise de nausées. Puis elle se mit au travail.

11

Aveuglée.

C'était la première pensée d'Alina, une pensée absurde, chaque fois que cela commençait et qu'une boule de feu venait buter contre l'intérieur de ses yeux. Un feu qui remplaçait l'obscurité omniprésente dans laquelle elle vivait par une lumière vive, une lumière éblouissante.

Généralement, cet épisode douloureux servait de prélude à une série d'associations d'idées, commençant par le souvenir d'un garage où la fillette de trois ans qu'elle était cherchait sur des étagères des bocaux vides pour fabriquer, avec sa voisine du même âge qu'elle, de la gadoue destinée à un château de sable. Ils n'habitaient pas depuis longtemps dans cette banlieue d'une petite ville californienne ; son père venait d'être embauché comme ingénieur dans un projet de construction de barrage et personne n'avait encore eu le temps de débarrasser le garage. Nul n'était donc au courant de la présence de carbure de calcium dans les bocaux du propriétaire précédent, produit qui explosa quand la petite Alina les remplit d'eau.

Aveuglée.

Alina réprima le réflexe instinctif de retirer aussitôt ses mains des épaules de l'homme, avant que la lumière ne devînt aussi éblouissante que celle qui lui avait brûlé la cornée.

Il était encore beaucoup trop tôt pour arrêter la séance. Elle ne voyait toujours pas d'images, elle n'entendait pas de voix, alors que les visions acoustiques se manifestaient toujours en premier dès que la chose se produisait. *Dans le cas où* elle se produisait.

Autrefois, elle avait cru que cela n'arrivait qu'avec certaines personnes. Avec des êtres si chargés d'énergie négative, malsaine, que celle-ci lui était transférée quand elle entrait avec eux en contact physique. Plus tard, lors de son équipée cauchemardesque en compagnie de Zorbach, elle avait appris qu'elle ne pouvait établir un contact avec le monde psychique d'un étranger que si, lorsqu'elle le touchait, elle était en proie à une vive douleur.

Raison pour laquelle elle venait de se meurtrir les orteils.

Pour l'instant, en fait, elle ne voyait, n'entendait ou ne sentait rien d'autre que les élancements dans son pied et la lumière éblouissante dans laquelle elle baignait. Elle était presque soulagée, car toutes ces sensations s'expliquaient par la blessure qu'elle venait de s'infliger.

Je suis sensible, mais pas folle.

Comme elle aurait aimé le croire ! Comme elle aurait aimé ramasser ses affaires, faire un signe au gardien et informer Stoya avec un haussement d'épaules de regret qu'elle n'avait rien « vu ». Mais ce souhait ne fut pas exaucé. Car, soudain, le brouillard se dissipa devant son œil interne et, au même instant, elle entendit…

J'entends de la musique ?

Dès les premières mesures, elle reconnut la mélodie.

Let me take you on a trip
Around the world and back

C'était une de ses chansons préférées, et pourtant elle ne se rappela sur le moment ni le titre ni le nom du groupe, ce qui n'avait rien d'étonnant, compte tenu de tout ce qui se déroula au même moment. Il y eut d'abord les trous. Des mains invisibles déchirèrent la tenture lumineuse devant son œil interne, découvrant des ombres. Alina ne sentit pas ses mains descendre des clavicules de Suker jusqu'à sa colonne vertébrale. Elle était bien trop occupée à regarder les images subitement apparues. Comme jadis avec le Voleur de regards, elle sembla une nouvelle fois glisser dans le monde de son patient. Un monde qui ne se dévoilait que peu à peu et dont les contours se précisaient lentement, comme une photo dans le bain révélateur.

Un mur. Blanc. Sommairement plastifié et à la texture grossière, comme la vieille armoire dans ma cave. Et j'entends de la musique. De la musique authentique, honnête, comme dirait John, même si elle provient de haut-parleurs qui doivent être plus rudimentaires encore que le mur en panneaux stratifiés contre lequel je suis appuyée.

And you won't have to move
You just sit still

Un bref instant, elle vit des étincelles rouges tourbillonner comme dans une cheminée où s'écroule une bûche incandescente. Puis Alina parvint à mieux discerner ce qui l'entourait. Plus tard, réfléchissant calmement à cet épisode, sa pensée logique et rationnelle refuserait de croire qu'elle avait réellement pu pénétrer dans l'esprit de Suker et « voir » le monde avec ses yeux.

Un psychiatre qu'elle avait consulté après la nouvelle de la mort de Zorbach avait parlé de visions et d'hallucinations. Elle préférait les termes de « rêves éveillés » ou de « souvenirs », le dernier étant le plus approprié.

Souvenirs.

De même que, dans ses rêves, elle ne pouvait rien discerner qu'elle n'eût déjà stocké dans sa mémoire visuelle et que, comme elle avait perdu la vue dès l'âge de trois ans, il ne lui restait que peu de souvenirs qui n'eussent pas déjà pâli ou disparu. Si elle n'avait jamais vu de portable, de salle de jeux vidéo ou la tour Eiffel, elle avait déjà bel et bien vu une cuvette de WC, cuvette sur le rebord de laquelle elle se tenait en équilibre.

Je suis debout sur une cuvette de WC, appuyée contre un mur blanc plastifié. Non, je ne m'appuie pas, je me hisse vers la lumière, vers le haut.

Elle ressentit le besoin pressant de cligner des yeux.

J'ai les deux mains posées sur le rebord supérieur du mur, mes pieds poussant contre le bord des WC, et je vois…

La musique se fit plus forte tandis que ses pieds disparaissaient…

… non, pas les miens, mais…

Les jambes disparurent de son champ visuel. En revanche, elle vit… des cheveux. Des cheveux blond vénitien, frisant naturellement.

Comme toujours, c'étaient les cheveux… *de ma mère. Merde alors*.

Au bout de vingt-trois années de cécité quasi totale, Alina n'avait gardé en mémoire que les traits de deux êtres. Ceux de son père et de sa mère. Adolescente, elle avait encore une vague idée de ce à quoi devait ressembler son frère. Mais, avec le temps, son image s'était estompée avant de complètement s'évanouir, semblable à un dessin à l'encre de Chine ayant reçu la pluie. C'est pour cette raison que toutes les personnes qu'Aline rencontrait dans ses rêves ou ses *souvenirs* avaient le visage de ses parents. Et c'est aussi pourquoi elle avait les yeux rivés sur la tête de sa mère en cet instant où, penchée par-dessus un mur, elle plongeait le regard dans une deuxième cabine de WC.

Ce doit être des toilettes publiques. Suker épie des toilettes de dame du haut de la cabine d'à côté.

Comme pour confirmer cette constatation, elle vit au-dessous d'elle la main de la femme se tendre vers le distributeur de papier hygiénique.

Now let your mind do the walking
And let my body do the talking

La chanson s'interrompit brusquement, avant le refrain, et Alina en aurait presque été irritée si la femme n'avait soudain levé les yeux vers elle…

Vers moi ? Non, vers Suker.

… à peu près à l'instant où le présentateur radio qui avait coupé la chanson se mit à parler :

— *Nous sommes le 16 février et, heu, je crois que je devrais ralentir un peu et boire moins de café, car…*

Elle ne put en entendre davantage, la voix de l'animateur étant recouverte par celle de la femme épiée. Il s'agissait manifestement d'une ancienne patiente de Suker, car elle suppliait :

— *Non, je vous en prie, ne recommencez pas…*

Puis elle se leva.

Non. Faux. Elle ne se lève pas. Elle est hissée. Le nœud coulant en fil de fer ne lui laisse pas le choix. Le nœud coulant que je tenais à l'instant encore et que je viens de déposer autour de la tête de ma victime se resserre. La femme se met à râler et à gigoter frénétiquement tout en essayant néanmoins de ne pas opposer le poids de son corps à la traction, sachant trop bien que cela lui briserait la nuque. Elle est donc à ma merci, je le lis dans ses yeux. Dans les yeux doux, bienveillants de ma mère que la peur écarquille. Des yeux dans lesquels il n'y a pas seulement de la panique, mais aussi une forme de compréhension qui, en cette seconde, me paraît inconcevable. Jusqu'au moment où j'entends la voix de Suker parlant par ma bouche. Et je sais maintenant qui va être sa nouvelle victime quand il sera remis en liberté.

Sa prochaine victime est une ancienne patiente qu'il doit avoir déjà eue en son pouvoir, car il dit :

— *Eh bien, tu te souviens de moi? Me revoilà. Je suis revenu vers toi pour achever ce que j'ai commencé.*

La vision d'Alina dura encore une vingtaine de secondes avant de devenir totalement insupportable.

12

Il y avait trois personnes à qui elle souhaitait de tomber gravement malade et de subir tous les tourments du monde. L'une était le médecin dont l'erreur de diagnostic avait valu à son père, un an durant, de soigner son cancer de l'estomac avec des tisanes, jusqu'au moment où il s'était mis à cracher du sang, avant de mourir peu après. La deuxième s'était introduite chez elle pendant qu'elle dormait, s'était couchée dans son lit et l'avait agressée sexuellement. Et le troisième se tenait précisément à côté d'elle, dans un cimetière, en plein froid.

— Où est Stoya ? s'enquit Alina.

— Un rendez-vous urgent chez le procureur ; il m'a envoyé à sa place.

— Alors, c'est pas de bol que vous vous soyez tapé tout ce trajet pour rien. Je ne parlerai qu'avec Stoya, pas avec son caniche.

— Pourquoi tant d'agressivité ? demanda Mike Scholokowsky.

— Hum, laissez-moi réfléchir, répondit Alina en plissant le front. Peut-être parce que, la dernière fois que je vous ai rencontré, vous vouliez appuyer le visage d'un bon ami à moi contre une plaque de cuisinière chauffée au rouge ?

Enlevant son gant, elle lui mit sous le nez la paume de sa main gauche sillonnée de cicatrices boursouflées, d'un rouge vif. Un souvenir tout personnel de cette journée qui remontait à deux mois à peine. Par chance, ni les tendons ni les muscles n'avaient été détruits. Sinon, elle serait désormais incapable d'exercer son métier.

— C'était une situation de stress, Alina. Je suis désolé.

— Vous ? Désolé ?

Pour Mike Scholokowsky, que tout le monde appelait « Scholle » au commissariat, il n'y avait manifestement eu dès le début qu'un seul suspect dans l'affaire du Voleur de regards : Alexander Zorbach. Scholle était si sûr de son fait qu'il avait voulu torturer Zorbach dans la cantine désaffectée d'un hôpital pour qu'il avouât où étaient cachés les enfants.

— Vous aviez déjà interrogé Frank Lahmann, espèce d'abruti. Vous l'avez laissé filer. C'est à cause de votre incompétence que Zorbach est mort et que le Voleur de regards est en liberté. Je ne comprends toujours pas pourquoi vous êtes toujours au commissariat, vous et votre gros cul.

— Mon Dieu, que je suis heureux que nous nous entendions si bien ! s'exclama le commissaire en éclatant de rire. J'avais peur que vous soyez rancunière.

Un vent glacial cisaillait la main d'Alina. Elle l'enfonça dans la poche de sa veste. Elle était furieuse de ne pouvoir se faire une image plus précise de Scholle. Zorbach lui avait seulement dit qu'il devait avoir des problèmes pour trouver des frusques à sa taille dans les boutiques ordinaires.

— *Scholle ressemble à un ancien boxeur poids lourd qui aurait arrêté l'entraînement du jour au lendemain mais sans renoncer à la bouffe qui lui permettait de faire le poids*, lui avait dit Zorbach un jour. *Le genre de type qui, en costume, a l'air d'un videur, ce qu'il est d'ailleurs, tout au fond de son être brutal. Il profite de la candeur des gens qui croient sans réserve que les gros sont forcément gentils et débonnaires. Scholle n'a pas un visage adipeux, ni des yeux porcins, et il ne transpire pas quand il parle. Il a effectivement l'apparence d'un bon gros nounours. Une tête ronde, un ventre proéminent, des bras et des jambes qui font gonfler ses habits comme si, à l'intérieur, soufflait un sèche-cheveux.*

Pour Alina, ces descriptions étaient aussi vides de sens que la remarque de Zorbach sur la ressemblance de Scholle avec Obélix. Elle n'avait jamais vu de combat de boxe, aperçu un videur devant une discothèque ni feuilleté une BD à la lumière d'une lampe de poche, sous une couverture. L'unique association d'idées que Zorbach avait réussi à lui inspirer était précisément celle qu'il voulait éliminer, c'est-à-dire celle d'un ours en peluche tel qu'elle en avait vu dans sa petite enfance.

— Venez, Alina. Il caille, je me les gèle. Maintenant que les politesses sont terminées, j'aimerais bien savoir ce que votre visite chez Suker a donné.

Elle secoua la tête.

— Non ?! Vous refusez de me parler ou bien c'est parce que ça n'a rien donné ?

— Ça n'a rien donné.

— Pas le moindre indice ?

— Que dalle ! Sauf que…, dit Alina en se frappant le front. Ah mais si, à présent que vous en parlez, j'ai vu le numéro de téléphone de sa prochaine victime, est-ce important ?

— Très drôle.

Alina se demanda si Scholle scrutait son visage et, si oui, ce qu'il y voyait. Elle n'avait jamais su mentir. John disait toujours en blaguant que c'était la seule chose qu'elle faisait encore plus mal que se garer. Elle sentit le sang lui monter aux joues. Elle se contenta d'espérer que le ciel, au-dessus d'eux, convenait à une visite au cimetière : gris, nuageux, déprimant. Peut-être que, dans le demi-jour, Scholle ne s'apercevrait pas qu'elle rougissait.

Alina était déjà venue là cinq bonnes semaines auparavant, pour l'enterrement. Elle n'avait pas reçu d'invitation officielle, personne n'en avait reçu. Qui aurait d'ailleurs pu les envoyer ? Le Voleur de regards avait anéanti la famille : Zorbach n'avait ni frères ni sœurs, son père était déjà mort et sa mère, depuis son attaque d'apoplexie, végétait dans une maison de retraite. Ce jour-là, le cimetière de Marienfelde n'en était pas moins assiégé par une foule de gens ayant entendu parler de l'enterrement par les médias. Le journal où Zorbach avait travaillé avait donné à sa une la forme d'un avis de décès. Elle savait que Scholle, en choisissant ce lieu pour leur entretien, entendait lui porter un coup bas sur le plan émotionnel. Il était donc au courant de la contrepartie que Stoya lui avait promise.

— Merde ! Alors ce fou furieux va être libéré, soupira le commissaire.

— Allez, arrêtez, Scholle. Il n'y a pas si longtemps, vous m'avez traitée d'ésotérique tordue, en regrettant qu'on ait trop tôt cessé de brûler les sorcières. Sérieusement, vous n'allez pas me faire croire que vous attendiez grand-chose de ma rencontre avec Suker ?

— Très franchement ? (Elle entendit Scholle allumer une cigarette.) Non, je ne crois pas que vous soyez une espèce de voyante ou quoi que ce soit de ce genre. Pour moi, tout ça n'est que conneries. Que nous obtenions des preuves supplémentaires grâce à votre aide, cela me paraît aussi vraisemblable que de recevoir un coup de fil de Heidi Klum[1] pour m'inviter à une partie fine avec sa meilleure amie. Pour une raison que j'ignore, cela a néanmoins fonctionné avec le Voleur de regards. Et, depuis l'affaire de mon fils, j'ai appris ceci : il faut se raccrocher à la moindre bouée de sauvetage si on ne veut pas ensuite se reprocher éternellement de n'avoir pas tout tenté.

Quelques années plus tôt, Scholle avait pris un congé de longue durée pour rechercher son fils, Marcus, qui, à l'âge de quatre ans, avait été enlevé par son épouse russe et emmené dans le pays natal de celle-ci. Sa trace se perdait quelque part entre Moscou et Iaroslavl. Scholle avait trop longtemps hésité. Quand il était arrivé en Russie, la mère et l'enfant avaient déjà plongé dans la clandestinité. Il n'avait jamais revu Marcus.

— Je veux arrêter les pourris, Alina. C'est aussi simple que ça. Et pour y parvenir, je suis aussi prêt que

1. Actrice et top-modèle allemande.

Stoya à recourir à des moyens qui ne figurent pas forcément dans le manuel du parfait enquêteur.

— La torture par exemple.

— Oui, aussi, concéda-t-il sans détour. Et qu'y a-t-il de mal à ça ? Je vais vous poser une question toute simple, Alina. Prenons le cas de deux équipes de foot. L'une est armée jusqu'aux dents, n'est tenue à aucune règle et a le droit de démolir, voire de tuer, tout joueur adverse s'approchant de trop près. L'autre équipe est au contraire constamment surveillée par l'arbitre, n'est autorisée à entrer sur le terrain qu'en tenue de sport et reçoit un carton rouge à chaque faute. Quelle équipe va gagner, à votre avis ?

— Les bons ne peuvent pas gagner s'ils sont fair-play ?

— Exactement.

— Connerie de café du commerce. Mais merci d'avoir été si franc. J'ai encore moins de mal à vous détester.

Et à vous mentir.

Elle avait tout de même, avec les toilettes publiques, une indication de l'endroit où Suker irait chercher sa prochaine victime dès qu'il serait libre. Et l'animateur radio avait même révélé à quelle date l'ophtalmologue frapperait à nouveau.

Nous sommes le 16 février et, heu, je crois que je devrais ralentir un peu…

Le 16 février.

Plus que cinq jours, donc – et Suker serait relâché dès le lendemain. Mais il était trop tôt encore pour en parler à la police.

Elle avait besoin de temps pour réfléchir. La séance de massage à l'hôpital datait d'une heure à peine et, si ce qu'elle avait appris tout à la fin était exact, il était extrêmement douteux qu'elle pût divulguer ce qu'elle savait. De ce point de vue, elle pouvait même considérer comme une chance que Stoya eût envoyé son assistant. S'il était venu en personne, elle aurait eu plus de mal à mentir.

— Bon, très bien.

Elle entendit Scholle frapper en cadence l'une contre l'autre ses mains couvertes de gants épais.

— Merci quand même d'avoir au moins tenté le coup.

À en juger d'après le crissement, le policier donnait des coups de la pointe de sa botte dans le gravier des allées du cimetière.

— Au fait, il a été déterré, annonça-t-il, la prenant totalement au dépourvu.

— Pardon ?

— Le cercueil de Zorbach. Des clochards l'ont fracturé dans la nuit et ont emporté des bouts du cadavre.

— Vous vous foutez de moi ?

— Bien sûr. C'est mon occupation préférée. Glander dans un cimetière par moins cent degrés et me payer la tête d'une aveugle.

En dehors du cimetière, la vie semblait continuer, se manifestant par un concert de klaxons, mais ici, devant la tombe de Zorbach, Alina se sentit soudain transportée sur une autre planète.

— Je ne vous crois pas.

— Vous ne pouvez pas le voir, mais la terre est encore toute fraîche et les fleurs arrachées n'ont pas été remplacées.

— Mais dans quel but ? C'est absurde.

Scholle acquiesça d'un grognement.

— Ça, on peut le dire. Ça a dû être un sacré travail. Ce putain de sol est gelé.

Alina entendit les pas de deux personnes à quelque distance. Elle savait qu'ils se trouvaient dans un coin du cimetière relativement à l'écart, qu'une haie et plusieurs arbres tenaient à l'abri des regards d'autres visiteurs. Les pas s'éloignèrent, mais elle baissa néanmoins la voix :

— Pourquoi ? Qui a fait une pareille chose ?

— Qui découpe les paupières des femmes avant de les violer ? rétorqua Scholle en donnant un nouveau coup de pied dans le gravier. Le monde est malade, Alina. Je me demande parfois si nous sommes des médecins ou des patients dans ce monde.

Sentant le froid traverser la semelle de ses brodequins, elle se mit sur les talons pour lui offrir le moins de prise possible. Soudain, Scholle lui saisit le bras et sortit sa main de la poche de sa veste.

— Qu'y a-t-il ?

Le froid attaqua ses doigts nus comme un fauve fond sur une proie toute chaude.

— C'est la contrepartie. Vous ne m'avez certes pas aidé, mais ce qui est promis est promis.

— Stoya devait me donner une bande magnétique, pas une carte de visite, protesta-t-elle.

Zorbach avait eu la présence d'esprit d'activer la touche d'enregistrement de son portable durant son coup de fil avec Frank Lahmann. Son ultime conversation avec le Voleur de regards, son ultime conversation avec qui que ce soit, avait été conservée mot pour mot. Depuis le début jusqu'au coup de feu dans la tête. Alina n'avait pu l'entendre jusqu'ici, pas plus que la presse ou le public.

— Au fait, pourquoi désirez-vous tant cet enregistrement ? s'enquit l'inspecteur.

— Vous ne pouvez pas comprendre.

— Pourquoi ne pas essayer ? Je ne suis pas aussi bouché que j'en ai parfois l'air.

Alina soupira et secoua la tête comme si ce genre d'entretien ne menait de toute façon à rien. Puis elle réagit en tentant de ne pas paraître trop à bout.

— Le cadavre de Julian n'a pas été retrouvé ?

— Jusqu'à présent, non.

— Il n'était pas dans la soute du bateau sur lequel vous étiez avec Zorbach ?

— Non. Mais ce n'a jamais été non plus le cas des autres victimes. Le Voleur de regards les a toujours transportées ailleurs.

— Oui, c'est vrai. Mais avec quel retard êtes-vous arrivés ?

— L'ultimatum était expiré depuis sept minutes.

— À votre avis, combien de temps faut-il à un homme pour sortir en courant du ventre de ce bateau, parvenir sur le pont, descendre la passerelle et regagner sa voiture sur le quai ?

— Je ne sais pas… Deux, trois minutes peut-être.

— Et avec un garçon mort dans les bras ?

— Je vois où vous voulez en venir, Alina, dit Scholle en imitant le bruit d'une ampoule électrique qui s'allume, comme dans les dessins animés. Nous avons calculé tout ça. Frank Lahmann a nécessairement sorti Julian de sa cachette avant l'expiration du délai.

— Ou bien il n'a jamais quitté le bateau.

— Nous avons fouillé partout, croyez-moi. Frank n'était pas à bord et il n'a pas assassiné Julian sur le bateau.

— Qu'est-ce qui vous rend si sûr de ça ?

— La bande magnétique, entre autres.

— Je le pensais. C'est pourquoi je veux l'avoir.

Alina enfonça sur son front la capuche de sa parka. Malgré l'épaisse fourrure en agneau et sa perruque noire, elle gelait comme si elle avait plongé la tête dans de l'eau glacée.

— Pourquoi la parole de Stoya ne vous suffit-elle pas ? Quelle différence y a-t-il si vous l'entendez de vos propres oreilles ?

— Pourquoi les proches veulent-ils regarder une dernière fois le défunt ? répliqua-t-elle. Je ne croirai ce que vous dites que lorsque je l'aurai moi-même vécu.

Et je ne pourrai dire adieu à Zorbach qu'après avoir entendu sa voix une dernière fois. Mais toi, espèce de couillon, ça ne te regarde pas !

— Julian n'a pas été assassiné sur le bateau, un point c'est tout. Je ne vois pas ce qu'il y a là de si incroyable, affirma Scholle.

— Cela signifierait que nous pouvons modifier notre destin, répondit Alina, puis, sentant que le commissaire allait faire un commentaire désobligeant, elle s'empressa de poursuivre : Dans l'une de mes dernières visions, peu avant que Zorbach ne délivre les jumeaux, j'ai vu la fin de Julian. J'ai vu un bateau. J'ai vu une soute, peut-être celle dans laquelle Zorbach est entré. Et j'ai vu Julian mourir asphyxié.

— À l'évidence, vous vous êtes trompée.

— Je donnerais beaucoup pour que vous ayez raison, dit-elle avec un rire sans joie.

Zorbach serait alors en effet parvenu à briser la chaîne du mal. Il n'y aurait donc pas de prédestination et nous pourrions changer le cours des choses. Et, si c'est vrai, je ne dois en aucun cas te parler de ma dernière vision, Scholle.

— Je vous en prie, donnez-moi la bande, réclama-t-elle à nouveau.

— Ce n'est pas une bande, mais une clé USB. Et vous ne l'aurez pas, vous le comprenez, non ?

— Non, je ne comprends pas. J'ai passé un marché avec Stoya.

— Ah bon ? Vous avez fait ça ? ironisa Scholle. Mon chef est peut-être un peu naïf, mais moi, vous ne me tromperez pas, mon chou. Vous croyez vraiment que je ne vois pas que vous dissimulez quelque chose ?

Merde. Alina sentit son visage rougir davantage encore.

La surveillance. Comment être si bête ?

Elle avait oublié les microphones cachés qui avaient enregistré chaque mot prononcé dans la salle de soins. Le silence avait été trop long pendant la séance de massage de Suker. Si elle n'avait réellement rien senti, pourquoi ne l'avait-elle pas interrompue aussitôt ?

— Vous ne m'avez pas tout dit, vous n'aurez donc pas l'enregistrement, c'est aussi simple que ça.

Le gravier crissa à nouveau sous le poids de Scholle, cette fois parce que le commissaire s'était décidé à s'en aller.

— Attendez un peu, où allez-vous ? lui cria-t-elle.

— Au chaud.

— Et qu'est-ce que je fais de ça ? demanda-t-elle en agitant la carte de visite que Scholle lui avait glissée dans la main.

— Je suis certain que vous le découvrirez, Alina.

Elle ouvrit la bouche mais ne dit rien. Au lieu de quoi, elle écouta les pas crissant sur le gravier qui s'éloignaient lentement d'elle, et elle entendit le policier ajouter :

— Très vite, j'en suis sûr.

13

La promenade en bordure de forêt, le long du lac, semblait être bénéfique à TomTom. Il avait passé une mauvaise nuit. En temps normal, il couchait sur le tapis, au pied du lit d'Alina, mais, la veille, il avait échangé sa place habituelle contre une autre, juste sous le radiateur. Elle avait été réveillée à plusieurs reprises par ses gémissements fiévreux, avait senti sa truffe sèche et lui avait apporté une grande écuelle d'eau dont il n'avait bu que quelques lampées. C'était à cause de ce foutu froid qui n'en finissait pas. Il donnait du fil à retordre non seulement aux humains qui avaient entre-temps rebaptisé leur ville « Berlingrad », mais à tous les êtres vivants qu'il tenait entre ses griffes. Les oiseaux ne trouvaient plus de quoi se nourrir sous l'épaisse couche de neige, les poissons s'asphyxiaient dans les lacs pris par la glace. La SPA avait conseillé de ne pas laisser les chats sortir et de se contenter, avec les chiens, des promenades indispensables, même s'ils disposaient manifestement de meilleures facultés de régénération que les douze mille Berlinois qui subissaient pour l'heure la vague de grippe. Ce matin encore,

TomTom avait à peine touché sa nourriture. À présent, pourtant, il tirait sur son harnais, comme s'il lui tardait d'arriver dans l'île.

7, Schwanenwerder[1] *?*

Il n'y avait rien d'autre. C'était la seule empreinte perceptible aux doigts sur le recto de la carte de visite que Scholle lui avait donnée au cimetière. Pas de nom, pas de code postal, pas d'indication quant à la personne qui habitait là, « résider » étant certainement un verbe plus approprié. Alina vivait à Berlin depuis quatre ans. Assez longtemps pour savoir qu'à partir du moment où son chien et elle avaient laissé derrière eux la plage ils se trouvaient dans l'un des quartiers les plus huppés de la capitale.

Certainement un coin agréable pour une promenade, mais finalement pas l'endroit où je pourrais me sentir bien.

Son malaise grandissait à chaque pas. Elle avait des gargouillements d'estomac, mais elle ne les attribuait pas à son petit-déjeuner frugal de ce matin. *Il fait un froid de canard, je chope la diarrhée, j'ignore où je suis et ce que je cherche ici.*

Contrairement à elle, TomTom paraissait connaître la destination de leur promenade. En tout cas, il avançait sans hésitation et ne s'arrêtait que de loin en loin pour la prévenir de la présence d'un nid-de-poule ou d'une branche encombrant le passage. Comme la rue Wannseeweg n'avait pas de trottoir, ils marchaient

1. Île, à proximité immédiate de Berlin, sur la Havel, à la sortie du lac Wannsee, quartier résidentiel très recherché, relié à la terre par un pont.

sur le côté gauche afin d'être mieux vus des véhicules arrivant en face. Mais, pour l'instant, ils n'avaient croisé aucune des Mercedes, des Porsche ou des 4 × 4 qu'elle supposait occuper les garages à deux places des villas.

Ils étaient en route depuis déjà trois quarts d'heure, Alina étant descendue à la station Wannsee de la S-Bahn. Quarante-cinq minutes durant lesquelles elle en avait passé au moins quarante-quatre à se demander si elle n'avait pas perdu la raison.

Furieux que tu ne lui aies pas révélé l'avenir, un flic te donne une carte de visite. Tout être normal serait resté chez lui, au chaud, mais toi, espèce de courge, tu n'as d'autre souci, cédant à la curiosité, que d'aller à ta perte.

Au vent qui changeait, Alina s'aperçut qu'ils passaient sur le petit pont reliant l'île de Schwanenwerder à Zehlendorf. Elle entendait aussi le crissement des plaques de glace flottant au-dessous d'elle. Ils purent ensuite quitter la route et suivre un étroit sentier.

Il n'y avait que quelques maisons sur l'île, mais, aucune de ces propriétés n'ayant moins de cinq mille mètres carrés de superficie, il leur fallait à chaque fois parcourir la distance d'un demi-terrain de football avant d'arriver devant le portail suivant. Il s'écoula dix minutes avant que ne retentît le signal GPS de son iPhone. Ils étaient arrivés. Le 7, Schwanenwerder, sans qu'Alina sût ce qui se cachait derrière cette adresse.

Elle avait évidemment tout tenté pour s'épargner cette excursion harassante, mais ni les renseignements téléphoniques ni Internet ne s'étaient révélés d'une quelconque utilité. Le 7, comme la plupart des propriétés de Schwanenwerder, ne figurait dans aucun répertoire. Les richards de l'île investissaient certainement leur argent dans tout autre chose que des plaques à leur nom. Elle s'était pris la tête une journée entière, puis, ce matin, était partie.

Il lui fallut un certain temps avant de trouver le mince poteau métallique planté en terre quelques centimètres devant la clôture, poteau où était intégré l'interphone.

Tout en pressant la sonnette, elle se répéta de nouveau ce qu'elle allait dire quand on lui demanderait ce qu'elle voulait :

— *Je sais, cela paraît un peu étrange, mais c'est l'inspecteur de police Mike Scholokowsky qui m'a communiqué votre adresse. D'après ce que j'ai compris, vous avez des informations à me donner.*

— Oui, c'est pour quoi ?

S'attendant à ce qu'il fallût plusieurs minutes à quelqu'un pour parcourir les couloirs sans doute interminables de la résidence, Alina fut surprise d'entendre une voix si rapidement. Une voix d'homme, au demeurant amicale.

— Alina Gregoriev, j'aimerais…

Le bipeur retentit et le portail s'entrouvrit. Elle dut s'appuyer à deux mains contre le lourd battant pour l'ouvrir.

OK, Scholle, ce n'était donc pas une embrouille et on m'attend, se disait-elle, quand TomTom, au bout de quelques pas, se mit soudain en travers de son chemin en grondant, mais c'était déjà trop tard.

Alina fut jetée au sol.

14

Ils étaient deux, muets comme des carpes. Leurs gestes, pour la faire tomber et lui donner un coup dans le plexus solaire, puis lui enfoncer un bâillon dans la bouche et lui couvrir la tête d'un sac, étaient aussi fluides que ceux de danseurs professionnels. Elle se sentit d'une légèreté irréelle quand ils la soulevèrent par les bras et les jambes. Cela aurait dû suffire à la faire paniquer, comme elle aurait dû s'effrayer d'entendre, une fraction de seconde plus tard, qu'on lui attachait les poignets avec un ruban adhésif toilé. À tout le moins quand une portière coulissante s'ouvrit dans un raclement et qu'on la jeta sur le banc d'une camionnette. En réalité, toute l'opération n'avait pas duré quatre secondes, raison pour laquelle elle ne prit conscience de sa situation qu'avec retard.

Ma peur n'arrive pas à nous suivre, pensa-t-elle, tout en constatant qu'elle ne se souciait que de Tom-Tom qui avait aboyé furieusement, puis n'avait plus poussé que des glapissements étouffés et n'était plus avec elle à présent. *Nous la distançons*.

La camionnette démarra en trombe et, à en juger par son inclinaison, descendit une pente. Alina n'avait aucune idée de la taille de la propriété, mais elle paraissait assez vaste pour contenir un circuit automobile. Elle s'attendait chaque seconde à s'écraser dans l'eau du Wannsee, quand le bruit du véhicule changea, à la fois plus fort et plus sourd, ce qui lui permit de supposer qu'ils étaient entrés dans un tunnel.

La course folle se termina aussi brusquement qu'elle avait débuté. Si l'un des deux ravisseurs n'avait pas été assis sur ses cuisses, elle aurait été projetée vers l'avant quand le conducteur freina.

La portière coulissante s'ouvrit et la seconde partie de cette sinistre chorégraphie commença. Cette fois, un des hommes la mit sur son épaule. L'autre lui enleva le gant de sa main gauche et lui appuya la main contre une surface fraîche. On aurait dit une vitre. Elle se mit à suer, non sous l'effet de la peur, mais parce que la température avait soudain augmenté de quarante degrés. Devant son œil interne se forma l'image d'un garage chauffé, mais, entendant l'écho provoqué par les semelles de cuir de ses ravisseurs, elle rectifia sa première impression. Un garage n'aurait pas été aussi grand. Elle se trouvait plutôt dans un hangar pour avion.

— Qu'est-ce que ça signifie ? Qui êtes-vous, espèces de salopards ? voulut-elle hurler, mais le bâillon transforma ses paroles en un gémissement incompréhensible.

Ils l'avaient déposée contre le mur, comme un tapis enroulé, et elle sentit qu'un des hommes lui prenait son portable, ses clés, son porte-monnaie, sa ceinture et ses cigarettes, sans oublier le briquet.

Son cœur se mit à battre plus vite. La peur ne l'avait toujours pas rattrapée, mais était à portée de main.

Il ne se produisit plus rien pendant un certain temps, puis, soudain, plusieurs bips retentirent et, à quelque distance d'elle, une nouvelle porte coulissante s'ouvrit. Alina entendit un piano et ne sut plus ce qui la troublait le plus : d'être chargée, tête la première, dans un ascenseur où passait de la musique classique, ou de s'apercevoir que le type baraqué qui la portait sur son épaule était une femme.

— Vous avez un petit moment à me consacrer? demanda la ravisseuse.

N'entendant personne répondre à cette question, Alina en conclut que la femme aux gros muscles téléphonait. À partir de cet instant, elle ne fut plus en état de se livrer à d'autres déductions. La peur avait fini par remporter la course, réussissant, à la dernière seconde, à se glisser entre les portes de l'ascenseur qui se refermaient.

— Très bien, dit la femme avec un rire de soulagement. Oui, c'est fait.

Qu'est-ce qui est fait? Où suis-je? Qu'est-ce que vous me voulez?

— La visite que vous attendiez depuis si longtemps est enfin arrivée.

15

— Je vous dois des excuses pour cet accueil inconvenant, madame Gregoriev.

— Oh, mais je vous en prie, inutile d'en parler. C'est toujours avec grand plaisir que je me fais tabasser et enlever.

Alina grattait sur ses poignets les traces laissées par le ruban adhésif. Elle avait toujours un peu de peine à respirer, mais on lui avait tout de même ôté ses liens ainsi que le sac sous lequel elle avait cru étouffer. Et, depuis qu'elle avait été déposée dans cette pièce par une femme semblant aussi forte qu'une haltérophile chinoise, elle pouvait à nouveau parler sans bâillon.

— Je suis vraiment désolé, les policiers ont sans aucun doute eu une réaction exagérée, dit l'inconnu avec une amabilité incongrue.

— La police ? C'étaient des flics, ces brutes ? s'exclama Alina, qui éclata d'un rire incrédule et se pencha en avant dans son fauteuil en cuir. Et vous, qui êtes-vous ? Le président de la République ?

— Je suis le docteur Martin Roth.

Roth? Quelque part dans un recoin de son système nerveux, une synapse s'éveilla, mais Alina fut incapable de retrouver le tiroir où elle avait rangé le classeur contenant ce nom.

— Vous avez peut-être déjà entendu parler de moi à propos de l'affaire Zarin Suker, l'aiguilla-t-il.

L'expertise, exact.

— Stoya a lâché votre nom. C'est vous le psycho-machin-chose qui a examiné Tamara Schlier, le témoin, je me trompe ?

Alina réprima une violente envie de donner une claque à son ravisseur, maintenant qu'elle connaissait son identité.

— Tout à fait. Le parquet a ordonné une expertise pour évaluer son équilibre mental.

— Tant mieux pour vous. Mais peut-être vaudrait-il mieux faire expertiser le vôtre. Où est-ce que je suis, putain ?

— M. Stoya ne vous l'a donc pas révélé ?

Furieuse, elle se tapa dans les mains.

— Non. Depuis avant-hier, il m'est impossible de rencontrer ce très cher M. Stoya. En revanche, son assistant, Mike Scholokowsky, m'a donné une carte de visite avec cette adresse en me disant que je la trouverais bien toute seule. Donc, soit vous avez tous en commun un sens morbide de l'humour, soit vous accouchez d'une explication valable avant que j'appelle mon avocat.

Alina entendit craquer une chaise pivotante délestée de sa charge. Le médecin avait dû se lever.

— Je comprends votre colère.

— C'est vrai ? Mince alors, vous êtes vraiment bon dans votre partie. Jamais j'aurais pensé qu'un psychiatre trouverait pourquoi une aveugle disjoncte pour la seule raison qu'on l'a bâillonnée.

Roth fit quelques pas dans la pièce. Elle était incapable de la visualiser après les folles impressions de cette dernière demi-heure. Jusqu'ici, elle avait eu la sensation d'être assise seule dans un vaste fauteuil en cuir flottant dans le vide. Mais en entendant craquer le plancher sous les pieds de Roth, elle corrigea cette impression. Lui, peut-être, avait les pieds sur terre.

— Comprenez-moi bien, je n'approuve en rien cette forme de violence. Mais les policiers ne devaient prendre aucun risque.

— À quel propos ?

— Ils devaient s'assurer que vous étiez vraiment Alina Gregoriev. Vous ne vous en êtes certainement pas aperçue, mais on vous a suivie depuis la station de métro. Celui qui vous filait a été frappé par l'assurance avec laquelle vous vous déplaciez sur les terrains les plus difficiles.

— Celui qui me filait ? s'étonna Alina, clignant involontairement des yeux.

De mieux en mieux !

— Oui. Il a pensé que votre cécité n'était peut-être que feinte. Les caméras de surveillance à l'entrée ont de plus montré que vous vous êtes arrêtée sans aucune hésitation devant le 7 de la rue. On a ensuite zoomé sur vous et vu que vous portiez une perruque. Je suis navré, l'enjeu est énorme, il fallait donc s'assurer que vous n'étiez pas une personne non autorisée cherchant à espionner la propriété. Voilà pourquoi on a confisqué vos papiers d'identité et vérifié vos empreintes digitales.

— Attendez un peu…, l'interrompit Alina, se souvenant qu'on avait appuyé sa main contre une surface vitrée. Vous vous foutez de moi ou est-ce que je suis en train de jouer dans une scène pour débiles de la Caméra cachée ? J'ai un GPS dans mon téléphone et je me déplace avec un chien d'aveugle entraîné à me guider. Au fait…, dit-elle, sentant un froid l'envahir, qu'avez-vous fait de lui ? Où est TomTom ?

— Ne vous faites pas de souci. Il n'arrête pas de grogner et de montrer les crocs, mais il va bien. On l'a facilement attrapé grâce à la poignée du harnais. Il vous attend dans le bâtiment principal, à l'entrée.

— Amenez-le-moi, tout de suite !

— C'est impossible. Les chiens ne sont malheureusement pas admis dans le secteur clinique de la propriété.

— Une clinique ? Je suis dans un établissement hospitalier ?

— Entre autres, oui, mais ce n'est pas le genre d'établissement habituel.

— Ah bon ? dit Alina d'un ton railleur. Vous voulez dire le genre d'établissement où l'on entre de son plein gré ?

— Exactement, répondit Roth sans relever le sarcasme.

D'un seul coup, sa colère disparut comme par enchantement. Peut-être était-ce dû au ton du psychiatre qui gardait un calme imperturbable malgré ses provocations. Il s'était proposé comme paratonnerre. Maintenant que son premier accès de fureur était passé, elle retrouva lentement ses facultés de pensée et sa logique.

Une filature – des caméras de surveillance – un sac sur la tête – peur d'être espionnés – Stoya – Roth – Suker. L'élément qui reliait l'ensemble de la chaîne était…

— Attendez un peu…, commença-t-elle en se levant lentement de son siège. Le témoin n'a pas disparu du tout.

— Pardon ?

— Tamara Schlier, le témoin clé de l'affaire Suker, ne s'est pas évanouie dans la nature. Elle est ici.

Alina prit pour un acquiescement le silence de Roth qui avait vraisemblablement opiné du chef.

— La clinique est une cachette. Vous avez amené Tamara ici pour la mettre à l'abri de Suker.

Voilà pourquoi l'établissement est surveillé comme ça, pourquoi ils sont si nerveux quand des visiteurs arrivent à l'improviste.

— Le 7 est un quartier de haute sécurité que peu connaissent, confirma Roth. De l'extérieur, il est pratiquement impossible de voir par-dessus la clôture de deux mètres de haut et, si quelqu'un y parvenait néanmoins, il ne verrait que le bâtiment principal qui ressemble à une villa en forme de château, ce qu'il était d'ailleurs à l'origine. C'était la famille Larenz qui résidait ici.

— Ça ne me dit rien.

— Cela n'a de toute façon rien à voir avec notre affaire. Le bâtiment à l'entrée n'est qu'un camouflage. Le cœur de l'établissement est invisible, plusieurs mètres en contrebas de la villa, juste au bord du Wannsee. Du lac, on ne voit que des hangars à bateaux et une façade en verre. Les logements de sécurité destinés à protéger les victimes et les témoins ont été pour la plupart construits en sous-sol, ainsi que la partie de la clinique où nous nous trouvons en ce moment.

— Et où vous soignez Tamara Schlier.

— Entre autres, oui.

— Je ne comprends pas : vous avez votre témoin. Pourquoi avoir laissé courir Suker ?

— Parce que nous n'avons que peu d'espoir que Mme Schlier soit jamais en mesure de faire une déposition exploitable, mais je voulais…

— Ce que *vous* voulez m'est totalement égal, docteur, dit-elle en retournant avec ostentation les poches vides de son jean. Moi, je veux qu'on me rende mon portable et mes cigarettes et qu'on m'explique enfin ce que je fous ici.

— C'est un peu compliqué.

— Je veux bien le croire, dit-elle en croisant les mains devant sa poitrine. Le mieux est que vous commenciez par le début.

— Non, répliqua Roth, le mieux est de vous montrer.

16

Ils suivirent un long couloir qui sentait la peinture et la poussière. Roth lui recommanda de ne pas s'approcher trop près des murs fraîchement repeints. Il lui fut pratiquement impossible d'analyser ce qui l'entourait à cause de la forte odeur de solvant et de l'absence de bruit autour d'elle. Elle ne put estimer ni la hauteur de plafond ni la distance entre les murs. L'image d'un couloir de clinique typique, au sol en linoléum, avec des panneaux de bois le long des murs se dessina devant son œil interne. De temps en temps, Roth lui effleurait le bras pour lui annoncer la présence d'une table, d'un brancard oublié là ou l'approche en face d'eux de quelqu'un qu'il saluait sobrement, sans prononcer ni nom ni titre. Roth lui expliqua à grands traits l'architecture du complexe. On avait enterré l'essentiel du bâtiment sous la pente, et seule une partie réduite sortait du sol, face au lac.

Le médecin lui annonça à un moment qu'ils venaient de quitter le secteur souterrain, puis il continua à avancer en silence, ce qui permit à Alina de mettre ses pensées en ordre.

Où diable me suis-je encore fourrée ?

Ce matin, elle avait déjà eu du mal à expliquer à John pourquoi elle allait suivre la mystérieuse indication de Scholle et se rendre à Schwanenwerder.

— *Parce que le policier est certes un salopard, mais pas un sadique, tu piges? Du moins il ne torture personne sans raison. Scholle espère quelque chose s'il m'envoie là-bas. À vrai dire, j'ignore quoi...*

Eh bien, elle l'avait apparemment trouvé à présent. Le témoin clé avait perdu la raison et, à titre préventif, se trouvait détenu à Schwanenwerder pour un traitement psychiatrique.

Mais qu'ai-je à voir avec tout ça? Alina s'immobilisa, prise d'une idée subite.

Ils ne veulent pas sérieusement que...

— Un instant, docteur. Je ne vais pas traiter quelqu'un ici?

Bien sûr que c'était ça. Si Stoya ou Scholle lui avaient demandé officiellement d'exercer ses dons sur une autre patiente, elle aurait refusé en leur faisant un bras d'honneur. Mais elle était tombée dans le piège à cause de sa propre curiosité.

— Traiter?

Elle aurait juré que Roth, qui s'était lui aussi immobilisé, la regardait avec la même expression interrogative que prenait sa mère quand elle lui racontait ce qui s'était passé au jardin d'enfants. Alina, dans son album intérieur de souvenirs familiaux, avait stocké peu de clichés; la plupart avaient jauni au fil des ans, par exemple les traits de son frère Ivan. Mais la mimique de sa mère pliant son tablier et l'écoutant attentivement était au nombre des trésors qu'elle conserverait à jamais.

— Qu'entendez-vous par « traiter » ? demanda le psychiatre.

— Donc, je ne suis pas ici pour… ? (Alina eut un geste de renoncement.) Oubliez tout ça !

— Ah, je comprends, bien sûr. C'est vrai que vous êtes physiothérapeute. Les journaux vous attribuent même des dons de médium.

— Qu'est-ce qu'ils n'écrivent pas ?

— Effectivement. Mais non, je ne vous ai pas fait venir pour vos facultés acquises ou innées.

Ils se remirent en marche, et Alina pensa à la phrase de la culturiste dans l'ascenseur…

La visite que vous attendiez depuis si longtemps est enfin arrivée.

— D'après ce que je sais, ce n'est pas vous qui m'avez fait venir. C'est un cinglé qui m'a donné une carte de visite, et deux autres tordus m'ont enlevée.

— C'est votre manière de voir les choses, madame Gregoriev.

— Ah bon, et quelle est la vôtre ?

Alina entendit Roth déverrouiller plusieurs serrures avant de lui tenir ouverte une porte qui semblait relier l'aile rénovée du bâtiment avec l'ancienne. Au moins n'y avait-il plus ici l'odeur des travaux de rénovation.

— Il y a quatre semaines, j'ai demandé à Stoya de pouvoir bénéficier de votre concours, mais il avait estimé que c'était prématuré. Je suis heureux qu'il ait changé d'avis.

— À quel propos ?

— Que savez-vous des personnalités complexes, madame Gregoriev ?

Ils ralentirent, comme des personnes qui, apercevant l'endroit où leurs chemins vont diverger, cherchent à retarder l'instant de la séparation. Ils devaient être entrés dans la salle de radiologie. Dans l'une des pièces de l'arrière vers lesquelles ils se dirigeaient, il y avait un gros appareil électronique en train de fonctionner. Alina supposa qu'il s'agissait d'un appareil à résonance magnétique nucléaire, bien que le bourdonnement et les sifflements fussent moins sourds que ce qu'elle connaissait pour avoir été elle-même enfermée dans ce tunnel.

— J'ai vu le film *Identity*, répondit-elle.

— Vous avez vu ?

— Oui, mais avant que vous m'enfermiez à nouveau la tête dans un sac parce que vous pensez que je suis une simulatrice, je vais vous rassurer. De nombreux aveugles vont au cinéma. J'admets que c'est plus agréable pour des films où l'on parle que pour des documentaires sur la nature.

— J'ai encore appris quelque chose, la remercia Roth en l'invitant à faire un pas sur la gauche afin d'éviter une table roulante.

À l'odeur, ils devaient passer devant une cuisine et l'estomac d'Alina se manifesta. Elle avait faim, envie de pisser et besoin d'une cigarette. Le mieux serait les trois choses à la fois. Elle commençait à connaître les réactions de son organisme qui, après des situations de stress où elle s'était sentie proche de la mort, aspirait à des mesures de réanimation : si possible sous forme de nourriture, de drogues légales ou de sexe, ce dernier ayant reculé de la première place à un rang qui n'était plus mesurable sur sa liste des priorités. Autrefois, elle avait trouvé tout naturel de coucher avec n'importe qui, homme ou femme, jeune ou vieux, à condition d'éprouver un réel intérêt pour la personne en question. Cela avait été sa méthode préférée pour se faire une image de quelqu'un. Mais, depuis l'histoire du Voleur de regards, tout avait changé. Elle avait perdu un ami qu'elle connaissait à peine et qui, pourtant, lui manquait à tout instant, comme si, avec sa mort, on l'avait amputée d'une partie de son âme. Apparemment, son aptitude à laisser libre cours à ses sentiments avait été enterrée en même temps que Zorbach. Depuis sa mort, elle n'avait plus pleuré. Ni sur sa tombe, ni durant les jours suivant les obsèques. Et, surtout, elle n'avait plus ressenti l'envie de contacts physiques, pas plus au lit qu'au cours de séances de shiatsu avec de grands criminels ou des témoins à l'esprit dérangé.

Ils s'immobilisèrent à nouveau et Roth lui posa une main sur l'épaule avec douceur.

— Eh bien, si votre connaissance des personnalités complexes ne dépasse pas celles d'un scénariste d'Hollywood, je crains fort que ce qui se cache derrière cette porte ne soit un choc pour vous, madame Gregoriev.

17

Alina retint son souffle, parce qu'elle entendait mieux sans le bruit de sa respiration et qu'il lui fallait corriger la première impression provoquée en elle par les sons venus de la pièce. Derrière la porte, il n'y avait certainement pas d'appareil technique de grande dimension, ni d'appareil à résonance magnétique. Le bourdonnement était beaucoup trop constant.

— On dirait que quelqu'un a mal réglé sa radio là-dedans, supputa-t-elle.

— C'est exactement ça.

Roth ouvrit la porte et le bruit augmenta. Un méli-mélo de bribes de musique et de mots incompréhensibles se déversait sous un tapis de sifflements et de parasites atmosphériques.

— La radio de cette chambre est réglée sur modulation de fréquence, 105,3 mégahertz exactement, entre les stations 104,6 et 105,5, autrement dit quelque part dans le no man's land de l'espace.

— Et pour quelle raison ? s'étonna Alina.

— Pour calmer le patient. La radio marche toute la journée et ne doit à aucun moment être réglée, encore moins arrêtée.

— Sinon, il se produit quelque chose ? commença Alina, mais à cet instant elle perçut une odeur familière. Attendez, vous venez de dire « *le* patient » ? chuchota-t-elle, épouvantée.

— Oui, pourquoi cette question ?

Roth la prit par le bras.

— Oh, mon Dieu, vous n'allez pas me dire que…

Il se mit à bégayer pitoyablement.

— Je croyais, heu, je suis désolé, mais…

Alina repoussa le bras du psychiatre et pénétra dans la pièce.

— Pardonnez-moi, je ne savais vraiment pas, expliqua ce dernier, balbutiant avec embarras des excuses qui semblaient sincères. Je croyais que les cachotteries de Stoya ne concernaient que le lieu de séjour. Vous devez me prendre pour un malotru dépourvu de toute sensibilité.

Alina se cogna à un lit étroit. Elle suivit à tâtons la barrière d'acier inoxydable, en direction de la source du bruit. Elle s'orientait grâce à un courant d'air glacé qui ne pouvait provenir que d'une fenêtre ouverte et qui transportait quelque chose d'autre que les simples odeurs du lac.

De la sueur.

Une odeur corporelle chargée de peur, de souffrance et de stress, une odeur qu'aucun bain ne pourrait supprimer, aucun parfum masquer, tant elle s'était incrustée dans chaque pore. Pourtant, parmi les émanations de cet homme malade, persistait une odeur à nulle autre pareille.

Alina s'agenouilla et prit la main qui pendait sans force à côté du fauteuil, poids mort au bout d'un bras engourdi. Elle poussa un gémissement, crut qu'elle allait exploser quand son soupçon devint certitude. L'odeur était à peine perceptible, mais elle n'oubliait jamais celle d'un homme avec qui elle avait couché.

Le choc de cette révélation la frappa avec la force d'un bélier, brisant son armure émotionnelle. Elle tâta du bout des doigts le visage, sentit la chaleur de la peau crevassée, les joues creuses, les lèvres gercées si familières et elle se mit à pleurer.

— Qu'est-ce que ça signifie ? cria-t-elle d'une voix qu'elle-même ne reconnut pas.

— Je peux tout vous expliquer, voulut l'apaiser Roth, mais ses paroles furent anéanties en plein vol par le hurlement d'Alina.

— Qu'est-ce que vous lui faites, bande de salauds ?

Pendant ce temps, le patient sur le fauteuil ne bougeait pas d'un millimètre. Alexander Zorbach regardait par la fenêtre, inerte, fixant le lac gelé et écoutant avec concentration le tumulte incompréhensible de son transistor.

18

Alexander Zorbach (moi)

Quelqu'un a dit un jour que l'essence même de la maladie mentale résidait dans sa négation. Plus un patient est malade, plus il le conteste. À prendre cet adage à la lettre, j'étais, d'un point de vue psychique, en parfaite santé. Je savais que quelque chose n'allait pas chez moi, ce qui, étant donné que j'étais assis dans un fauteuil roulant, le regard vide et muet, bavant à longueur de journée en écoutant des trucs déments à la radio, n'était pas un exploit en matière de diagnostic. Comme sur ma radio, plusieurs fréquences s'emmêlaient aussi dans ma tête. J'étais à peu près aussi loin de la normalité que ma mutuelle maladie qui acceptait de prendre en charge les frais entraînés par mon suicide raté.

Ce jour-là à vrai dire – le jour où je revis Alina pour la première fois –, sept semaines après mon acte désespéré et dix jours seulement après l'enlèvement de mes drains, je n'étais pas capable de cette appréciation objective de mon état. Ce qui avait certainement à voir avec la balle de 9 mm qui avait perforé mon cerveau.

Si, à l'époque, on m'avait mis un crayon entre les doigts en me demandant de dessiner mon monde intérieur, j'aurais sans doute mordu à belles dents dans le bloc-notes plutôt que de griffonner un nuage d'un rouge incandescent, jetant des étincelles, qui aurait symbolisé la douleur dans ma tête. Mon crâne n'était plus que la salle où répétait un groupe de rock endiablé. Quand j'avais de la chance, je n'entendais que le ronflement de leurs amplis ou le feed-back des micros. Mais, le plus souvent, un batteur plaçait ses cymbales contre mon crâne, tout heureux quand un coup bien ajusté parvenait à m'arracher des larmes – comme ce fut le cas à l'instant où Alina fit irruption dans ma chambre.

On m'a dit ensuite qu'elle s'était agenouillée et avait pris ma main, ce que je n'aurais pas senti, même si mon bras n'avait pas été complètement engourdi. En outre, le groupe venait juste de commencer sa répétition, et les mecs jouaient « Sweet Pain of Mine ».

Je n'ai donc pu entendre Alina incendier le Dr Roth et le sommer d'expliquer comment j'avais réussi à ressusciter d'entre les morts. Alors que l'explication était on ne peut plus simple. Arrivé sept minutes trop tard dans la cachette du Voleur de regards et m'apprêtant à suivre les directives de Frank Lahmann, j'avais déjà placé l'arme contre mon œil lorsque les hommes de Stoya avaient fait sauter la porte de la soute pour m'y récupérer.

L'explosion m'avait fait tressaillir, le revolver avait glissé et la balle ne m'avait pas perforé l'œil. Elle était entrée quelques centimètres plus haut, s'enfonçant dans mon os frontal ; elle avait ensuite traversé comme du beurre certaines régions du cortex avant et du lobe temporal. Puis, suivant une trajectoire descendante presque verticale, épargnant donc le tronc cérébral et les grosses artères, le projectile avait déchiré les tissus musculaires de ma nuque avant de ressortir. Quand les policiers se penchèrent sur mon corps, j'étais déjà dans le coma. Malheureusement, les hommes du commando prirent plusieurs mauvaises décisions. La première fut de me réanimer, la seconde de me transporter en hélicoptère dans le service de neurochirurgie d'un hôpital militaire. Par chance, pendant la première phase des secours, Stoya avait écouté l'enregistrement de mon portable et compris pourquoi j'avais voulu mourir. Contrairement à ses habitudes, il avait fait la seule chose à faire : annoncer ma mort dans les médias. Il fallait laisser croire au Voleur de regards que j'avais rempli ma part de l'accord et qu'il pouvait libérer Julian. Pour parachever la supercherie, on organisa des obsèques publiques, tandis que j'étais conduit à Schwanenwerder en grand secret.

J'avais peu à peu appris tout cela de la bouche de Roth et de Stoya, les seules personnes qui me rendaient visite. J'aurais pu répondre aux questions d'Alina si je n'avais alors été si occupé à perdre la raison.

Et à chasser mon fils.

19

Il n'est pas facile d'expliquer pourquoi un patient qu'un vacarme intérieur est en train de mener à sa perte met à fond une radio mal réglée. Mais, comme je l'ai appris, il n'est jamais simple d'expliquer des troubles mentaux. Du moins à des gens ayant toute leur raison.

Quant à moi, mon comportement depuis la première visite de mon fils m'apparaissait parfaitement logique. Sinon, comment aurais-je pu me débarrasser de lui ?

La première fois, cela se produisit quand mon œdème cérébral avait régressé au point que j'avais pu quitter mon lit. Mon champ de déplacement ne s'était d'ailleurs guère élargi par la suite. Il y avait moins de deux mètres entre mon lit et le fauteuil roulant devant la fenêtre aux vitres dépolies. Il était 18 h 30 ce jour-là. Le Dr Roth venait de terminer sa visite. Il avait vérifié le pansement de ma tête et m'avait donné un nouveau médicament dont le nom m'échappe. Il était parti depuis moins d'une minute mais le cachet agissait déjà. Le groupe avait baissé le volume de sa chanson trash metal et mes souffrances avaient diminué.

C'est le moment que choisit le cauchemar pour me visiter. Julian grimpa pour la première fois par la fenêtre. Jusqu'ici je n'avais entendu que sa voix, depuis un bon bout de temps déjà et à intervalles réguliers. Il profitait des rares moments où le groupe se reposait pour prendre le micro et me torturer avec des messages optimistes.

— *Je ne suis pas mort. Je vis dans un autre monde, c'est tout. Tu as seulement à t'endormir, papa. Alors nous serons de nouveau ensemble. Réunis.*

Au choix des mots, je compris que ce n'était pas mon fils mais mon subconscient qui me parlait. Ce n'était pas Julian, mais la part lâche de mon être qui voulait suivre la voie la plus aisée et mourir. Avec le temps, sa voix se fit plus forte et devint même parfois l'élément dominant de mes souffrances :

— *Pourquoi ne m'écoutes-tu pas, papa ? Viens avec moi, ou bien ne m'aimes-tu plus ?*

J'avoue que son offre était attirante. J'aurais tellement aimé cesser de résister et ne plus me raccrocher des deux mains à la vie ! Dans un moment de lucidité, peu avant la seconde opération, j'avais demandé à Stoya si le Voleur de regards avait tenu parole. En parlant, j'avais dû donner l'impression d'avoir avalé ma langue. Mais le commissaire savait que, dans mon état, aucune autre question n'était susceptible de m'intéresser, et il s'était contenté de secouer la tête avec un air de regret.

Le Voleur de regards m'avait menti. Ou bien avait démasqué mon camouflage. De toute façon, ça n'avait pas d'importance, car Julian n'était plus en vie.

Dès lors, je sus que je ne devais pas renoncer. Que je devais résister aux voix imaginaires de mon fils. Une pulsion était née en moi, plus forte que le souhait d'une mort miséricordieuse, la pulsion de la vengeance.

Mon centre de la parole était endommagé, de grandes parties du côté droit de mon corps étaient paralysées et je ne pouvais pas faire deux pas sans aide. Mais cela ne m'empêchait pas de mûrir un plan : pourchasser Frank Lahmann à travers la moitié du monde s'il le fallait et le tuer à petit feu en lui infligeant des tortures atroces. Rétrospectivement, cette colère concentrée, à l'état pur, a certainement joué un grand rôle dans l'étonnante rapidité de mon rétablissement. Plus de quatre-vingts pour cent des gens atteints de blessures semblables aux miennes meurent. Les quelques survivants deviennent totalement dépendants. J'ai été une exception à la règle. Tout homme a besoin d'une impulsion pour accomplir de grandes performances, et ma motivation était la haine.

Bien sûr, il est très difficile de conserver cette motivation quand on a devant soi les yeux tendres de son fils qui, assis sur le rebord de la fenêtre, les jambes ballantes, vous invite d'un geste à le rejoindre.

— *Partons, papa. Toi et moi seulement. Alors nous serons de nouveau réunis.*

C'est une chose de résister à une voix imaginaire, et une autre, totalement différente, quand le fils que tu crois mort te tend la main. Je savais, bien entendu, que c'était l'effet des médicaments. Plus le groupe jouait fort, plus mes souffrances s'intensifiaient et plus Julian avait du mal à se faire entendre. Mais, l'œdème ayant régressé grâce aux opérations et les cachets de Roth ayant fini par atténuer ma douleur, mon fils prit le dessus, même si c'était dans mon monde imaginaire. Un monde qui, en raison de mes troubles sensoriels, me paraissait si réel que j'entendais *et* voyais soudain mon fils. Je sentais son souffle sur ma peau quand il se tenait devant moi dans son T-shirt gris pâle préféré, chassant de son visage ses cheveux humides de sueur.

Bon sang, je pouvais même sentir son odeur légèrement aigre-douce, celle que j'avais perçue pour la dernière fois dans la cachette du Voleur de regards. Le jour où j'étais arrivé trop tard.

— *Tu n'es pas obligé de souffrir, papa. Viens tout simplement avec moi et…*

Il avait une voix plus douce que dans mon souvenir, sa silhouette était floue, et de temps à autre – quand la douleur se déchaînait à nouveau – son corps perdait tant de densité que je voyais à travers sa poitrine.

J'étais donc aux prises avec un paradoxe cruel. Chaque fois que mes souffrances diminuaient, mon fils revenait. Mieux j'allais, plus son image trompeuse gagnait en réalité. J'avais voulu refuser d'avaler les comprimés, mais on m'avait alors administré les substances par intraveineuse. Je pensais me trouver face à un problème insoluble. Je n'avais ni la force ni la volonté de me confier au Dr Roth, et une minuscule partie encore intacte de mon cerveau me disait qu'il était vain de réclamer l'arrêt des analgésiques pour chasser mes fantasmes. Finalement, ce fut le hasard qui me vint en aide. Une infirmière dérégla par inadvertance la radio en faisant mon lit, et Julian disparut aussi soudainement qu'il était venu me hanter. Il ne se contenta pas de devenir évanescent et transparent, il s'évanouit complètement, comme s'il était un moucheron et la radio un appareil à haute fréquence destiné à chasser les insectes.

Le bruit des fréquences se chevauchant l'avait effarouché.

Je restai dorénavant dans mon fauteuil roulant devant la fenêtre, veillant à ce que personne ne règle l'appareil, voire l'éteigne. Au début, Roth et les soignants essayèrent de lutter contre ce vacarme, mais ils abandonnèrent après avoir constaté l'énergie extraordinaire que pouvait déployer un homme mentalement dérangé, la tête trouée par une balle, mais désireux de se venger. C'est uniquement la nuit, quand les médicaments m'assommaient, qu'on éteignait la radio, et je le supportais. Car les sédatifs engendraient un sommeil sans rêve dans lequel Julian ne pouvait pas s'immiscer. Le matin, mon premier geste était de m'installer à grand-peine dans mon fauteuil, d'allumer la radio et de monter la garde devant elle, comme c'était le cas ce jour où je reçus ma première visite venue de mon existence d'autrefois.

C'était peu après le déjeuner, mon corps avait évacué les calmants de la nuit depuis belle lurette et l'effet des premiers analgésiques du matin était presque dissipé. Le batteur s'en donnait à cœur joie avec ses cymbales crash et j'avais mal aux yeux à force de retenir mes larmes. Je luttais néanmoins en première ligne, prêt à tout pour défendre ma radio, le rempart contre mes hallucinations, quand Alina se matérialisa soudain, comme sortie du néant, dans mon monde en ruine.

J'ignore depuis combien de temps elle était accroupie à côté de mon fauteuil lorsque je pris conscience de sa présence. J'ignore aussi depuis combien de temps elle avait essayé de me parler avant que je réussisse à percevoir une phrase compréhensible au milieu de la cacophonie ambiante.

— Il faut que tu te réveilles ! hurla-t-elle. Réveille-toi. J'ai des nouvelles de Julian.

20

Alina Gregoriev

— Vous connaissez à présent toute la vérité, dit Roth, stoppant d'un clic de souris la voix enregistrée sur son ordinateur.

Alina n'ayant pas supporté longtemps de rester dans la chambre du malade, ils étaient de nouveau assis dans le bureau du psychiatre. Serrer la main inerte et trop maigre de Zorbach, sans y sentir un soupçon d'énergie, l'affectait encore plus que sa mort. Celle-ci aurait au moins signifié qu'il en avait fini avec ses tourments. Il lui fallait à présent assimiler le fait d'avoir non seulement ressuscité, mais aussi affronté des choses sans doute pires que la mort durant les dernières semaines.

— Pourriez-vous repasser l'enregistrement ? demanda Alina.

Roth accepta. C'était la quatrième fois qu'ils écoutaient la copie de la conversation téléphonique mise par la police à la disposition de Roth à des fins thérapeutiques. Dès que Zorbach en serait capable, il devrait, grâce à cette bande, assumer la réalité des dernières secondes de vie de son fils.

Comme trois fois auparavant, Alina sursauta à l'endroit où Frank Lahmann énonça les trois chiffres que l'inconnu lui avait chuchotés à l'oreille dans la rue.

Treize. Dix. Soixante et onze.

Ce n'avait donc pas été une illusion, contrairement à ce dont elle avait tenté de se convaincre. Elle frissonna à l'idée que la voix de l'homme qui lui avait paru familière était peut-être la même que celle énumérant ses exigences perverses :

— *Aimes-tu Julian plus que toi-même?*

— *Oui.*

— *Alors prouve-le.*

— *Il faut que je me brûle la cervelle?*

— Votre ami n'avait pas le choix, commenta Roth en chuchotant, tandis que l'enregistrement continuait.

— *Pose le canon contre ton œil gauche et appuie sur la détente. Dès que j'aurai vu ton cadavre aux informations, je relâcherai Julian. Mais, si tu hésites trop longtemps, tu auras perdu ton joker et j'étoufferai Julian avant de lui ôter l'œil gauche. Ah, et puis autre chose encore : au cas où j'aurais le moindre soupçon d'un bluff de ta part…*

— Comprenez-vous à présent notre stratagème? demanda le psychiatre lors d'une pause de Frank.

Alina acquiesça de la tête.

— *… au cas où j'aurais la moindre raison de douter de ta mort, j'exécuterai Julian et tu ne retrouveras jamais son cadavre. Ce n'est plus ton fils que tu rechercheras mais son enveloppe charnelle; or tu ne trouveras jamais rien que tu puisses enterrer. Le poisson frétille encore dans mes filets. Je peux encore fournir à* *la police des indices pour le retrouver. Des indices qui lui sauveront la vie. Tu m'as compris?*

Alina se mit à suer et ressentit soudain le besoin de se gratter des pieds à la tête. Elle leva la main et Roth comprit le signal. Il stoppa l'appareil.

— Vous savez que tout a été inutile, n'est-ce pas? demanda-t-elle.

— Que voulez-vous dire?

— La supercherie a été découverte. Ce n'est plus la peine de garder Zorbach sous clé. Hier, quelqu'un a ouvert son cercueil, et nous savons qui était ce quelqu'un.

Elle perçut que Roth prenait une profonde inspiration.

— Non, je l'ignorais. Mais je m'y attendais. La police attend maintenant depuis sept semaines un signe de vie de Julian. Personnellement, je ne me préparais pas à une bonne nouvelle, si longtemps après. Cela aurait d'ailleurs été un miracle. Le cercle des personnes dans le coup était certes réduit, mais les médecins de l'hôpital militaire et l'équipe de la salle d'opération savaient, bien entendu, que M. Zorbach n'était pas mort sur le billard.

Alina ouvrit sa main droite, qui tenait un mouchoir froissé. Puis elle referma le poing.

— Avancez!

Roth obéit à nouveau, et, à nouveau, Alina eut honte du soulagement qu'elle éprouva en entendant la voix du garçonnet. Quoi qu'il lui fût arrivé par la suite, il n'avait pas péri étouffé dans sa cachette. Zorbach avait réussi. Il n'y avait pas de fatalité, de prédestination. Et si, malgré tout, l'enfant était mort,

Zorbach avait obligé le sort à changer de cours. Restait à savoir si c'était pour le meilleur ou pour le pire. Elle tendit de nouveau la main pour arrêter définitivement le document sonore et se leva sans savoir pour quelle raison précise. Elle était trop bouleversée pour demeurer assise. À la fois furieuse et triste.

— Si mon cerveau n'était pas dans un tel état de confusion, je vous volerais dans les plumes et j'ameuterais toute votre foutue boutique. Mais ce n'est peut-être que partie remise. En attendant, pouvez-vous répondre à une question simple : guérira-t-il un jour ?

Ignorant l'invitation de Roth à se rasseoir, elle mit une main derrière l'oreille comme si elle éprouvait des difficultés à entendre le médecin.

— En fait, M. Zorbach est en bonne condition physique, soupira Roth.

Alina se toucha le front.

— C'est une plaisanterie ?

— Non. Vu mon statut de psychiatre et non de neurochirurgien, vous pouvez déjà en déduire qu'il va bien, madame Gregoriev. Les problèmes de votre ami sont de nature psychique, pas physique.

— Vous n'avez pas dit qu'Alex s'était tiré une balle de 9 mm dans la tête ?

— Si.

— À moi, cela semble on ne peut plus physique.

Roth eut un rire d'approbation, puis précisa :

— Peut-être avez-vous entendu parler du footballeur paraguayen Salvador Cabañas, qui a reçu une balle dans la tête, à bout portant, dans une discothèque. Après quelques mois seulement, il a été admis en établissement de rééducation et, aujourd'hui, il paraît qu'il donne de nouveau des coups de tête dans le ballon – et cela alors que ses blessures étaient beaucoup plus graves que celles de M. Zorbach : la balle avait traversé son cerveau et était restée dans son crâne. Chez M. Zorbach, en revanche, la balle n'a fait que frôler des régions cervicales de moindre importance avant de ressortir par la nuque.

Inconsciemment, Alina porta la main à sa nuque et se rassit.

— Il n'a plus d'hémorragies, plus d'œdème, plus d'hématome. À notre avis, on ne peut pas attribuer à sa blessure les fortes douleurs qu'il ressent ou ses handicaps moteurs, car les tissus des régions lésées sont insensibles et la plaie d'entrée de la balle est en très bonne voie de guérison. Il a un pansement sur la tête uniquement parce qu'il lui arrive de se gratter la nuit et que nous ne voulons pas lui attacher les mains. Tous les scanners nous le prouvent : s'il le voulait, M. Zorbach pourrait parler, lire, écrire et, sans doute, se promener sans aide.

— Alors, son état n'existe que dans son imagination ?

— Non. M. Zorbach a traversé un champ de mines émotionnel, il a perdu toute sa famille. Ses fortes douleurs sont la conséquence d'un stress post-traumatique tel que les connaissent, par exemple, les anciens combattants. Ce qui ne rend pas moins réelles les souffrances qu'ils endurent. En clair : votre ami souffre le martyre. Mais ses souffrances n'ont pas pour origine un endroit du corps localisable, ce qui explique que les médicaments habituels n'agissent guère.

— S'agit-il de faits ou d'hypothèses ?

— J'estime que mon diagnostic est tout à fait correct, répondit Roth en s'éclaircissant la gorge. Mais on ne peut avoir de certitude absolue, car il ne communique avec nous que de manière très limitée ; son cerveau est par ailleurs tombé dans un mode d'autodéfense.

— Qu'est-ce que ça veut dire, ça encore ?

— C'est un peu plus compliqué à expliquer, dit Roth qui s'était apparemment levé à son tour.

Alina avait du mal à reconnaître les gens d'après leur voix, mais percevait toujours les petites nuances indiquant que la personne en train de parler était assise, couchée ou debout.

— Madame Gregoriev, je vous ai demandé tout à l'heure ce que vous saviez sur les personnalités complexes. Pour certains de mes collègues, un tel tableau clinique continue à relever de la plaisanterie. Ils doutent que le cerveau humain puisse adopter et assumer diverses identités, et ils prennent pour des comédiens doués les patients qui parlent un jour avec une voix d'enfant et, un autre jour, empruntent la toux asthmatique d'un retraité.

Alina hocha la tête avec impatience.

— À mon avis, ces sceptiques se trompent, poursuivit le médecin. De nombreux travaux ont montré que le psychisme ne supporte de très lourdes charges que jusqu'à un certain niveau que j'appelle le « point d'ébullition psychique ». Dès que les atrocités qu'on inflige à un corps ou à un esprit, par exemple une séance de torture, dépassent ce point d'ébullition, le patient se détache de la réalité. Il fuit dans un autre moi, un moi où il n'a plus à supporter ces souffrances.

— Vous voulez dire que c'est la raison pour laquelle Zorbach n'est plus qu'une ombre dans un fauteuil roulant ? Il s'est enfui ?

— Pas totalement. Je crains que M. Zorbach ne soit sur la voie d'un autre état de conscience. Il est encore réceptif à la parole et il réagit aux bruits. Par exemple, il a cligné des yeux quand vous êtes entrée et, parfois, il émet des grognements d'approbation ou de refus quand je lui parle. D'après l'expérience que j'en ai, un combat se déroule en lui et il n'a pas encore décidé de quel côté il va pencher. Restera-t-il avec nous ou bien disparaîtra-t-il dans les profondeurs de sa conscience, dans un état d'où, dans le pire des cas, nous n'arriverons jamais à l'extraire ?

Tandis que la question de Roth flottait dans la pièce comme un nuage noir, Alina songeait à la distance qui devait la séparer de Zorbach. Son corps ne se trouvait qu'à quelques mètres d'elle, dans l'ancien bâtiment de l'établissement, mais son esprit était à des années-lumière.

— Et quel rôle joue cette foutue radio ? s'enquit-elle.

— Nous n'avons pas encore réussi à le découvrir. De manière paradoxale, il l'allume quand les médicaments commencent à agir. Comme il refusait de les prendre au début, on dirait même qu'il refuse absolument de ne pas souffrir et, avec ce vacarme, il s'infligerait donc de nouveaux maux de tête. Mais il existe aussi d'autres explications possibles. Il se peut qu'il entende dans les sifflements et les grésillements de la radio des voix que nous ne percevons pas, et qui cherchent à l'attirer dans son nouvel état de conscience. En tout cas, il devient fébrile et agressif quand nous tentons d'éteindre le poste.

Alina hocha la tête avec abattement, puis une idée lui traversa l'esprit, une question qu'elle voulait poser depuis un bon moment.

— Vous avez dit tout à l'heure que vous m'attendiez. Pourquoi ? Est-ce que vous vouliez me dire : « Ah enfin, j'ai une bonne et une mauvaise nouvelle pour vous. La bonne : votre ami n'est pas mort ; la mauvaise : il voudrait l'être » ?

— Certainement pas. Je vous attends depuis des semaines pour que vous m'aidiez. Plus exactement, pour que vous aidiez M. Zorbach.

— Comment ça ?

— Si ma théorie est la bonne…, dit-il en s'éclaircissant à nouveau la voix, si le patient est effectivement en train de se fuir, il a besoin d'une ancre dans le réel. Vous avez certainement entendu parler de patients dans le coma qu'on vaporise de leur parfum préféré ou bien à qui on met sous le nez un tissu imprégné de l'odeur corporelle de leur compagne ou compagnon. On espère que l'odeur rappellera d'anciens souvenirs au patient et lui donnera peut-être l'envie de se réveiller.

— Qu'est-ce que je viens faire là-dedans ?

— Zorbach n'a plus de proches. Vous êtes la dernière personne avec qui l'unissent des événements intenses et relativement récents. J'espère que, si vous passez quelque temps avec lui, cela aura une influence positive sur son état, madame Gregoriev. Si vous lui tenez la main en lui parlant.

— Oh merde !

Les larmes lui montèrent aux yeux à l'idée qu'elle aurait pu être là depuis des semaines pour secouer Zorbach. Et que Stoya l'en avait empêchée parce qu'il ne disposait pas d'autre moyen de pression pour l'obliger à manipuler Suker.

Dès qu'elle en aurait l'occasion, elle arracherait les couilles au commissaire, et à Scholle, juste après. Ces ordures avaient gardé Zorbach comme joker.

— Je veux vous aider, et il n'y a rien dont j'aie autant envie, dit-elle, avec beaucoup moins de rage dans la voix qu'elle n'en sentait en elle.

Le choc avait perdu de son effet dopant. Elle avait froid à présent et elle fut prise de sommeil.

— Mais peut-être que ce que j'ai à lui dire va plutôt étouffer son énergie vitale que la stimuler.

— Vous voulez parler de son fils, n'est-ce pas ?

Alina acquiesça.

Avant de s'écrouler psychiquement dans la chambre de Zorbach, elle avait, des minutes durant, tenté, de manière totalement confuse, de faire réagir l'enveloppe inerte assise dans le fauteuil roulant. Elle l'avait engueulée, lui avait crié de se réveiller.

— De quelle sorte de nouvelles disposez-vous donc concernant Julian ? demanda Roth.

Alina secoua la tête.

— Ça ne vous regarde pas, docteur. Ça ne regarde personne, à part Zorbach lui-même. Et je crains qu'il ne puisse pas faire grand usage de ce que j'ai à lui dire.

— Vous avez sans doute raison, concéda Roth, qui s'était approché d'elle et lui posa la main sur l'avant-bras. Mais pourquoi ne pas essayer ?

21

Une heure plus tard, Alina entra dans un bistrot à la gare de Wannsee et commanda une eau plate pour avaler deux aspirines. Sa douleur n'avait certainement rien à voir avec celle de Zorbach, personne ne lui ayant tiré une balle dans la tête, néanmoins elle était si aiguë qu'elle regretta de ne pas avoir demandé quelque chose de plus fort à Roth.

Retourner auprès de Zorbach pour lui raconter ce qui lui était arrivé à la fin de la séance avec Suker lui avait coûté plus encore qu'elle ne l'avait craint.

— Je ne veux pas te donner de faux espoirs, Alex, avait-elle commencé, avant de lui rapporter en détail la vision qui, à son avis, révélait qu'il y avait un rapport entre Frank Lahmann, Zarin Suker et Julian.

Cette vision était intervenue l'avant-veille, dans la salle de soins de la prison, alors qu'elle avait déjà ôté les mains du corps de Suker et que les impressions optiques se dissipaient lentement. Toujours sous le coup de la scène violente dans les toilettes publiques, elle s'était détournée un peu trop brusquement et avait perdu l'équilibre.

Ayant d'abord cru que Suker l'avait frappée, elle s'était un instant demandé si elle allait appeler au secours. Puis elle se rendit compte qu'elle avait reculé de deux pas et s'était sans doute cogné la tête contre la plaque métallique d'une armoire à médicaments. Elle se prit les tempes à deux mains. Comme souvent pour les maux de tête, la pression ne provoqua pas de soulagement, plutôt le contraire : les excitations revinrent. Alina eut de nouveau l'impression de « voir » avec les yeux de Suker, sauf que cette fois le film se déroulant dans sa tête avait fait un bond en avant. Elle n'était plus dans les toilettes publiques où Suker, dans trois jours, enlèverait une ancienne patiente, elle était maintenant allongée par terre, dans un environnement indistinct. Elle ignorait si elle se trouvait en plein air ou dans un espace clos. Soudain, une femme se pencha sur elle et lui dit :

— *Voilà ta juste récompense pour la découverte !*

Puis elle sentit que la personne dont elle habitait le corps voulait répondre, mais en était incapable, parce qu'elle reposait au beau milieu d'une flaque rouge dans laquelle marcha la silhouette penchée sur elle. Elle vit la grande quantité de sang, sentit une douleur dans le bas-ventre – et comprit soudain pourquoi Suker était allongé par terre. Pourquoi il était ainsi gelé. Pourquoi les contours des objets l'entourant pâlissaient de plus en plus, tandis qu'il ne parvenait plus à formuler une seule pensée claire : Suker était en train de mourir.

Je veux récupérer mon argent. L'idée, incohérente et confuse, lui traversa l'esprit.

Il mourait et, avec lui, son ultime pensée sombrait elle aussi dans une obscurité totale.

Mais peut-être que ce qui arrive ici est effectivement le juste châtiment de mes fautes. Julian, peut-être que j'aurais…

À cet instant, Alina avait réintégré son propre corps et retrouvé son existence propre.

Tout à l'heure, dans sa chambre d'hôpital, Zorbach n'avait pas réagi. Ni en entendant le nom de son fils, ni en entendant les mots « récompense pour la découverte », mots qui, de l'avis d'Alina, permettaient de garder l'espoir – certes infime – de retrouver Julian. Pourtant, la remarque de Suker sur ses possibles fautes rendait peu probable que le garçon fût encore en vie.

Son départ de Schwanenwerder s'était déroulé aussi mystérieusement que son arrivée, quoique avec beaucoup moins de brutalité. Elle avait pris congé de Zorbach en l'embrassant sur le front, puis Roth l'avait conduite, par une porte de derrière, dans l'un des hangars à bateaux au bord du lac. On lui avait alors rendu ses effets personnels et elle était montée avec TomTom à bord d'une camionnette Mercedes sans vitres, qui, selon Roth, portait l'inscription « Épicerie fine – Livraisons ».

— Nous aurions pu également écrire « Cachemire – lavage – service », ce qui passerait tout aussi inaperçu dans ce quartier, entendit-elle encore Roth plaisanter avant que les portes de la camionnette ne se referment.

Le conducteur devait initialement la ramener chez elle, dans le centre-ville, mais Alina se sentit mal tout à coup et réclama à descendre dès que possible.

La camionnette s'était garée au bord de la route, environ cent mètres avant le bistrot où Alina venait de commander un grand verre d'eau minérale. Elle réfléchissait, se demandant s'il serait opportun de dire d'emblée la vérité à Stoya. Après les retrouvailles bouleversantes avec Zorbach, elle doutait fort que l'enquêteur pût tirer le moindre profit des informations «obtenues» pendant la séance avec Suker. En revanche, ses visions pouvaient prévenir un enlèvement et donc sauver la vie d'une ancienne patiente.

Elle décida d'appeler Stoya. Auparavant, elle commanda un bol d'eau pour TomTom, qui semblait de nouveau ne pas aller bien. Puis elle descendit du tabouret du bar – à peu près à l'instant où, à quelques kilomètres de là, le Dr Roth rendait sa dernière visite de la journée à Alexander Zorbach.

22

Alexander Zorbach (moi)

— Je peux me tromper, mais cette visite inattendue semble vous avoir été profitable, dit le Dr Roth, sans se douter de rien, tout en remplissant de tranquillisant la seringue.

J'avais retrouvé mon lit et, depuis la visite d'Alina, j'avais l'impression que chacun de ses mots avait été un projectile transperçant à nouveau ma masse cervicale. Mes souffrances étaient aussi insupportables qu'au réveil de ma première opération, lorsque j'avais pris conscience que j'avais survécu, ce qui équivalait à une condamnation à mort pour mon fils.

— Vous vous sentez mieux ?

— Mieux ? tentai-je de grogner.

Ma bouche émit un de ces sons primitifs et prolongés dont les sourds accompagnent parfois leur langage gestuel. Croyant que je voulais lui envoyer un signal positif, Roth sourit.

Mieux ? Tu parles, mec !

Mes musiciens jouaient de nouveau à fond la caisse. Ne sentait-il donc pas les vibrations qui secouaient ma boîte crânienne ? Le seul point positif de mon état présent était que le vacarme dans ma tête chassait les mauvais esprits. Julian n'allait pas me tourmenter aujourd'hui.

— Vous semblez plus vif, vous avez le regard plus clair, si je ne me trompe.

Je renâclai dédaigneusement. Roth se méprit à nouveau.

— Me permettez-vous de procéder à un test ?

Je voulus rire, mais je ne me rappelai plus comment on s'y prenait. Roth me parlait comme si j'avais le choix. Comme s'il n'allait pas sur-le-champ m'administrer une piqûre si je me remettais à faire du grabuge.

Il alla à la radio et baissa le vacarme contre lequel il avait dû lutter tout ce temps pour arriver à parler. S'apercevant que je ne me cabrais pas et que je ne grimaçais pas non plus, il se risqua même à régler la fréquence.

Fais ce que tu veux, me dis-je, exténué. *Mes souffrances sont assez fortes. Aujourd'hui, je n'ai pas besoin de ce truc pour tenir les démons à distance.*

Il m'observa un moment pendant qu'une chanson pop mélancolique et inhabituellement nette emplissait la chambre. Je sentais qu'il avait les yeux rivés sur mon visage, un regard prêt à enregistrer toute modification de mon expression, si minime fût-elle, et, malgré mes souffrances, malgré les limites de mes facultés de perception, je remarquai qu'il se produisait effectivement un changement en moi. Depuis que Roth avait réglé la radio, j'éprouvais une sensation dont je croyais qu'elle était morte en même temps que mon désir de vivre : une sensation de crainte.

Je me mis à avoir peur et j'ignorais de quoi.

Now let your mind do the walking
And let my body do the talking

La chanson s'interrompit brusquement avant le refrain, et ma peur grandit. Je ne savais pas pourquoi j'avais soudain si froid, car Roth avait déjà fermé la fenêtre. J'aurais aimé me lever et mettre le médecin tout sourire en garde contre un danger imminent, mais je ne voyais pas lequel.

— Au secours, murmurai-je tout bas, ce qui me sembla à cet instant l'unique réaction appropriée, sans que je sache non plus pourquoi.

Car quelque chose dans la voix de l'animateur qui papotait gaiement refoulait mes souffrances tout en me plongeant dans la panique. Ce qu'il disait me rappelait Alina et la phrase qu'elle avait prononcée à mon intention peu avant son départ, mais malgré la peur que ces mots engendraient en moi, je ne réussis pas dans un premier temps à les remettre dans leur contexte :

— *Nous sommes le 16 février et, heu, je crois que je devrais ralentir un peu et boire moins de café, car…*

23

Alina Gregoriev

... car aujourd'hui nous ne sommes bien entendu que le 13 février, désolé, les gars. Le parfait acte manqué. Le 16, c'est-à-dire dans trois jours, c'est la grande Senderparty dans l'O2World[1]*, et c'est de ça que je comptais vous parler...*

Ce fut un réflexe. Alina entendit des bruits au-dessus d'elle et, instinctivement, leva la tête.

— Non, je vous en prie, ne recommencez pas..., dit-elle à haute voix quand elle prit conscience de son erreur. Je me suis de nouveau trompée.

Puis elle sentit le nœud coulant autour de son cou et fut hissée vers le haut. L'émission que le propriétaire du bistrot de la gare de Wannsee diffusait dans toutes les pièces de son établissement, toilettes comprises, passa à l'arrière-plan de sa perception.

— Eh bien, tu te souviens de moi?

---

1. Vaste salle omnisports accueillant diverses manifestations sportives ou artistiques, au cœur de Berlin.

Alina tenta de céder à la pression du fil de fer qui lui enserrait le cou et lui coupait la respiration. Sa vessie se vida involontairement, et elle sentit l'urine lui couler le long de la cuisse.

— Me revoilà.

Ses pieds cherchaient un appui avec l'énergie du désespoir, mais n'arrêtaient pas de glisser sur la lunette et de se heurter à la paroi de la cabine.

— Je suis revenu vers toi pour achever ce que j'ai commencé.

Telles furent les dernières paroles de Zarin Suker qu'elle entendit avant de perdre conscience.

« Mais s'il a commis un meurtre, il doit mourir. »

Emmanuel Kant, *Métaphysique des mœurs*

« Œil pour œil – et le monde entier sera aveugle. »

Mahatma Gandhi

24

Alexander Zorbach (moi)

Stoya :

— Il dort ?

Scholle :

— Est-ce qu'il nous entend ? Il nous comprend ?

Roth :

— Oui, très bien même. Mais il vaut mieux ne pas vous attendre à des réponses.

C'était peu avant minuit, et je n'étais plus seul avec ma douleur. Il y avait avec moi, dans ma chambre, deux policiers et un médecin, et tous parlaient de moi comme si je n'étais pas là, ce que je ne pouvais guère leur reprocher compte tenu du spectacle que j'offrais. Moi non plus, je n'aurais pas tenté d'entrer en conversation avec quelqu'un qui, couché en position fœtale sur un drap trempé de sueur, les yeux écarquillés, fixait obstinément le radiateur.

Ce que ni Scholle ni Stoya ne savaient et que Roth ne pouvait que deviner, c'est que mes souffrances étaient plus supportables dans cette position. Mon état semblait s'être amélioré depuis que Roth avait réglé la radio. L'inquiétude qui s'était emparée de moi, trois heures plus tôt, quand j'avais entendu l'animateur radio, avait quelque peu repoussé à l'arrière-plan le tiraillement lancinant sous ma boîte crânienne, bien que Roth ne m'eût pas injecté mon calmant du soir.

— OK, Zorbach, dit Stoya en approchant de mon lit, si bien que je pus voir ses chaussures à lacets beaucoup trop légères pour la saison, d'où de la neige fondue dégoulinait sur le plancher. Comme nous le savons tous, tu n'es pas très bavard pour le moment. Mais il faut que je te pose quelques questions. Le docteur dit que secouer la tête peut t'être douloureux. Je vais donc te demander de simplement cligner des yeux, d'accord ? Une fois pour oui, deux fois pour non. Ça marche ?

Je clignai des yeux une fois, et Stoya commença à m'interroger :

— Lors de sa visite, Alina t'a-t-elle parlé d'un certain Zarin Suker ?

Je fis signe que oui.

— T'a-t-elle raconté ce qu'elle a appris pendant son massage shiatsu ?

Mes paupières tressaillirent une fois, et Scholle, quelque part hors de mon champ de vision, poussa un cri de triomphe :

— Tu vois, ça a marché.

Stoya gémit, et sa tête disparut de ma vue.

— Tu pourrais fermer ta gueule un instant ou bien sortir ? siffla-t-il. Rien n'a marché.

— Mais comment ça ? Je savais bien qu'elle flancherait à la vue de Zorbach.

— Ne dis pas de conneries. De ta part, c'était de la pure méchanceté, rien à voir avec de la stratégie.

— Foutaises !

— Foutaises ? Je vais te dire ce qui est de la foutaise, chuchota Stoya, hors de lui.

Je fus étonné que, d'un seul coup, mes sens fonctionnent aussi bien. La haine avait entretenu une petite flamme de vie en moi. La peur et le danger la ranimaient manifestement. Je saisissais presque chacune des paroles de Stoya.

— La foutaise, c'est qu'aucun de nous n'était présent quand elle a parlé avec Suker. Tu ne peux pas supporter Alina et tu l'as aiguillée jusqu'ici sans qu'elle y soit préparée, uniquement pour provoquer un choc chez elle. Non seulement tu as mis en danger le camouflage de Zorbach, mais, en plus, tu t'es débrouillé pour que son témoignage soit maintenant dans la tête toute trouée de son ami. Par conséquent, fais-moi le plaisir de fermer ta gueule et de ne plus m'interrompre. C'est assez difficile comme ça, ici.

— Questchequichépassé ?

Je vis tous les présents sursauter. De toute évidence, aucun d'eux ne s'était attendu à ce que je me redresse tout seul dans mon lit et parle. Le plus surpris, d'ailleurs, c'était moi.

— Très bien, très bien, dit le Dr Roth en s'avançant vivement pour me prendre le pouls. Comment vous sentez-vous ?

En pleine merde, pensai-je, mais je ne voulus pas gaspiller mon énergie à proférer des gros mots et je me contentai donc de dire :

— Alina ?

Stoya et Scholle se regardèrent une fraction de seconde comme pour se demander qui allait m'annoncer la mauvaise nouvelle, puis Stoya avança d'un pas.

— Il y a trois heures, le commissariat central a reçu un coup de fil étrange. Le patron d'un bistrot disait qu'un client avait disparu dans son établissement. Nous avons cru qu'il s'agissait d'une simple filouterie, mais, quand les policiers sont arrivés, il leur a dit que la femme était aveugle, qu'elle n'avait encore rien bu et qu'elle avait laissé son chien au comptoir. Au bout d'un moment, il s'était étonné qu'elle ne revienne pas des toilettes. En allant voir ce qui se passait, il a découvert que la porte de derrière avait été forcée. Et c'est là que ça s'est corsé : en revenant dans la salle pour téléphoner, le patron constate que le chien s'est volatilisé lui aussi. L'équipe du service anthropométrique a relevé des traces de lutte dans la cabine des toilettes. Le patron dit que l'aveugle appelait son chien TomTom. Je suis désolé, mais nous devons partir de l'hypothèse que ton amie a été enlevée.

J'appréciai que le chef des enquêteurs ne tourne pas plus longtemps autour du pot. D'une part, parce que je ne savais pas combien de temps je serais capable d'attention avant que le noir ne retombe devant mes yeux ou que la douleur revienne. D'autre part, parce que la réussite d'un enlèvement se joue dans les premières vingt-quatre heures. De l'époque où j'avais été psychologue dans la police j'avais retenu que, lors de cette phase initiale, la relation entre auteur et victime du rapt est encore chaotique, désorganisée. Les deux doivent trouver la forme de leurs rapports.

Il faut aussi transporter la victime [illegible] a destination finale. C'est alors que sont commises la plupart des erreurs qu'on peut exploiter pour trouver le coupable et libérer son otage.

— Cela s'est produit peu après qu'elle t'a rendu visite, Zorbach, poursuivit Stoya en me regardant. Voilà pourquoi je dois t'interroger : t'a-t-elle dit qu'elle se sentait menacée par Zarin Suker ?

Non, pas directement. Je me demandai comment répondre le mieux possible. Alina avait parlé de l'enlèvement d'une femme dans des toilettes publiques pendant que la radio était en marche. Mais l'animateur de l'émission avait commis un lapsus, ce qui avait conduit Alina à envisager une date erronée. En outre, elle avait cru que la patiente était une ancienne patiente de ce Suker. Mais, vu les circonstances, tout cela n'était d'aucun secours. Aussi, je répondis non de deux clignements d'œil. Puis j'essayai de prononcer une phrase en dépit de mes lèvres sèches. Mais je dus renoncer au bout de deux mots.

— Commentçaapu…

— Comment cela a-t-il pu se passer ? intervint Scholle. Ce salopard de Suker a été relâché hier. Ceux qui le filaient ont perdu sa trace il y a six heures, à la gare d'Alexanderplatz. Il a sauté juste devant un train entrant en gare tout au bout du quai et s'est engouffré dans la bouche de métro.

— La presse va nous mettre en pièces, compléta Stoya. Mais tu sais très bien toi-même que nous n'avons ni les moyens ni le personnel pour filer tous les dingues de Berlin. Depuis qu'on nous a interdit de le garder en détention pour des raisons de sécurité, on a dû s'occuper en même temps de quatre pédophiles dont on sait que ce sont des récidivistes.

J'ouvris la bouche pour pousser un grognement d'approbation, mais je parvins seulement à lâcher un filet de salive qui me coula sur le menton.

— Je crains qu'il ne vous faille terminer, messieurs, entendis-je dire Roth, et je m'aperçus alors que j'avais fermé les yeux.

Chose étonnante, la conversation paraissait ne pas m'exciter, mais au contraire me fatiguer.

— Sais-tu pourquoi Alina voulait nous cacher ses informations sur Suker ? demanda Stoya.

Je clignai des yeux une fois, puis tins mes paupières baissées. Je n'avais pas compris ce qu'Alina me racontait quand elle avait commencé son récit. C'est seulement à l'instant où j'avais entendu l'animateur que je m'étais rappelé ses propos, qui avaient soudain revêtu un sens épouvantable.

— Pourquoi ? insista Scholle. Pourquoi Alina ne voulait-elle pas nous parler ?

Parce qu'elle a découvert une relation entre Suker et Julian, me dis-je en la bouclant moi aussi, pour les mêmes raisons.

Alina pensait que l'ophtalmologue savait quelque chose sur mon fils et qu'il s'adressait des reproches à ce propos.

L'affaire de Julian est de ma faute, ou quelque chose de ce genre, telles avaient été les dernières pensées de Suker qu'elle avait cru entendre à la fin de la séance de massage.

De plus, si j'avais bien compris Alina, une femme devait s'être penchée sur le médecin à l'article de la mort et avoir parlé de « récompense pour la découverte », expression qui, selon Alina, pouvait indiquer que Julian était encore en vie.

Ou bien qu'on a retrouvé son cadavre, aurais-je objecté si j'avais été en mesure d'exprimer ma conviction en cet instant.

Comme je devais l'apprendre plus tard, Alina avait hésité à communiquer l'information à Stoya, par crainte de rompre la chaîne des événements à venir. L'arrestation de Suker empêcherait qu'une autre femme fût victime de ses méfaits, mais pourrait aussi avoir pour effet que le chirurgien ne menât jamais la police jusqu'à la femme parlant de la « juste récompense pour la découverte », femme qui, comme l'ophtalmologue lui-même, semblait être au courant du sort de Julian.

— Chedoisdormir, mentis-je en me tournant sur le côté.

Je souffrais moins et, si je n'y prenais garde, il se pouvait que, pour la première fois depuis des semaines, je m'endorme sans avoir pris de calmants. Pour éviter cela, il me suffisait de penser à Alina et à ce qui était sans doute en train de lui arriver en ce moment. Cette idée, à elle seule, me tenait éveillé.

Je feignis donc de dormir tout en luttant contre l'envie, née de mon épuisement, de me laisser glisser dans un autre état de conscience ; puis les policiers renoncèrent à poursuivre leur interrogatoire, et le Dr Roth sortit avec eux. Fou d'impatience, j'attendis alors une demi-heure avant de repousser ma couverture et de disposer mon fauteuil roulant de manière à m'y asseoir.

25

En trois minutes je fus trempé de sueur alors que je n'étais même pas arrivé au milieu de la chambre. Le fauteuil roulant était léger et maniable et j'avais pourtant un mal de chien à progresser. Mon respect envers les paraplégiques grandissait à chaque centimètre parcouru. Comme je ne disposais que d'une main, le fauteuil tournait sans que je le veuille, ce qui m'obligeait à rectifier ma direction en portant mon poids sur la moitié droite, inerte, de mon corps. Si mon bras était pesant, ma tête était en revanche étonnamment prête à en découdre. Bien que le sang circulât trop vite dans mes artères à cause de cet effort inhabituel, mes souffrances n'augmentaient pas ; elles changeaient seulement de consistance. Si, les jours précédents, elles étaient aiguës et nébuleuses, elles se condensaient à présent, jusqu'à devenir une espèce de bouillie indistincte et épaisse qui clapotait dans mon crâne à chaque mouvement de tête. Étrangement, elles étaient plus faciles à supporter car je m'imaginais pouvoir ainsi mieux les contrôler. Leur intensité diminuait dès que j'observais un temps de repos.

À mi-chemin – je venais juste de faire le tour de mon lit et de la table des visiteurs –, je me rappelai la chute de neige que j'avais observée ces derniers jours de ma fenêtre, et m'avisai que je n'avais pas la tenue appropriée pour mon projet : pieds nus et pyjama deux-pièces.

— Où vas-tu ? entendis-je dire tout bas, pas un chuchotement, plutôt un cri, mais le genre de cri étouffé qu'on entend quand on a la tête sous l'eau.

Mon fils imaginaire profitait du répit que me laissait ma douleur pour forcer de nouveau la porte de ma conscience.

Quand je me souviens des heures qui ont précédé la catastrophe définitive, je suis tenté de présenter mes pensées d'alors dans un ordre chronologique. Mais en vérité, des millions de pensées flottaient dans mon crâne, accrochées à des fils, et ma conscience, tel un chat espiègle, cherchait à les attraper avec ses griffes. La plupart étaient inextricablement emmêlées, peu étaient cohérentes, si bien que de ce chaos n'émergeait que rarement un sens quelconque. Je songeais à des vers de terre ivres dans un verre de schnaps, je me demandais quelle heure il était au Chili et si quelqu'un avait pensé à nettoyer l'aquarium de ma chambre d'enfant, avant que me revînt soudain à l'esprit la raison qui me poussait à ainsi avancer en fauteuil roulant dans une chambre d'hôpital. Des moments de confusion alternaient avec des séquences de lucidité durant lesquelles j'étais capable de prendre des décisions étonnamment précises, avant que la douleur ou le chaos ne se rappellent à mon bon souvenir. Ou bien mon fils mort.

Reste avec moi, papa, je t'en prie !

Je perçai à jour la tentative désespérée de Julian pour me détourner de mon plan, le mot « plan » étant d'ailleurs un bien grand mot pour mes efforts ridicules. Je voulais simplement sortir d'ici, sans bien savoir où cet « ici » se situait en réalité, ni comment, handicapé comme je l'étais, j'allais déjouer les mesures de sécurité de l'établissement. Je connaissais en tout cas mon but, même si j'ignorais comment l'atteindre. Je voulais retourner dans mon appartement à Kreuzkölln, retrouver mon ordinateur et mon portable. Il me fallait enfin entreprendre ce que j'avais si longtemps reporté, la traque de Frank. Si la plupart de mes pensées étaient confuses et désordonnées, l'une d'elles était néanmoins ferme et inébranlable, tel un rocher de granit dans le sombre océan de mon esprit : *je trouverai et tuerai Frank, l'assassin de mon fils*.

— *Mais je ne suis pas mort, papa. Ne me quitte pas, je t'en prie*, l'entendis-je supplier alors que je me bouchais les oreilles.

— Mais si, tu l'es. Hélas.

J'ignore si j'y avais sérieusement réfléchi, mais je sentais l'implacable vérité. Si Alina avait voulu me donner de l'espoir, elle avait échoué. Ma tragédie personnelle avait fait de moi un rationaliste, je ne croyais plus en ses dons. Et quand bien même ! Les ultimes pensées de Suker qu'elle prétendait avoir perçues dans ses visions – *Mais peut-être que ce qui arrive ici est effectivement le juste châtiment de mes fautes. Julian, peut-être que j'aurais…* – confirmaient simplement que mon fils avait été assassiné depuis longtemps et que c'était uniquement son cadavre qui n'avait pas encore été retrouvé. Exactement comme l'avait annoncé Frank pour le cas où nous tenterions de simuler ma mort. Mais quel était le lien entre Suker et le Voleur de regards ?

Je fus pris d'une crampe à la main gauche, qui me contraint à une pause, avant de recommencer à faire avancer mon fauteuil récalcitrant.

Avec le recul, je constate que je me suis comporté cette nuit-là comme je m'étais comporté lorsque, enfant, j'avais voulu faire une surprise à mes parents en transportant seul à la cave le coffre à linge qu'on venait de livrer. J'avais douze ans et j'avais réceptionné le colis pendant que mes parents travaillaient. Quand ils étaient rentrés à la maison, l'effet de surprise avait bien eu lieu, mais pas comme je l'espérais : j'avais rayé le parquet en traînant le coffre et, présumant de mes forces, j'avais dû l'abandonner coincé dans une porte. En prenant de l'âge, je n'étais pas devenu plus malin. Ce n'était pas sur un coffre que je m'échinais, mais contre quelque chose de tout aussi encombrant et qui refusait de m'obéir depuis longtemps : mon propre corps.

La volonté déplace les montagnes, me dis-je, tout en sentant la sueur m'inonder la racine des cheveux quand j'actionnai à nouveau la roue de caoutchouc… *et la folie déplace les fauteuils roulants*.

Je voulais tuer Frank, mais une autre émotion négative remplaçait sans doute ce désir de vengeance : les craintes que j'éprouvais pour Alina. En cet instant, je ne voulais toujours pas m'avouer qu'autre chose que la mort de mon fils pouvait encore avoir la moindre importance pour moi. Cela aurait été comme une trahison envers Julian. Par conséquent, c'était mon subconscient qui avait décidé de partir à la recherche de mon amie, sans doute aussi parce que je pressentais qu'elle et ce sinistre Suker se trouvaient à la croisée des chemins du Mal.

— *Non, papa, tu te trompes*, m'implora la voix de mon fils. *Je suis encore en vie, sauf que c'est dans un autre monde. Ne t'en va pas, je vais te montrer comment me rejoindre pour que…*

Je penchai la tête en avant et une vague de douleur effaça la phrase inachevée de Julian sur le tableau de ma conscience. Quand je relevai les yeux, je ne reconnus pas ce qui m'entourait pendant une seconde. Je n'avais encore jamais regardé ma chambre sous cet angle.

J'avais perdu toute notion du temps depuis ma blessure ; il y avait peut-être plusieurs semaines que j'étais alité sans prêter attention à mon environnement immédiat, plongé que j'étais dans mon monde intérieur. Le monde extérieur se trouvait de l'autre côté d'une vitre insonorisée. C'étaient sans doute les mécanismes d'autoprotection de mon cerveau qui m'interdisaient de détailler ce qui m'entourait. Si je m'étais intéressé aux fleurs artificielles sur la table ou à ma literie renforcée, j'aurais dû affronter la réalité, par exemple que, jusqu'à l'avant-veille, j'avais été obligé de faire mes besoins sous le regard inquisiteur d'une infirmière qui, au terme de cette opération pénible, me lavait au savon liquide les fesses puis le pénis.

Ainsi, j'avais certes souvent vu l'armoire à vêtements contre le mur mais sans jamais prendre réellement conscience de sa présence. En l'ouvrant pour la première fois, je m'attendais à trouver un peignoir et des pantoufles, aussi fus-je stupéfait d'y découvrir mes vêtements soigneusement rangés, ceux-là mêmes que je portais le jour de mon suicide raté : mon jean déformé, le pull à col roulé vert, le blouson d'aviateur fourré et mes vieilles Timberland. Ma chemise et mon pantalon, repassés et recouverts d'une housse en plastique transparent, étaient suspendus à des cintres ; quelqu'un s'était donné la peine de les porter à la laverie. Si des fragments de mon cerveau ou de mon crâne y avaient été projetés, il était désormais impossible de le vérifier.

Je pris mon blouson et le posai sur mes genoux. Mieux valait ne pas penser au pull. À la seule perspective de passer ma tête et son pansement par l'étroite encolure, mon front se couvrit de sueur.

Une éternité et quelques pensées confuses plus tard, j'avais ouvert la porte de la chambre et je m'élançais à reculons dans le couloir.

Il était plongé dans la pénombre, uniquement éclairé par des veilleuses insérées dans les plinthes à intervalles réguliers. S'il y avait un détecteur de mouvement, je n'étais pour l'instant pas passé devant le champ de vision d'un œil électronique. J'entendais un bourdonnement, semblable à celui d'un vieux réfrigérateur, et le souffle de l'air conditionné.

Prenant le risque de provoquer un séisme de faible ampleur dans mon crâne, je levai les yeux pour vérifier s'il y avait des caméras, mais je ne vis que des tuyaux de chauffage et un faisceau de câbles à nu.

Pas de bonheur sans caméra, me mis-je à ruminer sans queue ni tête tout en continuant à rouler.

Instinctivement, je décidai de tourner à gauche, peut-être parce que l'étroit couloir paraissait plus court dans cette direction. Je ne voyais de panneau de sortie nulle part, même pas le pictogramme d'une issue de secours.

Comment, malade, je vais me tirer de cette maison de malades? pensai-je, murmurant cette phrase comme s'il s'agissait d'une comptine, tandis que ma main gauche se crispait de plus en plus. Ces derniers jours, j'avais tout au plus parcouru le chemin de mon lit à la fenêtre sur mon fauteuil, et maintenant, le couloir devant moi formant un angle droit, je devais manier mon engin pour lui faire prendre un virage serré à droite.

Je déplaçai le poids de mon corps et négociai le virage. Les roues de caoutchouc crissaient comme des tennis neuves sur le plancher d'un gymnase. J'avais à peine parcouru une dizaine de mètres, et pourtant j'étais aussi content que si je venais de gagner le marathon de New York.

Dix mètres sans rien omettre, me dis-je, ce qui signifiait certainement : *dix mètres et personne ne t'a pincé*. Peu après une idée effrayante se fraya un chemin à travers le fourré de mes réflexions stupides : *Qu'est-ce que c'est que ça, bordel?*

Comme deux veilleuses sur trois manquaient dans cette portion du couloir, je ne discernai pas immédiatement l'obstacle vers lequel je me dirigeais, mais je ne pouvais plus ne pas le voir à présent. Une paroi sombre, scintillant faiblement, se dressait devant moi.

La surprise fut telle que j'oubliai de ralentir. Le sol étant ici légèrement en pente, j'allais de plus en plus vite. Mes facultés de coordination, en revanche, semblaient paralysées ; je ne compris qu'il s'agissait d'un téléviseur à grand écran qu'en stoppant juste devant.

Il était noir, mais pas éteint. L'obscurité de l'écran était en effet trop claire et trop irrégulière.

Je m'approchai si près que je pus toucher sa surface d'une propreté immaculée. Je sentis un grésillement électrostatique au bout de mes doigts, et je clignai les yeux.

L'espace d'un instant, je crus avoir une hallucination et me demandai même si j'avais quitté ma chambre de malade, mais ce fut précisément cette idée qui me confirma que je ne me trouvais pas dans un monde imaginaire.

Les fous ne réfléchissent pas à leur état.

Je me penchai pour essayer d'interpréter les ombres sur l'écran. Il me fallut quelques instants avant de réussir à distinguer un lit dans les diverses nuances de gris et de blanc.

Qui est assez barjot pour filmer un pageot ? demanda mon cerveau qui, manifestement, s'amusait à faire des rimes.

La pièce sur l'écran paraissait vide, je ne voyais personne malgré mes efforts. Pourtant, je ne parvenais pas à détourner le regard du téléviseur. J'écarquillais les yeux comme un quidam qui, contemplant l'immensité de l'univers dans l'espoir d'apercevoir une étoile filante, ne sait où fixer son regard pour ne pas la manquer. Quelques secondes s'écoulèrent ainsi sans que rien se produisît. Mon esprit menaçait de chavirer à nouveau quand soudain la foudre frappa.

L'écran s'embrasa comme si une bombe au napalm était tombée dans la chambre, et, dans un réflexe, je me protégeai les yeux à l'aide de mes coudes. Simultanément, une bête blessée à mort se mit à hurler derrière le mur, implorant qu'on la délivre de ses tourments.

Cela dura une demi-seconde, pas plus, puis l'obscurité revint, le cri se brisa, mais cette brève éternité avait suffi à me faire disjoncter. De terreur, je me mis à rire et ma vessie voulut se vider. Mes pensées n'étaient pas seules à divaguer, les réactions de mon corps n'avaient pas plus de sens. Mais comment supporter l'image de la femme qui, sans prévenir, s'était soudain matérialisée sur l'écran dans une lumière crue, pour s'incruster à jamais sur mes rétines ? L'image d'une femme aux yeux écarquillés et sanglants, des lunettes de plongée sur le visage, une femme qui montrait ses dents dans un rire dément ?

Ce n'est pas un rêve, pensai-je. *C'est l'épouvantable réalité, et elle t'interpelle en hurlant, elle te crie au visage, te montrant l'origine de toutes les souffrances.*

Presque au même instant, la voix de Scholle, dans mon dos, me donna à penser : il me demandait en souriant si je voulais revoir Tamara Schlier.

26

Le lendemain de sa naissance, les parents de Tamara Schlier avaient craint que leur fille, jolie comme un cœur, n'ouvre jamais les yeux. Qu'elle dorme, qu'elle crie ou qu'elle veuille téter, Tamara, à quelques rares exceptions près, gardait les paupières fermées. On aurait dit qu'elle ne voulait pas voir le monde froid dans lequel elle avait été si rudement expulsée (on avait eu recours à une sage-femme et à une pédiatre qui, au moment des ultimes contractions, s'était jetée sur le ventre de la mère pour l'aider). Bien sûr, cette crainte, comme nombre de celles de jeunes couples, s'était révélée ridicule et sans fondement, car, quelques heures plus tard, Tamara avait enfin ouvert les yeux en hurlant de colère pendant qu'on la langeait et en lançant à ses parents un regard plein de reproches. Ils en avaient été émus aux larmes.

À cette époque, trente-deux ans plus tôt, personne n'aurait pu deviner que viendrait effectivement le jour où Tamara souhaiterait n'avoir jamais vu la lumière du monde ; au sens littéral, car ses souffrances étaient bien au-delà de l'imaginable.

Comme je devais l'apprendre ultérieurement, le martyre que lui avait infligé Zarin Suker lui avait enlevé non seulement l'envie de vivre, mais aussi une bonne partie de sa raison. En l'amputant de ses paupières avant de la violer pendant des heures, l'ophtalmologue l'avait également rendue incapable d'occulter le monde.

— Elle ne peut pas cligner des yeux, dit Scholle en touchant d'un doigt l'écran sur lequel, quelques secondes plus tôt, le visage défiguré de Tamara avait disparu dans l'obscurité.

Auparavant, il m'avait déclaré que nous ne serions « pas dérangés » dans les prochaines heures, car il avait envoyé se reposer la garde de nuit habituellement postée dans ce couloir.

— Elle s'appelle Tamara Schlier. Elle ne supporte pas la lumière comme tu l'as compris en l'entendant crier. Voilà pourquoi elle est enfermée nuit et jour dans l'obscurité de sa chambre de patiente, les médecins la surveillant grâce à une caméra haute définition.

Tout en parlant, Scholle avait rallumé la lumière dans le couloir et tourné vers lui le fauteuil roulant de manière à me regarder en face avec un désagréable sourire de compassion.

— C'est pourquoi elle doit aussi en permanence porter des lunettes de plongée qui la tiennent à l'abri de la poussière et autres particules. Ce n'est pas un beau spectacle, hein ? dit-il en ricanant à nouveau. Mais, pour être franc, tu n'as guère meilleure mine, Zorbach.

— Quèchetuveudemoi ? bredouillai-je, incapable de mieux articuler.

— C'est moi qui pose les questions, mon pote.

Son regard s'arrêta sur les vêtements posés sur mes genoux.

— À ce que je vois, tu as encore assez de force pour vouloir te tirer d'ici. Je ne t'en aurais jamais cru capable, mais merci de t'être jeté de toi-même dans mes bras. Ça m'évite un bout de chemin, car j'allais justement te rendre encore une petite visite.

Il chercha mon regard.

— Seul, sans Stoya ni ton Dr Roth.

J'allais froncer les sourcils pour marquer mon incompréhension, quand mes maux de tête reprirent avec une telle violence que mon corps entier se contracta.

— Arrête ton cirque, Zorbach. Cesse enfin de jouer les handicapés irresponsables de leurs actes. C'est un rôle qui ne te convient pas.

Je secouai la tête, ce qui aggrava encore la souffrance.

— Arrête, bon Dieu ! J'ai bien vu que tout à l'heure tu nous as un peu joué la comédie dans ta chambre. Et apparemment…, poursuivit-il en saisissant une de mes chaussures et en la laissant retomber sur mes genoux… j'avais une nouvelle fois vu juste. Où comptais-tu aller ?

— Chaispas, répondis-je, ce qui était la vérité, et une partie de ma raison se demanda ce que pouvait bien signifier cet étrange entretien.

La dernière fois que nous nous étions rencontrés, Scholle avait voulu appuyer mon visage contre une plaque de cuisinière portée à incandescence parce qu'il croyait que j'étais le Voleur de regards.

— Qu'est-ce qu'Alina t'a raconté pour que tu te tailles en pleine nuit ?

La douleur était devenue si forte que je dus fermer les yeux.

— Cesse tes simagrées, protesta Scholle. Je suis certain qu'il rentre sous ton crâne beaucoup plus de mes paroles que tu ne veux l'admettre. Donc, écoute-moi bien. Je sais que tu me prends pour un salopard. Mais même si les apparences sont contre moi, cette fois je ne suis pas revenu pour te chercher des crosses. Je suis un policier.

Je plissai les yeux.

— Autrement dit, mon boulot est d'attraper les ordures. Oui, je sais, les moyens que j'utilise ne plaisent pas à tout le monde. Mais, pour moi, seul compte le résultat. Quand je crois pouvoir sauver la vie d'un innocent, il m'arrive de faire passer un sale quart d'heure à un suspect…

Ou de lui brûler le visage.

— … au risque même qu'il soit innocent, confirma-t-il mes pensées muettes. Une ecchymose finit par guérir. Mais ce qu'on vient de voir là…, insista-t-il en tapant l'écran de sa grosse patte… les blessures de cette femme ne guériront jamais.

C'est alors seulement que je remarquai dans sa main la commande avec laquelle il réglait la résolution de l'écran. Il donna plus de contraste à l'image et je distinguai Tamara tournant le dos à la caméra, debout devant le mur de sa chambre.

— Tamara n'arrive plus à humidifier ses pupilles de liquide lacrymal, Zorbach. Tu sais ce que ça signifie ?

Je clignai des yeux instinctivement.

— Toutes les deux heures, un soignant doit lui mettre des gouttes dans les yeux. Toutes les deux heures ! poursuivit-il en me collant deux doigts sous le nez. Ce salaud lui a coupé les muscles des paupières pour qu'on ne puisse pas lui en greffer de nouvelles. Jamais plus elle ne dormira une nuit entière et les gouttes toutes les deux heures ne suffiront probablement pas à l'empêcher, à la longue, de perdre la vue. Tu comprends pourquoi je veux discuter avec toi ?

Il chercha des yeux mon regard.

— Oublie tout ce qui s'est passé entre nous, et regarde encore ça.

Il tourna à nouveau mon fauteuil vers l'écran.

— En ce moment, Alina est sans doute entre les mains du monstre responsable des souffrances de cette femme, tu piges ? Si tu sais quoi que ce soit, dis-le-moi. Et si tu ne peux pas parler, écris-le, ou fais ce que tu veux, même avec les pieds, afin que nous puissions en finir avec ce porc. Ça rentre dans ton crâne percé, ça ?

J'acquiesçai lentement de la tête sans perdre des yeux la silhouette de Tamara. Son corps paraissait totalement inerte, tel celui d'un mannequin dans une vitrine, seul son bras droit s'agitait lentement à la hauteur de sa tête comme pour effacer quelque chose sur le mur.

— Queschekelfélà ? demandai-je.

— Eh bien, pas facile à expliquer. Le mieux c'est que tu regardes par toi-même.

Scholle éteignit à nouveau la lumière du couloir et m'installa face à l'écran. Au bout d'un moment, je distinguai l'objet que Tamara tenait dans sa main.

— Pincheau ? dis-je, toujours incapable d'articuler plus d'un mot à la fois.

— Crayon-feutre, corrigea Scholle. Elle couvre ses murs de gribouillis. Au lieu de faire sa déposition, grâce à laquelle nous pourrions coffrer Suker, elle passe son temps à des peintures rupestres.

— Koidonque ?

— Tu veux savoir ce qu'elle peint ? répondit Scholle en me rapprochant encore de l'écran. Nous n'en avons pas la moindre idée, mon pote.

Il appuya sur la commande et la surface typique d'un ordinateur de bureau apparut. Les médecins avaient manifestement la possibilité de consulter tous les dossiers des malades sur écran. Scholle en ouvrit un intitulé « Dessins de Tamara Schlier » et agrandit l'image.

Quand je m'aperçus de ce qu'il voulait me montrer, mon premier mouvement fut de me détourner. Mais je fis le contraire. Je me sentis comme le témoin d'un accident, témoin qui voudrait être ailleurs, mais qui, fasciné par l'horreur, ne peut en détacher les yeux.

— On dirait un dessin d'enfant, précisa inutilement Scholle.

Je reconnus du premier coup d'œil ce que représentaient les traits maladroits sur le revêtement blanc. La maison à deux étages et à six fenêtres, mal proportionnées, ressemblait aux dessins accrochés sur la porte du frigo dans toutes les familles avec des enfants en bas âge. Un dessin naïf avec un soleil surdimensionné au-dessus du toit pentu et une porte arrivant à peine à la poitrine de trois membres d'une famille, debout sur une pelouse esquissée à gros traits.

— Elle dessine presque continuellement le même dessin. Elle a à peine fini une maison qu'elle en commence une autre, les murs en sont couverts. On a d'abord pensé qu'elle dessinait le bâtiment où Suker l'a torturée, mais…

— Chelaconnais, l'interrompis-je tout en essayant de refouler mon envie de vomir.

— Tu la reconnais ?

Je fis oui de la tête et Scholle se pencha vers moi d'un air soupçonneux.

— Nous avons comparé avec toutes les photos et les données vidéo dont nous disposons sur Berlin, et nous n'avons fait tilt à aucun moment.

— Maichelareconnais.

— OK. Et où elle est ? grogna Scholle dont on aurait dit qu'il allait me secouer. Tu peux nous donner l'adresse ?

Oui, et Dieu sait combien j'aimerais que non.

La maison que Tamara gribouillait dans l'obscurité sur le mur de sa chambre, je l'avais vue un nombre incalculable de fois dans ma vie.

27

Alina Gregoriev

Quand elle se réveilla, Alina crut être morte pendant un instant. Comme chaque matin, elle ouvrit les yeux pour fixer le néant infini qui définissait son monde. Sauf que, cette fois, elle ne sentait plus son corps. Normalement, avant de se lever, elle restait allongée plusieurs minutes pour sentir son propre poids peser sur le moelleux matelas Boxspring de son lit. Ce n'est que peu à peu, passant la main sur le drap, qu'elle était réveillée par des stimuli familiers : l'air à l'odeur de poussière et de bois sous le toit, le bruit de la circulation dans la Brunnenstrasse, le mauvais goût de l'haleine matinale sur sa langue. Mais aujourd'hui tout était différent.

Aujourd'hui, le vide l'avait totalement avalée. Elle n'entendait pas, ne sentait rien, ni la chaleur ni le froid, et, bien que n'ayant pas encore fait de tentative, elle supposait que la voix lui manquerait. *C'est comme ça qu'on se sent quand on ne vit plus ?*

Il ne lui restait plus que le vague souvenir d'une douleur aiguë qui, partant du cou, était descendue le long de sa colonne vertébrale avant qu'elle perdît connaissance. Cette douleur s'accompagnait d'autres souvenirs paraissant irréels, dans lesquels des toilettes pour dames, un animateur radio et Alexander Zorbach jouaient un rôle, mais ces impressions étaient aussi difficiles à appréhender que les diverses scènes d'un rêve peu après le réveil, ce qui lui suggérait également qu'elle n'avait pas survécu à ce qui lui était arrivé.

Mais alors, pourquoi je suis toujours aveugle ?

Cette idée l'attrista. Pour une quelconque raison irrationnelle, elle avait toujours supposé qu'elle ne souffrirait plus de son infirmité une fois morte.

Voulant se prendre le pouls, elle essaya en vain de bouger les bras.

Est-ce que je respire ? se demanda-t-elle sans savoir comment le découvrir. Soudain, elle bascula sur le côté : perdant l'équilibre, elle agita bras et jambes à la recherche d'un point d'appui qui l'empêcherait de tomber dans le gouffre béant au-dessous d'elle. Elle comprit alors qu'elle dormait encore. Que sa conscience avait jusque-là refusé de quitter le monde des rêves. Mais quelque chose s'était produit dans la réalité qui lui interdisait de continuer à flotter dans cet état bienheureux d'absence de poids et de sensations. Malgré la peur de mourir qu'elle avait eue à l'instant, une terreur bien plus grande la saisit quand elle sentit que ses chevilles étaient entravées par de durs colliers de serrage en métal, quand elle entendit le cliquetis des chaînes lui ligotant les mains derrière la tête, et quand elle sentit la langue de Suker lui effleurer le lobe de l'oreille tandis qu'il lui disait d'une voix rauque :

— Bienvenue chez moi !

28

— Détachez-moi ! cria-t-elle.

Elle se sentait faible, ce qui n'avait rien d'étonnant dans la mesure où elle subissait toujours l'effet des narcotiques qu'il lui avait administrés pour l'immobiliser. Elle était épuisée, et respirer exigeait d'elle un effort extrême. Sans la fureur mêlée de crainte qui accélérait son pouls, elle serait sans doute retombée dans le sommeil.

— Suker, espèce de taré, dit-elle. Je vous parle.

L'ophtalmologue rit de sa feinte intrépidité.

— Je comprends que vous soyez furax, Alina. Je le serais moi aussi si j'étais allongé à votre place sur cette table de dissection. Mais croyez-vous qu'il soit judicieux d'injurier l'homme au scalpel ?

Table de dissection ? Scalpel ? Elle s'efforça de se calmer. *Non, n'y fais pas attention. Il utilise ces mots pour prendre son pied en voyant ta peur.*

— Que voulez-vous de moi ? demanda-t-elle et elle eut envie de vomir.

Pour couronner le tout, non seulement elle avait le crâne qui bourdonnait, mais elle devait maintenant lutter contre une forte nausée. Elle ne se souvenait plus si Suker lui avait injecté des barbituriques ou s'il lui avait plaqué sur la bouche une éponge imbibée. En tout cas, elle avait perdu connaissance et la notion du temps. Peut-être était-elle là depuis des heures, voire des jours, et en outre elle ignorait où ce « là » pouvait bien se situer. Tout ce qu'elle percevait, c'était l'absence de réflexion acoustique dans cette pièce dont elle ne pouvait par conséquent pas estimer les dimensions.

John lui avait un jour décrit en détail les images de son film d'horreur préféré dans lequel un abattoir au sol et aux murs carrelés jouait un rôle important, un abattoir où étaient suspendues côte à côte des moitiés de carcasses de bœufs et des êtres humains fraîchement éviscérés. Dans ses cauchemars, elle avait toujours supposé que, si les choses devaient un jour tourner au pire, elle s'éveillerait dans un endroit de ce genre.

Mais le lieu où elle séjournait en ce moment ne sentait ni le sang ni le cadavre, et sa voix ne provoquait pas l'écho propre aux pièces carrelées. Pour une raison inexplicable, elle eut néanmoins d'un coup la certitude de se trouver dans un abattoir.

Dans l'abattoir de Suker, équipé selon ses goûts de pervers.

— Qu'avez-vous l'intention de me faire ?

— Qu'est-ce que tu en penses, hein ? répondit Suker en caressant d'une main son ventre plat.

Un électrochoc n'aurait pas provoqué chez elle une réaction plus violente. Elle tressaillit, raidit le buste et son corps tout entier se contracta sur la couche dure, rembourrée d'un mince matelas.

— Pchhh… détendez-vous.

Alina haletait tandis que les doigts de l'homme décrivaient des cercles autour de son nombril, et c'est à cette seconde qu'elle prit conscience…

… je suis nue !

En cet instant, elle comprit aussi le caractère désespéré de sa situation. Ses chances de se sortir de cette aventure sans trop de douleur, et si possible vivante, étaient infimes. Elle s'efforça de ne pas pleurer. Son désespoir, sa peur atroce… *ne pourraient être pires*, pensa-t-elle, avant de constater, dans la même fraction de seconde, qu'elle se trompait.

Si ! La peur peut toujours grandir. C'est comme la douleur. Il n'y a pas de limites, se dit-elle quand Suker s'approcha si près qu'elle sentit la chaleur de son corps. Et ce fut pire encore que tout ce qu'elle avait imaginé jusqu'ici. Car elle n'était pas la seule à être nue. Suker s'était lui aussi déshabillé.

29

Alexander Zorbach (moi)

Je pressai le visage contre la vitre de mon côté, le côté passager, et le froid du verre me fit du bien. Il m'éclaircit les idées et rafraîchit ma tête fiévreuse. J'aurais ouvert si j'avais été capable de trouver la foutue commande. Quelques minutes plus tard, nous longeâmes la plage de Wannsee, et je fermai les yeux. La balle ayant traversé mon cerveau avait changé beaucoup de choses, mais pas ma manière de voir la ville où je vivais. La plupart des Berlinois, quand ils aperçoivent cette plage, se souviennent de belles journées d'été, de musique joyeuse, d'enfants rieurs, de poubelles pleines et d'odeur de crème solaire.

Moi, au contraire, je voyais le parking, devant l'entrée, et je me rappelais cette journée, neuf ans plus tôt, où, derrière les toilettes, nous avions trouvé le cadavre d'un enfant dans un carton de déménagement. À l'époque, je travaillais encore pour la police et, par hasard, j'avais accompagné un collègue qui avait reçu un bip pendant que nous étions ensemble au cinéma. L'assassin s'était débarrassé du cadavre en même temps que de ses encombrants. Nous avions trouvé le carton marron à côté d'un téléviseur hors d'usage et de sacs remplis d'ordures qui nous avaient finalement permis d'identifier le meurtrier, un professeur de musique de quarante-quatre ans qui avait agressé sa meilleure élève à la fin de sa leçon de violon et l'avait transportée dans une cabane de jardin dans les environs de Berlin. Avant de violer la fillette de sept ans, il l'avait ligotée selon une technique appelée « la balançoire chinoise », la victime s'étranglant elle-même un peu plus à chaque tentative pour se libérer de ses liens.

Quand, lors de cette nuit claire, j'avais regardé à l'intérieur du carton, j'en étais venu à cette conclusion, aussi forte et indiscutable qu'une loi de la nature : si, un jour, quelqu'un traitait ainsi *mon* enfant, je ne le dénoncerais pas. Je n'irais pas trouver la police pour obtenir l'arrestation du tueur. Je ne gaspillerais pas mon temps à attendre un procès au cours duquel, le procureur ne parvenant pas à prouver la préméditation, les juges prononceraient une simple peine de trois ans et demi de prison pour homicide par imprudence, parce qu'ils estimeraient que le violeur avait trop serré les liens par inadvertance.

Au lieu de quoi, je descendrais à la cave et recouvrirais de plastique opaque toutes les lampes de la maison. J'insonoriserais le local à l'aide de plaques antibruit, puis je préparerais une fraise à métal, une perceuse sans fil, plusieurs bouteilles de soude caustique, ma bouilloire électrique et un pistolet agrafeur.

La trousse de secours serait placée à côté du lit métallique et je m'assurerais que le défibrillateur soit en état de marche, afin de pouvoir rappeler le salopard à la vie au cas où il me fausserait compagnie trop tôt. Puis je partirais à sa recherche, le trouverais et le ramènerais dans ma cave afin de régler le problème de mes propres mains. Je savais bien sûr que cette idée contrevenait à tous les principes de l'État de droit. Et même si, aujourd'hui encore, alors que le Voleur de regards avait tué ma femme, enlevé mon fils et m'avait poussé à me tirer une balle dans la tête, je pouvais comprendre les gens politiquement corrects qui tempêtent contre la peine de mort avec des arguments théoriques et rationnels, je vivais désormais dans un autre monde, car mon fils n'était certainement plus qu'un cadavre en décomposition. Un monde où n'existait plus qu'une règle à laquelle je pouvais me tenir : survivre assez longtemps pour retrouver et tuer Frank.

Ces idées radicales ne devaient guère différer de celles de Scholle, qui lui aussi s'asseyait sur le droit et l'ordre quand il avait le sentiment d'agir *de manière juste*.

Je n'arrivais pas à croire, par exemple, que le Dr Roth ait accepté que Scholle m'emmène sans autre façon de Schwanenwerder, voici une demi-heure. Même si j'allais mieux pour le moment, même si je ne souffrais presque plus en dehors d'une pression sourde derrière les yeux, je n'étais certainement pas transportable dans l'état où j'étais, sans fauteuil roulant par-dessus le marché. Scholle l'avait abandonné sur le parking, après deux vaines tentatives pour le loger dans le coffre. À cela s'ajoutait qu'il me faudrait prendre mes médicaments dans quatre heures tout au plus, ce qui n'avait pas empêché Scholle de signer mes papiers de sortie et de me faire quitter l'hôpital. Je lui avais en effet avoué que je connaissais la maison que Tamara Schlier ne cessait de dessiner sur le mur de sa chambre. C'était pour lui une raison suffisante.

— Tu te demandes sûrement pourquoi j'agis comme ça, hein ? me lança-t-il avec un regard inquisiteur avant de reporter son attention sur la route vide de toute présence humaine.

Autant qu'il m'en souvînt, c'étaient les premiers mots qu'il m'adressait depuis qu'il m'avait hissé sur le siège du passager et avait bouclé ma ceinture. Mais je pouvais me tromper et peut-être discutions-nous depuis un moment sur la paix dans le monde ou la météo. Même si j'étais un peu soulagé maintenant que ma tête reposait contre la vitre, j'avais de la peine à me concentrer. D'ailleurs, c'était peut-être précisément *parce que* j'allais mieux d'un seul coup que je ne remarquais pas un certain nombre de détails. La douleur dans ma tête cédait peu à peu la place à une fatigue d'une autre nature que la lourdeur due aux médicaments des dernières semaines. Une sensation plus intense, moins superficielle.

— Bon, je vais te dire quelque chose, même si je ne sais pas bien ce qui arrive jusqu'à tes méninges, déclara Scholle avec un rire bref. Peut-être d'ailleurs que je te le dis justement parce que tu es un peu maboul pour le moment et que je pourrai le nier plus tard, quand tu auras retrouvé toute ta tête.

Scholle se tut et mit son clignotant.

— Je veux m'excuser, murmura-t-il.

Pardon ?

Je réussis à tourner la tête vers lui sans basculer sur le côté.

Tu m'épies dans l'obscurité du couloir, tu me montres la figure épouvantable d'une victime d'un tortionnaire, tu me tires de force dans le froid, hors de l'hôpital, et tu appelles ça t'excuser ?

— J'ai eu une réaction exagérée l'autre fois, à propos du Voleur de regards, dit-il. Je croyais vraiment que c'était toi. Ou du moins que tu étais de mèche avec lui. Et comme le temps nous filait entre les doigts, je t'ai traité un peu trop brutalement, je sais. Mais tu as toi-même été policier, Zorbach. Tu sais comment ça se passe. Il faut parfois faire quelque chose qui ne doit ensuite pas figurer au procès-verbal si on veut mettre la main sur les salopards. Et quand on se bat contre ces fous qui enlèvent et tuent nos enfants, on est comme à la guerre, non ? Des victimes civiles sont parfois inévitables pour que la paix revienne.

Si j'en avais eu la force, je lui aurais rétorqué qu'il y avait entre nos points de vue une ligne ténue, mais décisive. Une chose était de se venger d'un assassin dont on était certain qu'il avait commis des crimes, comme c'était le cas de Frank qui m'avait personnellement avoué ses forfaits, mais une autre était de torturer quelqu'un sur un simple soupçon.

Mon regard effleura la clé de contact sous le volant. Confirmant l'humour subtil du policier, un bonhomme en plastique en habit de détenu pendillait, la corde au cou, accroché au trousseau. Nous roulâmes sur un nid-de-poule et le pendu se mit à se balancer comme un pendule au bout de son fil.

— Comme tu le sais, j'ai moi-même perdu mon fils, dit Scholle d'un ton plein de pathos laissant entendre qu'il n'avait pas le choix.

Je fis signe que oui, pour qu'il ne me raconte pas une nouvelle fois l'histoire de son ex-femme russe. Il l'avait connue quand elle se prostituait et, non content de la libérer de son bordel clandestin, il l'avait épousée. En guise de remerciement, elle avait emmené son fils à Iaroslavl. Comme, à l'époque, il n'avait pas tenu compte de son intuition et l'avait laissée partir seule dans son village natal, il n'hésitait plus, depuis, à obéir entièrement à son instinct.

— Il s'agissait de mon fils, Zorbach. Aujourd'hui c'est le tien. Je te l'avoue : je n'en ai rien à foutre d'Alina et de Suker. Mais comme j'ai merdé en laissant filer Frank alors que je l'avais à ma pogne, je dois me rattraper, tu piges ? Je veux t'aider à abattre l'assassin de ton fils.

Il me regarda, cherchant sur mes traits une lueur de compréhension.

— Je ne suis pas resté inactif pendant que tu étais sous perfusion, poursuivit-il. Bien sûr, Stoya donne désormais la priorité absolue à l'affaire Zarin Suker, parce qu'il se figure qu'il va ainsi obtenir plus vite un succès éclatant. Tu connais notre rond-de-cuir, hein ? Un bon flic, mais qui ne pense qu'à sa carrière. Dans l'affaire Suker, nous détenions déjà le coupable, alors qu'il n'y a toujours pas de trace de Frank. Une déposition de Tamara, et notre impuissance dans l'affaire du Voleur de regards aurait glissé sous le tapis, si tu vois ce que je veux dire.

Je fermai les yeux dans l'espoir de surmonter le malaise qui m'avait pris dans le dernier virage.

— Mais j'ai multiplié les heures supplémentaires pour m'accrocher à l'affaire du Voleur de regards. Et tu veux savoir ce que j'ai découvert ?

J'eus un bref clignement d'œil que Scholle, à tort, interpréta comme un assentiment.

— Je ne sais pas exactement ce qu'Alina t'a raconté, mais je suppose qu'elle a raison. Il y a un lien.

Je me forçai à rouvrir les yeux.

— Je vais te le faire entendre. Écoute bien.

Scholle extirpa de l'intérieur de sa veste une cassette et l'introduisit dans le lecteur. Le son était de mauvaise qualité, déformé ; on entendait des bruissements et des crépitements comme s'il s'agissait d'un enregistrement plusieurs fois repiqué, ce qui augmenta encore mon épouvante en entendant la voix cassée.

30

— *Coupable*, disait cette voix, et ce fut le mot qu'elle employa le plus souvent au cours des minutes qui suivirent.

Alors que, complètement terrorisée, la femme parlait à voix basse le reste du temps, d'une voix douce qui paraissait légèrement fiévreuse, elle prononçait le mot « coupable », parfois avec colère, parfois avec désespoir, mais toujours fortement et distinctement.

— *Il veut ouvrir les yeux aux gens. Il me l'a dit à plusieurs reprises, et ça le faisait rire.*

— *C'est pour cela qu'il vous a ainsi traitée, Tamara?* demanda un homme que j'identifiai comme étant Stoya, bien que, durant cette audition, il s'exprimât avec beaucoup plus de ménagements qu'à l'ordinaire. *C'est pour ça qu'il vous a découpé les paupières?*

— *Oui. Il fallait que je ne puisse plus jamais fermer les yeux sur ma culpabilité. Sur le mal que j'avais causé.*

— *Suker a-t-il dit ce qu'il entendait par là?*

— *Ce dont je suis coupable?*

— *Oui.*

Les parasites augmentèrent et il fallut un bon moment avant que les paroles de Tamara ne les recouvrent.

— *Oui, oui, je sais de quoi je suis coupable.*

— *De quoi ?*

Silence. Pendant plusieurs secondes, on n'entendit que le bruit du clignotant que venait de mettre Scholle.

— *De quoi êtes-vous coupable selon Suker, Tamara ?*

— *Ce n'est pas seulement selon lui que je suis coupable.*

— *Qu'entendez-vous par là ?*

— *Suker a raison. J'ai effectivement fait quelque chose de mal. J'ai provoqué, chez d'autres personnes, des souffrances qui auraient pu être évitées.*

— *Comment ? Qu'avez-vous fait ?*

Un nouveau silence, durant lequel le bruit des parasites ne fut interrompu que par des sanglots. Je fermai les yeux et imaginai Tamara, assise dans la pénombre, des lunettes de plongée sur ses yeux rougis par les larmes, secouant la tête avec désespoir.

— *Je ne veux pas parler de ça*, sanglota-t-elle.

— *Pourquoi ?*

— *J'ai peur.*

— *De quoi ? Suker, l'homme qui vous a infligé ces tortures, est en prison, Tamara. Il est enfermé. Il ne peut plus rien vous faire.*

Stoya sembla s'éloigner un peu du micro, il s'était sans doute levé pour poser la main sur l'épaule de Tamara afin de la tranquilliser. Il n'était probablement pas allé jusqu'à la prendre dans ses bras ; il ne possédait pas assez de sensibilité et de sympathie naturelles pour ça, même si la jeune femme en avait le plus grand besoin en cet instant. On finit par entendre à nouveau Tamara. Elle semblait s'être un peu ressaisie.

— *Pas de lui.*

— *Comment ?*

— *Suker en a terminé avec moi. Je n'ai plus peur de lui.*

— *Mais de qui alors ?*

— *Il n'est pas seul.*

J'ouvris les yeux et regardai dans la direction de Scholle qui, de son côté, m'adressa un regard entendu, comme pour me dire que nous nous approchions maintenant du côté piquant de l'histoire.

— *Pardon ? Est-ce que je vous ai bien comprise ?* demanda Stoya, soudain tout excité. *Il avait un complice ?*

Silence. Parasites. Puis de nouveau la voix de l'enquêteur.

— *Tamara, je vous en prie. C'est très important. Une dernière question pour aujourd'hui. Qui aidait Suker ?*

— *Non, je ne peux pas le dire. Je ne peux pas.*

— *Tamara, comment pouvons-nous vous protéger si nous ne savons pas…*

— *Je ne peux pas*, répéta la jeune femme, parlant de plus en plus fort.

À la fin, elle cria :

— *Sortez ! Éteignez ce truc ! Immédiatement…*

La bande s'arrêta.

Scholle sortit la cassette de l'autoradio et la tint à hauteur des yeux entre le pouce et l'index.

— L'enregistrement a été réalisé quelques jours seulement après que nous avons retrouvé Tamara Schlier. Suker l'avait abandonnée, comme toutes ses autres victimes, en un lieu dont nos profileurs disent qu'ils ont tous une « connotation sexuelle ». La première, nous l'avons trouvée dans la cour d'un ancien bordel, aujourd'hui abandonné. Une autre était attachée à une poubelle sur un parking fréquenté par de jeunes prostitués. Tamara, elle, a réussi à se libérer et on l'a découverte, hagarde, errant dans les escaliers d'un bâtiment qui abrite plusieurs maisons de production de films porno.

Violence comme compensation. L'idée me traversa l'esprit. La zone de mon cerveau effectuant l'analyse objective des faits était en bien meilleur état de fonctionnement que celle commandant mes émotions. *L'assassin mutile les femmes pour satisfaire ses pulsions sexuelles. Il jouit sans doute dès qu'il se sert de son scalpel. Le viol n'est que l'épilogue.*

— Comme tu l'as entendu, elle a eu très peur au début, mais elle a promis de faire une déposition détaillée et de la confirmer sous serment devant un tribunal, si nous assurons sa protection. On l'a donc transportée à Schwanenwerder où elle est sortie peu à peu de sa réserve.

— Qui ? demandai-je d'une voix sourde.

— Tu veux savoir qui est le complice de Suker ?

Il refourra la cassette dans la poche de sa veste et serra le volant à deux mains.

— Elle ne nous a pas indiqué de nom. Elle était sur le point de parler, mais c'est là que l'accroc s'est produit. D'un jour à l'autre, elle a perdu la raison, n'a plus fait que crier et s'est mise à couvrir le mur de gribouillis. Et sais-tu quand ce changement est intervenu ?

Il accéléra sans raison apparente.

— Le jour où on t'a transporté à Schwanenwerder !

Je fronçai les sourcils et Scholle leva la main d'un geste apaisant.

— Oui, je sais, c'est loin d'être une preuve qu'il existe un lien entre Suker et ton affaire. Mais c'est quand même drôle, non ? À peine es-tu arrivé dans notre maison sécurisée qu'elle refuse de déposer et s'enferme en elle-même.

— Comment ? dis-je, continuant à énumérer la liste des adverbes interrogatifs, heureux que Scholle me comprenne malgré tout.

— Comment aurait-elle entendu parler de toi ? Pas la moindre idée, vraiment. Roth est honnête, il ne lui aura pas dit que tu venais d'arriver. Le personnel est plus sévèrement contrôlé que les collaborateurs du Secret Service. Je suis absolument sûr de chacun de ceux qui sont là. Il n'y a pas de taupe. Mais, je le répète, c'est très étrange. Tout aussi étrange que le problème posé par Suker : il semble disposer, en taule, de sources d'information secrètes. Bien qu'il n'ait ni télévision, ni journaux, ni Internet et qu'il soit maintenu dans l'isolement, il était parfaitement au courant de ton cas quand Alina est allée le voir.

Je réussis à acquiescer prudemment sans que mes malaises reviennent. Je saisissais peu à peu la chaîne d'indices de Scholle. *Tamara a peur de celui qui aide Suker, de son assistant. Sa peur croît avec mon arrivée.*

Suker connaît tout ce qui nous concerne, moi, Alina et Julian. Et Alina avait « vu » dans ses visions la relation entre Julian et Suker.

Pourtant, en cet instant, il me parut un peu tiré par les cheveux de nourrir, à partir de ce méli-mélo d'indices, de hasards, de balivernes ésotériques et de suppositions, le soupçon que Frank Lahmann pût être la personne dont Tamara avait si peur.

Ça ne collait pas. Certes, Frank enlevait l'œil gauche à ses victimes, avec une dextérité qu'il doit avoir acquise quelque part. Mais il a travaillé pendant des années chez un vétérinaire. Pas chez Suker… À moins que…

— Si j'interprète correctement ton regard vitreux, tu es toujours sceptique, dit Scholle.

En levant les yeux, je m'aperçus que nous avions atteint le quartier que j'avais indiqué à Scholle comme destination.

— Je peux te comprendre, Zorbach. Mais, comme je te l'ai dit, j'ai fait des heures sup. Tu savais que Frank portait des lentilles de contact ?

— Et ?

— Et je te le donne en mille : qui les lui a prescrites pour la première fois, il y a des années de ça ? demanda Scholle en tournant dans notre rue.

J'eus froid soudain.

Il s'arrêta devant la maison qui avait jadis été la mienne et qui, vide et obscure, se dressait à présent comme une pierre tombale dans le cimetière de mes rêves. Si on faisait abstraction des erreurs de perspective et de l'étage de trop, Tamara Schlier avait dessiné, avec une assez bonne ressemblance, notre maison au pied du Dörferblick[1] de Rudow. Sur son dessin, on voyait même, placée au bon endroit, la remise à outils à côté de la pelouse où j'avais découvert ma femme assassinée.

— J'en crois pas mes yeux, dit Scholle en mettant pleins feux pour mieux éclairer la maison abandonnée.

Il siffla entre ses dents.

— Peux-tu me dire, s'il te plaît, pourquoi Tamara dessine votre maison sur les murs de sa chambre ?

Je secouai la tête. Non, je ne pouvais pas. Je ne pouvais pas davantage expliquer pourquoi, depuis des années, c'était exactement le même dessin qui était accroché au-dessus du lit de mon fils. Ni pourquoi la fenêtre de la chambre de Julian était ouverte.

---

1. Colline autrefois édifiée avec les décombres de Berlin, située dans le quartier de Rudow.

31

Alina Gregoriev

Depuis que Suker avait grimpé sur son lit et lui tenait les genoux pour l'empêcher de bouger, Alina cherchait à se détendre, surtout pour ne pas rendre plus forte encore la souffrance qui n'allait pas tarder. Elle avait lu quelque part que les avocats de la défense pouvaient présenter l'absence de résistance comme un consentement au rapport sexuel et réduire ainsi à néant une accusation de viol. Pourtant, cela lui était totalement égal, car, depuis qu'elle sentait les parties génitales de Suker sur son ventre, elle n'escomptait plus pouvoir porter plainte un jour.

— Pourquoi faites-vous ça ? demanda-t-elle. Pourquoi moi ?

C'était l'une des dizaines de questions grâce auxquelles elle était parvenue jusqu'ici à retarder l'inexorable. Dès qu'il parlait, Suker cessait de la tripoter.

— Je vous l'ai déjà dit dans les toilettes pour dames, quand je vous ai enlevée, ma chérie. Je veux mener à bien ce que j'ai commencé.

Il posa une main sur son sein droit.

— Mais ça ne vous ressemble pas du tout !

— Non ? fit-il en éclatant d'un rire tonitruant. C'est pourtant bien vous qui, lors de notre première rencontre, m'avez fait savoir quel violeur sans scrupules j'étais.

— Ce n'est pas ce que je veux dire.

Alina lâcha un gémissement quand il tordit le piercing de son mamelon.

— Ça ne vous ressemble pas de vous écarter de votre méthode.

— Ah bon ? Et quelle est donc *ma méthode* ? demanda-t-il, amusé, en accentuant les deux derniers mots.

— Vous ne… (Elle réprima un cri quand la main de l'homme se glissa entre ses cuisses.) Je veux dire que vous ne commencez pas comme ça.

— Vous êtes une enfant futée, Alina, concéda-t-il en retirant sa main. Et vous avez raison.

— En quoi ai-je raison ?

— Je ne vais pas vous violer.

Elle sentit avec soulagement se soulever le poids qui pesait sur son buste. Les bruits, eux non plus, ne laissaient subsister aucun doute. Suker était descendu de la couche.

— Même si vous deviez le regretter, Alina. Mais je n'ai pas l'intention de coucher avec vous.

— Non ? s'étonna-t-elle, d'un ton plus suppliant qu'elle ne l'aurait voulu.

— Non. Du moins pas encore.

Il ricana, et elle s'attendait fermement à l'entendre dire : « D'abord, je vais vous enlever les paupières. » Mais cela n'aurait eu aucun sens. Pas dans son cas. Pas à une aveugle.

Rien n'a de sens ici. Je ne devrais pas être entre ses griffes. S'il se repaît de la terreur qu'il lit dans les yeux de ses victimes, je ne lui sers à rien.

— Que me voulez-vous alors ?

— Je veux vous opérer, Alina. Vous vous souvenez certainement de ce que je vous ai dit dans la prison. Et je tiens parole. Je vais faire en sorte que vous retrouviez la vue.

Bien que le viol tînt de loin la première place sur la liste de ses pires cauchemars, elle ne put supporter l'idée que Suker mît effectivement à exécution son épouvantable menace, à seule fin de la mettre en situation non seulement de sentir, mais aussi de voir l'horreur dans laquelle elle était plongée.

— Ce qui vient de se passer n'était qu'un petit avant-goût, un aperçu de ce qui va suivre. Veuillez excuser ces privautés que je me suis permises à l'instant, mais je n'ai pas pu me retenir.

Debout derrière elle à présent, Suker lui posa la main sur le front. Puis, du pouce et de l'index, il lui écarta les paupières de l'œil droit.

— Non, je vous en prie…

— Tss… Je vous ai déjà dit de vous laisser aller.

Alina entendit un bruit métallique.

— Sinon, je n'arriverai pas à poser correctement les pinces.

— Nooon ! cria-t-elle, tout son corps se contractant. Non, je ne veux pas, foutez-moi la paix, espèce de salaud !

— Mais pourquoi ces insultes ? Je veux vous faire un cadeau et vous vous défendez comme un chat sauvage, proféra Suker d'un ton énervé cette fois.

Il faut que vous preniez conscience que c'est nécessaire. Je ne peux pas maintenant vous laisser aller dans la vie sans que vous ouvriez les yeux et affrontiez votre culpabilité.

Culpabilité ?

— Le seul ici qui soit coupable de quelque chose, c'est vous, espèce d'enfoiré. Et, croyez-moi, si vous commettez la moindre erreur, si j'ai la moindre chance de me libérer, je le jure devant Dieu, je vous buterai.

Elle s'interrompit pour reprendre son souffle, mais, avant qu'elle ait pu hurler sa peur dans la salle d'opération de ce fou furieux, son attention fut attirée par un bruit, à seulement quelques pas.

C'est quoi, ça ?

Ce fut d'abord à peine perceptible, mais, à mesure qu'elle se concentrait sur ce bruit, la légère plainte devenait plus forte, jusqu'au moment où elle se mua en un gémissement guttural qui sortait sans doute possible de la gorge d'une femme qui souffrait.

Ciel, je ne suis pas seule, se dit Alina pendant que le médecin lui posait la première pince et, dans un premier temps, cette révélation lui procura même un certain réconfort, jusqu'à ce que Suker émît un claquement de langue réprobateur.

— Eh bien, vous voyez ce que vous avez provoqué, Alina. Par vos cris, vous avez réveillé la donneuse d'organe dont j'ai pourtant un si grand besoin pour votre opération.

32

Alexander Zorbach (moi)

À chaque pas que je faisais en clopinant vers la maison, je ressentais plus fortement l'affinité qui m'unissait à ce bâtiment.

De même que je n'étais moi-même qu'une ombre parmi les vivants, le pavillon inhabité ne paraissait être qu'un souvenir de temps meilleurs. Les murs ayant autrefois abrité ma famille – ma vie – avaient cessé de respirer. La nuit était étoilée, la lune plongeait ma maison et son jardin dans une froide lumière de projecteur. Là où Nicci et Julian m'attendaient jadis n'habitait plus que la décrépitude. Celle-ci n'avait encore guère progressé, aucune vitre n'était brisée, on n'avait pas tagué les murs, pourtant la bouteille de schnaps vide qui gisait à côté de cartons calcinés sur la pelouse enneigée en disait long. Noël remontait à deux mois, et personne n'avait enlevé les déchets de la fête organisée par les enfants du voisinage dans notre propriété.

Appuyé sur Scholle, je m'approchais de la terrasse de notre maison – *de ma maison. Il n'y a plus personne avec qui la partager* – et les larmes me montèrent aux yeux. J'attribuai cela à mon mal de tête et au froid glacial. Je ne sentais pourtant qu'à peine l'un et l'autre.

— Commissariat central? Ici, Scholokowsky. Je suis à Rudow, pas loin du Dörferblick, sur le lieu d'habitation des Zorbach, entendis-je Scholle annoncer par radio.

La fenêtre grande ouverte l'avait autant inquiété que moi. Il ordonna qu'un véhicule fût prêt à intervenir à sa demande. Au même moment, il retira le bras sur lequel je m'appuyais et je fus obligé de me tenir à la rampe de l'escalier menant à l'entrée.

Putain, pensai-je, et il n'y avait plus de doute à présent sur la cause de mes larmes. *C'est ici que j'ai montré à Julian comment lacer ses chaussures. Ici que je remettais la chaîne de son vélo chaque fois qu'elle sautait.*

Si, à la seule vue d'un escalier verglacé, les souvenirs me submergent, qu'est-ce que cela sera dans quelques secondes, quand j'entrerai dans le salon? me demandai-je.

Je me retournai pour regarder, au-delà de notre jardinet, les maisons de l'autre côté de la rue. Aucune lumière n'y était allumée non plus, et pourtant elles paraissaient moins sombres que la maison dans mon dos.

C'était la confirmation de ce qu'Alina m'avait dit un jour : ce n'est pas avec les yeux que nous appréhendons le monde. Ce sont nos sentiments qui guident notre vue. Et mes sentiments, en cet instant, sentaient la présence de la mort.

— Attends ici, me dit Scholle qui, à l'aide d'un passe-partout et d'une lampe de poche, avait réussi à ouvrir la porte d'entrée.

J'avais pris jadis la ferme résolution de protéger ma maison des cambriolages et de mettre à profit mes contacts avec la police pour qu'un spécialiste vienne éliminer les points faibles de mes portes et fenêtres. Mais, idiot que j'étais, j'avais reporté mon projet pendant des années, certain que le mal était comme gagner au loto : quelque chose qui n'arrive qu'aux autres.

Comme on peut se tromper !

Et savoir qu'aucun système d'alarme de ce bas monde n'aurait empêché la destruction de ma famille ne me consolait pas puisque j'avais moi-même ouvert à Frank toutes les serrures.

— Tu as payé tes factures d'électricité ? cria Scholle de l'intérieur de la maison.

Avant que j'aie pu répondre, les lumières du plafond du couloir s'allumèrent. Nicci avait toujours été respectueuse de l'environnement et, bien avant que cela devienne la norme, elle avait équipé la maison de lampes basse consommation ; la lumière, pâle et d'un jaune désagréable, parvint jusqu'à moi.

Posant un pied sur la première marche, qui était recouverte d'une couche de glace, je m'apprêtais à me hisser en m'aidant de la rampe quand un bruit m'immobilisa net.

Bon sang, qu'est-ce que c'est ?

— Scholle ?

Pas de réponse.

Je crus d'abord qu'il se trouvait mal et me demandai ce qui pouvait provoquer de pareils gargouillements.

Puis je compris que les sons, gutturaux et bien distincts, ne pouvaient sortir de son énorme poitrine. Quand le râle devint encore plus fort et que Scholle poussa un beuglement, je compris qu'il avait dû tomber sur un intrus.

Mon Dieu, qu'est-ce que cela peut bien encore vouloir dire ?

Les bruits de lutte se terminèrent par un grand fracas : on aurait dit qu'on venait de renverser un rayonnage. Puis j'entendis le choc de quelqu'un se cognant violemment contre un obstacle. Scholle hurla de douleur.

Ce qui s'ensuivit fut encore plus déroutant : le silence tomba.

Subitement.

Aussi abruptement que si la maison avait d'un seul coup avalé toute vie en son sein.

33

— Scholle ?

Silence de mort. La maison semblait aussi abandonnée qu'à notre arrivée, comme si jamais le commissaire n'y était entré.

J'inspirai de l'air glacé et me mis à claquer des dents.

Que se passe-t-il ici ?

J'eus envie de m'asseoir sur les marches froides, tant je me sentais soudain épuisé. La visite d'Alina, les yeux de Tamara, le trajet jusqu'au Dörferblick – une nouvelle fois, je me demandai si les événements bizarres de cette nuit étaient réels. Peut-être que j'étais en soins intensifs à l'hôpital, abruti de calmants, et que mon cerveau transformait en cauchemars confus les bombes chimiques que m'administraient les médecins.

C'est pour ça que Scholle ne peut pas te répondre, il n'a jamais été avec toi…

L'air pur et glacé que je respirais ne plaidait pas en faveur d'une hallucination. En tout cas, je ne me souvenais pas d'avoir jamais eu des sensations aussi réelles dans mes rêves – à vrai dire, le groupe de rock avait cessé depuis longtemps de jouer dans ma tête, ce qui ne laissait le choix qu'entre deux possibilités : soit j'étais plongé dans un sommeil artificiel, soit l'excitation m'aidait à écraser le souvenir de ma douleur sous de nouveaux souvenirs spectaculaires.

— Scholle, que se passe-t-il ?

Je gravis péniblement le petit escalier sans recevoir de réponse, la crainte d'une menace invisible grandissant à chaque marche en même temps que mon épuisement.

À l'intérieur, il faisait étonnamment chaud. Du moins je ne voyais plus mon haleine. En revanche, le petit imperméable accroché au portemanteau et, sur le mur, les photos de famille encadrées engendraient un froid d'une autre nature. Sur l'un des portraits de groupe, Nicci et Julian riaient face à l'objectif, ce qui rendait leur vue plus intolérable encore. Où était le groupe de rock quand on avait besoin de lui ? Pourquoi ne se déchaînait-il plus dans ma tête avec assez de fureur pour me rendre incapable de rien ressentir ? Au lieu de quoi, hormis un tiraillement sourd derrière les yeux, la douleur m'avait presque totalement abandonné pour la première fois depuis des semaines. J'avais aussi retrouvé la parole.

— Scholle, putain, où es-tu ?

J'avais toujours l'impression que la partie droite de mon corps était en caoutchouc, ce qui m'obligeait à n'avancer que pas à pas, le long d'une commode renversée dont le contenu était éparpillé par terre. Ayant franchi une montagne de nappes, je marchai sur les débris d'une vitrine, témoins muets d'une lutte dont les protagonistes paraissaient s'être volatilisés comme par enchantement. Le chaos s'étendait depuis l'entrée jusqu'à l'escalier. La porte de la cave était ouverte. Je sentis mon estomac se contracter et ignorai le leurre. Une fois déjà, j'étais descendu dans l'obscurité d'une cave pour n'y rencontrer que la mort. Je ne me laisserais pas prendre une seconde fois.

— Scholle ? continuai-je à appeler en vain, le cœur battant, tout en avançant à la force des bras jusqu'au pied de l'escalier en bois qui menait au premier étage, auquel était toujours accroché un calendrier de l'Avent bricolé par Nicci.

Des vingt-quatre cadeaux de tailles diverses, enveloppés dans du papier de Noël, qu'elle avait suspendus aux barreaux de la rampe à l'intention de Julian, peu avaient été défaits.

Je tâtai le plus grand – la surprise prévue pour le soir de Noël – pour en deviner le contenu.

— *Ce n'est pas une bonne idée, Zorro*, entendis-je en pensée me dire ma femme, morte maintenant. *Tu n'as rien à faire ici. Il vaudrait mieux que tu disparaisses. Comme Scholle…*

Je secouai la tête pour chasser à la fois cette voix et la douleur qu'elle provoquait. Y étant parvenu, je regrettai de ne plus entendre les bruits que j'entendais jadis quand je rentrais d'une intervention en pleine nuit et montais les marches à pas de loup, pieds nus, pour ne réveiller personne. C'était devenu une routine, au bas de l'escalier, de retenir mon souffle pour mieux écouter le silence. J'étais alors heureux si le hurlement du vent me parvenait de l'extérieur, sachant les miens et moi-même bien au chaud derrière nos fenêtres à double vitrage et enveloppés dans d'épaisses couettes. J'aimais les quelques secondes durant lesquelles le bourdonnement du frigo, les petits craquements des vieux tuyaux de chauffage et les bruits de fond indéfinissables qui sont partie intégrante de toute maison habitée chantaient ensemble un air mélancolique, me rappelant que je passais trop de temps à de vaines occupations. Je n'avais malheureusement pas réussi à en tenir compte. Même pas plus tard, quand Nicci et moi nous étions séparés, parce qu'elle ne supportait plus ma manière de toujours donner la priorité à mon travail.

Et aujourd'hui ?

Pas de craquements, pas de bruit. Rien. Aujourd'hui, le chant de la maison avait disparu, seuls les fantômes de mes souvenirs résonnaient dans ma tête.

Je ressentais une tension pleine d'électricité. Ma peau me brûlait, comme transpercée par d'innombrables aiguilles microscopiques. Les piqûres me rappelèrent Alina et son tatouage à la naissance du cou. La reverrais-je jamais ? Serais-je un jour de nouveau si proche d'elle qu'il me suffirait de tendre la main pour caresser du bout des doigts les lettres gravées dans sa peau ? Ces lettres en légère surimpression, *Fate – Luck*, que je n'avais pu embrasser qu'une seule fois ? Le souvenir de cette nuit refoula ma nostalgie ; la honte prit le dessus. Tout à coup, je me sentis coupable d'avoir couché avec Alina quelques heures seulement avant l'assassinat de ma femme et l'enlèvement de Julian. Et j'eus honte aussi d'avoir, ne serait-ce que quelques secondes, pensé à quelqu'un d'autre que mon fils.

Avant de sombrer dans la tristesse et la peur, avant de m'apitoyer sur mon sort, je me rappelai le visage de Frank. La haine flamba en moi et je serrai les dents. Je tentai de grimper en m'accrochant à la rampe, essayant à chaque marche de me concentrer toujours plus sur l'essentiel.

Sur les questions essentielles.

Première marche : *Pourquoi Alina a-t-elle été enlevée ?*

Deuxième marche : *A-t-elle quelque chose en commun avec les victimes de Suker ?*

Troisième marche : *Si oui, qu'est-ce qui la relie à Tamara ?*

Quatrième marche : *Pourquoi Tamara refuse-t-elle de parler ?*

Cinquième marche : *Cela a-t-il un rapport avec moi ?*

Sixième marche : *Ou bien avec notre maison qu'elle dessine sur ses murs ?*

Septième marche : *Ou bien avec Julian qui, il y a quelques années, avait réalisé le même dessin, toujours fixé au-dessus de son lit ?*

Sur la huitième marche, trempé de sueur et hors d'haleine, je fis une pause avant de me poser la question suivante, peut-être la plus pressante pour l'heure :

Que peuvent bien signifier les cris de douleur qui proviennent de la chambre de Julian ?

34

Cela n'avait rien de réel, bien entendu. De même que de nombreux patients dont le cerveau a été endommagé perçoivent tout à coup l'odeur du pâté de foie ou de la matière plastique brûlée, j'entendais pleurer un enfant qui n'était pas là et qui n'avait d'existence qu'en raison d'un court-circuit au niveau de mes synapses.

Mais, à l'époque, je n'étais pas capable de ce raisonnement rationnel. Mon cerveau avait beau ne plus penser en bouts-rimés depuis longtemps et les quelques paroles que je prononçais avaient beau sortir maintenant de ma bouche sans chuintantes gênantes, j'étais à peu près aussi capable de me livrer à un examen objectif de mes facultés qu'un somnambule de faire un brin de causette. Durant ces heures, je n'agissais que mû par l'instinct. À l'instar d'une mère incapable de laisser crier son bébé affamé, je ne pouvais ignorer les bruits passant par le trou de la serrure.

— Julian? appelai-je avec hésitation, croyant reconnaître sa voix dans la succession de sanglots, d'apnées et de pleurs saccadés.

À peine eus-je prononcé le nom de mon fils que le silence tomba.

Je me rappelle encore exactement la gratitude que j'éprouvai alors en constatant que l'hallucination durait si peu et qu'elle était si facile à chasser. Mais j'entendis à nouveau sa voix.

— Papa ?

À la différence de Schwanenwerder, mon fils imaginaire était éloigné et sa voix en paraissait d'autant plus réelle, ce qui m'effraya. Si, auparavant, il allait et venait directement dans ma tête, je l'entendais maintenant comme si nous n'étions séparés que par une cloison. Une voix faible, à peine compréhensible, à croire que quelqu'un lui avait mis une main devant la bouche. La chambre de Julian se trouvait sur le palier que j'avais atteint entre-temps, juste en face.

— Où es-tu ? demandai-je à haute voix, un bref instant heureux que Scholle eût disparu et ne me vît pas parler avec un esprit.

La réponse de mon fils avait l'accent du désespoir.

— Aide-moi ! cria-t-il d'une voix étouffée.

D'un seul coup, je ne fus plus certain de l'endroit où mon cerveau la localisait. J'avais l'impression que je ne l'entendais plus *devant* moi, mais *au-dessus*.

J'hésitais à lâcher la rambarde de l'escalier et à parcourir les derniers mètres me séparant de la chambre sans rien sur quoi m'appuyer. J'étais sûr que j'allais m'étaler sur le tapis, mais les supplications de Julian, étouffées par les larmes, ne me laissaient pas d'autre choix.

— Fais ce qu'il dit, criait-il. Sinon, il va nous tuer !

Nous ?

Au fur et à mesure que je m'approchais de la chambre, la voix de Julian s'éloignait.

Comment est-ce possible ?

Derrière la porte, la pièce était petite et carrée, sans autre issue, sans possibilité de retraite. Comment la voix de Julian pouvait-elle en disparaître lentement ?

Parce que Julian n'y est pas, espèce d'idiot, me répondis-je. *Ton fils est mort depuis longtemps.*

Ou bien parce que la voix ne venait pas de la chambre dont j'avais fini par atteindre la porte. Je posai la main sur la poignée, appuyai et sentis une résistance.

Encore une devinette. Aucune clé ne fermait le royaume de Julian. Nicci avait toujours professé une philosophie de la porte ouverte, les pièces fermées contredisant sa conception de l'existence. Aussi, au grand dam de Julian qui avait souhaité très tôt préserver son intimité contre les intrusions parentales, avait-elle confisqué toutes les clés. Et pourtant, parvenu dans le couloir du premier étage, je ne réussissais pas à ouvrir la porte.

— Julian ? appelai-je en laissant ma main glisser de la poignée.

Je frissonnai en sentant sur elle le filet d'air glacé qui passait par le trou de la serrure. Je me souvins de la fenêtre ouverte.

Ah, ah, espèce d'andouille, tu croyais sérieusement demander à une vision de t'ouvrir ?

Question ironique restant sans réponse.

Bien sûr que personne ne te répond. Il n'y a personne.

Ma décision de m'agenouiller résulta moins d'une résolution consciente que de mon état d'épuisement. Je devais me reposer et ici, sur le tapis, c'était mieux que debout. Je ne restai pas longtemps à genoux, à cause, certainement, de l'air glacial qui m'arrivait maintenant en plein dans la figure, ma tête étant au niveau du trou de la serrure. Clignant des yeux, je voulus me détourner, mais la voix de Julian m'en empêcha.

— Papa, au secours, l'entendis-je crier, cette fois infiniment loin de moi, comme si le fantôme de mon fils était en train de quitter la maison.

Une seconde plus tard, j'ouvris les yeux, allongé sur un lit, regardant fixement le plafond ; un filet de sang me coulait du nez.

35

Une seconde?

Je ne pouvais bien entendu pas avoir réussi en aussi peu de temps à briser la porte, allumer, fermer la fenêtre et m'allonger sur le lit de Julian, et cela d'autant moins que j'aurais dû escalader une armoire renversée. Mais je ne me souvenais pas non plus d'avoir perdu conscience, et je n'avais pas la moindre idée du temps qu'avait duré mon trou de mémoire.

Je levai la tête, me comprimai les narines et regardai autour de moi. Julian n'avait jamais eu beaucoup d'ordre, mais sa chambre donnait à présent l'impression d'avoir été fouillée par une bande de drogués en manque. Son petit bureau était sens dessus dessous, le tiroir arraché, et son contenu (une BD, deux DVD, une PlayStation, de vieux tickets de cinéma, des décalcomanies de footballeurs et un couteau de poche) était éparpillé par terre. L'étagère était encore fixée au mur, de guingois à vrai dire, et ne tenait plus que par deux ou trois vis. Je découvris près du radiateur, vides, les caisses en plastique où il rangeait ses jouets. En fin de compte, l'état de la chambre correspondait exactement à celui de mon esprit. Confusion, désordre, destruction.

Je levai la tête, me retournai et trouvai confirmation de mes suppositions : Julian avait dessiné notre maison en guise de devoir et l'avait accrochée pour faire plaisir à Nicci. Le dessin n'était plus à sa place. On l'avait arraché. J'aperçus les restes de papier coincés sous les punaises plantées dans le mur.

Je m'assis et inspectai la table de nuit près du lit, le seul objet qui semblait être encore à sa place dans la chambre. Le réveil de Julian était lui aussi renversé sur un calepin ouvert. Il s'était arrêté peu après 9 h 30.

Tout ça n'a aucun sens, me dis-je en luttant contre une vague de fatigue qui me poussait à me rallonger.

La voix de Julian, le chaos dans la pièce, le dessin disparu – *quel rapport entre tout ça* ?

Ma situation présente m'apparut une nouvelle fois comme totalement irréelle, sentiment que renforçait encore le fait d'avoir dans l'oreille, depuis que mon nez avait cessé de saigner, un bruit d'eau courante.

La voix de Roth ne m'était certes parvenue que de manière fragmentaire lors de ses visites, mais je croyais me souvenir qu'il avait un jour essayé de m'expliquer que mes souffrances imaginaires pouvaient disparaître d'une seconde à l'autre. Il avait manifestement omis de préciser qu'elles seraient remplacées par des crises de schizophrénie !

Je pris le réveil, le remontai et me demandai, tout en écoutant son tic-tac, si le bruit du temps qui s'enfuyait était *plus réel* que les voix dans ma tête.

Ou plus réel que ce qui était écrit dans le calepin posé sur la table de nuit ?

La tristesse me saisit plus vite que la conscience de *ce que* je venais de parcourir d'un œil distrait.

Julian avait toujours gardé sous clé son journal intime. Il était mort à présent, et ses secrets les plus intimes étaient étalés sur la table de nuit, ce qui – comme tout le reste dans cette maison – sonnait faux.

Je pris alors le carnet au dos de bois et laissai glisser mes doigts tremblants sur le passage écrit par mon fils le jour de son enlèvement :

« *Cool, c'est mon anniversaire aujourd'hui. Je suis si heureux que papa vienne. Il veut m'offrir quelque chose de très particulier. J'espère que c'est la montre. Je voulais tant l'avoir. Maman a encore beaucoup pleuré hier. Parce que je suis malade, cette satanée fièvre qui ne veut pas passer. Mais je crois qu'elle est aussi furieuse contre papa. Elle pense qu'il va être en retard pour mon anniversaire, comme l'année dernière. Mais je suis sûr que non. Nous nous sommes téléphoné, en pleine nuit, c'était super. Et quand papa me promet quelque chose, il tient parole. Il faut que j'arrête d'écrire. Maman veut jouer à cache-cache avec moi jusqu'à l'arrivée de papa. Elle est déjà en train de téléphoner en bas. Je reprendrai après…* »

Après…

Mes larmes coulaient goutte à goutte de mon nez et tombaient sur l'écriture enfantine sans l'effacer.

Savoir qu'il n'y avait plus d'*après* était insupportable. La seule chose qui me retint de déchirer son journal intime dans un accès de désespoir et de fureur fut le respect des derniers mots de mon fils. Et la faiblesse de mes doigts tremblants. Je continuai à feuilleter. Je m'arrêtai dès l'avant-dernière note rédigée dans l'écriture maladroite qui n'appartenait qu'à Julian.

« *Hier, je l'ai encore rencontré. J'ai un peu peur de lui, mais c'est une connaissance de travail de papa, je ne me fais donc pas de souci. Et puis, il est très gentil. Il m'a expliqué pourquoi papa travaille autant. Ils pourchassent ensemble, je crois, un homme très méchant. Une histoire d'yeux ou quelque chose comme ça, un truc complètement dingue. En tout cas, il m'a dit que je n'avais pas à avoir peur, parce qu'il me protégerait. Je n'avais qu'à l'appeler au téléphone : il me cacherait…* »

J'ignore ce qui se serait passé si je n'avais pas agi ainsi. Si je n'avais pas feuilleté plus loin en arrière, si, au contraire, j'avais refermé le calepin, si je l'avais remis sur la table de nuit et attendu. Mais il est probable que cela n'aurait rien changé à l'abominable suite.

Aurait, aurait, oreiller : la phrase débile de ma rédactrice en chef me traversa la tête, la phrase qu'elle balançait à la figure de celui qui lui expliquait combien son article *aurait* été bon s'il n'y avait eu tel ou tel incident malheureux.

Et *aurais*-je pu changer le destin si, en feuilletant, je n'étais tombé sur une feuille libre avec cette inscription cryptée :

SAFRAN WECKT HIRN[1]

Trois mots, en majuscules, écrits en travers de deux pages.

Trois mots auxquels je comprenais aussi peu qu'à la série de chiffres que mon fils avait griffonnés au-dessous. Et pourquoi les avait-il soulignés de deux traits?

À cet instant, je ne réfléchis pas plus avant. Je fus juste heureux de trouver le portable de Julian dans le tiroir de la table de nuit. Je ne m'étonnai pas non plus qu'il fût encore un peu chargé. L'essentiel était pour moi de pouvoir composer le numéro que mon fils m'avait laissé sur le papier. Les mots

SAFRAN WECKT HIRN

étaient en effet suivis d'un numéro, assorti d'un commentaire :

N'APPELER QU'EN CAS D'URGENCE

La sonnerie retentit deux fois, deux coups très rapprochés, puis il y eut un craquement sur la ligne. Je reconnus mon interlocuteur à sa respiration. Avant qu'il eût prononcé le moindre mot, je compris à qui je parlais.

— Frank?

— Hello, Zorbach, dit le Voleur de regards. Quelle surprise. Je te croyais mort.

1. Trois mots : « safran réveille cerveau », dont l'association ne fournit aucune signification.

36

— Où est mon fils ? demandai-je, tout en me haïssant pour l'espoir que j'entendais dans ma propre voix.

Je serrais si fort le portable qu'il émit un craquement.

— Qu'as-tu fait de lui ?

— Tu ne le sauras jamais. C'est ce dont nous étions convenus. Tu te souviens ?

— Je te tuerai, tu sais.

Frank eut un rire hystérique. Il donnait d'ailleurs l'impression d'être drogué.

— Pourquoi es-tu toujours aussi furieux contre moi, alors que je suis le seul à respecter nos accords ? Qui de nous deux a menti et simulé sa mort ?

Il mangeait une partie de ses mots, puis observait de longs temps de silence pendant lesquels il semblait réfléchir à ce qu'il allait dire ensuite. C'était comme si sa voix trahissait un déclin psychique.

— Putain, tu as même fait organiser ton propre enterrement. Tu me prenais vraiment pour un imbécile ? J'ai tout de suite pigé ce qui se passait. Ouvrir le cercueil vide me l'a simplement confirmé.

— Où es-tu ? repris-je en regardant la porte qui, je le remarquais à présent, n'avait jamais été fermée à clé mais seulement coincée par l'armoire renversée.

Avais-je donc vraiment eu la force de la pousser seul sur le côté, en me servant uniquement du poids de mon corps ?

Ou bien quelqu'un m'a-t-il donné un coup de main et déposé sur le lit pendant que j'avais perdu connaissance, pensai-je subitement.

— Dans quel trou t'es-tu terré ? Ne te cache plus derrière ton téléphone. Je veux te voir.

Le bruit d'eau semblait plus fort encore ; si j'en croyais l'appréciation acoustique erronée dont j'étais coutumier, il durait maintenant depuis assez longtemps.

— Une chose après l'autre, dit Frank en riant. Il y a ici quelqu'un qui voudrait te parler.

Il y eut un flottement sur la ligne, comme si la liaison allait être interrompue, puis j'entendis une toux d'homme.

— Il faut parler dans l'écouteur, sinon il ne vous comprendra pas, dit Frank sur le ton qu'on prend en général pour s'adresser à un enfant obtus.

La toux se mua en une respiration haletante, et ce n'est qu'au bout d'un moment terriblement long que j'entendis le premier mot de la personne à qui Frank avait passé l'appareil.

— Piège…

Je fermai les yeux.

Putain, c'est pas possible.

— Je suis désolé, Zorbach. Il nous a attirés dans un piège.

— Scholle, où es-tu ? demandai-je, mais Frank lui avait déjà repris l'appareil.

— Ah, comme je suis heureux que nous participions de nouveau tous au jeu.

— Ce n'est pas un jeu, espèce de salaud.

Je voulus descendre du lit pour m'approcher de la porte.

— Oh si, c'est un jeu. Et je suis étonné de la rapidité avec laquelle nous nous retrouvons tous sur le terrain. Toi, moi, Scholle, et cette fois sans cette gêneuse d'Alina qui sait toujours tout mieux que tout le monde.

— Tu te trompes, Frank. Le jeu est terminé. Tu m'as déjà pris tout ce qui m'était cher.

Il n'y avait plus aucun doute à présent. Le bruit de l'eau n'existait pas seulement dans mes oreilles, il venait du couloir et emplissait la chambre. Je commis l'erreur de prendre appui sur la jambe droite en quittant le lit, et mon genou se plia sous le poids.

— Tu ne peux plus m'obliger à rien, Frank.

— Oh, mais je vois les choses sous un jour très différent. Je sais que tu as beaucoup de peine à marcher, mais veux-tu bien te rendre dans la salle de bains ?

Je venais de me relever en m'aidant de la crosse de hockey de Julian que j'avais attrapée sous son lit, mais cette demande de Frank me paralysa.

Dans la salle de bains ?

— Comment sais-tu dans quelle partie de la maison je me trouve ?

Silence. Puis, au bout d'un moment, il dit d'une voix atone :

— Ça, je ne le sais pas, Zorbach. Mais je sais où tu n'es pas. Dans la salle de bains, la baignoire est en train de déborder, et comme je n'entends pas le bruit, c'est que tu es ailleurs.

Puis il rit de nouveau, d'une manière un peu plus hystérique que précédemment.

— Ah bon Dieu, Zorbach ! Tu es resté aussi pro qu'avant, tu remets toujours tout en cause. L'homme qui sait quand il a ferré un gros poisson et qui laisse filer les petits, c'est exact ?

— J'ignore où tu veux en venir, dis-je en m'efforçant de garder l'équilibre en m'appuyant sur la crosse.

— Je veux que tu ailles dans cette putain de salle de bains, brailla Frank.

Pour la première fois depuis que je le connaissais, il paraissait avoir perdu son sang-froid, et je ne savais pas si c'était un bon ou un mauvais signe. En tout cas, il était stressé. Alors que l'adrénaline m'aidait à avoir les idées claires (et même à formuler des phrases entières), elle semblait de plus en plus désorienter l'assassin de ma femme.

— Frank ? demandai-je, parce qu'il ne disait plus rien depuis un bon moment et que je craignais qu'il eût déjà raccroché.

— Tu es là ? répondit-il. Je n'entends toujours pas l'eau couler.

Moi, si, espèce de psychopathe. J'avais atteint de haute lutte l'encadrement de la porte et, trempé de sueur, je considérais le couloir devant moi. Jusqu'à la dernière porte, à l'autre bout, la distance équivalait pour moi à celle d'un marathon.

— Je n'y arriverai pas, haletai-je dans le portable, les yeux rivés sur le plancher.

— Oh mais si, Zorbach. Tu as fait des choses bien plus compliquées que ça. Crois-moi.

Le rire de Frank avait tout du hoquet.

— Ou alors tu préfères ne pas voir ce qui se trouve dans ta baignoire ?

37

Alina Gregoriev

Il avait éteint. Délibérément. Ce pervers savait combien il était important pour Alina de pouvoir faire la distinction entre clarté et obscurité, l'unique différenciation dont ses yeux étaient encore capables. Tandis que Suker feignait de vouloir la violer, une lampe brûlait au-dessus de sa tête. Elle dispensait non seulement de la lumière, mais aussi de la chaleur, double raison pour elle de regretter qu'elle fût éteinte.

La lumière, c'est la vie. L'obscurité, la mort.

Elle était nue dans l'obscurité toute-puissante et sentait le froid remonter dans ses jambes. Elle avait déjà les pieds engourdis. Au moins n'avait-elle plus les pinces métalliques entre les paupières. Suker les avait enlevées après avoir longuement examiné ses yeux et leur avoir instillé des gouttes d'une solution brûlante.

Jamais encore elle ne s'était sentie aussi seule qu'en cet instant, même si elle savait ne pas être l'unique personne dans cette pièce.

— Qui es-tu? entendit-elle demander la jeune femme qu'elle avait réveillée, peu avant que Suker ait pris congé d'elles pour un temps indéterminé, avec ce commentaire :

— *Je donne à ces dames l'occasion d'échanger leurs impressions avant le début de l'opération.*

La femme était à environ un mètre d'elle, à sa droite. Elle respirait en râlant, on aurait dit qu'elle luttait contre l'envie de tousser. Alina se demanda un moment si elle devait répondre. Tout son corps était programmé pour la fuite, tous ses sens sur la défensive. Tant qu'elle ne savait pas comment se libérer de sa détention, les inconnus représentaient une menace potentielle, même s'ils paraissaient souffrir de bronchite et ne guère avoir plus de dix-huit ans. Pourtant, qu'avait-elle à craindre d'une simple conversation ? Dans le pire des cas, elle enfreindrait une règle édictée par le fou qui la filmait certainement à l'aide d'une caméra à vision nocturne pour se repaître de sa nudité et de sa vulnérabilité.

— Je m'appelle Alina Gregoriev, commença-t-elle sobrement.

Tel un coureur à pied se concentrant sur sa respiration, elle se concentrait sur chaque parole qu'elle allait prononcer. Si elle s'était écoutée, elle aurait sangloté comme sa voisine. Mais au cas où l'ordure la surveillerait, elle ne voulait pas laisser paraître la moindre trace de la peur épouvantable qui l'étreignait.

— Et toi, comment t'appelles-tu ?

— Je, je…, balbutia la femme, qui s'interrompit comme si elle ne se souvenait même plus de son nom, avant d'ajouter : Nicola.

Puis elle se mit à pleurer.

Nicola. Nicola? Nicola, se répéta Alina en changeant chaque fois d'intonation, passant de l'interrogation au doute. Elle ne connaissait personne de ce nom, mais elle était certaine de l'avoir récemment entendu prononcer quelque part.

— Je suis désolée, c'est que je…, balbutia de nouveau Nicola, puis, semblant se reprendre, elle termina sa phrase : je n'ai plus parlé avec quelqu'un depuis six mois.

— Il te retient depuis si longtemps ?

— Oui.

Alina tourna la tête dans la direction de la voix.

— Dans quel but ?

Elle n'osait pas formuler la question qu'elle avait en tête : *Pourquoi te garde-t-il si longtemps ici ? Ses autres victimes, il les a enlevées, torturées et relâchées en l'espace de quelques jours seulement*.

— Je n'en ai pas la moindre idée. Il aime mes yeux.

Je ne comprends pas, se dit Alina. *Mais il n'y a probablement ici rien qu'un esprit sain puisse comprendre*.

— Il vient sans cesse les regarder. Il dit qu'il les garde pour quelque chose de particulier.

Il est malade, tout simplement malade.

Autrefois, elle se moquait des thrillers psychologiques que John aimait tant et dans lesquels l'auteur trouvait généralement une explication rationnelle à des horreurs apparemment incompréhensibles. Pour une raison qui m'échappe, les gens acceptent plus facilement qu'existe parmi eux un violeur d'enfants si on découvre qu'il a été victime, dans sa jeunesse, d'un événement traumatisant, plutôt que de devoir admettre que des personnages répugnants sont tout simplement mauvais de nature. On refuse l'idée que le plaisir de torturer et de tuer soit tout aussi inné chez un individu que la couleur de ses yeux ou le fait d'être droitier.

L'homme est toujours à la recherche d'une relation de cause à effet, même face à des coups du sort et des maladies. Une thrombose ? – *Rien d'étonnant, puisqu'il ne fait pas de sport*. Violée ? – *Ça devait arriver, vu comment elle s'habille*. Enlevée et enchaînée à la table d'opération d'un ophtalmologue psychopathe ? – *Normal, il aime tes yeux !*

— Sais-tu ce qu'il voulait dire par là ? demanda Alina.

Elle entendit un bruit de chaînes frottant contre du métal, sans doute parce que sa compagne d'infortune soulevait ses bras entravés, en un geste de perplexité.

— Je suis désolée, Nicola. Il faut que tu me répondes en parlant, si tu veux que je te comprenne. Je suis aveugle.

— Oh, je suis désolée moi aussi, dit Nicola avec, dans la voix, autant de regret que si la cécité de sa voisine était bien pire encore que la captivité qui était leur sort commun. Maintenant j'ai compris.

— Tu as compris *quoi* ?

— Ce qu'a dit Suker quand je me suis réveillée.

Eh bien, vous voyez ce que vous avez provoqué, Alina. Par vos cris, vous avez réveillé la donneuse d'organe dont j'ai pourtant un si grand besoin pour votre opération.

Rien d'étonnant à ce que Nicola ait recommencé à pleurer.

Alina chercha comment la tranquilliser, mais elle ne trouva même pas le début d'une raison pour ne pas paniquer elle-même. Si Suker mettait ses menaces à exécution, il prélèverait les cornées de Nicola pour les lui greffer. Il n'existait pas de mots susceptibles de rendre supportable cet horrible scénario. Alina le savait. Et Nicola dont la crise de larmes avait cédé la place à une quinte de toux le savait aussi.

— Nicola ? Écoute-moi. Quelle matière détestais-tu le plus à l'école ?

Elle ne posait pas cette question par curiosité, mais pour distraire Nicola par un sujet inattendu.

— Hein ? demanda celle-ci d'une voix étranglée.

Elle toussa à plusieurs reprises, mais elle avait perdu le fil de ses pensées.

— À l'école. Quelle matière…

— Oui, oui, j'ai bien compris, mais pourquoi cette question ? Je déteste toutes les matières.

Je les « déteste »…, songea Alina. *Elle parle au présent*.

— Quel âge as-tu donc ?

— Seize ans.

Nicola. Seize ans.

Subitement, Alina entendit quelqu'un pleurer, mais cette fois uniquement dans son souvenir. Et, maintenant, elle savait avec qui elle parlait.

— Nicola Strom ?

— Comment… d'où sais-tu… ?

La jeune fille tenta de reprendre son souffle et le nez d'Alina enregistra une légère odeur désagréable. L'odeur de la peur, reconnaissable entre toutes. Elle supposa qu'elle flottait depuis le début dans la pièce, mais qu'elle avait été recouverte par sa propre sueur d'angoisse. Mais Nicola l'exhalait par tous ses pores depuis qu'avait été prononcé son nom de famille.

— J'ai rencontré ta mère, expliqua Alina. Elle te cherche. Elle est venue chez moi.

— Tu mens.

— Pourquoi je mentirais ?

— Aucune idée. Peut-être parce que tu es de mèche avec ce porc ?

— Je ne le suis pas. Putain, j'ai aussi peur que toi.

— Alors ne raconte pas de conneries. Jamais ma mère ne me rechercherait. Elle n'en est pas capable. C'est une putain de poivrote, bourrée dès le matin. Si quelqu'un entreprenait quelque chose, ce serait plutôt mon père, mais il est certainement heureux que j'aie disparu de la circulation. Comme ça, je ne peux raconter à personne qu'il m'a tripotée dès que j'ai emménagé chez lui, dit Nicola avec une toux dédaigneuse. Voilà pour la famille harmonieuse qui meurt d'angoisse pour sa petite fille !

Alina soupira.

— Écoute, je ne connais pas ton père.

— Ça vaut mieux pour toi.

— Et ta mère est peut-être un peu diminuée, mais elle remue ciel et terre pour te retrouver ; contrairement d'ailleurs à la police qui croit que tu as fugué. Mais ne perdons pas de temps. Suker peut revenir à tout moment, et je voudrais me préparer.

— Te préparer ? À quoi ?

— À notre fuite. Pour ça, il faut que je sache où je suis.

— Je ne le sais pas moi-même.

— Nicola, ne te laisse pas aller. Je n'ai pas d'yeux, j'ai donc besoin des tiens. Décris-moi la pièce où nous sommes.

— C'est assez obscur.

— Qu'as-tu vu avant que la lumière ne s'éteigne ?

— Rien. On m'avait endormie. J'ai rêvé d'une vidéo OOMPH !

— Oomph ? C'est quoi, ça ?

— Un groupe. Putain, quel âge as-tu ?

— Vingt-six ans. Où étais-tu avant qu'on t'anesthésie ?

— Dans ma cellule.

— Ta cellule ? Où se trouve-t-elle ?

— Comment pourrais-je le savoir ?

La jeune fille fut prise d'une nouvelle quinte de toux.

— Nicola, concentre-toi. Ta cellule, elle a des fenêtres ?

— Non, plus.

— Ça veut dire quoi « plus » ?

— J'ai eu des fenêtres. Petites, visibles de la cage où on nous retenait. La vitre avait été noircie, mais en haut à gauche, de la lumière filtrait pendant la journée. Ça me donnait de l'espoir. Tant que ce petit point brillait le matin, je savais qu'il y avait un monde dehors. J'aimais cette cellule, elle était mieux que cette cellule étroite. Ici, tout est toujours obscur et froid. Putain, c'est seulement depuis que je suis ici que j'ai chopé cette saloperie de crève.

— Donc, Suker t'a transportée dans un autre endroit ? s'informa Alina, déconcertée.

— Oui. Il m'a endormie pour me transporter, c'est ce qu'a dit cette ordure. C'était il y a environ un mois. Je ne sais plus exactement combien de temps a passé depuis. Dans ma cage, avant, je traçais un trait chaque fois que le soleil se levait, tu comprends ? Ici, ce n'est pas possible. Ici, il n'y a rien, à part ce bruit.

— Quel bruit ? Je n'entends rien.

— Pour le moment, il n'y en a pas. Mais dans les cellules il est dans les murs. Quand tu appuies ta tête contre le béton. Il augmente et diminue, il enfle et s'arrête parfois, mais généralement il vient de tous les côtés à la fois. Comme si une cascade coulait directement dans le bâtiment.

— OK, c'est bien, c'est très bien, dit Alina bien qu'ignorant en réalité en quoi ces informations pourraient lui être utiles. Tu peux voir quelque chose ici, Nicola ?

— Ici ?

— Oui, ici. Là où nous sommes. Tu vois quelque chose ?

— Un peu. Mes yeux se sont habitués à l'obscurité.

— Décris-moi la pièce, s'il te plaît.

Alina entendit un nouveau bruit de chaînes. Elle supposa que Nicola essayait de se tourner sur sa table et que ses liens la retenaient.

— Ce n'est pas une pièce.

— Comment ? Qu'est-ce que tu veux dire ? On n'est pas à l'air libre tout de même !

— Non, bien sûr que nous ne sommes pas *à l'air libre*, dit Nicola en soulignant avec mépris les trois derniers mots. Nous ne serons plus jamais *à l'air libre*, ajouta-t-elle en tirant furieusement sur ses liens.

— Holà, holà, calme-toi !

— Me calmer ? Tu en parles à ton aise, la vieille. Tu n'es ici que depuis quelques heures.

— Et toi, depuis des mois. Je sais. Et je veux mettre fin à ça, mais je te le redis : je n'y arriverai pas sans toi, d'accord ?

Elle entendit Nicola renifler et elle interpréta le silence qui suivit comme une approbation tacite.

— Alors vas-y, ne perdons pas plus de temps. Où on est si on n'est pas dans une pièce ?

— Pas la moindre idée, mais ça ressemble plutôt à une tente.

— Bon, c'est déjà quelque chose.

— Tout autour de nous, il y a des espèces de bâches épaisses, un peu transparentes.

— Oh non, s'écria Alina malgré elle.

— Quoi ?

— Rien, rien du tout. Juste une crampe, mentit Alina qui ne voulait pas révéler à sa compagne que Suker avait construit, à l'aide de ces bâches, un bloc opératoire provisoire assurant une relative stérilité. Comment sommes-nous attachées ? s'empressa-t-elle de demander, mais elle dut attendre la fin d'une violente quinte de toux qui avait saisi Nicola pour obtenir une réponse.

— Il y a des trous dans nos tables de métal. Il y a passé les chaînes des colliers de serrage pour les pieds.

— Et les mains ? Es-tu toi aussi totalement attachée ?

— Oui. Mais j'ai les bras allongés le long du corps. Je ne peux pas les bouger d'un centimètre.

— Et moi ?

— Toi, tu les as ligotés derrière la tête, tu ne le sens pas ?

— Si, mais je veux savoir *comment* ils sont attachés. Ou bien à quoi.

— Eh bien, ils sont dans des menottes, à ce qu'il me semble. Une chaîne part des menottes jusqu'au mur derrière ta tête. Je ne sais pas si elle y est vissée quelque part. Il fait trop noir, je ne peux pas voir. Et puis j'ai presque la nuque brisée à force de me tourner vers toi.

L'adolescente prononça ces derniers mots d'un ton buté et furieux, mais avec une assurance étonnante pour quelqu'un qui n'avait plus de contact avec le monde extérieur depuis des mois.

— À part ça, est-ce qu'il y a quelque chose qui te frappe ici ?

— Qu'est-ce que tu veux dire ? La grosse lampe de dentiste au-dessus de nous ? La fermeture éclair dans la bâche devant nous ? On dirait une porte dans la tente.

Le sas, se dit Alina. *C'est par là que Suker entrera dans sa salle d'opération.*

— Comment elle est, cette porte ? Elle est loin de nous ?

— Deux, trois mètres devant nous. Qu'est-ce que j'en sais, moi ? répondit Nicola en toussant à nouveau.

— Il n'y a de fermeture éclair qu'à l'intérieur ou bien y en a-t-il une à l'extérieur aussi ?

— Merde, comment veux-tu que je le voie ?

— Nicola, je t'en prie, fais un effort. Tu veux sortir d'ici ?

— Oui. Putain, oui ! Mais c'est impossible. Nous allons crever ici.

Elle eut un violent sanglot, comme si on l'avait frappée dans le ventre. Dans peu de temps, se dit Alina, elle va devenir hystérique.

— Holà, holà. Arrête ça. Écoute-moi, Nicola !

— Hein ? cria la jeune fille tout en pleurant.

— Nous apitoyer sur nous-mêmes ne nous servira à rien.

— Le baratin non plus, pauvre conne. Tu crois que je n'ai pas essayé de sortir d'ici ? Mais ça n'a pas marché parce que nous sommes attachées tout le temps. Quand on dort, quand on mange, quand on doit se laver avec ce pot de chambre. Pour chier aussi, tu comprends ?

— Oui, je comprends. Mais notre tête est libre. Il ne l'a pas enchaînée.

Du moins pas encore. Elle le sera quand il nous anesthésiera.

— Alors, utilisons l'unique arme qui nous reste, notre intelligence…

Bon sang, voilà que je parle comme un combattant pour la liberté.

— … et fournis-moi le moindre détail, le moindre rien. Sans te soucier de savoir si c'est important ou non.

Nicola poussa un gémissement.

— Je te le dis. Ici, il n'y a rien. On est allongées sur des putains de tables d'acier avec des matelas très fins. Les tables ressemblent au truc sur lequel le vétérinaire a endormi Freddy.

— Est-ce qu'elles ont des roulettes ?

— Aucune idée.

Alina entendit de nouveau le bruit de chaînes.

— Oui, je crois bien. Et il y a aussi un levier. Je crois qu'on peut soulever nos tables.

— OK, quelle distance y a-t-il entre nous ?

— Tu me prends pour un métreur ? Vingt, trente, quarante centimètres. Quelle importance ? Entre nous, il y a une sorte de table à roulettes, avec plusieurs tiroirs, comme à l'hôpital, si ça peut t'être utile. Mais il n'y a rien dessus.

Pas encore.

Suker n'allait pas tarder à y déposer ses instruments. Le scalpel en premier, celui qui portait son nom.

— Attends, s'écria Nicola.

— Quoi ?

— Je crois qu'il y a autre chose. Je ne suis pas sûre.

— Quoi ? Que vois-tu ?

— Je crois que là-bas, il y a un lavabo.

Où il se lavera les mains avant l'intervention.

— Nicola, ce « là-bas » ne peut guère me servir. Je te rappelle que je suis aveugle.

— Ah oui, excuse. Je veux dire : derrière la bâche.

— Derrière ?

— Oui, comme je te le dis. Les trucs sont à moitié transparents, dans la mesure où je peux le voir dans la pénombre, ici. Mais je suis presque certaine. Dehors, il y a un lavabo. Et, à côté, un bouton sur le mur.

— Quelle sorte de bouton ?

— Pas la moindre idée, peut-être que je me trompe d'ailleurs. Ça ressemble à un bouton d'alarme d'incendie.

Une alarme d'incendie ?

— Qu'est-ce que ça peut bien être ?

— Putain, un truc rouge derrière une vitre, comme dans les écoles. Tu vois forcément ce que je veux dire.

— Une alarme d'incendie ?

— Exactement.

Alina fut comme électrisée.

Était-ce possible ? Suker avait-il commis une erreur en installant sa salle d'opération ? Ou bien se disait-il que les femmes ne parviendraient jamais à approcher de l'alarme, à supposer même qu'elle fonctionne.

Quoi d'autre vois-tu derrière la bâche ? allait demander Alina, mais à cet instant lui vint à l'esprit une question beaucoup plus urgente, une question qu'elle aurait dû poser depuis longtemps et dont la réponse déciderait de leurs chances de quitter cet endroit en vie.

— Tu as parlé tout à l'heure des cages dans lesquelles *on* vous retenait prisonnières avant ton transfert.

— Oui, et alors ?

— Qu'est-ce que tu voulais dire par là ? Suker n'agirait-il pas seul, par hasard ? interrogea Alina dans la direction de Nicola, mais c'était déjà trop tard.

Elle entendit qu'on ouvrait une fermeture éclair. L'ophtalmologue revenait.

38

Alexander Zorbach (moi)

J'avais franchi le point mort. Pas celui de la fatigue qui, depuis que j'avais repris connaissance, m'enveloppait comme un épais cocon, non, ce que j'avais laissé derrière moi, c'était le point mort de la conscience de la douleur. Pendant que je me traînais dans le couloir, mon esprit était plein d'une clarté que je croyais depuis longtemps oubliée, comme si l'horreur que je traversais avait un pouvoir éclairant, comme si elle était un anesthésique chassant mes souffrances par une série de chocs appliqués à des moments choisis. Mes maux de tête avaient disparu et la partie droite de mon corps m'obéissait mieux, même si mes genoux fléchissaient parfois tandis que je me rapprochais de l'origine du bruit d'eau. Malheureusement, le cauchemar auquel je me heurtais ne tempérait que mes souffrances physiques, laissant intactes mes blessures psychiques. C'est donc dans cet état, mû par une pensée claire, mais débordant d'une fureur profonde, mêlée de peur, que j'ouvris d'un coup de pied la porte de la salle de bains dans laquelle Frank m'avait ordonné de me rendre.

Dans un premier temps, je ne distinguai rien. Une vapeur d'eau brûlante avait envahi la pièce qui n'offrait plus à ma vue qu'un épais brouillard. J'avais peine à respirer. Je me mis à agiter les bras comme pour chasser un insecte importun et peu à peu le rideau tendu devant mes yeux se dissipa. Ce que je regrettai en apercevant la baignoire.

Mon Dieu, faites que je me trompe, je vous en prie…

J'avais l'impression d'être un personnage de BD qui, ayant avancé un pied au-dessus du vide, se demande quelle erreur il a bien pu commettre avant de tomber dans l'abîme. Sauf que, hélas, ne s'ouvrait pas devant moi un gouffre dans lequel j'aurais pu disparaître.

Faites que je sois le jouet d'une illusion d'optique, mon Dieu, que ce soit mon cerveau tout troué qui me joue un tour…

Notre baignoire était un monstre antédiluvien, trônant au milieu de la pièce sur ses pieds de laiton. Assez spacieuse pour accueillir deux personnes qui ne se toucheraient qu'à condition de le vouloir expressément. Or, par souci d'économie environnementale, Nicci avait absolument voulu un débit réduit, si bien qu'il fallait au moins une demi-heure pour que « la piscine soit pleine », comme Julian le disait plaisamment. Pour l'instant, l'eau était à environ deux centimètres du bord. Deux centimètres qui allaient décider de la vie ou de la mort. Je me précipitai et secouai les chaînes qui ligotaient une créature à bout de forces. Frank n'avait pas fait son travail à moitié : TomTom ne pouvait pas plus sauter de la baignoire que maintenir sa truffe au-dessus du rebord. Il était comme absent, on l'avait sans doute drogué, ce qui expliquait pourquoi il ne gémissait pas plus qu'il n'aboyait.

Le harnais qu'il avait autour du corps afin qu'Alina pût le mener d'une main ferme avait fait son malheur. Le Voleur de regards avait disposé de suffisamment d'œillets et de brides pour y enfiler des chaînettes et immobiliser TomTom. Le cou, le tronc et les hanches du chien étaient attachés à la robinetterie. La partie inférieure de son museau était déjà dans l'eau. Le haut n'était pas loin d'y être plongé à son tour. La baignoire, un modèle américain sans déversoir, se remplissait lentement mais sûrement. Une minute, peut-être deux encore, et TomTom serait submergé. Je ne pourrais plus rien faire, car les robinets de l'arrivée d'eau étaient dévissés, ainsi que le levier de la bonde.

— Tu vois, notre jeu continue, entendis-je Frank triompher dans le téléphone que j'avais coincé entre l'oreille et l'épaule, afin de tenir entre mes mains la tête de TomTom hors de l'eau.

Le chien tremblait de tout son corps, mais paraissait sinon totalement apathique.

— Qu'attends-tu de moi ?

— Une décision. Tu n'as pas pigé ? Il n'y a ici que des décisions à prendre.

Pourquoi moi ? voulus-je hurler. *Pourquoi m'as-tu choisi, moi, pour tes tortures ?*

Le Voleur de regards m'avait conduit dans des caves obscures et placé devant l'alternative de tuer une femme malade ou de mourir moi-même. Il avait réclamé ma mort pour la libération de Julian. Et maintenant, je me retrouvais contraint de choisir entre la vie et la mort.

TomTom, qui avait jusqu'ici gardé les yeux fermés, les ouvrit brusquement et me lécha la main avec bienveillance. Il était fatigué et paraissait vouloir se rendormir. *Ni trop tôt, ni trop tard*, me dis-je. Le fou furieux voulait que le chien se noie au tout dernier moment.

— Donc, fais ton choix, dit Frank.

— Quel choix ?

Je vérifiai si je pouvais ouvrir le collier en cuir sur lequel la chaîne du cou était fixée et je tombai sur une serrure à combinaison sous le larynx de TomTom. Il haletait, la gueule ouverte, mais la refermait quand l'eau y pénétrait.

Treize. Dix. Soixante et onze. La combinaison que Frank m'avait laissée avant mon dernier examen mortel me revint à l'esprit.

— Qui doit mourir ? dit-il. TomTom ou ton vieux copain ici, le commissaire ?

J'entendis Scholle gémir à l'arrière-plan. Au même moment, TomTom se mit à geindre lui aussi. Sans grande force, car la plus grande partie de sa tête était déjà immergée. Il tentait en vain, en clignant frénétiquement des yeux, de repousser l'eau qui lui arrivait sous les paupières. Il n'avait à présent plus que les trous de sa truffe à l'air libre.

— Dès que tu diras que je dois tuer le flic, je te donnerai la combinaison avec laquelle tu pourras ouvrir la serrure.

— Espèce d'ordure.

— Ou bien tu assisteras à la mort de TomTom, répondit-il avec un ricanement hystérique.

Non, non. Je ne le ferai pas.

Je posai le portable sur le plancher et, bien que sachant que je ne pouvais ouvrir la bonde sans le levier, j'enfonçai les deux mains dans l'eau. Les ongles de mes doigts se glissèrent entre les bords de la bonde et l'émail, mais dérapèrent.

J'avais au moins un peu vidé la baignoire, procurant à TomTom un court répit. Mais je ne pouvais écoper éternellement, Frank ne le permettrait pas. Il ne me restait certainement pas assez de temps pour essayer la combinaison de chiffres que j'avais en tête. Je repris le portable.

— Zorbach ? dit Frank d'une voix un peu plus excitée que précédemment : soit il avait repris un autre stimulant, soit l'effet calmant de ses drogues diminuait rapidement.

— Quoi ?

— Décide-toi, et vite.

— Pourquoi ? Pourquoi me fais-tu ça ?

Il n'y avait pas que sa voix, son comportement était lui aussi devenu incohérent.

— TomTom ou Scholle ? demanda-t-il.

Le chien ou l'homme ?

En soi, un choix simple. Mais une chose était de savoir de manière théorique que la vie d'un homme vaut plus que celle d'un animal, autre chose était de mettre en œuvre cette préférence, alors que l'homme menacé avait voulu me torturer, tandis que l'animal était le compagnon le plus précieux d'Alina. La plupart des gens n'ont pas, dans leur vie, l'occasion de se retrouver devant pareil dilemme : ainsi s'explique que, dans les discussions, on envisage uniquement d'un point de vue théorique la décision qu'il conviendrait de prendre dans telle ou telle situation critique.

Quand on prend une bière avec des amis ou discute avec sa femme, au petit-déjeuner, d'une nouvelle dont le journal dominical a fait sa une, on formule aisément des jugements critiques. Bien sûr, mieux vaut ne pas essayer de se défendre si on est attaqué par une bande de jeunes dans le métro. Certes, un pilote serait bien avisé de délester son avion avant de tenter un atterrissage forcé avec des réservoirs pleins de kérosène. Il ne fait aucun doute que, face à une voiture en feu, il convient, parmi les passagers en danger, de sauver l'enfant avant l'homme âgé qui a déjà sa vie derrière lui.

Malheureusement, prendre une décision de ce genre n'est évident qu'*a posteriori*, quand on a le temps de réfléchir. Mais, lorsque la maison brûle, le cerveau est hors circuit. On ne prend pas de décision, on agit, c'est tout. Je n'étais plus, dans la situation où je me trouvais, un être guidé par la raison. Il n'y a donc pas d'explication rationnelle pour ma tentative de sauver TomTom. Rien qui puisse résister à la critique des donneurs de leçons qui fréquentent les comptoirs de bistrot.

— Encore trente secondes.

Je pensai à arracher la douchette pour utiliser le tuyau souple comme déversoir, mais je n'en avais ni la force ni le temps. Il m'était également impossible de courir à la cave pour fermer l'arrivée d'eau de la maison. Dans mon état, il m'aurait fallu au moins dix minutes et…

— Vingt secondes.

Finalement, ce furent ces avertissements de Frank qui donnèrent à mes pensées une tournure complètement différente et changèrent du même coup la face des choses.

J'ai encore vingt secondes pour trouver la combinaison.

Dans trente secondes, TomTom sera asphyxié.

Mais comment, me demandai-je, Frank peut-il le savoir ?

— *Ou bien tu assisteras à la mort de TomTom*, l'entendis-je dire dans mon souvenir.

Comment sait-il le temps dont je dispose ?

Il n'y avait qu'une explication.

Il n'est pas loin.

Il est sans doute tout près.

Cette idée me donna le vertige. J'eus le sentiment que la pièce tournait autour de moi, que j'étais le seul point fixe de la salle de bains.

— Dix secondes, Zorbach.

Je levai les yeux vers le plafond peint en blanc et, n'y voyant rien de suspect, je clopinai vers le seul endroit de la pièce où mon hypothèse pouvait se vérifier. Là où il y avait l'électricité et où un petit placard pouvait dissimuler une installation.

J'ouvris le battant gauche, déjà entrouvert, de la petite armoire à glace, au-dessus du lavabo, et je tombai sur la lentille d'une caméra miniature rose.

Au même moment, j'entendis un coup de feu au-dessus de moi, dans le grenier.

39

Chez moi, quand on voulait monter au grenier, on se servait d'un bâton en bois muni d'un crochet à l'une de ses extrémités. On pouvait ainsi tirer vers soi une échelle escamotable logée dans le plafond, derrière une trappe carrée, à peu près au milieu du couloir. Quand je m'étais rendu dans la salle de bains, la trappe était fermée. Je sortais maintenant en titubant de la salle de bains et la trouvai ouverte. L'échelle était à moitié abaissée. On aurait dit la langue d'un géant dont le gosier émettait une lumière froide et blafarde. Quoi qu'il se passât là-haut, ils ne manquaient pas d'éclairage.

Je jetai un coup d'œil en arrière, en direction de la baignoire : la gueule de TomTom était presque complètement sous l'eau. Puis j'entendis des bruits de lutte au-dessus de ma tête et je m'aperçus que Frank venait de changer la donne.

Le sort de TomTom ou de Scholle n'était désormais plus en jeu. Seul se jouait celui de Frank ou de moi.

J'entendis quelqu'un crier mon nom, avec tant de douleur et de désespoir que j'eus de la peine à reconnaître la voix de Scholle. Quand il me supplia à haute voix de lui venir en aide, j'étais déjà à portée de main de l'échelle. Poussé par l'adrénaline et la soif de vengeance, je me déplaçais avec une assurance imprévue, comme si jamais ma motricité n'avait été endommagée.

Je saisissais l'échelon inférieur pour tirer l'échelle quand l'obscurité se fit au-dessus de ma tête. Je sentis alors quelque chose de chaud sur mon visage.

— Au secou-ou-ou-ours !

J'espérai un instant que c'était de la salive que Scholle me crachait à la figure en hurlant. Mais l'odeur métallique me fit craindre le pire.

Le corps massif de Scholle avait de la peine à passer par la trappe. Pris de panique, il tentait de descendre l'échelle à demi déployée, la tête en avant, donnant l'impression de gigoter sur place. Soit parce qu'il n'arrivait plus à coordonner ses mouvements, *soit parce que Frank, là-haut, le retenait par les jambes*.

Comme seule la lumière provenant de la chambre de Julian éclairait le couloir, le corps de Scholle s'agitait devant moi dans un demi-jour diffus, à mi-hauteur. Il saignait.

Sa chemise blanche était ensanglantée. Sur son cou plein de rides, son double menton et la main qu'il tendait vers moi perlaient de grosses gouttes sombres.

Je voulus prendre cette main suppliante mais elle me glissa des doigts. Je dus la saisir à deux mains et tirer de tout mon poids pour parvenir à faire un peu descendre le corps. Il y eut un craquement comme si un échelon s'était brisé sous lui… *ou si une épaule s'était déboîtée…*, puis son corps massif obéit aux lois de la pesanteur. Le policier, comme à la torture, poussa un cri puis glissa dans ma direction, au ralenti, échelon après échelon, avec la lenteur d'une goutte de miel coulant d'une petite cuillère. J'aurais eu le temps de m'écarter. Pourtant, je ne bougeai pas d'un millimètre, songeant, sans que je sache pourquoi, au dessinateur qui, sur la place Breitscheid, devant l'église du Souvenir, caricature les touristes.

Le visage de Scholle me paraissait lui aussi à la fois étrangement familier et méconnaissable. Ses joues étaient plus bouffies que d'habitude, ses lèvres plus minces et ses yeux, petits d'ordinaire, étaient devenus minuscules, tant le bourrelet des sourcils saillait.

Je ne comprenais pas moi-même pourquoi je laissais le temps s'écouler inutilement. Plus tard, je pris conscience que tout ne s'était déroulé qu'en quelques secondes, entre l'instant où j'avais entendu le coup de feu et celui où j'avais tiré sur le bras de Scholle. Comme souvent face à un danger mortel, le temps s'était figé. Le monde dans lequel je me trouvais ressemblait à un film vidéo où mon cerveau se serait mis en arrêt sur image avant que la catastrophe n'arrive dans la séquence suivante. Je pouvais contempler sans fin le malheur qui s'annonçait, mais je ne pouvais influer sur le cours des choses. Et je fus donc enseveli – au sens littéral du terme – sous le corps de Scholle quand mon cerveau appuya de nouveau sur le bouton « Play ».

L'arrière de ma tête heurta le tapis et je sentis que, sous le poids, mes poumons se vidaient de leur air. Scholle hurla comme si quelqu'un lui plantait un couteau dans l'estomac. Je réussis à m'extirper de dessous cette masse, à le retourner sur le dos au prix d'un grand effort et à examiner sa blessure. Un coup de feu dans le ventre !

L'une des blessures les plus douloureuses qu'on puisse imaginer. Une blessure mortelle si – ce qui était très vraisemblable – des organes internes sont touchés. En tout cas, la colonne vertébrale paraissait ne pas être brisée puisque Scholle remuait les jambes et respirait. Mais il avait perdu beaucoup de sang, un sang qui semblait incroyablement épais et sombre. Sans intervention médicale, il était évident que Scholle, dans quelques minutes, soit se serait vidé de son sang dans des souffrances épouvantables, soit serait mort de septicémie.

Vraisemblablement les deux à la fois.

J'enlevai mon bandage à la tête et le pressai des deux mains contre sa blessure. Scholle poussa un cri, voulut me repousser, mais je persistai.

Même si je n'ignorais pas que mon geste risquait aussi d'aggraver la situation.

— Non, il faut que tu… Frank…

Scholle se plia en deux en criant. Puis il émit un son saccadé que je compris d'abord de travers.

— Prends-le, s'il te plaît…

Je le vis chercher à tâtons, sous la jambe de son pantalon retroussé, une espèce de baudrier. Il contenait un petit revolver qui avait dû échapper à la vigilance de Frank.

— Il – fout – le – camp, articula-t-il avec peine, chaque mot interrompu par des cris.

J'acquiesçai, puis me relevai et abaissai l'échelle. J'avais déjà un pied sur le premier échelon, quand

Scholle, usant de ses dernières forces, me retint par les chevilles.

— Pas là-haut ! Par la fenêtre.

J'acquiesçai à nouveau. Frank n'était certainement plus dans le grenier depuis longtemps. Après avoir tiré, il était sorti par la lucarne et, selon toute vraisemblance, était en train de descendre à la force des bras le long de la façade arrière, comptant disparaître dans la forêt par l'un des sentiers d'exploitation.

C'est le seul chemin logique pour s'enfuir. C'est ce que je ferais à sa place.

Sans perdre une seconde, je me traînai jusqu'à la salle de bains, dont la fenêtre donnait sur le jardin de derrière. L'eau coulait à présent sur le plancher, et je dus ralentir pour ne pas m'étaler de tout mon long.

Dans l'intention de briser d'un coup de feu la fenêtre en verre dépoli, j'armai le revolver mais je fis alors un geste dont, aujourd'hui encore, je me demande s'il ne fut pas une erreur fatale : je tournai la tête vers la baignoire.

TomTom agonisait sous l'eau, avec des mouvements convulsifs.

Je gaspillai alors des secondes et une munition précieuses en visant la chaîne et en détruisant du premier coup les liens de TomTom et le robinet mélangeur auquel il était ligoté. Mais il m'était impossible d'agir autrement. Je le fis d'instinct, puis je tirai sur la chaîne pour sortir le chien de la baignoire. Opération qui, à vrai dire, ne réussit qu'imparfaitement, les flancs de l'animal restant coincés dans l'eau. Mais au moins étais-je parvenu à lui placer le museau au-dessus du rebord de la baignoire.

Tout cela, je le fis quasiment au vol, sans cesser de « sprinter » vers la fenêtre. Puis je brisai la vitre d'un second coup de feu.

Le raffut avait réveillé les voisins. Par la fenêtre, je vis les lumières s'allumer dans les chambres à coucher des maisons les plus proches. La vieille dame qui habitait seule la maison d'à côté avait éclairé sa terrasse pour démasquer d'éventuels cambrioleurs. Par ailleurs, les détecteurs de mouvements avaient activé quelques lampes de jardin, ce qui me permit de voir Frank disparaître dans la forêt obscure, derrière la haie.

Je tirai néanmoins dans la direction où je supposais qu'il se trouvait. Une fois. Deux fois.

Puis je mis un pied sur l'appui pour sauter par la fenêtre. Le parterre au-dessous de moi était aussi dur que du béton en raison du froid persistant, mais cela m'était égal. L'assassin de ma famille venait de disparaître devant moi, et, même avec un pied cassé, je l'aurais poursuivi.

J'entendis plusieurs sirènes de police au loin. Un voisin avait appelé la force publique, mais c'était trop tard pour moi. À tous égards.

Je n'ai pas besoin de votre aide, me dis-je encore. *Ce qui se passe ici ne vous regarde pas. C'est d'ordre privé*.

Mais ensuite, à l'instant où je m'apprêtais à sauter, il se passa quelque chose de totalement imprévu, dépassant mon entendement : Frank revenait dans ma direction.

40

Il ne peut pas s'empêcher de jouer, pensai-je. *Même en fuite, il me provoque.*

Frank marchait lentement – comme s'il se concentrait sur chacun de ses pas –, parcourant à l'envers le chemin enneigé qui menait du portillon donnant sur la forêt jusqu'à notre jardin d'hiver. Au bout de quelques mètres, il s'immobilisa à mi-distance entre la clôture et la maison. Assez près pour que je distingue les contours de son visage si indûment juvénile. Il avait les cheveux plus longs qu'à l'ordinaire, son survêtement clair était sale et dépenaillé, dans la mesure de ce que je pouvais voir de là où je me trouvais. La lutte avec Scholle avait laissé des traces. Il avait les bras serrés contre lui, pareil à un garçon faisant ses premiers pas sur un plongeoir de dix mètres, sauf qu'il tenait un pistolet dans la main droite.

Il respirait difficilement, haletait. Sa bouche exhalait d'épais nuages de vapeur dans l'air glacial.

Tout à coup, le ciel commença à vaciller au-dessus de moi. Des éclairs d'une lumière bleue zigzaguèrent devant mes yeux, et je craignis que mes hallucinations n'aient choisi le pire moment pour me reprendre. Puis j'entendis les sirènes. Plusieurs véhicules de police tournaient dans notre rue.

Pas plus que moi, Frank ne se laissa démonter par leur arrivée.

Debout dans mon jardin, impassible, il ne fit pas mine de fuir. Il se contenta de lever le bras qui ne tenait pas le pistolet, de me faire des signes comme pour se moquer de moi, et de me crier :

— Tire, mon vieux. Mais alors tu ne sauras jamais ce que j'ai fait de ton fils.

Avec le recul, il aurait sans doute été plus raisonnable d'attendre que les policiers investissent la cage d'escalier, mais il n'y a rien de plus personnel que la vengeance.

Personne ne pourra me voler ça, me dis-je en levant mon arme et en la pointant vers Frank.

Il secoua la tête.

Tu n'y arriveras pas, mon vieux, disait son attitude.

Ce n'était pas la première fois qu'il se trompait.

Ma première balle l'atteignit à l'épaule. L'impact fut si fort qu'il tomba à la renverse. Je ne voulais pas le tuer. Pas maintenant. Pas avant qu'il ne m'ait dit ce qui était arrivé à mon fils. Le deuxième tir devait le toucher à la cuisse ou au genou de manière à l'immobiliser. Mais je ne touchai rien du tout. Je tirai, tirai, tirai… sans jamais faire mouche.

Je n'avais plus de balles. Je les avais toutes utilisées.

Une contre la fenêtre. Une au hasard dans la nuit. Une dans son épaule. Et une pour sauver le chien qui glapissait maintenant dans la baignoire.

Merde.

Je les avais gaspillées, et je ne pus rien faire d'autre que de regarder Frank se relever et disparaître pour la seconde fois dans la forêt après avoir franchi le portillon du jardin. Il ne revint pas cette fois, et je ne pus le poursuivre : à l'instant où j'allais sauter de la fenêtre, plusieurs mains m'agrippèrent.

La police était enfin arrivée.

41

John

— Avez-vous trouvé ma fille ?

Le langage corporel de Johanna Strom – les yeux écarquillés, les mains croisées devant le ventre dans une prière désespérée – trahissait sans l'ombre d'un doute son déchirement interne. Elle s'efforçait de garder contenance, mais John crut sentir le fardeau moral sous lequel la femme devant lui menaçait de s'écrouler.

Il secoua la tête d'un air de regret et s'avisa du double sens de ce geste quand Johanna pressa une main contre sa bouche.

— Oh, *sorry*, non, *Mam*. Je ne sais rien de neuf sur Nicola.

Johanna laissa lentement retomber sa main. Elle semblait déconcertée et tâta, cherchant un appui, le cadre de la porte de sa maison. Un vent glacial soufflait dans le dos de John, mais la mère de Nicola semblait ne pas sentir le froid. Elle ne faisait pas le moindre geste pour le prier d'entrer.

Épuisée, elle demanda :

— Mais pourquoi, je veux dire… pourquoi alors êtes-vous venu ici ?

Pour être franc, John se le demandait lui-même. Depuis que la police lui avait annoncé la terrible nouvelle de la disparition d'Alina, le souci qu'il se faisait pour son amie ne le laissait pas dormir. Aussi, ne voulant pas rester chez lui à tourner en rond dans l'attente d'un appel, il s'était rendu chez la seule personne dont il savait qu'elle avait personnellement rencontré l'éventuel ravisseur. L'adresse était sur l'affichette que Johanna avait donnée à Alina lors de sa visite, une affichette en couleurs, de format relativement modeste afin qu'on puisse reconnaître le visage de l'adolescente au sourire fatigué sur le papier collé à un lampadaire. DISPARUE, était-il écrit en travers, en majuscules d'imprimerie, au-dessus du front de Nicola. La photo montrait la fille de Johanna, les cheveux teints en noir, sans maquillage et sans bijoux, afin que d'éventuels témoins ne se laissent pas distraire par des caractéristiques susceptibles de varier.

« Au verso, vous lirez mon adresse », c'est avec ces mots que Johanna avait pris congé d'Alina.

S'apercevant de son faux pas, elle s'était une nouvelle fois excusée longuement et avait donné à John une autre affichette.

Et maintenant, c'est moi qui suis là, cherchant quelqu'un que j'aime.

À l'intérieur, un four à micro-ondes émit des bips, ce qui fit prendre conscience à Johanna que son hôte imprévu gelait depuis plusieurs minutes dehors devant l'entrée.

— Je suis désolée. Quelle impolitesse ! Je vous en prie, entrez !

John la suivit dans la cuisine.

Il faisait chaud à l'intérieur, mais l'appartement était encore moins confortable qu'il ne l'avait imaginé. Les agents immobiliers portaient au pinacle ce lotissement de maisons mitoyennes, à Zehlendorf, en périphérie de la capitale, véritable « village de villas, style Bauhaus ». Pour John, c'étaient de simples cartons à chaussures à toit plat, dont l'unique avantage était qu'on pouvait se dispenser de radio, car, vu l'épaisseur des murs, on pouvait entendre les informations chez le voisin. Durant une phase de son existence où elle était en très mauvais état psychique, Alina avait eu l'idée de quitter le centre-ville pour aller vivre dans la périphérie, au milieu de la verdure, mais John n'avait pas eu besoin d'insister longtemps pour lui faire oublier ces fameux « espaces conçus selon un mode fonctionnel » (qu'il appelait, lui, de « vulgaires cubes sans fantaisie »).

— Je suis désolée du désordre, mais…

Johanna montra du doigt, devant la fenêtre, un carton de déménagement encore fermé. Il en avait déjà vu deux autres, fermés eux aussi, dans le vestibule et le salon. Il n'y avait dans la maison ni tapis, ni tableaux, ni objets personnels.

— Je ne compte pas rester ici… je veux dire… vous comprenez, n'est-ce pas ?

John acquiesça. Quelqu'un dont l'enfant a disparu ne s'installe pas dans une autre ville. Johanna ne vivait pas là, elle y dormait seulement, et, à voir ses yeux cernés, même cela n'était pas certain.

— Bon, eh bien, que puis-je faire pour vous? demanda-t-elle à nouveau, tout en portant à la poubelle l'assiette qu'elle sortit du micro-ondes.

Si elle avait effectivement eu envie d'une pizza au salami pour son petit-déjeuner, la visite de John lui en avait manifestement fait passer le goût.

— Pourquoi, je veux dire… pour quelle raison êtes-vous venu me voir, si ce n'est pas pour Nicola?

— Pour vous poser exactement la même question : pourquoi êtes-vous allée voir Alina?

— Je ne comprends pas, répondit-elle en se frottant les mains comme si elle les essuyait à un tablier. Vous étiez pourtant présent, n'est-ce pas?

— Oui. *Right next door*, j'ai tout entendu. Mais je crois que vous n'avez pas dit toute la vérité à mon amie.

— Qu'est-ce qui vous permet de dire ça?

Il haussa les épaules.

— *Just a feeling*.

Cet après-midi-là, Alina avait été très tendue, elle s'était même montrée un peu brusque quand elle avait essayé d'éconduire de son salon aussi vite que possible la mère désespérée. En partant, Johanna Strom avait l'air plus intimidée qu'à son arrivée, et John, toujours assez fier de son intuition, pensait avoir senti que Johanna ne leur avait pas dit tout ce qu'elle avait sur le cœur. Bien entendu, il avait raconté à la police cette visite étrange, mais le commissaire principal Stoya en avait déjà entendu parler par Alina. Au demeurant, il avait dit n'attendre de cette «alcoolique perturbée» aucun renseignement utilisable.

— Avez-vous caché quelque chose à Alina? demanda John sans détour. Quelque chose concernant Suker?

— Non, j'ai été très franche avec vous, vraiment. Je pense qu'Alina est mon dernier espoir. Je voulais qu'elle m'aide à retrouver Nicola. Vous savez, elle a ces…, commença Johanna, avant de terminer sa phrase en chuchotant, tout en gardant les yeux fixés sur ses mains : … ces pouvoirs surnaturels.

— *Shit*, dit John avec mécontentement. Alina n'a pas le don de double vue.

Sinon, elle ne serait pas dans le pétrin en ce moment.

— Mais la presse…

— … elle écrit aussi que la guerre en Irak est terminée et que l'euro n'a pas rendu la vie plus chère.

Il sentit que son inquiétude et son manque de sommeil se changeaient en colère.

— Le truc d'Alina est tout sauf surnaturel.

— Mais?

— C'est purement mathématique.

— Je ne vous comprends pas.

Johanna alla à l'évier et prit un gobelet en plastique. Instinctivement, John chercha des bouteilles sur les étagères, mais, apparemment, la mère ne noyait pas pour le moment son chagrin dans l'alcool.

— Je suis informaticien, précisa-t-il en refusant poliment le gobelet que Johanna avait rempli d'eau du robinet. Je programme des logiciels pour la prévision de *weather reports*. Généralement, les bulletins ne sont pas corrects, alors que nous pourrions fournir des prévisions parfaites, mais, hélas, nous ne disposons pas pour notre travail du meilleur *hardware* du monde, dit-il en se tapant sur la tête. *Our brain*.

Remarquant que Johanna avait de la peine à le suivre, il se demanda s'il était opportun de lui exposer sa théorie sur Alina. En tant que scientifique, il était persuadé que chaque phénomène pouvait s'expliquer de manière rationnelle et naturelle. Si ce n'était pas possible aujourd'hui, ce le serait demain. Les recherches sur le fonctionnement du cerveau n'en étaient qu'à leur début. C'était en tout cas un fait : on pouvait qualifier le cerveau humain d'ordinateur biochimique à haut rendement, outil dont la plupart des gens n'utilisaient même pas dix pour cent des possibilités. Selon John, s'il les utilisait pleinement, chaque homme serait un superman intellectuel et, grâce à ses capacités incroyables, pourrait établir des pronostics extrêmement précis sur la base de probabilités. Muni d'informations exactes, il pourrait par exemple prévoir le temps pour les années à venir. Bien sûr, il ne pouvait pas prouver cette théorie, mais il partait de l'hypothèse qu'Alina utilisait son cerveau de manière beaucoup plus efficace que d'autres. La douleur était le déclencheur qui mettait en route le turbo-calculateur. Ses pertes de connaissance assez régulières quand elle voyait ses « images » étayaient sa théorie en le portant à croire que le reste de son corps se mettait en stand-by pendant que les processus biochimiques se déroulaient à toute allure dans sa tête.

— Chacun peut prévoir l'avenir, *Mam*. Même moi, j'en suis capable. Je savais par exemple que vous m'ouvririez la porte si vous étiez chez vous. Je devinais que vous me laisseriez entrer et je suis certain que nous allons parler d'Alina et de votre fille. L'action provoque la réaction. Plus le déroulement des choses est actuel et plus la prévision est concrète. Le cerveau d'Alina travaille simplement mieux que le nôtre. Elle est en mesure de passer au crible des billions de possibilités et, sur la base des *facts* qu'elle connaît, de prédire l'évolution probable.

Johanna le regarda d'un air incrédule, puis secoua énergiquement la tête. Elle paraissait déçue, comme si l'explication de John l'avait privée d'un élément porteur du château de cartes de son espoir.

— Mais, pour le Voleur de regards, je veux dire, elle fournissait pourtant des données concrètes…

— *Bullshit*. Ce n'étaient pas des visions, mais des pronostics, nombre d'entre eux étant d'ailleurs contradictoires. *And she made mistakes!* De nombreuses erreurs. La plus grosse l'a poussée hier dans les bras de *mister* Suker.

Johanna le regarda d'un air consterné.

— Attendez. Vous êtes en train de me dire que…

— *Right*. Alina a elle aussi été enlevée. Et la police pense que c'est l'ophtalmologue, soupira John. Et c'est pourquoi, *please*, je dois savoir s'il y a autre chose que vous vouliez dire à Alina. Quelque chose que vous auriez vu sur le polaroïd. Une *location*, un signe. N'importe quoi qui me permettrait de trouver mon amie.

Johanna opina du chef, son torse oscillant lentement d'avant en arrière. Soudain, elle eut un sourire hésitant.

— Qu'est-ce qui vous arrive ? demanda John, stupéfait, car sa réaction sans fard ne laissait guère de place à des interprétations. Vous trouvez ça drôle ?

— Hein ? Oh, je vous en prie, pardonnez-moi ! dit-elle en se détournant d'un air gêné. Je suis désolée. Je suis, concernant les nouvelles abominables, devenue un peu insensible. J'ai simplement, eh bien… comment dire ? J'ai juste pensé que ce n'était pas une mauvaise évolution du tout.

— Pardon ?

John avala sa salive, mais ne parvint pas à chasser le mauvais goût qui lui emplissait d'un coup la bouche. Goût qui devint plus amer encore quand Johanna lui dit, des larmes dans la voix :

— Comprenez, ma fille n'était qu'une fugueuse, mais votre amie… Alina est célèbre.

— Qu'est-ce que… ?

John la regardait, désemparé. Puis, tendant vers elle son index comme pour la poignarder, il cria :

— *You made it up*. C'est vous qui avez préparé ce coup-là.

— Quoi ? Non, ce n'est pas ça.

Johanna se mit sur ses gardes, comme craignant que John ne la frappât.

— *Shit*. Vous *vouliez* qu'Alina aille chez Suker parce que vous saviez que le médecin allait lui sauter dessus ?

Sur elle et sur ses yeux aveugles !

— Non. Je ne le savais pas. Mais je l'espérais. C'était mon pronostic. Mon espoir.

— Mais… *Why ?*

John étendit les bras devant lui. Ses doigts se refermèrent comme pour presser une éponge.

— Pourquoi ça ?

— Parce que je suis une mère.

La réponse le frappa, pareille à une gifle. Sèche. Douloureuse. Elle était d'une logique impitoyable.

Naturellement, elle est désespérée. Elle veut…

— Je veux retrouver mon bébé, cria Johanna en se frappant la poitrine. Je sens qu'elle vit encore. Nicola est quelque part, pas loin, dans les griffes d'un monstre et personne ne la cherche.

Chaque mot était un coup de fouet. John recula.

— Maintenant, c'est différent, lui cria-t-elle tandis qu'il quittait lentement la cuisine.

Sa voix devint stridente.

— Maintenant que Suker a une otage célèbre.

Il atteignit la porte de la maison, l'ouvrit brutalement et sortit en trébuchant dans l'air froid du matin, désireux de retrouver sa voiture. Mais il ne put s'empêcher d'entendre encore sa voix.

— Maintenant, ils ne peuvent plus fermer les yeux. Maintenant, ils doivent chercher la cachette de Suker. Et s'ils y trouvent Alina, je retrouverai enfin mon bébé.

Des heures plus tard, ces paroles résonnaient encore dans la tête de John.

42

Alina Gregoriev

— La technique que je vais employer sur vous s'appelle la greffe de cellules souches épithéliales de la cornée.

Suker parlait avec le ton du médecin-chef annonçant à un patient les risques possibles d'une intervention, comme si Alina était dans son cabinet et non allongée sur une table d'opération, les mains liées.

— Lors de la déflagration chimique qui vous a rendue aveugle, la cornée entière a été détruite, y compris les limbes. Autrefois, on essayait de simplement transplanter une cornée entière et on s'étonnait ensuite que le patient ne puisse toujours pas voir.

À droite d'Alina, Nicola toussait à pleine gorge et crachait en lâchant des râles. Suker fit claquer sa langue comme s'il réprimandait un étudiant bavard dans l'amphithéâtre. Il reprit quand les bruits de la respiration de Nicola ne furent plus qu'un gémissement sourd.

— Vous devez vous représenter la cornée comme le pare-brise d'une auto. Il ne doit pas se salir, sinon vous arrivez un jour à ne plus voir au travers et vous percutez un arbre. Quand, dans un œil, la vitre devient aveugle, on dit qu'elle est opaque.

— Arrêtez votre cirque, dit Alina en secouant la tête. Je ne veux pas l'entendre.

Elle regretta aussitôt d'avoir bougé. Une douleur aiguë descendit le long de ses vertèbres cervicales. Elle était restée trop longtemps dans cette position inconfortable, les mains attachées derrière la tête.

— Pour empêcher cette opacité, on a besoin des limbes de la cornée, plus exactement des cellules souches de ces limbes qui n'ont rien d'autre à faire que de produire à longueur de temps des millions de cellules qui parcourent l'œil et le vitrifient, comme la cire chaude dans le lavage automatique des voitures.

— Vous pouvez vous fourrer dans votre pot d'échappement votre saloperie d'analogie automobile, espèce de dégueulasse.

Suker poursuivit comme si de rien n'était :

— Mais si, comme c'est votre cas, les limbes sont totalement détruits, rien ne produit de couche protectrice. Il n'y a pas de vitrification. Voilà pourquoi une simple greffe de cornée ne donne rien. La couche antérieure de vos yeux serait continuellement égratignée, comme une plaque vitrocéramique nettoyée avec des produits non adaptés.

Alina sentit une clarté soudaine, sans doute parce que Suker avait rallumé la lampe au-dessus de sa tête et l'avait rapprochée d'elle. Des larmes lui montèrent aux yeux. Elle essaya de les chasser en clignant des paupières, mais ne réussit pas à savoir si cela avait marché. Elle avait les paupières lourdes, vraisemblablement à cause des gouttes que Suker venait de lui administrer.

— Pour bien faire, il faut d'abord remplacer les limbes et ne greffer qu'ensuite la cornée complète.

La voix de Suker s'était elle aussi rapprochée. Alina sentait à présent l'haleine du médecin penché sur elle, une haleine chaude, chargée d'une odeur de café.

— Je vais donc vous opérer deux fois, Alina, en l'espace de quatre mois.

Quatre mois ? Seize semaines ? Cent vingt jours prisonnière de ce fou furieux ?

Nicola, à côté d'elle, gémit plus fort. La jeune fille était sur le point d'éclater en sanglots.

— Vous n'en aurez pas le temps, protesta Alina qui ne croyait pas elle-même ce qu'elle disait. On vous pourchasse. On me trouvera et vous serez foutu.

— Ah bon, dit Suker en lui posant une main sur la tête.

Épouvantée, elle sentit le revêtement en latex de ses doigts.

Il porte les gants de l'opération !

Suker laissa sa main reposer un instant sur son front avant de glisser son index sur l'arrière de son crâne rasé en une caresse répugnante.

— Abstraction faite de ce que personne ne viendra nous chercher ici, je trouverais cela fort regrettable pour nous deux, Alina. Je suis sur le point de vous rendre la vue. Et nous ne souhaitons donc pas être dérangés, qu'en pensez-vous ?

— JE NE VEUX RIEN RECEVOIR DE VOUS ! hurla-t-elle, se cabrant sur sa couche autant que ses liens le lui permettaient et sans se soucier du pincement de son nerf cervical.

— Hé, hé, hé ! Nous n'allons pas céder à la panique maintenant, dit Suker en riant et en lui tirant la tête en arrière avec rudesse. À dire vrai, je comprends votre hésitation, si on tient compte des risques de cette intervention, risques que je ne peux vous cacher.

Dieu du ciel, fais que cela ne soit qu'un rêve, que TomTom saute sur mon lit et me réveille !

— Même si ce n'est pas ma première opération de cette nature, cela représente tout de même une performance extraordinaire, pour ne pas dire artistique, de coudre un disque microscopique dans votre globe oculaire. Il me faut, durant l'opération, enlever un tiers de millimètre du limbe de la cornée.

— Le mieux est que vous vous enleviez votre cerveau malade, et rien d'autre.

Alina s'efforçait de parler le plus souvent possible et de décontracter son corps. Sa colère ne durerait plus très longtemps, elle le sentait. Encore un moment et l'épuisement s'emparerait d'elle.

— Vous êtes bouleversée, mon enfant, c'est fort compréhensible.

Alina entendit Suker s'éloigner tout en parlant.

— Vous êtes sur le point de connaître l'une des expériences les plus renversantes de votre existence.

Comme si elle lui donnait la réplique, Nicola poussa un cri à côté d'elle.

— Qu'est-ce que vous lui faites ? s'enquit Alina.

— La petite n'aime pas les piqûres.

Suker, à présent à quelques pas d'elle, s'adressa à Nicola :

— Mais il n'y a pas d'échappatoire, ma belle. Je t'ai toujours dit que tes yeux ont quelque chose de particulier.

— Non, s'il vous plaît, non. Je vous en supplie.

L'ophtalmologue soupira, heureux.

— Alina, il faut que vous sachiez que les yeux de Nicola présentent une altération de la pigmentation tout à fait extraordinaire. Ils sont bicolores. Si vous vous représentez l'iris comme le pourtour d'une tarte, vous verriez dans celui de Nicola une petite partie triangulaire bleue, le reste étant brun. Quoi de plus magnifique ?

Le cliquetis d'instruments remplit la pièce tendue de bâches.

— Oh, je suis désolé. Les couleurs ne vous disent rien, Alina. Bon, eh bien, nous y travaillons, n'est-ce pas ?

Il rit, content de lui, tandis que, de manière totalement inattendue pour Alina, Nicola s'était mise à chuchoter une prière.

— Je suis en pays inconnu, je suis dans la détresse, je suis dans la douleur, je suis en danger, et… je suis seule…

Elle monologuait à voix si basse que celle de Suker n'avait aucune peine à la couvrir.

— Vous souvenez-vous de ce que je vous ai dit en prison ? Que seules les anomalies naturelles incarnent la vraie beauté ?

— … Mon Dieu, mon père, tu es aujourd'hui celui que tu étais hier et que tu seras demain…

Suker se détourna d'Alina et se remit à parler à Nicola :

— Bon, Nicola, maintenant est venu le jour où tu partageras ta beauté particulière avec une personne elle aussi très particulière.

La jeune fille, absorbée par sa prière, paraissait ne pas entendre le fou qui triait ses instruments. Sa voix s'affaiblissait, une voix de plus en plus ensommeillée, jusqu'au moment où elle ne put terminer sa phrase :

— … mon Dieu, mon père, reste avec moi et…

— Elle s'endort, constata Suker avec satisfaction.

— Ne faites pas ça, Suker, je vous en prie.

Alina avait perdu tout respect d'elle-même et se montrait aussi suppliante que Nicola peu avant.

— Pour l'amour du ciel, arrêtez. Cette jeune fille n'a que seize ans !

— Oh, ne vous faites pas de souci à ce sujet, l'âge du donneur ne joue aucun rôle. Mais, pour être sûr de mon fait, je ne ferai dans un premier temps qu'une seule greffe de cellules souches de l'œil gauche, afin de voir dans quelle mesure vous acceptez l'organe du donneur.

Alina entendit de nouveau le cliquetis d'instruments sur un support métallique. Puis Suker se mit à fredonner à voix basse, avec concentration, tel un ouvrier consciencieux entamant, joyeux et excité, un travail longtemps retardé.

43

Alexander Zorbach (moi)

La cartouche était chaude dans ma main, certainement parce que le Dr Roth l'avait tournée un bon bout de temps entre ses doigts avant de me la donner.

— En guise de souvenir seulement, dit-il, sans se donner la peine de dissimuler sa colère. C'est le genre de truc que vous vous êtes tiré dans le crâne il y a deux mois. Et même si vous avez aujourd'hui à nouveau mis à l'épreuve votre tête de bois, elle n'est pas assez dure pour arrêter ce projectile de 9 mm.

Debout devant moi, il me regardait dans mon fauteuil roulant. Sa lèvre inférieure tremblait, ce qui me touchait d'une certaine façon. Sans doute parce que je sentais combien le médecin d'ordinaire si bon enfant avait du mal à se montrer sévère avec moi.

— Il vous fracasserait les os, le cerveau et les vaisseaux principaux.

Nous nous connaissions depuis longtemps. Avant ma tentative ratée de suicide, Roth me soignait déjà pour des problèmes psychiques que la profession de policier engendre presque inévitablement. Je tournai la tête de côté, m'attendant à ce que mes maux de tête habituels se réveillent, mais ils avaient disparu comme par enchantement depuis l'affrontement mortel dans ma maison. La seule chose que je sentais était une pression sourde sous le nouveau pansement qu'on m'avait posé quand l'ambulance m'avait ramené à Schwanenwerder.

— Bon Dieu, Zorbach ! Qu'est-ce qui vous prend ? Partir d'ici en pleine nuit !

Mon regard glissa le long d'un mur nu, sans aucun des diplômes et distinctions dont les médecins aiment décorer leur cabinet. L'absence de toute œuvre d'art matérialisait d'une certaine manière aussi le caractère provisoire de l'installation. Schwanenwerder n'était pas un hôpital, mais un service d'accueil. Une maison offrant la sécurité aux témoins et aux victimes. Pas le genre de lieu où les personnels et les patients aimeraient s'installer durablement.

— On ne se balade pas dans le vaste monde avec une blessure pareille.

C'était la première fois que je me trouvais dans le cabinet de consultation du Dr Roth. Jusque-là, le psychiatre m'avait toujours rendu visite dans ma chambre de malade.

— Vous vous trompez, dis-je.

C'était aussi la première fois depuis des semaines que j'avais avec lui, ou du moins essayais d'avoir, une conversation.

— Pardon ?

Levant la main, je lui montrai la cartouche qu'il m'avait donnée.

— Ce n'est pas le truc que je me suis tiré dans la tête.

— Vous avez tiré quoi alors ?

— La balle que la cartouche contient. Erreur courante chez les débutants. Moi aussi, autrefois, je confondais projectile et cartouche.

— Sacré donneur de leçons, dit Roth, qui ne put réprimer un sourire.

Il secoua la tête et mit les poings sur les hanches.

— Eh bien, en tout cas, vous avez retrouvé la parole.

S'agenouillant devant moi, il sortit de son tablier une lampe de poche de la taille d'un stylo-bille. J'eus un geste de refus quand il voulut m'examiner les yeux. Il était 7 heures du matin, j'avais déjà subi moult examens et subi avec succès tous les tests de réflexes. À part ma fatigue, je me sentais en bonne santé physique, comme je ne l'avais pas été depuis longtemps.

— Où en est-on avec Frank ? m'enquis-je.

Roth leva les sourcils sans que son front se ridât. Ce n'était pas la première fois que je remarquais ses traits juvéniles, presque ceux d'un gamin. Un homme dont on ne voyait pas qu'il était expérimenté. En chaussures de sport et pantalon de jogging, on aurait très bien pu lui demander ses papiers et son âge dans un bistrot.

— Vous parlez du type sur qui vous avez tiré ?

J'acquiesçai.

— Je viens d'avoir le commissaire Stoya au téléphone et il est certain qu'ils vont bientôt l'attraper. Vous l'avez gravement blessé. Il a dû se cacher dans la forêt. Il ne peut pas être allé bien loin ; ils font une battue avec des chiens.

— Mais bien sûr, dis-je en abaissant les commissures de mes lèvres en une grimace méprisante.

Ils vont bientôt l'avoir. C'est ce qu'ils disent à chaque fois et ils lui courent après depuis des mois.

— Et comment va Scholle ?

— Le flic qui a enfreint une bonne centaine d'instructions de service en vous sortant d'ici ?

Roth me regarda d'un air triste, comme regrettant déjà ses derniers mots. Aussi en colère fût-il quant à son comportement singulier, Scholle n'avait pas mérité une telle punition.

— On ne peut encore rien dire. On l'opère d'urgence.

— Ici ?

— Non. À Schwanenwerder, nous ne sommes pas équipés pour ce genre d'intervention. C'est seulement un hôpital de rééducation. Nous ne pouvons traiter les blessures graves, voire mortelles, occasionnées par des coups de feu.

Mortelles…

Je pensai malgré moi à Julian, Nicci et Alina, me demandant si c'était une loi de la nature qui voulait que tous ceux que j'aimais partagent, tôt ou tard, le même sort. Comme si la mort violente était un virus et moi un porteur infecté prêt à le transmettre à mes proches.

Tandis que mes pensées dérivaient, je n'étais pas plus attentif qu'un automobiliste somnolent, aussi sursautai-je quand Roth poursuivit :

— Comme vous pouvez l'imaginer, la police a un million de questions à vous poser, monsieur

Zorbach, et, franchement, j'aimerais bien moi aussi savoir ce qui s'est passé chez vous. Bon Dieu ! Un policier avec une balle dans le ventre, un assassin blessé et, d'après ce que j'ai entendu raconter, on aurait même transporté un chien à l'hôpital vétérinaire de Düppel.

— Je ne peux pas leur parler maintenant, répondis-je en appuyant ma tête contre mes mains, épuisé.

Roth me tapota doucement l'épaule.

— Croyez-le ou non, c'est la première fois aujourd'hui que je suis de votre avis. J'ai déjà dit à M. Stoya que vous devez vous reposer après un tel stress et que vous ne serez disponible pour un premier interrogatoire que demain après-midi au plus tôt.

Roth alla à son bureau et pressa le bouton de l'interphone.

— Mademoiselle, Zorbach doit à présent retourner dans son service.

— Non. Vous vous trompez une nouvelle fois.

Roth me considéra avec stupéfaction.

— Qu'est-ce que vous fabriquez ? Rasseyez-vous dans votre fauteuil roulant !

— Non, dis-je en avançant d'un pas vers lui pour lui montrer que je ne me laisserais pas commander plus longtemps par lui ou par qui que ce soit. Comme vous le disiez à l'instant, docteur, nous ne sommes pas dans un hôpital et je ne suis plus votre patient. Soit dit en passant, il y a belle lurette que je ne m'étais pas senti aussi bien.

Roth secoua la tête, horrifié.

— Ne faites pas de bêtises. Vos blessures physiques n'ont jamais été la raison de votre état précaire. Je savais qu'il suffirait d'une impulsion assez forte pour réactiver vos facultés d'autoguérison. C'est pour ça que j'ai souhaité que Mme Gregoriev vous rende visite. Cependant, votre changement spectaculaire du moment n'a rien d'une régénération, d'une guérison. Au contraire, vous vous trouvez dans une phase paradoxale. Vous en avez sans doute déjà entendu parler. Des gens sur le point de mourir qui se sentent mieux, juste avant que le cours de la maladie ne s'aggrave. Leur corps se cabre en utilisant ses ultimes réserves. Si vous ne prenez pas maintenant du repos, il se peut que vous ne vous vous en remettiez jamais.

Je ne m'en remettrai de toute façon jamais, docteur. Quoi que je fasse maintenant.

— Merci infiniment. J'apprécie vraiment votre sollicitude. Mais pensez-vous sérieusement que je vais rester ici, les bras croisés, alors que deux monstres se baladent dehors, dont l'un a tué mon fils et l'autre a enlevé mon amie ?

Deux monstres qui sont en relation l'un avec l'autre, sans que je puisse dire de quelle relation il s'agit.

— Aucun mandat d'arrêt n'a été lancé contre moi et vous n'avez pas le droit de m'enfermer plus longtemps.

— Qui parle de vous enfermer ? Vous êtes…

— … un homme libre, exactement. Et, en tant que tel, je vais prendre congé en vous remerciant pour tout. Si je dois signer des papiers de sortie, donnez-les-moi. Mais j'entends ne pas perdre une seconde de plus.

La porte s'ouvrit derrière moi, mais Roth fit un signe de la main à l'infirmière, l'invitant à disparaître.

— D'accord, mais passons un marché, dit-il.

— Un marché ?

— Restez encore une nuit. Demain nous ferons un scanner, et ensuite, quand je vous aurai prescrit de nouveaux médicaments, vous pourrez quitter Schwanenwerder après le petit-déjeuner, muni d'une liste de médecins que vous pourrez contacter en cas de besoin – avec mes vœux de bonne chance, mais sous votre propre responsabilité.

— Demain matin, Frank aura pris le large, et Alina sera peut-être morte.

— Tout comme vous, si vous n'entendez pas raison.

Pendant un instant, on n'entendit que le tic-tac d'une pendule.

— D'accord. Je reste, mais à une condition.

Roth croisa les mains devant sa poitrine dans un geste de défense.

— Laquelle ?

— Emmenez-moi auprès de Tamara Schlier. Il faut que je lui parle.

44

Alina Gregoriev

Elle s'agrippa. Se défendit de toutes ses forces, mais ses efforts désespérés furent vains. Elle se réveilla en sursaut, et, en même temps, les images diffuses d'un cauchemar se dissipèrent instantanément.

Les premières secondes, elle perdit le sens de l'orientation ; elle ignorait où elle se trouvait et pourquoi son corps était si courbatu. Puis elle se souvint de la piqûre que Suker lui avait administrée dans le bras droit quand elle refusait d'arrêter de crier. Ne *pouvait* pas arrêter ? Alina n'avait pu supporter d'entendre, impuissante, une jeune fille perdre la vue sur une table d'opération à côté d'elle, pour la seule raison que Suker préparait cette greffe absurde. Pendant quelques instants, elle avait prié un dieu sans nom pour qu'il intervînt, pour qu'un commando ouvrît la porte à grands coups de pied et arrachât les bâches de la tente. Elle avait attendu Zorbach – putain, Zorbach, si tu savais combien tu me manques –, espéré que, malgré ses blessures, il réussirait d'une manière ou d'une autre à trouver sa chambre de tortures et à abattre *in extremis* le chirurgien, avant que son scalpel ne s'enfonçât dans l'œil de Nicola. Mais personne n'était venu pour empêcher l'ophtalmologue de réaliser son projet diabolique. La seule qui avait été mise hors circuit et réduite au silence, c'était elle-même, à l'aide d'un narcotique si fort que, longtemps après son réveil, ses pensées demeuraient engourdies. Ce n'est que lorsqu'elle fut prise de nausées et se tourna sur le côté pour ne pas vomir sur la table d'opération qu'elle s'aperçut qu'elle n'était plus attachée que d'une main. Elle avait la main gauche libre.

Il ne veut pas que je meure, se dit-elle sans savoir si cette idée devait la réconforter ou augmenter son désespoir. Comme il l'avait anesthésiée deux fois en peu de temps, Suker avait manifestement pris des précautions, lui laissant suffisamment de liberté de mouvement pour qu'elle ne mourût pas étouffée par son vomi, avant qu'il en eût fini avec elle.

Elle ferma le poing en songeant à un prisonnier de guerre dont le corps, d'après le récit qu'il avait fait de son expérience, s'était séparé de son esprit à l'instant où on lui avait infligé des sévices. C'est seulement de la sorte qu'il avait réussi à les endurer. Ce n'étaient plus les ongles de *ses* doigts qu'on arrachait, ni *ses* dents qu'on perçait jusqu'à l'os, mais ceux d'un étranger privé d'âme.

Autrefois, elle n'était pas parvenue à se représenter ce genre de situation exceptionnelle, mais elle en eut un premier pressentiment en laissant glisser sa main libre sur son corps nu. Elle ressentait comme ceux d'une inconnue les doigts avec lesquels elle se touchait. Elle se tâta les cuisses, dessina les contours de ses os iliaques, appuya sa main sur son ventre, remonta jusqu'à ses seins, s'arrêta brièvement sur son menton avant de toucher, avec peur et hésitation, ses yeux fermés. À ce point de son investigation, le parcours de ses doigts sur son corps lui laissait encore l'impression d'un sillon incandescent se creusant dans sa peau. Cela lui rappela un cuisant coup de soleil qu'elle avait attrapé, enfant, après une longue journée sur la plage de Santa Barbara. Elle était partie avec des amis et n'avait tenu aucun compte de sa mère qui lui avait conseillé de s'enduire de crème, même si le ciel était couvert. Il lui avait fallu trois jours pour ne plus pleurer en enfilant un T-shirt.

Et combien de temps faudra-t-il cette fois? se demanda-t-elle en ouvrant les yeux. *Trois semaines? Trois mois? Quand, cette fois, les souffrances cesseront-elles?*

Au plus profond d'elle-même, elle pressentit la réponse : *Jamais. Jamais les choses ne retrouveront leur cours normal.*

Mais elle ne devait pas laisser cette idée devenir une conviction. Elle devait l'enterrer dans un recoin de sa conscience avant qu'elle ne détruisît tout espoir en elle.

— Les idées négatives sont comme des bactéries, lui avait expliqué John un jour. Si elles s'enracinent en toi, elles se multiplient et tuent toute envie de vivre.

— Et quel antibiotique recommandes-tu contre elles, lui avait-elle plaisamment demandé, ce à quoi, sans hésitation, il lui avait répondu avec sérieux :

— Il n'y a qu'un antidote : l'amitié.

L'amitié, se souvint Alina en lançant un regard mort dans l'obscurité. John n'avait pas dit *l'amour*, car, à son avis, l'amour était éphémère comme tout sentiment euphorique. Seule l'amitié était quelque chose de durable. *Ah, John, et où sont les amis quand on a besoin d'eux ?*

Alina chercha à tâtons le lien métallique qui retenait sa main droite. Puis elle tira sur la chaîne avec, pour seul résultat, de se mettre le poignet à vif.

Merde, John, tu n'es pas là. Et Zorbach non plus. Il n'y a personne ici pour me sauver.

Elle poussa un cri de désespoir, agita les jambes, tira les pieds vers le bas et l'impuissance de ses efforts exacerba encore sa fureur.

Elle hurla comme si elle était en train d'accoucher, comme si les contractions l'aidaient à chasser de son corps la peur et le désespoir.

Elle eut besoin d'un bon moment pour s'épuiser et ne plus avoir assez de souffle pour crier. Plusieurs minutes se passèrent jusqu'à ce que la raison reprît le dessus. Elle se demanda si Suker l'avait entendue perdre le contrôle de ses nerfs.

Ou un voisin? songea-t-elle en repensant à John qui lui aurait certainement fait un signe amical de la tête en constatant qu'elle venait de retrouver le chemin des idées positives.

Peut-être qu'il me suffit de faire assez de bruit pour qu'un passant m'entende. M'entende moi et…

Elle sursauta en prenant conscience que sa codétenue n'avait encore émis aucun son depuis son réveil.

— Nicola ?

Pas de réponse. Tout était calme à côté d'elle, on n'entendait même plus les râles de la jeune fille.

— Nicola, tu es encore là ?

Tu vis encore ?

Se tournant vers la droite, elle étendit son bras libre vers l'avant, aussi loin que possible.

Rien.

Elle ne s'était pas attendue à toucher quelque chose. Nicola avait dit qu'il y avait entre elles trente ou quarante centimètres ; trop loin pour son bras qui tâtonnait dans l'obscurité.

À nouveau prise de colère, elle tira sur la chaîne et, cette fois, à sa grande stupéfaction, quelque chose se produisit. Elle crut d'abord qu'elle avait tiré si fort que son corps avait glissé en arrière sur le lit, mais, comme elle avait les pieds ligotés, ce ne pouvait être le cas. Le mouvement qu'elle avait enregistré, si elle ne se trompait pas, ne pouvait s'interpréter que d'une façon :

J'ai fait bouger la table d'opération.

Elle éclata de rire.

Putain, j'ai avancé dans la pièce en même temps que la table !

Même si ce n'était que de quelques centimètres et même en ignorant si sa nouvelle position était meilleure ou pire. Quand on avait touché le fond, tout changement était un progrès.

N'est-ce pas, John ? C'est bien ce que tu penserais toi aussi, non ?

Cette évolution apportait au moins un peu de lumière sur deux points dans les ténèbres de son destin. D'une part, elle savait maintenant que sa main droite était attachée à un objet fixe, certainement à un mur derrière elle ; de l'autre, elle avait la confirmation que sa table d'opération était montée sur roulettes.

Elle conçut alors le projet de tirer sur la chaîne jusqu'à atteindre le mur en question. Pourtant, au bout de quelques centimètres qui lui coûtèrent pas mal de sueur, elle y renonça lorsqu'elle s'aperçut que le pied de sa couche dérivait sur la droite et tapait contre un autre objet, mobile lui aussi.

Elle se souvint de la description de Nicola : *Entre nous, il y a une sorte de table à roulettes, avec plusieurs tiroirs, comme à l'hôpital, si ça peut t'être utile.*

Le doux cliquetis métallique qui avait accompagné le contact des deux objets confirma sa supposition : elle avait bien deviné ce contre quoi sa couche s'était heurtée, *heurter* n'étant d'ailleurs pas le mot qui convenait. Son lit n'avait qu'effleuré la table d'appoint, mais cela avait suffi pour bousculer les instruments qui y étaient posés.

Alina tenta un second essai, pivota à nouveau vers la droite, autant qu'elle le pouvait, et tendit le bras dans la direction où elle pensait que se trouvait la table d'appoint. Elle allait renoncer quand le bout de son majeur rencontra un rebord lisse et froid. Elle se risqua à tirer encore sur sa chaîne, dans l'espoir que sa couche, maintenant en biais, allait attirer vers elle la petite table, et, effectivement…

Bingo ! Le cri de colère qu'elle allait pousser se transforma presque en un cri de joie, car la table était désormais à sa portée. Or, ce qu'elle touchait n'était pas un rebord, mais…

… une poignée ! Putain, c'est génial, j'ai la poignée d'un tiroir dans la main !

Incapable de dire pourquoi cela la réjouissait, elle était de toute façon tout aussi incapable d'y réfléchir. Elle était simplement heureuse de pouvoir *faire quelque chose*, même si ce *quelque chose* était un simple geste consistant à tirer à elle la petite table par la poignée du tiroir supérieur – un tiroir fermé. Quand elle y parvint et put toucher la surface lisse de sa main gauche, elle eut envie de crier victoire.

Ça y est, je te tiens ! se dit-elle dans un moment d'exaltation. *Tu as commis une erreur, espèce de dégueulasse, et cette erreur, tu vas la payer. Tu aurais dû mieux ranger.*

Alina fouilla dans le haricot qu'elle avait découvert à tâtons sur la table et sa joie ne faiblit même pas quand un scalpel lui coupa le pouce. Elle pensait uniquement à l'arme qu'elle venait de trouver.

Plus lentement et avec davantage de précautions cette fois pour ne pas se blesser à nouveau, elle continua d'explorer la table, si bien qu'il lui fallut un petit moment avant de toucher un plateau en plastique et ce qui était posé dessus.

Un cordon, parfait ! Son exaltation grandit encore. *Sans doute pour refermer un pansement.*

S'il était assez long, elle pourrait le glisser autour du cou de Suker tout en lui plantant le scalpel dans un œil.

Dans son euphorie, elle ne s'aperçut pas de l'étrange consistance du cordon, humide et élastique. Ensuite, elle remarqua qu'il y avait au bout quelque chose de lourd.

Qu'est-ce que ça peut être, putain ?

Elle tira sur le cordon jusqu'à ce qu'il sortît complètement du plat et elle put enfin tenir entre ses doigts l'objet en question.

Une fraction de seconde plus tard, elle vomit à nouveau. Elle avait compris ce qu'était la chose. On aurait dit un grain de raisin pelé, un grain à peu près de la taille d'un œil humain.

45

Alexander Zorbach (moi)

Quand Julian était venu au monde, la sage-femme me l'avait mis entre les bras en disant :

— On dit qu'à la naissance on ressemble à ce qu'on sera à l'heure de sa mort.

Et, effectivement, la bouche sans dents de Julian, ses os si fins, son cou ridé et ses cheveux clairsemés rebiquant sur la nuque m'avaient rappelé mon père à l'hôpital, peu de temps avant qu'il ne décidât de cesser de respirer.

L'idée qu'on pût voir comme un reflet de la mort l'instant de la naissance ne m'avait plus jamais abandonné, même si je n'arrivais pas à formuler le sens profond que recelait cette idée.

En cet instant aussi, dans cette chambre à demi obscure où j'attendais assis sur une chaise en bois que Tamara Schlier prît enfin conscience de ma présence, je pensais à ces mots de la sage-femme. Si elle avait raison et que les personnes à l'agonie retrouvent les traits du nourrisson qu'elles ont été, Tamara avait dû naître avec des yeux écarquillés, rougis et le visage couvert de névrodermite.

— Cinq minutes seulement, m'avait accordé Roth après avoir d'abord protesté. Et seulement si vous portez une combinaison stérile pour que ma patiente ne soit pas plus exposée à la poussière qu'elle ne l'est déjà de toute façon.

J'avais revêtu cet accoutrement, et le corps de Tamara n'avait pas changé de position depuis que j'étais entré dans la chambre. Je m'étais attendu à ce que ma visite inopinée provoquât une crise d'angoisse, mais sans doute me prenait-elle pour un médecin dans cette tenue. La victime de Suker était assise paisiblement sur son lit, plongée dans ses pensées, les mains croisées sur la poitrine. Son drap gisait sur le sol, froissé, au-dessous de ses pieds nus. Ses épaules amaigries saillaient de sa chemise de nuit, pareilles à des stalactites. Chez quelqu'un d'autre, mon attention aurait sans doute été d'abord attirée par les cheveux raides et gras dont il était difficile d'identifier la couleur dans la pénombre bleutée de l'éclairage nocturne ; ou bien par son dos voûté et tordu qui me fit immédiatement penser à ma grand-mère, laquelle, chaque fois qu'elle me voyait vautré quelque part, me donnait une petite claque accompagnée d'un « Tiens-toi droit, mon enfant ! ». Mais même si Tamara avait eu deux nez et trois oreilles, un visiteur n'aurait pu détourner le regard de l'horrible spectacle de son visage.

— Je suis désolé de ce qui vous est arrivé, dis-je.

Il m'était impossible de ne pas fixer les deux blessures sous ses lunettes de plongée. Sans paupières, ses yeux gonflés semblaient couler de leurs orbites. Bien que Tamara regardât dans ma direction, je n'étais pas certain qu'elle eût conscience de ma présence.

— Savez-vous que Zarin Suker est de nouveau libre ?

Je scrutai si l'évocation de ce nom provoquait chez elle une réaction, mais je ne vis rien. Je constatai en même temps que Tamara avait dû être très jolie. Des traits symétriques, un nez ni trop grand ni trop petit, des lèvres pleines et bien dessinées, sans maquillage. Des cheveux épais, un front haut et des dents régulières. Les restes de sa beauté étaient parfaitement décelables, ce qui rendait sa mutilation plus repoussante encore.

— Il semble que Suker a enlevé une de mes très bonnes amies, dis-je. Elle s'appelle Alina Gregoriev et elle est aveugle. Vous pouvez imaginer ce qu'elle ressent d'être livrée à ce monstre sans pouvoir le voir.

Je crus détecter un léger tressaillement des commissures des lèvres de Tamara, mais sans certitude.

— Je sais que vous ne voulez pas parler de l'homme qui vous a ainsi traitée. Croyez-moi, je suis le premier à le comprendre. Mon existence, elle aussi, a été détruite.

C'étaient à présent les commissures de mes lèvres qui tressaillaient, et je n'y pouvais rien. La tristesse est comme un séisme. Elle s'empare de quelqu'un sans prévenir et a des effets incontrôlables.

— Ma femme a été assassinée, mon fils enlevé et tué. Et il paraît que le monstre coupable de ça a un rapport quelconque avec Suker.

Je me levai et me dirigeai vers le mur en face de son lit. Il était couvert de dessins.

Entre-temps, mes yeux s'étaient habitués à la pénombre. Je vis que certains dessins n'étaient pas terminés, gauches et interrompus au milieu d'une ligne. D'autres étaient la copie quasi identique du dessin qui aurait dû être accroché dans la chambre de mon fils : la maison du Dörferblick, notre ancienne propriété vue par les yeux d'un enfant de neuf ans. Je comptai au moins une bonne douzaine de dessins sur feuilles A4.

— Pourquoi ?

J'avais engagé cette conversation sans aucune préparation, mais je savais à présent parfaitement où je voulais en venir. Il y avait certes des milliers de questions que j'aurais pu poser à Tamara, mais je pourrais m'estimer heureux si son état psychique lui permettait de répondre à une seule d'entre elles. Aussi devais-je la choisir avec soin.

— Pourquoi avez-vous dessiné ça ?

Dehors, derrière les fenêtres aux stores vénitiens, on entendait à quelque distance rouler avec fracas un train de marchandises, et je me surpris à penser que j'aurais aimé qu'il m'emmenât au loin.

— Je ne souhaite pas de vous un témoignage, Tamara. Je ne veux pas que vous me racontiez les détails de votre martyre. Répondez à une seule question et je disparaîtrai de votre existence. Ce motif, là, dis-je en tapotant sur l'un des dessins, mon fils Julian l'a dessiné un jour. Et j'aimerais savoir pourquoi vous…

— Julian ? demanda-t-elle.

Je me figeai.

— Pardon, vous dites ?

Tamara était toujours assise, indifférente, sur le rebord de son lit. Si sa cage thoracique n'avait pas bougé avec autant de force sous sa chemise de nuit, on aurait pu la prendre pour une poupée.

Ou la croire morte.

— Julian Zorbach ?

Vive comme un serpent, sa langue humecta ses lèvres fragiles puis disparut. Si je ne l'avais pas vu, j'aurais certainement pris ses propos pour une hallucination acoustique.

— Oui. Vous le connaissez ? questionnai-je en me rasseyant sur la chaise, cette fois à califourchon afin d'appuyer mes bras sur le dossier.

— Alors vous devez être Alexander Zorbach.

J'acquiesçai à nouveau, déconcerté par le tour que prenait soudain la conversation. Mais elle allait devenir plus déconcertante encore.

— Dieu merci, vous êtes venu, dit-elle avec soulagement. Je ne vous attendais plus.

— D'où me connaissez-vous ?

Elle secoua la tête, comme s'il lui était interdit de le dire. Puis elle tendit une main vers moi.

— Donnez-moi d'abord l'information !

— L'information ? Quelle information ?

Je n'avais pas plus tôt posé ma question qu'une expression de terreur absolue parcourut son visage.

— Alors… alors, vous n'avez pas le billet ?

Des larmes coulèrent de ses yeux martyrisés. Je me demandai si j'allais lui prendre les mains ou si un contact intime n'allait pas aggraver encore cette effusion passionnée. Pour l'instant, il y avait entre nous une barrière émotionnelle invisible que je n'osais pas franchir.

— Je regrette, j'ignore de quoi vous parlez, Tamara.

— Alors tout est perdu, dit-elle de la voix étouffée de quelqu'un se résignant à son sort. Donc, tout a été vain.

Je m'apprêtais à lui dire que je ne pouvais pas l'aider si elle parlait par énigmes, mais je pris le parti d'une autre stratégie.

— D'accord, Tamara, peut-être que tout est perdu, mais alors vous n'avez plus à vous cacher ici, non ? Car, si tout est vain, vous n'avez plus à vous taire. Vous pouvez vous confier à moi.

J'étais sur le fil du rasoir, sans savoir si ma logique avait le moindre sens dans son vécu, un monde désordonné, peut-être même dément ; mais Tamara eut un geste de la tête qui semblait signifier que, contrairement à moi, elle comprenait ce que je lui disais.

— Je pense que vous avez raison.

Elle leva les yeux vers la caméra du plafond qui permettait de l'observer sans avoir à allumer. Roth m'avait assuré qu'elle serait désactivée.

— Je pense que je peux cesser de dessiner, dit-elle à voix basse.

Je montrai le mur.

— Qu'attendiez-vous de ça ?

— Ma vie. Ma liberté. Mais à présent, c'est terminé, dit-elle en reniflant, puis se tournant vers moi : Tout est terminé !

Le bord de ses lunettes de plongée formait un barrage derrière lequel les larmes s'accumulaient.

— Je crains de ne toujours pas comprendre, Tamara. Comment ces dessins pouvaient-ils vous offrir la liberté ?

Elle sanglota.

— C'était notre accord. Je devais gribouiller les murs de ma chambre afin que tous croient que j'avais perdu la raison…

— … Et ainsi vous ne pourriez pas témoigner contre Suker ?

— Oui.

Elle serra les lèvres d'un air obstiné.

— J'avais reçu l'ordre de dessiner jusqu'à ce que vous veniez.

— Moi ?

— Oui, c'est pourquoi j'ai été si heureuse de vous voir enfin. Vous deviez venir et m'apporter l'information. J'aurais alors été délivrée. J'aurais pu cesser de dessiner et j'aurais eu la paix pour toujours. C'était ça l'accord, vous comprenez ?

Oui, je comprenais. À l'intérieur du tourbillon dément auquel nous tentions en vain, elle comme moi, de nous raccrocher, le propos de Tamara revêtait effectivement une signification morbide.

— Quelle devait être l'information ?

— Trois mots. Vous deviez me remettre un journal intime dans lequel il y aurait ces trois mots.

— Quels mots ?

Elle se pencha vers moi et fronça les sourcils, ce qui fit saillir davantage encore ses yeux gorgés de sang.

— *Safran weckt Hirn*, dit-elle.

Je fus glacé d'effroi.

« Safran weckt Hirn » – qu'est-ce que ça veut dire ? Comment connaît-elle cette association de trois mots que j'avais lus dans le journal de mon fils ? Et pourquoi aurais-je dû lui transmettre cette information incompréhensible ?

— Je ne comprends pas, balbutiai-je.

Suker était en prison quand elle avait commencé à dessiner sur ses murs. *Comment a-t-il pu avoir connaissance du dessin de mon fils? Pourquoi l'a-t-il choisi? Et comment est-il parvenu à le donner à Tamara?*

— Comment, depuis sa prison, Suker a-t-il pu exercer sur vous une pression telle que vous vous soyez mise à feindre la folie et que vous ayez renoncé à témoigner? demandai-je en choisissant parmi la multitude d'interrogations qui m'occupaient l'esprit celle qui me parut la plus urgente.

En guise de réponse, Tamara éclata d'un rire désespéré.

— Vous n'en avez pas la moindre idée, hein?

Sous une forme interrogative, c'était de sa part une pure constatation.

— Le problème, ici, ce n'est plus Suker. Il a depuis longtemps obtenu de moi ce qu'il désirait. Il m'a détruite et en a terminé avec moi. Je n'ai plus peur de lui.

Tout en la regardant, j'avais l'impression d'être un automobiliste roulant, feux allumés, dans un brouillard impénétrable. Je ne voyais toujours pas d'obstacle dans ce fouillis inextricable et démentiel, mais je devinais que la collision mortelle était imminente si je ne parvenais pas à emprunter la sortie la plus proche.

— Mais si ce n'est pas Suker…, demandai-je avec hésitation, qui vous a inspiré une peur pareille?

Tamara expira à fond et s'affaissa encore davantage. La réponse qu'elle me donna rendit plus effroyable encore l'épouvante dans laquelle nous nous débattions tous.

46

Alina Gregoriev

— Nicola ?

Peut-être était-ce sa crise de nerfs qui avait réveillé la jeune fille, mais Alina n'en était pas certaine. Peut-être l'effet des narcotiques avait-il diminué et était-ce par hasard que Nicola avait commencé à gémir au moment où Alina avait cessé de crier.

— Humm…

Elle eut d'abord honte de penser que les sons émis par Nicola sur sa table d'opération, à côté d'elle, ressemblaient à ceux d'une *handicapée*. Aux États-Unis, un handicapé était assis à côté d'elle à l'école : un certain Luther dont la surdité avait été diagnostiquée avec retard et qui n'avait en conséquence jamais appris à parler correctement. Dès qu'il cherchait à s'exprimer, il émettait le même genre de sons que Nicola à l'instant.

— Dis, petite, tu m'entends ?

Pas de réaction, en tout cas pas immédiatement. Il fallut un petit moment à Alina pour parvenir à saisir un premier mot au milieu du bredouillage.

— Où… ? fit Nicola et, après avoir longuement repris son souffle, elle ajouta : Que s'est-il passé ?

Sa voix était fiévreuse et incroyablement lasse. On l'aurait crue ivre.

— Je ne sais pas, mentit Alina.

Ne pas lui dire la vérité était certainement un signe de faiblesse, mais, putain, elle était faible et, en plus, elle espérait se tromper. L'œil qui lui avait échappé des mains en même temps que le scalpel n'était peut-être pas humain.

À vrai dire, les questions de Nicola anéantirent cet espoir :

— Pourquoi ai-je si mal ? Pourquoi ma tête est-elle si douloureuse ?

Comme il n'existait pas de réponse miséricordieuse, Alina se limita au plus commun des clichés quand il s'agit d'habiller de mots l'inexprimable :

— Je suis désolée.

Nicola se mit à sangloter misérablement.

— Merde, que m'a-t-il fait ? Je ne sens plus mon œil gauche.

Sa voix tremblait, elle parlait plus lentement et l'on devinait que, tout en parlant, elle se souvenait de ce qui s'était passé dans les minutes précédant l'opération.

Suker se félicitant du caractère bicolore de ses iris. Suker prenant le scalpel. Suker expliquant pourquoi il avait besoin de sa cornée…

Par pur réflexe, Alina se toucha de nouveau les yeux et constata que, chez elle, tout était en ordre. Pas de pansement, pas de suture. Seule la pression sourde sous ses paupières avait augmenté, ce qu'elle expliqua par son état d'épuisement général. Elle eut de nouveau honte, cette fois parce qu'elle était soulagée.

— Merde, merde, merde…, le dernier juron de Nicola se transforma en un hurlement suraigu.

— Chut… Ma petite, calme-toi, je t'en supplie.

Sinon, Suker va revenir, et ce serait trop tôt. Je n'ai pas encore de plan.

— Me calmer ? Tu viens de me demander de me « calmer », espèce de sale traînée ?

— Écoute-moi, je te comprends…

— Tu COMPRENDS que ce salopard m'a enlevé mes yeux ?

Mes yeux ?

Alina déplaça sur son épaule droite le poids de son corps et se tourna vers la table d'opération voisine.

— Tu ne vois plus rien, Nicola ?

La jeune fille soupira.

— Putain, non. Il fait noir ici, il a éteint toutes les lampes.

— Mais tu te sens cligner des yeux ?

— Hein… ? Oui, putain, mais juste de l'œil droit.

Nicola souffla par le nez par petits coups violents, comme pour imiter une locomotive.

— S'il te plaît, tourne la tête dans ma direction.

— Pour quoi faire… ?

La jeune fille gémit et ne termina pas sa phrase, tandis que, à en croire le bruit de ses chaînes, elle essayait de bouger.

— Tu vois ça ici ?

— Non, je ne… Si, je distingue ta main. Tu me fais signe, dit Nicola.

— C'est bien, c'est très bien.

— Bien ? Il n'y a rien de bien. Je suis ligotée sur une table d'opération et IL ME MANQUE UN ŒIL !

Elle hurla les derniers mots, hystérique. Elle aurait encore crié longtemps, comme si on l'écorchait vive, si une quinte de toux ne lui avait coupé le souffle.

— Putain, qui es-tu ? reprit-elle un peu plus tard, en râlant. Et pourquoi tu n'es plus enchaînée ?

Alina avait souvent entendu parler de personnes dont les cheveux avaient blanchi après un coup du sort. Bien que les couleurs n'eussent guère de signification pour elle, elle eut l'impression que la voix de la jeune fille avait perdu toute couleur. Elle était soudain éteinte, sans vie et vieillie de plusieurs années.

— Pendant six mois il ne m'a rien fait, dit-elle. Puis tu arrives, toi, toi…

On aurait dit que Nicola avait envie de cracher par terre, aux pieds d'Alina.

— Tu es encore pire qu'elle.

Les dégâts psychiques que Suker avait infligés à Nicola étaient peut-être déjà irréparables. Mais ils le deviendraient à coup sûr si elle ne trouvait pas un exutoire à sa douleur et à ses angoisses. C'est pourquoi Alina avait décidé de la faire parler, sans se soucier de se faire insulter.

Mais la dernière phrase de la jeune fille l'intriguait ; elle devait l'interrompre.

— Pire qu'*elle* ? demanda-t-elle, perplexe. Qui, en dehors de Suker, nous retient prisonnières ?

47

Alexander Zorbach (moi)

— Une femme ? Suker a une assistante ? demandai-je.

— Oui, elle s'appelle Iris, mais, bien sûr, ce n'est pas son vrai nom.

La manière dont Tamara croisait les mains sur ses genoux lui donnait l'air d'une écolière convoquée dans le bureau du directeur.

— C'est une plaisanterie à double sens qui lui permet de se moquer de ses victimes. Iris, comme celui de l'œil, si vous voyez ce que je veux dire.

J'acquiesçai.

— Et cette Iris aide Suker dans ses crimes ?

— Aider ? Oh non, non. *Aider* n'est pas le mot qui convient, dit Tamara en tapotant de ses deux index le plexiglas de ses lunettes. Vous pensez que ça, c'est cruel ?

La regardant droit dans les yeux, je fis signe que oui.

— Alors, vous n'avez aucune idée de ce que peut être Iris.

Je me levai, juste parce que j'eus le sentiment de devoir faire quelque chose. Chaque phrase de Tamara était pour moi comme une décharge électrique et, en cet instant, j'avais oublié ma blessure.

— Qu'est-ce qu'Iris vous a fait ?

Un frisson parcourut Tamara.

— Je vais vous le raconter, ça ne changera rien maintenant de toute façon. Mais avant, je dois boire, s'il vous plaît. Voulez-vous être assez gentil pour m'apporter un verre d'eau ?

Je me retournai vers la deuxième porte, à droite, à côté de l'entrée.

— Laissez-la couler un peu, je l'aime froide, me cria-t-elle quand j'entrai dans la salle de bains.

Comme ici aussi il n'y avait que l'éclairage de secours, j'eus d'abord du mal à m'orienter. Respectant l'usage en cours dans les hôpitaux, la pièce semblait stérilisée et anonyme en dépit des objets personnels de Tamara. À droite, une cabine de douche, à côté la cuvette des WC. Sur l'une et l'autre pendait un cordon rouge à tirer en cas de nécessité. Pendant que je m'approchais du lavabo, Tamara continuait de parler.

— C'est Iris qui a découpé mes paupières.

Inconsciemment, j'opinai.

D'où les cicatrices grossières qui ne correspondent pas à la dextérité de Suker.

Lentement, les éléments disparates se précisaient. J'avais l'impression d'être en train de construire un modèle réduit où l'on commence par de petites pièces, sans savoir quelle place elles occuperont dans l'objet final.

— Elle me préparait pour son maître, en m'enlevant les paupières sans anesthésie. Elle portait un masque pour que je ne la voie pas.

Le lavabo était grand et galbé, mais ne disposait pas d'emplacement latéral pour y ranger des objets. La brosse à dents de Tamara était donc posée directement sur l'émail, à côté d'un tube de dentifrice à moitié vide. Il n'y avait pas de gobelet.

— C'était aussi Iris qui m'attachait dans la chambre aux miroirs où Suker me violait.

Levant les yeux, je m'aperçus dans le miroir au-dessus du lavabo et fus effrayé par ma tête qui, en pleine lumière, aurait certainement été plus horrible encore. Je ressemblais à un vieil homme obèse qui aurait perdu du poids trop rapidement. J'avais les joues creuses, le visage émacié et fragile, à croire qu'il se couperait en deux si mon pansement cessait de le maintenir entier.

— Y a-t-il des verres ici ? demandai-je.

— En face de la douche.

Me retournant, j'ouvris la porte d'une petite armoire et, au premier coup d'œil, je ne vis que des articles hygiéniques. Ensuite seulement, je trouvai sur l'étagère supérieure un gobelet de plastique. En le prenant, je fis tomber par terre un sachet de cosmétique. Je le ramassai et le crus vide car il était très léger, puis j'aperçus les enveloppes à l'intérieur.

Je voudrais aujourd'hui ne les avoir jamais vues.

— Il s'est passé quelque chose ? cria Tamara tandis que je regardais les enveloppes.

Il y en avait quatre, toutes de couleur crème, rembourrées.

Pour mon frère – Pour ma sœur – Pour papa…

Tamara ne les avait adressées qu'aux membres de sa famille. Et chacune d'elles était munie d'une indication bien visible

Mes dernières volontés.

— Tout va bien, répliquai-je en me dirigeant vers le lavabo dont j'ouvris le robinet. J'ai trouvé un gobelet.

Les enveloppes n'étaient pas collées, elle n'avait que glissé le rabat à l'intérieur.

— J'arrive, criai-je en ouvrant l'une d'elles au hasard et en lisant hâtivement les premières lignes.

Très cher papa,

Quand tu liras ceci, je t'aurai causé un grand chagrin en quittant volontairement une vie que je ne peux supporter plus longtemps…

Trop nerveux pour continuer à lire, je ne vis que surnager quelques mots :

Suker – scalpel – culpabilité – viol

et ne découvris du premier coup d'œil rien de ce que j'espérais. Aucune adresse de la cachette où elle avait été torturée. Pas d'indication à propos de Frank Lahmann.

— Tout va bien ?

Je sursautai. Tamara était derrière moi, dans l'encadrement de la porte, mais je ne pouvais pas me tourner vers elle tant que j'avais son testament dans les mains. J'enfonçai donc en toute hâte la lettre dans la ceinture de mon pantalon, remis ma chemise par-dessus et fermai le robinet.

— Voilà, dis-je en me dirigeant vers elle. Elle est froide, comme vous la voulez.

Elle me regarda longuement en silence et, comme elle ne pouvait cligner des yeux, j'eus l'impression d'être soumis à un interrogatoire. Elle finit par acquiescer, prit le gobelet et nous retournâmes ensemble à son lit où elle s'assit de nouveau sur le bord.

— Vous disiez que la blessure de vos yeux n'avait pas été le pire ? demandai-je pour renouer le fil de la conversation.

Je devais me dépêcher. Le temps que Roth m'avait imparti était écoulé depuis un bon moment, et il n'allait sûrement pas tarder à nous interrompre.

— Hum, dit-elle, et, avant de continuer, elle but à longs traits, ne laissant qu'un tout petit d'eau au fond du gobelet. Ah, merci beaucoup, j'en avais besoin, poursuivit-elle en passant la langue sur les lèvres. Les tortures physiques étaient terribles. Elles le sont toujours. Mais Iris ne se contentait pas de blesser les tissus, les muscles ou les os. Elle voulait détruire totalement, le corps et l'esprit.

— Comment s'y est-elle prise ?

— Elle est devenue mon amie.

Je haussai les sourcils.

— Qu'est-ce que vous voulez dire ?

— Exactement ce que je dis. Iris est perverse, sadique. Un jour, j'ai entendu des bruits dans la pièce renfermant les cages où Suker nous tenait prisonnières. Des râles, les bruits émis par une malade. Une jeune fille ou une femme, je n'ai pas pu le savoir, car elle avait pris froid, elle toussait. Je ne pouvais pas la voir non plus, parce que sa cage était derrière un pilier.

Tamara avala hâtivement les dernières gouttes du gobelet

— Elle disait qu'elle aussi était prisonnière. Elle pleurait à chaudes larmes. Je l'ai consolée et, en même temps, elle me procurait de l'espoir, car je croyais avoir trouvé une compagne d'infortune à qui je pourrais raconter mes souffrances.

— Mais ce n'était pas cela ?

— Non, répondit Tamara en écrasant le gobelet. On dit qu'un ennemi peut vous blesser, mais que seul un ami peut vous détruire. Grâce à Iris, j'ai pu vérifier la vérité de cet adage. La jeune fille dans la cage d'à côté n'était pas une prisonnière, vous comprenez ? C'était Iris qui feignait de l'être.

48

Alina Gregoriev

— Suker a combien d'assistants? demanda Alina à sa codétenue tout en palpant les anneaux métalliques derrière sa tête.

Ces dernières minutes, elle était parvenue, centimètre après centimètre, à tirer sa couche jusqu'au mur où était attachée la chaîne de sa menotte. Si son sens de l'orientation ne la trompait pas, elle se trouvait au fond de la pièce, juste en face de la porte d'entrée.

De sa main libre, elle avait tâté derrière elle. La bâche de plastique dont Suker avait tapissé tant bien que mal son bloc opératoire provisoire était ici tendue directement sur le crépi. Il n'avait laissé découvert que l'emplacement de l'anneau retenant la chaîne.

— À part Iris, a-t-il d'autres assistants?

Il était important de savoir contre combien d'adversaires elles devraient se battre si l'occasion de fuir s'offrait à elles.

— Non, il n'y a qu'elle et Suker. En tout cas, je n'ai vu personne d'autre.

— Et vient-elle souvent ? Je ne l'ai pas vue ces dernières heures, ou bien je me trompe ?

— Non. Il y a longtemps qu'elle ne vient plus. Je ne l'ai plus vue depuis que nous nous sommes battues.

Nicola se mit à sangloter ; sans doute avait-elle pensé qu'elle ne *verrait* peut-être plus rien à l'avenir.

— Battues ? Comment ça ? demanda Alina tandis que ses doigts tombaient sur une encoche, dans le dernier maillon de la chaîne, celui qui était fixé à l'anneau du mur.

— C'était il y a quelques semaines. J'ai pensé que j'étais fichue. Iris m'avait comme toujours apporté mon repas, quand elle a trébuché sur mon pot de chambre. J'ai profité de l'occasion pour essayer de lui arracher sa cagoule de la tête. Je n'avais jamais vu son visage.

— Et tu as réussi ?

— Oui, hélas. Jamais je n'oublierai la surprise sur son visage. Je veux dire, elle avait l'air si… (Nicola chercha ses mots.)… si *normale*. Comme une femme derrière un guichet à la poste, ce genre de femme. Je m'attendais à voir un monstre, avec un bec-de-lièvre, des boutons et une moustache, mais elle n'avait rien de repoussant. Elle était même maquillée, c'était incroyable. Du fard à paupières, du rouge à lèvres brun clair, mais ce n'était pas fait n'importe comment comme chez une folle, non, elle était maquillée avec soin. Je me suis dit : « Putain, la salope se fait belle avant de se rendre dans la salle de torture », et peut-être que j'ai eu tort. Peut-être qu'au lieu de réfléchir, j'aurais simplement dû me tailler. C'était l'occasion, merde, et je suis passée à côté.

Tu vas peut-être avoir une seconde chance aujourd'hui, songea Alina, soudain saisie de joie. Son soupçon s'était vérifié. L'encoche dans l'anneau du bout de la chaîne était mobile. C'était un mousqueton !

— Iris était hors d'elle. Elle m'a frappée au larynx avec le tranchant de la main. J'ai cru que j'allais étouffer. Elle m'a tapé le front contre les barreaux de la cage si longtemps que j'ai fini par perdre conscience. Je planais un peu et j'ai pourtant senti qu'elle me tirait par les cheveux sur le carrelage de la cave pour me faire entrer dans une pièce pleine de miroirs. Elle m'a attachée sur une couche. Crois-le ou non, mais si Suker ne m'avait pas aidée, je serais morte à l'heure qu'il est.

À force de parler, la voix déjà éraillée de Nicola devenait de plus en plus rauque et, de temps en temps, une quinte de toux interrompait son récit.

— Iris était comme folle. Elle ne cessait d'engueuler Suker : « Elle m'a vue ! Elle a vu ma figure, Zarin ! Il faut la tuer ! »

— Comment a-t-il réagi ? demanda Alina.

Son cœur battait comme si elle montait un escalier en courant. Pour l'instant, elle n'était pas parvenue à pousser suffisamment le crochet du mousqueton vers le bas pour le détacher de l'anneau du mur. Elle n'avait qu'une main, la gauche de surcroît, et ses doigts gourds n'arrêtaient pas de glisser le long du crochet.

— Suker essayait de tranquilliser Iris ; il lui expliquait qu'on ne pouvait sacrifier quelque chose d'aussi rare que moi. Mais elle n'écoutait pas. Un couteau apparut soudain dans ses mains et elle s'est mise à hurler : « Alors, je vais le faire moi-même ! » Elle tenait le couteau à deux mains, comme une hache, et je me rappelle que je me suis pissé dessus, j'ai cru que c'était la fin. Alors, il l'a cognée. Je me suis dit « Super ! »

parce qu'il y a eu un vrai craquement quand son poing lui a frappé la tempe. En tombant, elle s'est retenue à mon bras et elle m'aurait entraînée par terre si je n'avais pas été attachée. Elle ne disait plus rien, n'en mouftait pas une, comme s'il l'avait débranchée avec une télécommande. Je me rappelle m'être sentie drôlement bien en voyant, dans ces putains de miroirs tout autour, Iris couchée, la tête sur le sol.

La voix de Nicola se cassa.

— Merde, j'ai beau avoir honte, je ne peux pas faire autrement : depuis, je n'arrive plus à détester Suker comme avant, tu comprends ça ?

— Oui, je comprends très bien !

C'est dans la nature de l'homme de croire jusqu'à la mort en la force du bien, même quand il rencontre le mal sous la pire de ses formes. En frappant Iris, Suker avait nourri chez sa jeune victime l'espoir insensé qu'il y avait de l'humanité en lui ; il ne l'avait en fait pas épargnée, il l'avait seulement rendue docile. Mais, traumatisée comme elle l'était, Nicola ne pouvait bien sûr pas le comprendre.

Alina tenta à nouveau de décrocher le mousqueton. À nouveau, ses doigts glissèrent.

— Je veux dire, j'étais couchée là, attachée et pleine de pisse, mais j'étais vraiment heureuse, je pensais sans arrêt : « Mon Dieu, faites qu'elle soit morte. S'il vous plaît, mon Dieu, faites qu'Iris soit morte. »

— Mais elle ne l'était pas ? demanda Alina, furieuse qu'une crampe à la main la force à s'arrêter.

— Je ne sais pas. Suker m'a administré un narcotique et, quand je me suis réveillée, je n'étais plus dans la cage, mais dans une vraie cellule. Il est venu m'annoncer que je n'avais plus à avoir peur, que j'étais son exception. Depuis, il ne m'a plus traitée comme les autres.

Traitée, songea Alina. Un synonyme de plus pour souffrances, tortures et angoisses inimaginables. Elle sentit la colère monter en elle, et ce fut une bonne chose, car cette colère mobilisa chez elle des énergies insoupçonnées.

Putain, Zorbach, pauvre type, tout ça est ta faute. Pourquoi a-t-il fallu qu'on se rencontre ? Alina décida de lui donner un coup de pied dans le tibia, si jamais l'occasion s'en présentait. *Je te donnerai des coups de pied, je te frapperai au visage, je te grifferai et puis…* Elle sentit une pression dans ses yeux tandis qu'elle manipulait le mousqueton… *et puis, quand je t'embrasserai, je me demanderai si je t'arrache la langue ou non, espèce de vieux fils de pute.*

Elle constata avec effroi qu'elle venait de songer à l'*ancien* Zorbach. À l'homme qui n'était pas assis, impuissant, dans un fauteuil roulant, à l'homme dont la femme n'avait pas été assassinée et dont le fils vivait encore. À l'unique homme qui lui était devenu si proche qu'elle avait souhaité pouvoir un jour contempler son visage. Mais c'était une idée qu'elle ne devait pas s'autoriser : ç'aurait été avouer qu'une partie d'elle-même désirait que Suker entreprît effectivement l'opération sur elle.

Alina tenta de se distraire de ces pensées en poursuivant la conversation :

— Que s'est-il passé ensuite ?

— Suker m'a caressé la tête, m'a redit que j'étais quelque chose de particulier et qu'il ne permettrait donc pas qu'on me tue. Iris, prétendit-il, n'était plus son assistante, il s'était séparé d'elle et m'avait conduite dans un lieu sûr où elle ne me trouverait jamais.

— Et, depuis, tu n'as plus vu Iris ?

— Non. Il y a même eu tout un temps où Suker avait disparu. Il m'avait dit qu'il devait s'absenter. J'avais pensé qu'il était parti en week-end, quelque chose de ce genre. Mais cela a duré des semaines et jusqu'à hier j'ai cru que j'allais crever dans mon trou. Je serais d'ailleurs morte s'il ne m'avait laissé de l'eau et des biscottes dans ma cellule.

C'était bien sûr la période durant laquelle il était en détention préventive, songea Alina. C'était à la fois une bonne et une mauvaise nouvelle : d'une part, Suker travaillait seul, ce qui ne laissait qu'un ennemi en place ; d'autre part, trouver l'ancienne cachette ne rapporterait rien à la police. Même la déposition de Tamara ne serait d'aucune utilité sur ce point, puisque Suker avait transféré ailleurs sa chambre de torture.

Alina allait demander à Nicola si elle avait rencontré Tamara durant sa détention, quand il y eut un clic. Elle pouvait bouger sa main droite ! Dans un premier temps, elle fut tellement euphorique qu'elle poussa un cri de joie.

— Qu'est-ce qui t'arrive ? murmura anxieusement Nicola.

— Mes mains. Je peux de nouveau les bouger toutes les deux.

Elle expliqua à sa compagne ce qu'elle avait réussi à faire pendant qu'elle lui parlait d'Iris.

— Et ça te rapportera quoi ? Ça va le mettre en rogne quand il reviendra. Tu ne peux toujours pas t'enfuir.

— Mais je peux m'asseoir.

Alina s'appuya sur les coudes et gémit. Son corps était resté si longtemps dans une position inconfortable qu'elle avait du mal à reprendre une attitude normale. En tout cas, elle ne devait pas se redresser trop vite si elle ne voulait pas s'évanouir.

— Bon, tu es assise. Tu as de nouveau deux mains. Tu veux te tirer d'ici avec ton lit sous les fesses ?

— Pas la moindre idée. À toi maintenant.

— Hein ?

— Dis-moi ce que je dois faire. Regarde autour de toi ! Y a-t-il un indice quelconque ? Un truc auquel je pourrais m'accrocher pour avancer ?

— Où veux-tu aller ?

— Tu as bien dit qu'il y avait un bouton d'alarme pour le feu près de la porte ? Comment je pourrais arriver jusque-là ?

— Pas la moindre idée, moi non plus. Je ne te vois d'ailleurs plus du tout.

Exact, je suis trop loin derrière toi.

— Mais moi, je t'entends. Dis-moi s'il y a près de toi quelque chose qui pourrait me servir à me repousser.

— Non. Rien. La table entre nous est mobile. La bâche peut-être, si tu l'arraches. Mais elle est trop loin de toi.

« Bon, c'est comme ça », se dit Alina. Elle s'y attendait. Trop de chance d'un seul coup aurait été étonnant.

Il ne reste que le plan B.

— Nicola ?

— Oui.

— Écoute-moi bien maintenant, je suis navrée, mais c'est la seule façon. Si je cherche à nous sortir d'ici, il se peut que je te fasse un peu mal.

— Quoi ? s'étonna Nicola, battant nerveusement des jambes sur sa couche. Merde, qu'est-ce que tu envisages ?

49

Alexander Zorbach (moi)

— Iris, ou quel que soit le nom qu'elle porte aujourd'hui, est une sadique, une authentique sadique.

Tout en parlant, Tamara fit quelque chose que j'aurais aimé empêcher, même si je n'en avais naturellement pas le droit : elle ôta ses lunettes de plongée. Il y eut d'abord un bruit de ventouse, puis le joint de caoutchouc se décolla de sa peau et j'aperçus de profondes entailles sous ses yeux et sur son front.

— Iris est une actrice-née.

Un flacon de gouttes pour les yeux était posé sur la table. Tamara l'ouvrit.

— Un caméléon. Vous ne la reconnaîtriez pas, même en la regardant de face. Moi-même, je n'ai entendu que sa voix, parce que nos cages étaient éloignées l'une de l'autre. Et je croyais néanmoins sentir entre nous une intense proximité émotionnelle. Mais comment aurais-je pu penser que la personne avec qui je m'endormais en pleurant était le monstre qui, le midi, masqué, m'apportait mon repas ?

Tamara rejeta la tête en arrière et s'instilla, avec une pipette, deux gouttes de la solution dans chaque œil. Quand elle eut terminé, on aurait dit qu'elle pleurait du sang.

— Oh, elle était incroyablement adroite, poursuivit-elle. Elle ne feignait pas seulement de souffrir des blessures que Suker lui avait prétendument infligées. Elle réussit même à ancrer en moi un sentiment de complicité. Je me sentais malheureuse d'avoir été épargnée alors que quelqu'un d'autre endurait des souffrances à ma place.

Tamara frissonna, et je lui pris les mains. Elle avait les doigts froids ; ils tremblaient, mais elle ne les retira pas quand je les serrai.

— Iris agissait très adroitement, tandis que je me conduisais comme une pauvre imbécile. Elle ne cherchait pas du tout à susciter la pitié, bien au contraire. Elle m'insultait, elle était désespérée et feignait d'avoir renoncé. C'est comme ça qu'elle a éveillé en moi l'instinct de protection.

— Dans quel but ?

— Elle voulait mettre Suker en colère. En tout cas, c'est la seule explication que j'ai trouvée. Mais peut-être qu'elle est tout simplement folle et méchante au dernier degré ? Qui sait ? Je crois qu'elle a en tête de manipuler ses victimes et de les pousser à agir de manière à mettre Suker dans une telle rage qu'il les viole ensuite avec encore plus de cruauté.

— Et qu'est-ce qu'Iris vous a poussée à faire ? demandai-je tout en redoutant sa réponse.

Tamara respira avec peine.

— Oh, beaucoup de choses. Au début, nous avons prévu de nous suicider ensemble. Nous devions nous empoisonner pour échapper à cet enfer. Elle m'a indiqué comment garder sous la langue les somnifères que je devais prendre chaque jour, afin de m'en procurer la quantité suffisante. Mais alors, elle a soudain paru retrouver l'espoir. Elle m'a montré comment ouvrir ma cage de l'intérieur en soulevant un carreau du sol, système qu'elle avait elle-même mis en place. Quand j'ai ensuite tenté de m'enfuir, je suis tombée sur Suker.

Je continuais à lui masser les mains, étonné de ce que ses doigts restent encore aussi froids.

— Et vous avez toujours peur d'Iris ?

— Non. La page du journal de Julian aurait été mon sésame pour la liberté. J'aurais remis cette feuille et Iris m'aurait laissée en paix. J'ignore totalement pourquoi cela avait une telle importance pour elle, mais ce sont les règles du jeu. Et, comme vous ne l'avez pas, je ne pourrai pas la lui présenter et tout est donc terminé.

Elle bâilla.

— Je comprends que vous soyez fatiguée. Une dernière question : comment Iris est-elle entrée ici ? Schwanenwerder est une forteresse très surveillée. Comment a-t-elle pu vous apporter le dessin de mon fils et passer cet accord avec vous ?

— Oh, Iris peut entrer où elle veut. Je ne suis nulle part en sécurité, elle a un…

Elle s'interrompit au beau milieu de sa phrase. Un bref instant, sa tête s'inclina légèrement sur le côté, puis elle se redressa comme si elle venait de s'assoupir.

— Tout va bien ? lui demandai-je.

— Oui, on ne peut mieux, sourit-elle.

Ce fut le premier et le dernier sourire que je lui vis. Puis tout alla très vite. Avant que j'aie pu comprendre ce qui se passait devant mes yeux, elle bascula latéralement sur son lit, les jambes toujours pendantes mais agitées d'un tremblement arythmique.

— Tamara ?

Je me penchai vers elle. Quand ses yeux glissèrent sans contrôle sur le côté, je tirai sur le cordon d'urgence de la tête du lit.

— Tamara, vous m'entendez ?

De l'écume lui monta aux lèvres, elle s'étrangla et essaya de cracher.

— Je vous avais bien dit que tout était terminé, réussit-elle encore à articuler malgré les spasmes qui l'agitaient. Laissez-moi partir…

Se recroquevillant sur elle-même en position fœtale, elle se fourra le poing dans la bouche sous l'effet de la douleur. Quand je le retirai pour qu'elle pût respirer, je découvris le sachet de plastique qu'elle avait entre les doigts.

— Qu'est-ce que c'est ? demandai-je, stupéfait.

Derrière moi, la porte s'ouvrit à la volée. La lumière inonda la pièce, et Tamara poussa un cri.

— Que se passe-t-il ici ? questionna Roth en m'écartant. Que lui avez-vous fait ?

— Rien, dis-je, conformément à la vérité, et au même instant je compris pourquoi Tamara m'avait envoyé dans la salle de bains. Elle doit avoir avalé des cachets. Des somnifères, des narcotiques. Des médicaments que vous lui donnez quotidiennement. Elle doit les avoir gardés sous la langue.

Comme Iris le lui avait indiqué.

Roth me considéra, l'air stupéfait. Des infirmiers se ruèrent dans la chambre. Sans perdre de temps, ils sortirent Tamara et son lit. Pour protéger ses yeux, ils lui avaient mis un tissu sur la tête, ce qui déjà lui donnait l'air d'un cadavre.

Je restai immobile un certain temps, debout dans la pièce qui, violemment éclairée et sans lit, avait tout d'un débarras.

Puis je cherchai de la main la lettre dans la ceinture de mon pantalon et suivis le cortège accompagnant la femme à l'agonie.

50

Alina Gregoriev

— Aaaah, putain de merde !

Nicola cria sa douleur, plus fort qu'il n'était justifié, selon Alina, mais elle ne songea même pas à le lui reprocher. Elle se serait butée encore davantage.

— Désolée, mais je t'avais prévenue, ça peut être douloureux si je vise mal.

Elle récupéra la chaîne qui l'attachait encore au mur peu de temps auparavant et qu'elle venait de lancer en direction de la table d'opération de Nicola. Les mains de la jeune fille étaient fixées le long de son corps, ce qui l'empêchait de l'attraper aisément. Alina n'était toujours pas parvenue à jeter la chaîne de manière que Nicola saisît le mousqueton. Elle avait essayé à deux reprises, manquant d'abord la table et touchant ensuite sa compagne à la tête.

— Bordel de merde !

Cette fois, c'était Alina qui avait juré, car la quatrième tentative avait elle aussi échoué.

— Ne lance pas si loin, et essaie un peu plus vers la droite.

— Je fais de mon mieux.

Nouvel échec. Il fallut qu'Alina, épuisée, jetât la chaîne au petit bonheur la chance, dans une ultime tentative, pour qu'elle entendît enfin un cri de joie dans l'autre coin de la pièce.

— Cool, génial !

Si, jusqu'alors, Nicola s'était donné des airs d'adolescente ronchonne, elle exprimait cette fois un enthousiasme puéril.

— Tu la tiens bien ?

— À deux mains. Tu as parfaitement visé, juste sur mes hanches.

Très bien.

Alina tira sur la chaîne d'abord avec prudence, puis de plus en plus fort et s'approcha ainsi peu à peu de Nicola.

Ça marche ! Ça marche vraiment !

L'écart se réduisait car, par chance, les roulettes de la table de Nicola étaient fixées au sol.

Il y eut un moment de flottement quand la table d'appoint se coinça entre elles. Elles étaient déjà si proches l'une de l'autre qu'Alina sentait la sueur de sa compagne. Elles finirent toutefois par surmonter cet ultime obstacle.

Bien que sentant Nicola toute proche, Alina n'osa pas, dans un premier temps, tendre la main : une peur irrationnelle lui faisait craindre de ne saisir que le vide et que Nicola n'était peut-être plus qu'un mirage l'ayant abusée.

Elle finit par se secouer et, ses doigts ayant touché un drap grossier puis, aussitôt, un ventre plat, elle fut prise d'une violente envie de pleurer.

— Hello, chuchota-t-elle.

Normalement, un aveugle ne touche pas le visage d'un inconnu pour le «connaître». C'était là un cliché hollywoodien qu'Alina désapprouvait. Pourtant, elle devait savoir avec qui elle était retenue prisonnière. Avec qui elle traversait cet enfer.

— Hello, répondit Nicola dont le corps tremblait.

Elle soupira quand les doigts d'Alina glissèrent sur son menton et ses joues. Elle trembla quand ils frôlèrent son nez. Elle gémit quand ils touchèrent le pansement sur son œil gauche.

— Je suis désolée, dit Alina en retirant sa main.

La blessure l'avait rappelée à la réalité. Il y avait quelque part, là-dehors, un fou qui énucléait les yeux des jeunes filles et qui pouvait revenir à tout instant.

— Il ne faut pas perdre de temps, Nicola.

— Oui, mais que faire?

— Tout à l'heure, j'ai fait tomber le haricot et le scalpel.

— Et alors?

— Il m'a semblé que d'autres objets étaient tombés de la table. Vois-tu quelque chose par terre?

— Non, il fait trop sombre.

Bon, alors il faut chercher ailleurs.

— Décris-moi ce que tu vois. Dans quel endroit de la pièce nous trouvons-nous?

— Tu as progressé d'un mètre, pas davantage.

— Et la porte?

— Elle est toujours aussi loin, sauf que tu es un peu plus à droite, près de moi.

— Bon, parfait.

Alina attrapa le bord du lit de Nicola et, des deux mains, approcha le sien.

— Je me dirige vers la sortie, c'est bien ça ? gémit-elle.

Le rebord lui coupait la paume des mains. Elle ne supporterait pas longtemps un tel effort.

— Oui, mais n'oublie pas que la vraie porte est derrière la bâche. Même si tu t'éloignes de moi, tu n'arriveras pas à la sortie, l'avertit Nicola qui avait deviné son plan.

J'espère que je ne me trompe pas, se dit Alina en s'appuyant de toutes ses forces contre la couche de Nicola. La sienne s'éloigna en roulant.

Merde !

— Je te l'avais bien dit, s'exclama Nicola, si déçue de l'échec qu'elle avala de travers et toussa.

Le lit d'Alina avait tourné de quatre-vingt-dix degrés et se trouvait donc juste devant la bâche, parallèlement à la porte de sortie. Elle palpa la bâche de plastique mobile dont le contact évoquait la surface d'un imperméable.

— Où est cette putain de fermeture éclair ?

Avant que Nicola ait pu lui répondre, elle s'était assise et l'avait trouvée, ce qui lui permit d'ouvrir le sas stérile du bloc opératoire.

— Et après ? demanda Nicola. D'accord, tu as ouvert le passage, mais comme je te le disais, la vraie sortie, le lavabo et le bouton rouge à côté de lui sont un mètre et demi plus loin.

— Mais maintenant tu peux voir la sortie de l'autre côté du sas ?

— Par un petit interstice, oui.

— Super, parfait.

— Arrête un peu, s'il te plaît, avec tes putains de « parfait ». Il n'y a rien de parfait ici. Tu as ouvert la fermeture éclair, la bâche pend du plafond en deux parties, donc c'est merveilleux, formidable. Mais tu ne t'es pas approchée d'un centimètre de la vraie porte. Et maintenant alors ?

— Maintenant, j'ai de nouveau besoin de tes yeux.

— Tu veux dire que tu as besoin de *mon* œil, rectifia Nicola.

— Désolée, mais on n'a pas le temps de chicaner, d'accord ? Dis-moi juste ce que tu vois ! Y a-t-il, pas loin de moi, quelque chose qui peut m'aider ?

— Non, putain. Qu'est-ce que ça pourrait être ? Un coupe-boulons volant pour dégager tes pieds ? Une bonne fée avec trois vœux ?

— Arrête tes âneries, dis-moi plutôt si je peux m'accrocher à quelque chose par ici pour me pousser vers la sortie.

Elle élevait à son tour la voix.

— Contrairement à toi, je cherche au moins à entreprendre quelque chose et je ne reste pas là…

— Oh, un instant, l'interrompit Nicola, soudain tout excitée.

— Hein ?

— Il y a peut-être quelque chose. Tu peux écarter un peu la bâche ?

— Comme ça ?

Alina tirait sur la bâche comme elle aurait écarté un rideau.

— Encore un peu. Ouvre le sas autant que tu peux. Le mieux, c'est que tu arraches tout le truc.

— Pourquoi ça ?
— Parce que je crois qu'à hauteur de ta tête, juste derrière la bâche, il y a un portemanteau.
Bon sang ! Qu'est-ce que je vais bien pouvoir en faire ?
Alina s'agrippa à la bâche de plastique et entendit un grincement au-dessus d'elle.
— À quoi la bâche est-elle accrochée, Nico ?
— Aucune idée. À un crochet tout ce qu'il y a de normal, mais il résiste. Et arrête de m'appeler Nico.
Alina tira plus fort et sentit la bâche céder, mais elle ne réussit pas à l'arracher de son attache au plafond.
— Comme ça, ça ne marche pas.
— Il le faut pourtant, protesta Nicola, de nouveau excitée.
— Ah bon, et pourquoi ? Comment peux-tu savoir si le portemanteau est fixé par terre ? Même si j'arrive jusqu'à lui, ça me servira à quoi s'il ne me permet pas d'atteindre la porte ?
— C'est pas le problème.
— C'est quoi, le problème ?
— La blouse de Suker est accrochée au portemanteau.
Non, c'est pas vrai !
— Je crois qu'être nue est pour l'instant le dernier de mes problèmes, Nicola.
— Tu ne comprends pas…, répondit Nicola, toujours aussi excitée. C'est la blouse que portait Suker quand il m'a opérée.
— Et alors ?
— Et je l'ai vu mettre un trousseau de clés dans la poche de côté avant de m'endormir.

51

Philipp Stoya et Martin Roth

— Qu'est-ce que ça signifie ? Vous ne savez pas où il est ?

Ils étaient devant la zone d'attente des urgences de la Waldklinik de Zehlendorf, à quelques minutes en voiture de Schwanenwerder, et Stoya n'avait pas envie de baisser la voix, même si une infirmière qui passait en hâte lui lança un regard de réprobation.

— Schwanenwerder est gardé jour et nuit. Comment Zorbach a-t-il pu en sortir aussi facilement ?

Roth fit un geste qui signifiait sans équivoque qu'il trouvait stupide d'avoir à se justifier et il se détourna.

— Dites, je vous parle ! lui jeta Stoya en l'attrapant par le bras.

— Non. Vous hurlez, dit Roth, qui s'immobilisa néanmoins. Il vous a peut-être échappé, monsieur le commissaire, que les équipes de surveillance de Schwanenwerder veillent à ce que personne n'entre. Les patients ne sont pas des prisonniers, ils peuvent aller et venir comme ils l'entendent, dans la mesure où il n'y a pas de contre-indication médicale.

— Ah bon, et une balle dans la tête n'est pas une contre-indication médicale pour vous ? objecta Stoya en se frappant la tête. Je n'y comprends rien.

— Pour vous rafraîchir la mémoire ! répondit Roth en agitant devant la poitrine du commissaire un index dont il aurait aimé embrocher l'abruti content de soi. C'est votre collègue Scholokowsky qui, dans la nuit d'hier, a signé à mon insu les papiers de sortie de Zorbach.

— Ce dont il aura à rendre compte dès qu'il ne sera plus sous anesthésie, rétorqua Stoya, mais plus bas cette fois, la condition « au cas où jamais il se réveille » étant implicite entre les deux hommes.

Le psychiatre se rapprocha d'un pas. En tant que médecin, il ne pouvait agir autrement. Quand il avait quelqu'un en face de lui, il cherchait toujours sur son visage des indices témoignant de son état de santé. Les cernes sous les yeux de Stoya, les écorchures des lèvres et le terne des cheveux en disaient long sur son épuisement. Il s'était tout de même rasé, hâtivement bien sûr, ce que montrait son cou qui paraissait avoir été griffé par un chat en plusieurs endroits.

— M. Zorbach se porte étonnamment bien. Pour le moment, il a l'air d'avoir beaucoup de ressources.

— Et c'est pour ça que vous lui avez installé une porte tournante à Schwanenwerder ? Pour qu'il puisse aller et venir comme bon lui semble ?

— Non. Franchement, j'ai même insisté pour qu'il m'accompagne. Comme nous n'avons pas de service de désintoxication, il a fallu transporter Mme Schlier jusqu'ici, et d'urgence.

Une porte s'ouvrit derrière eux et ils durent laisser le passage à une patiente qui voulait quitter sa chambre avec une perfusion dans le bras.

— Nous ignorons toujours avec quoi Tamara s'est empoisonnée, mais Zorbach devait être présent quand elle l'a fait, murmura Roth qui se remit à parler normalement quand la malade se fut éloignée. Je voulais qu'il puisse donner des explications aux médecins des urgences dans l'ambulance et à ceux d'ici, au cas où ils auraient eu des questions à lui poser.

— Et alors, il a disparu, comme ça ?

Stoya serra les poings comme pour frapper Roth, mais il préféra les fourrer dans les poches déformées de son veston. Roth ne se souvenait pas de l'avoir jamais vu avec une autre veste. Même la tache de moutarde sur le revers lui était familière.

— À notre arrivée ici, le cœur de Tamara s'est arrêté. Les médecins ont tenté de la ranimer, y compris pendant qu'on la transportait dans la salle de déchoquage. En vain, comme vous le savez, dit Roth en plissant les yeux.

Stoya secoua la tête d'un air désespéré.

— Formidable. Et dans ce chaos, nous avons maintenant perdu non seulement notre unique témoin, mais aussi Alexander Zorbach.

— Je suis navré.

— Oui, merci beaucoup. Mais ça me fait une belle jambe !

Stoya tourna les talons, puis s'immobilisa presque aussitôt, comme si une idée lui avait traversé l'esprit. Il ouvrit la bouche, leva la main et la laissa retomber après un instant d'hésitation.

— Oui ?

— Oubliez ce que je viens de dire.

Stoya se dirigea vers les ascenseurs.

— Puis-je vous demander ce que vous lui voulez de manière si urgente ? lui cria Roth.

— Non, répondit le commissaire sans se retourner. Mais je vais tout de même vous le dire. On a des nouvelles de Frank Lahmann.

52

Alina Gregoriev

Alina se sentait dans la situation d'un affamé qui, dans un désert, trouve un sac à dos rempli de conserves, mais, hélas, sans ouvre-boîtes. Si Nicola avait raison, la clé de la liberté était dans la blouse de Suker, à quelques centimètres d'elle, mais hors de sa portée. Entre elle et le portemanteau, il n'y avait qu'une fine bâche de plastique, mais l'objet aurait tout aussi bien pu se trouver dans une autre pièce. Dans la position où elle était, elle ne pouvait ni déchirer le plastique à mains nues, ni décrocher du plafond la bâche entière.

Il ne me reste donc qu'une solution. Alina glissa sur les fesses jusqu'au pied de sa table d'opération. Ses pieds, à peu près à hauteur des chevilles, étaient serrés dans des anneaux attachés à la couche par une chaîne. Celle-ci, longue de quelques centimètres seulement, lui laissait toutefois assez de marge pour lui permettre de se relever.

— Hé, qu'est-ce que tu as en tête? lui demanda Nicola, épouvantée.

Alina ne répondit pas. Elle se balançait au bord de la table comme une suicidaire sur le rebord d'un immeuble et, selon toute vraisemblance, il n'y avait guère de différences entre les deux. Elle aussi allait se jeter dans le vide, sans savoir si elle survivrait à sa chute.

— Ne fais pas ça, lui cria Nicola, mais c'était trop tard.

Alina s'agrippa des deux mains à la bâche et se laissa tomber en arrière.

53

Alexander Zorbach (moi)

— D'où la tenez-vous ?

Leonard Schlier baissa la main qui tenait la lettre et essuya de son coude les larmes qui avaient roulé le long de ses joues pendant qu'il lisait.

Le salon dans lequel nous étions assis était un témoin muet du combat d'un homme qui perdait chaque jour du terrain dans sa lutte contre la vieillesse.

Pourtant, de nombreux signes montraient que l'homme en face de moi ne capitulait pas. Le napperon de dentelle soigneusement disposé sur la table basse, par exemple, ou le parfum de l'aérosol avec lequel il tentait de cacher les odeurs des meubles capitonnés bon marché, ainsi sans doute que les émanations de son propre corps. Mais, à y regarder de plus près, on voyait que la décrépitude gagnait, lentement mais avec une précision impitoyable. Les toiles d'araignées sur les abat-jour n'étaient pas le pire. Je ne fus pas non plus choqué par la date de péremption, depuis longtemps expirée, du lait condensé que le vieillard avait versé dans mon café. Les taches de moisissure au plafond étaient plus impressionnantes et, si je ne me trompais pas, le chat qui sommeillait paisiblement sur l'appui de la fenêtre au-dessus du radiateur avait vomi à côté de son panier. L'espèce de grumeau velu sur le tapis, déjà dur et gris, devait être là depuis plusieurs jours.

La vue qui décline, me dis-je. *Une défaite supplémentaire dans la lutte contre le temps.*

Pour détruire une grande maison, il paraît qu'il suffit de briser une petite vitre et d'attendre. Une fois que le vent, la pluie et les animaux peuvent y pénétrer, le délabrement n'est plus qu'une question de temps. En observant le vieil homme, assis sur son canapé, rajuster ses lunettes, je me demandai si cela valait aussi pour les hommes. Si le destin ne lançait pas, à un moment ou à l'autre, une pierre dans une vitre de notre existence et si nous n'étions pas ensuite incapables d'en corriger les conséquences, quelque effort que nous déployions.

— Comment êtes-vous entré en possession du testament de ma fille? murmura Leonard d'une voix tremblante.

Je lui décrivis en quelques mots ma rencontre dramatique avec Tamara.

— Elle est à présent au centre de désintoxication de la Waldklinik, conclus-je en espérant qu'elle était toujours en vie.

Quand j'avais filé, les médecins s'affairaient à la ranimer.

— Si vous voulez, je vous y emmène, fanfaronnai-je.

Lorsque le taxi m'avait déposé à l'adresse que Tamara avait soigneusement notée sur l'enveloppe, j'avais aperçu une vieille Volkswagen dans l'entrée du petit pavillon. Mais comme ma tête me faisait à nouveau souffrir, je me pris à douter de pouvoir conduire dans mon état.

— Nous devrions prendre un taxi, proposai-je donc.

— Oui, dit Leonard dont la lèvre inférieure tremblotait. Bonne idée.

Le testament lui glissa des mains.

— Accordez-moi juste un peu de temps, je vous prie. Il… il faut d'abord que je me change.

Il s'examina des pieds à la tête et enleva quelques peluches de ses vêtements. On voyait des poils du chat persan un peu partout sur lui : sur son pantalon en velours côtelé, sur sa robe de chambre, il y en avait même dans sa barbe depuis qu'au début de notre conversation il avait pris l'animal sur ses genoux pour lui faire des mamours.

Il tenta de se lever mais, manifestement, il n'en avait pas la force et il retomba dans les coussins. Il enfouit alors son visage dans ses mains. Je m'assis à côté de lui et passai le bras autour de ses épaules amaigries. Il gémit.

— Voyez-vous, je savais que cela se terminerait ainsi. Elle en avait souvent parlé.

— Alors, votre fille vous a parlé de Suker ?

Leonard Schlier me regarda.

— La lettre était ouverte, monsieur Zorbach. Je suppose que vous l'avez lue, non ?

J'acquiesçai tout en me sentant dans la peau d'un voleur pris en flagrant délit.

— Ne vous en faites pas, je ne vous reproche rien. Je vous connais par la télévision. Vous avez perdu votre famille. La seule chose que je ne comprends pas, c'est ce que Tamara a à voir avec ce que vous avez subi.

— J'aimerais aussi le savoir. J'ai en main plusieurs fils, mais, dès que je les tire, tout devient encore plus confus. Je n'y comprends rien. Votre fille copiait un dessin de mon fils sur l'ordre d'une femme – l'assistante de Suker – qui a sans doute aussi participé à l'enlèvement d'une de mes bonnes amies.

— Iris, acquiesça Leonard.

— Exactement. Iris.

Elle semblait être le maillon manquant de la chaîne reliant Julian, Frank, Tamara et Alina. C'est à cause d'elle que j'étais venu dans ce petit pavillon de Nikolassee, en périphérie de la ville, peu avant l'ancien passage de la frontière de Dreilinden[1]. Aiguillonné par des indications se trouvant dans le testament de Tamara.

— Je dois vous prier de faire preuve de compréhension à mon égard, monsieur Zorbach. Ma fille vient tout de même d'attenter à sa vie. Je suis peu en mesure de vous aider, même si je savais comment.

— Eh bien, je pense que vous le savez, dis-je en ôtant ma main de ses épaules.

Cela me fut pénible, mais le temps passait et fallait mettre fin aux cajoleries.

— Vous avez lu les dernières volontés de votre fille jusqu'au bout, si je ne me trompe ? demandai-je en ramassant le papier qu'il avait laissé tomber,

1. Il s'agit de l'ancienne frontière entre Berlin-Ouest et la RDA.

en le lissant et en cherchant des yeux le paragraphe décisif.

— Oui, et alors ?

— C'est à vous de me le dire ! répliquai-je en regardant Leonard Schlier droit dans les yeux. À qui votre fille fait-elle allusion quand elle écrit pour terminer :

Voilà le testament que je t'adresse, papa. Si la mort m'attend, je te laisse aux prises avec une lourde tâche. Car tu seras alors le seul qui connaisse Iris et qui sache comment la liquider. J'espère qu'avec tout ce que je t'ai raconté à son sujet tu trouveras pour cela la force qu'il ne m'est plus donné d'avoir.

54

Alina Gregoriev

Le choc contre la table d'opération transporta Alina dans un autre monde. Sa tête avait heurté la table avec un bruit sourd, mais si elle avait effectivement subi une commotion cérébrale, elle ne s'était pas évanouie. Ses hanches, plusieurs vertèbres et sa mâchoire inférieure étaient contusionnées. Comme elle s'était malencontreusement retournée pendant sa chute, elle s'était enfoncé le coude droit dans les côtes. Deux d'entre elles étaient cassées, sans avoir, heureusement, perforé le poumon, mais la douleur était néanmoins la pire qu'elle eût jamais connue. Pire qu'après l'accident provoqué par l'ivrogne qui l'avait renversée sur un passage clouté. Pire encore qu'après l'explosion qui lui avait coûté la vue.

Certes, la douleur n'était pas aussi forte que celle qu'elle avait ressentie, deux mois plus tôt, après avoir posé une main sur la plaque incandescente d'une cuisinière, mais elle était plus présente. Plus permanente. Et donc pire.

Elle refusait de diminuer, restant à un niveau constant, un niveau intolérable, relancée à chaque inspiration.

C'est peut-être pour cette raison que ses visions – qui se manifestaient toujours sous l'effet d'une forte douleur – furent cette fois plus intenses.

Peu après être retombée sur la table, elle avait de nouveau eu l'impression d'habiter un autre corps. Se tenant la tête entre les mains, prisonnière d'une scène qu'elle connaissait déjà, elle « vit » avec les yeux de quelqu'un d'autre.

Elle entendit une femme dire : « Voilà ta juste récompense pour la découverte ! » Puis tout devint noir autour d'elle, les dernières pensées désespérées d'un agonisant lui vinrent à l'esprit, les mêmes que quelques jours plus tôt, quand elle avait massé Suker pendant sa détention préventive. « Je veux récupérer mon argent. » Puis : « Mais peut-être ce qui arrive ici est-il effectivement le juste châtiment de mes fautes. Julian, peut-être que j'aurais... »

Toutefois, contrairement à ce qui s'était passé dans la prison, les images ne s'interrompirent pas à cet endroit. La personne dans le corps de laquelle elle se trouvait ouvrit une dernière fois les yeux dans son agonie – et vit...

Une femme. Elle ressemblait à sa mère, comme toujours dans ses visions où les personnages prenaient les traits de ses parents parce qu'elle était incapable de se souvenir d'autres visages.

La femme traverse une pièce. Je vois un fourneau, semblable à celui sur lequel maman cuisait pour nous de la bouillie de semoule. J'ai mal, je gémis, mais la femme ne me prête pas attention. Elle me tourne le dos et ouvre le tiroir supérieur d'un buffet, sort quelque chose que je n'ai encore jamais vu et que je ne peux donc reconnaître. Elle s'agenouille à côté du buffet, vers une… oui, vers une autre femme. Les cheveux de cette dernière lui tombent sur le visage, formant une espèce de rideau ; elle est adossée à plusieurs barres. À un radiateur. Elle a un bras attaché, à hauteur de la tête. Elle ne peut esquiver et crie comme si on l'écorchait : « Non, ne faites pas ça ! » Mais la femme se contente de rire, lui tire les cheveux en arrière afin que la prisonnière ouvre la bouche. Puis elle lui enfonce dans la bouche l'objet qu'elle a pris dans le tiroir du buffet.

Un coup de feu assourdissant catapulta Alina dans la réalité.

55

Les oreilles emplies d'une sonnerie vibrante, elle sortit de son monde d'hallucinations et se retrouva dans une mer de douleur. Le présent était intolérable, plus encore que la vision qui venait de s'effacer, et pourtant Alina riait. Elle riait à gorge déployée, sans se soucier de ses côtes cassées qui, à chaque tressaillement, s'enfonçaient dans sa chair.

J'ai réussi.

Quand elle était retombée sur la table d'opération, celle-ci s'était cabrée comme un cheval rétif et, l'espace d'un instant, elle avait eu peur de basculer sur le côté, entraînée par la couche, mais celle-ci avait rétabli son équilibre.

Putain, j'ai vraiment réussi !

Elle n'avait pas lâché la bâche qui, sous le poids de son corps, s'était complètement arrachée du plafond.

— Hé, dis donc, ne te rendors pas ! lui cria Nicola. Grouille-toi !

Maintenant qu'elle était pleinement consciente, Alina serra les dents et parvint à suivre ses indications. La blouse était effectivement accrochée à un portemanteau, à portée de main, derrière elle, un peu en biais. Elle se retourna légèrement, geste qui suffit à lui faire monter les larmes aux yeux, tant l'effort avait été grand, mais cela en valait la peine. Comme Nicola l'avait supposé, le trousseau de clés de Suker se trouvait dans l'une des poches extérieures. Elle le dénicha dans la première qu'elle fouilla.

— Plus vite, vas-y! dit Nicola sitôt qu'elle eut l'anneau avec les deux clés de sûreté dans les mains.

Les oreilles d'Alina bourdonnaient comme après une soirée en discothèque. Elle n'avait qu'une envie : s'allonger pour faire un petit somme et retrouver des forces. Mais sa compagne avait raison, il fallait se presser. Suker pouvait revenir à tout moment. Le fou se préparait déjà certainement à sa prochaine opération.

À mon opération.

Il n'y avait pas de temps à perdre et elle se souleva donc à nouveau, se penchant vers l'avant, ignorant les protestations de son corps.

— C'est les bonnes? s'inquiéta Nicola avant même qu'elle fût en mesure d'essayer les clés.

Une seconde ou deux, Alina fut certaine, tant ses mains tremblaient, de ne pas trouver la serrure des bracelets lui liant les pieds, sans même parler de la fente où glisser une des clés.

— Je n'y arrive pas, cria-t-elle dans le noir.

Elle avait entendu dire que des éclairs dansaient devant les yeux des voyants quand ils étaient au bord de l'épuisement. En cet instant, elle imagina fort bien ce que cela signifiait, même si, bien sûr, elle ne voyait rien.

— Si! Tu y es presque, l'encouragea Nicola. Je le vois, n'abandonne pas, je t'en prie.

— *Qu'est-ce que tu en sais, espèce de petite conne?* cria Alina, sans savoir si elle l'avait fait à haute voix ou seulement en pensée. *C'est facile de parler. Tu n'es pas obligée, toi, de te contorsionner après une commotion cérébrale et avec des côtes cassées. Tu n'es pas obligée de faire entrer une clé dans une serrure…*

Elle retint son souffle.

La serrure, oh mon Dieu, voilà la serrure et voici la clé… Une nausée monta en elle, mais elle la ravala, sans plus de façon, car cette petite clé, dans sa main… *est effectivement la bonne. Je peux l'enfoncer. Non, mieux encore, je peux la… tourner!*

Il y eut un clic, une goupille s'ouvrit brusquement. Elle était libre.

Elle recommença l'opération à l'autre jambe, la chaîne tomba et, avec elle, une lourde charge psychique. Elle entendit les bracelets heurter le sol et ne sentit plus de résistance quand elle ramena les jambes vers elle.

Le sentiment de bonheur qui l'envahit eut l'effet d'une piqûre de morphine. Pour quelques secondes il élimina toutes ses souffrances, lui permettant enfin de respirer librement et à fond.

— J'y suis arrivée!

Ce qu'elle s'était jusqu'ici contentée de penser, elle le criait à présent à pleine gorge.

— Génial, génial, génial! s'exclama Nicola, mais elle baissa la voix pour ajouter : Et maintenant, à moi. Mais vite, avant l'arrivée de Suker.

Alina mit à profit les ultimes sécrétions d'endorphines pour faire passer ses jambes par-dessus le rebord de la table. Il lui semblait que ses articulations étaient en caoutchouc. Afin de ne pas se tordre le pied, elle dut s'appuyer pour se rendre près de Nicola, mais, y étant parvenue aussi, elle se dit que plus rien ne pourrait l'arrêter dorénavant.

J'ai libéré mes bras. Je me suis propulsée à travers la moitié de la pièce avec ma couche. Je me suis lancée dans l'incertain, j'ai détaché mes liens, et à présent…

— Oh non ! protesta Alina en relâchant le cadenas qui entravait les mains de Nicola.

— Quoi ?

— Ça ne marche pas.

— Merde, tu as vraiment…

— Oui, tout à fait.

Alina passa en frissonnant les bras autour de son corps nu. La déception réveillait la douleur et, avec elle, la sensation de froid.

— Les deux clés. Je les ai essayées à tes pieds et à tes mains. Elles ne marchent pas pour toi.

Elle entendit la tête de Nicola retomber sur la table.

— C'était couru d'avance.

— Qu'est-ce que tu racontes?

La jeune fille commença à pleurer sans retenue.

— Putain, tu n'as pas remarqué qu'il n'avait libéré que *ta* main? demanda-t-elle en pleurs. Alors que c'était *moi* qui étais opérée. Mais *moi*, il m'a déjà abandonnée ; *moi*, je peux tranquillement crever et m'étouffer dans mon dégueulis. C'est *toi*, à présent, son exception. *Toi*, tu ne dois pas mourir, mais sur *moi* il a déjà tracé une croix.

— Tu ne dois pas dire ça, protesta Alina en lui prenant la main, mais Nicola refusa de desserrer le poing.

— Ah non ? C'est quoi alors ? Je n'ai plus qu'un œil, merde, j'ai la tête qui éclate, j'ai envie de vomir et tu vas me laisser ici, toute seule. Désolée, mais penser positivement n'est pas si facile que ça.

— Je ne te laisserai pas seule.

Nicola éclata d'un rire hystérique.

— Oh, mais si, espèce de salope. C'est exactement ce que tu vas faire, parce que c'est notre unique chance, tu m'entends ? Tu vas sortir maintenant et aller chercher du secours.

Alina secoua la tête.

— Non, je vais me cacher et je le…

— Quoi, tu veux te battre ? Tu es tarée ou quoi ? Suker est un violeur brutal, fort comme un bœuf. Toi, tu n'es qu'une mauviette maigre comme un clou. Tire-toi, avant que je change d'avis.

Alina ne put s'empêcher d'admirer le courage de sa compagne. Cela faisait déjà plus de six mois qu'elle était en enfer et voilà qu'elle encourageait sa seule alliée à s'en aller. Même si c'était la seule décision logique, la prendre témoignait d'une force de caractère peu commune.

— Et emporte la blouse, dit Nicola un peu moins fort quand elle vit qu'Alina s'éloignait de sa table d'opération.

— La blouse de Suker ?

— Oui. Il fait froid dehors.

— Laisse tomber. Je préfère geler sur pied que sentir sur ma peau quelque chose à lui.

Étonnée, Alina entendit Nicola éclater de rire.

— Dis-moi, laquelle de nous deux est encore en pleine puberté ? Tu es une nana super cool, mais une vraie cinglée. C'est l'hiver. Prends cette putain de blouse.

— Oui, maman.

Alina traversa avec précaution la pièce, dans la direction où elle supposait que se trouvait la porte. Nicola ne lui disant rien, elle supposa qu'elle tenait le bon cap et, effectivement, elle heurta du coude le portemanteau peu avant d'atteindre la sortie.

Nicola toussa, puis lui cria avec un violent tremblement dans la voix :

— S'il te plaît, prends bien garde à toi. Un jour, Suker en a déjà rattrapé une qui cherchait à s'enfuir. Elle s'appelait Tamara.

Tamara Schlier, pensa soudain Alina à l'instant où elle repérait la poignée.

— Que lui est-il arrivé ?

— Il lui a aussi enlevé les paupières, comme aux autres femmes. Mais sans anesthésie.

La réponse la fit frissonner. Elle chercha la blouse à tâtons et allait l'enfiler quand Nicola lui dit :

— Dis donc, une chose encore.

— Laquelle ?

— Ton cou.

— Qu'est-ce qu'il a ?

— Un super tatouage.

56

Alexander Zorbach (moi)

— Est-ce qu'il pleut ? demanda Leonard Schlier en regardant par la fenêtre.

Depuis qu'il avait appelé un taxi, il avait passé son temps à lacer minutieusement ses chaussures montantes. Il avait soigneusement rangé ses pantoufles sous le canapé.

Je suis toujours frappé par la manière dont certaines personnes placées dans des situations extrêmes se raccrochent à des actes quotidiens. Tant au cours de ma carrière de psychologue de la police que, plus tard, dans mes activités de journaliste, j'ai souvent été amené à rencontrer des personnes confrontées à des nouvelles dramatiques. Une mère, dont le fils avait reçu une balle dans le visage lors du braquage d'une station-service, voulait d'abord repasser rapidement le pantalon qu'il préférait. Un père, dont le fils avait été harcelé par ses camarades d'école au point qu'il s'était pendu dans le grenier, insistait pour que je goûte les nouilles qu'il avait préparées pour le dîner familial. Ces gens n'étaient privés ni de pensée ni de conscience, ils cherchaient simplement à repousser l'inéluctable. L'accomplissement de leur routine quotidienne préservait pour un petit moment encore l'apparence d'un monde intact où on s'habillait chaudement avant de sortir, même si la sortie en question allait certainement, comme c'était le cas pour Leonard, se terminer par l'identification du cadavre de sa fille.

— Il fait trop froid pour pleuvoir, répondis-je, avant de le ramener au sujet qui avait motivé ma venue : Vous disiez qu'Iris travaillait pour une organisation d'assistance téléphonique ?

— Oui, dit le vieillard en abandonnant ses chaussures pour se rasseoir sur le canapé. Elle était la rabatteuse. Elle était comme une araignée au milieu de la toile, choisissant les victimes pour Suker.

Je réfléchis à haute voix sur cette information :

— Tamara a donc eu des contacts avec Iris avant d'être enlevée ?

— Oui, affirma Leonard. Elle l'a appelée. Un de ces foutus numéros sur Internet, et c'est Iris qui était à l'autre bout du fil. Comprenez-vous l'effet que cela peut faire à un père de voir que sa propre fille se confie à un inconnu au téléphone plutôt qu'à lui ?

J'acquiesçai dans un soupir. Une partie de moi-même voulut alors interrompre la conversation : le danger était trop grand de me mettre à songer que mon fils ne se confierait jamais plus à qui que ce soit.

— J'ai appris tout cela après qu'on l'a retrouvée, dit-il. Durant les premiers jours, elle allait étonnamment bien. Comme sa mère n'est plus en vie, je lui rendais visite à l'hôpital et nous avons longuement parlé de l'horreur qu'elle avait vécue. Puis on l'a transportée à Schwanenwerder et, d'un jour à l'autre…

— Quels problèmes avait eus Tamara ? demandai-je doucement.

Perdu dans ses pensées, Leonard observa un temps de silence.

— Rien de grave, répliqua-t-il, puis il rectifia, certainement parce qu'il avait peur que je le suspecte de minimiser les soucis de sa fille : En tout cas, rien que nous n'aurions pu régler en famille. Elle était harcelée par son supérieur.

— Sexuellement ?

— Pas au sens d'un viol, mais elle avait peur de perdre son travail à l'administration des impôts si elle ne cédait pas à ses avances. Je veux dire…, ajouta-t-il, avant de s'interrompre, levant ses sourcils broussailleux, puis il insista : … des avances sans équivoque.

Il se leva et enleva des poils de chat sur son pantalon.

— Ne vaut-il pas mieux attendre le taxi dehors ? demanda-t-il inopinément. Il risque de passer sans s'arrêter.

— Il fait plus chaud ici, objectai-je, et il acquiesça d'un air absent, le regard tourné vers la fenêtre.

— D'accord, vous avez certainement raison, concéda-t-il et il hésita un instant, comme s'il ne se souvenait plus d'où nous en étions restés, avant de reprendre : Un soir – Tamara avait un peu bu parce que son chef l'avait de nouveau menacée de licenciement – elle est allée sur Internet et a appelé à tout hasard un numéro qui lui avait été recommandé dans un fort. C'est bien comme ça qu'on dit ?

— Dans un forum, rectifiai-je, tout en commençant à comprendre.

L'assistante de Suker cherchait dans les forums anonymes des femmes désespérées, des victimes psychologiquement instables. Elle se présentait comme une profane en la matière, mais de bonne volonté. Je m'imaginai sans peine les contributions qu'elle avait laissées dans les groupes d'entraide :

@ Tammygirl, viens par hasard de tomber sur ce thread. Suis vraiment désolée pour ton chef. Quel salo&%$§. Sorry pour mon vocabulaire, mais je trouve ce genre de mecs dégueulasses. En ai eu un aussi, il m'a démolie. Mais à l'époque une hotline m'a bien aidée. Si tu veux, envoie-moi un MP et je te mailerai le numéro. C'est parfois vraiment bien d'échanger avec des gens pas impliqués. Je pense que c'est pour ça que nous sommes tous là, non ? Greez.

— Avez-vous encore le numéro de téléphone que Tamara a appelé ? demandai-je.

— Non, il n'a pas été enregistré, parce qu'elles se sont rencontrées dans un espace secret, un truc comme ça. Je ne connais rien à ce genre de choses.

— Un forum de discussion ?

— Oui, je crois que ça s'appelait comme ça.

Donc il n'y avait pas eu de MP, de message privé.

Dans un chat privé, la conversation n'est pas enregistrée et est donc définitivement perdue.

J'allai moi aussi me mettre à la fenêtre. Leonard me regarda. Il clignait des yeux comme s'il avait quelque chose dans un œil.

— Savez-vous pourquoi Suker choisissait des femmes comme Tamara ? demandai-je sans grand espoir d'obtenir une réponse.

D'après les dessins accrochés aux murs, le vieil homme devait être architecte ou ingénieur, mais certainement pas criminaliste ni psychologue. Sa réponse me stupéfia d'autant plus.

— Je n'ai pas qu'une théorie, monsieur Zorbach, je le sais de première main.

57

Alina Gregoriev

Nicola s'était trompée. Il ne faisait pas froid. C'était bien pire encore.

Alina ne put s'empêcher de songer aux détenus d'un goulag sibérien. Elle n'était pourtant pieds nus dans la neige que depuis quelques secondes.

Auparavant, elle avait grimpé à tâtons, en s'aidant de la rampe, un escalier étroit qui n'était éloigné que de quelques pas de leur chambre de torture. Les marches étaient en bois sec, et elle s'était enfoncé une écharde dans le pied sur au moins deux d'entre elles. Mais la douleur n'était rien en comparaison de ce qu'elle endurait à présent, après avoir osé ouvrir la lourde porte de fer devant laquelle elle était restée un bon moment, indécise, une fois parvenue au sommet de l'escalier.

Peut-être est-elle fermée ? Ou munie d'une alarme ? Peut-être Suker se tient-il derrière, aux aguets ?

Elle avait inspiré et expiré profondément à plusieurs reprises pour se calmer, attentive à tout bruit ou autre signe de vie derrière la porte, alors qu'un seul contact de la main lui avait appris qu'aucun son ne pouvait traverser la lourde plaque métallique, dans un sens ou dans l'autre.

Elle avait fini par se dire qu'elle n'avait d'autre choix que d'oser.

Elle était sortie dans le froid, se demandant une fois de plus si elle n'était pas en train de tomber dans un piège.

La main libre. Le mousqueton. La clé. Les portes ouvertes.

On ne pouvait certes pas prétendre que Suker lui avait facilité la tâche. Et puis, que pouvait-il attendre d'une telle provocation ? Et s'il avait voulu s'opposer à cette tentative de fuite, il l'aurait arrêtée en bas, au pied de l'escalier, non ?

Mais cela n'avait pas eu lieu et, maintenant encore, personne ne lui barrait la route. Personne ne criait son nom. Personne ne l'assommait.

Elle continua à avancer, trébuchant et ne cessant de trembler. Elle s'enfonçait dans des tas de neige lui montant jusqu'aux cuisses, s'attendant à tout instant à être bousculée et terrassée.

Elle se félicitait à présent d'avoir écouté Nicola. La blouse n'était bien sûr qu'une bonne blague par un tel froid, mais au moins avait-elle quelque chose sur le dos.

Respirer était douloureux, pas seulement à cause de ses côtes cassées, mais aussi parce que le froid pénétrait profondément dans ses bronches. Ce qui ne l'empêchait pas d'inspirer avidement un air qui, loin d'être pur, sentait les gaz d'échappement, le goudron et la zone industrielle, mais qui avait au moins un parfum de liberté et ne puait plus, comme en bas dans la cave, l'humidité, la sueur et l'angoisse.

Et maintenant ? Je vais où ?

Elle avait perdu tout sens de l'orientation, comme si sa boussole intérieure avait été brisée lors de sa chute sur la table d'opération. Le noir était absolu ; elle ne distinguait pas la moindre source de lumière vers laquelle elle aurait pu se diriger. Le seul signe de vie était un bruit continu, à une centaine de mètres devant elle.

Des voitures. J'entends des voitures, se dit-elle, sachant que la décision qu'elle allait prendre n'était certainement pas une bonne idée. Mais avait-elle une alternative ?

Elle avançait à l'aveuglette, dans la neige, en direction de l'autoroute urbaine quand, au bout de quelques mètres, elle entendit un bruit totalement inattendu.

58

Alexander Zorbach (moi)

Leonard se dirigea vers des étagères remplies de livres et ouvrit un tiroir entre deux rayonnages. Il en sortit un album de photos.

— Je l'ai commencé pendant que Tamara…, dit-il, puis sa voix se cassa et il toussa d'un air gêné comme s'il avait honte de son émotion. Bon, quand elle a disparu et, plus tard, après l'arrestation de Suker.

Il porta l'album jusqu'à un bahut devant la fenêtre et frissonna.

— Il y a des courants d'air, dit-il, s'entourant le corps des bras.

Il ouvrit un instant la fenêtre, mais la referma aussitôt. Manifestement mécontent que le froid passât toujours par les interstices, il transporta l'album jusqu'à la table basse et se rassit en face de moi.

Un grand nombre de coupures de journaux dépassaient du volume. Il tapa sur la couverture fermée.

— Tout est ici. Tout sur Suker et son procès. Les travaux de recherche qui lui sont consacrés sont très instructifs. Notamment la théorie d'un psychologue qui émet l'hypothèse que Zarin Suker ne présente pas le profil traditionnel d'un tueur en série.

Je me demandai un instant dans quel monde nous vivions, un monde où l'on pouvait prononcer du même souffle les mots « traditionnel » et « tueur en série » sans que quiconque y trouvât à redire. Ce qui m'empêcha d'entendre le début de la phrase suivante de Leonard.

— … il n'a pas eu d'enfance difficile. La plupart des sadiques expliquent en effet leurs crimes par le fait qu'un méchant oncle s'est glissé dans leur lit d'enfant. Suker non. Selon ce psychologue – Leonard tapa de l'index sur l'album comme si le spécialiste en question se trouvait juste au-dessous de la reliure d'un vert criard –, il n'existe chez lui aucun indice qu'il ait eu à subir des abus. Au contraire plutôt. Il semble avoir eu une enfance protégée, harmonieuse, au sein d'une famille de la bonne bourgeoisie. Ses professeurs et condisciples n'ont jamais remarqué la moindre anomalie dans son comportement. Pas de torture d'animaux, pas d'énurésie nocturne, pas de pyromanie enfantine. Il n'a guère eu à se reprocher qu'un blâme pour avoir été surpris, lors d'un voyage scolaire, à bécoter une fille la nuit.

Je jetai un œil à la table basse. Puis je sortis mon portable de ma poche pour regarder l'heure et constatai que je n'avais guère de réseau, ce qui n'a rien d'inhabituel dans les arrondissements périphériques. C'était autre chose qui m'inquiétait de plus en plus, mais que, pour je ne sais quelle raison, je n'arrivais pas à saisir en cet instant.

— Comme vous le disiez, monsieur Schlier, ce sont les théories d'un psychologue.

— Pas du tout, me coupa-t-il, presque brutalement. Tamara me l'a confirmé.

— Un instant…, dis-je tandis que mon inquiétude grandissait et que je sentais ne pas être loin d'une découverte importante. Suker aurait-il parlé de ses motivations à votre fille, avant de la…

Leonard pinça les lèvres de colère.

— Oui.

— Et la police est-elle au courant ?

Le vieil homme laissa tomber ses bras et soupira tout bas.

— Mon Dieu, non. Ce n'était pas possible.

— Pourquoi ?

Pourquoi n'avez-vous pas déposé puisque votre fille ne le faisait pas ?

À cet instant, on sonna à la porte.

— Ah, enfin, le taxi est là, dit Leonard en montrant le couloir. Venez. On pourra en parler pendant le trajet jusqu'à l'hôpital.

Je le suivis et l'aidai à enfiler un manteau qui paraissait beaucoup trop grand pour lui.

Comme ma grand-mère qui craignait toujours les cambrioleurs, il jeta un œil par le judas avant de déverrouiller la serrure.

— Ah, nous avons oublié le livre, ajouta-t-il en se tournant vers moi. Voulez-vous l'emporter ?

— Très volontiers.

Entre-temps, mes souffrances étaient redevenues si fortes que je peinais à me concentrer. J'avais failli laisser des informations qui pouvaient m'aider à sauver Alina et à arrêter l'assassin de mon fils.

Retournant rapidement dans le salon, je pris l'album. Le dessous de la table basse se dévoila alors à mes yeux. Je sus, à cette seconde, ce qui n'avait cessé de me tracasser.

Les pantoufles.

J'entendis Leonard accueillir le chauffeur de taxi à la porte.

Elles sont beaucoup plus grandes que ses bottes. Tout comme le manteau accroché au portemanteau…

— Ah, vous voilà.

La voix amicale du vieil homme dans les oreilles, j'ouvris l'album de photos, et je crus perdre la raison.

Ce n'est pas possible, pensai-je. La peur paralysa d'abord mes pensées, puis mes gestes. Mes yeux volaient d'une photo à l'autre, d'une légende à l'autre. Le nom et le visage étaient identiques dans chacun des articles. Zarin Suker. Pour la première fois, je voyais son portrait. Pour la première fois il m'était permis de m'informer sur cette affaire, après des semaines d'isolement à Schwanenwerder.

— Quelle surprise, dit à la porte le vieil homme qui avait une tout autre apparence que celui des photos sous mes yeux. Je ne vous aurais pas crue capable de ça, mon enfant.

Comment peut-il dire « mon enfant » à un chauffeur de taxi ?

C'est à cet instant que je sortis de ma torpeur. Laissant tomber l'album de photos, je me retournai vers le couloir. Qu'est-ce que Tamara m'avait dit ?

— Iris est une actrice-née. Elle feignait de souffrir des blessures que Suker lui avait prétendument infligées.

Comment avais-je pu être aussi aveugle ?

Tamara avait eu beau m'indiquer quasiment noir sur blanc qui elle était en réalité, j'étais néanmoins tombé dans son piège.

Un caméléon. Vous ne la reconnaîtriez pas, même face à face.

Tout comme je n'avais pas reconnu Zarin Suker quand nous étions assis face à face. Je revins en courant dans le couloir, mais il était déjà trop tard.

Il n'y avait pas de chauffeur de taxi. Il n'y avait qu'Alina, vêtue d'une blouse de chirurgien, qui se tenait immobile dans l'entrée. Puis Suker me toucha avec le pistolet à impulsion électrique qui venait de lui servir à mettre Alina hors de combat.

« Notre génération n'aura pas seulement à répondre des actes des hommes malfaisants. Il lui faudra aussi répondre du silence consternant des gens de bien. »

Martin Luther King

« Quiconque, lors d'accidents ou dans des situations de grand danger collectif, refusera de porter assistance, quoique les circonstances rendent cette assistance nécessaire et possible, notamment si elle ne représente pas un péril personnel considérable ou n'amène pas à enfreindre d'autres devoirs, encourra une peine de prison maximale d'un an ou sera condamné à une amende. »

§ 323c du Code pénal allemand

59

Alexander Zorbach (moi)

Quand je revins à moi, j'étais assis dans une pièce où toute une série de types me regardaient fixement, l'air malade, le visage terreux et cerné, clignant des yeux sans interruption. Si je levais la tête, ils faisaient de même. Si je la tournais, ils la tournaient aussi. Ils étaient incroyablement nombreux, chacun ayant comme moi une courroie de cuir noir en travers de la poitrine et les mains attachées à un antique fauteuil roulant. Ainsi alignées, ces chaises formaient une courbe qui se perdait devant mes yeux, donnant l'illusion de l'infini.

Je détestai cette vision. Je détestai aussi l'image de moi-même qui, quelle que soit la direction où je regardais, y compris vers le sol, m'était renvoyée. Tout comme je détestai la voix qui, contre mon oreille, m'aidait à me réveiller.

— Je vous prie d'excuser cette solution de fortune, monsieur Zorbach.

Le torse droit, les épaules redressées, un large sourire aux lèvres, des centaines de sosies de Suker entrèrent dans mon champ de vision. Pendant mon évanouissement, l'ophtalmologue avait opéré une étonnante métamorphose. Ici, dans sa pièce aux miroirs, il paraissait sensiblement plus jeune, plus alerte et intellectuellement plus vif que dans le salon quelques minutes auparavant.

— J'ai l'impression que Leonard Schlier n'était pas un bon architecte, dit-il, prenant l'air penaud. Les murs de sa cave sont de travers, si bien que je n'ai malheureusement pas pu installer les miroirs avec une parfaite symétrie.

Comme tout bon acteur, Suker n'avait pas « surjoué » son entrée en scène dans le salon. Il savait que ce sont les nuances infimes qui confèrent profondeur et crédibilité à un rôle. Les épaules légèrement rentrées, la mâchoire inférieure pendant un peu, une chemise mal boutonnée, une robe de chambre passée à la hâte, les poils de chat sur le pantalon et, déjà, mes yeux avaient vu en lui le père vieillissant que je m'attendais à rencontrer. Le fait que Suker n'avait récemment eu le temps ni de se raser ni de se laver les cheveux l'avait également aidé à me mystifier. À présent, il était redevenu lui-même. La blouse de chirurgien fraîchement empesée et le masque qui pendait autour de son cou suffisaient à lui donner l'apparence de l'énergie.

— Ah, si vous aviez pu voir mon ancien cabinet, monsieur Zorbach. Tout y était soigneusement organisé et équipé. Mais malheureusement, suite à un différend avec mon assistante, j'ai dû chercher une autre cachette, et c'est pourquoi je me suis provisoirement installé ici.

Il tournait sur lui-même devant moi. Il sautillait sur le miroir servant de parquet.

J'avais beaucoup de mal à me concentrer. Les innombrables reflets qui se superposaient derrière Suker me perturbaient presque plus encore que mes douleurs. Les vingt mille volts qu'il m'avait fait passer au travers du corps avec son Taser devaient avoir réveillé le groupe de rock dans ma tête. Leurs amplis donnaient à fond.

— Où ? demandai-je, mais Suker ne comprit pas ma question.

— Tout dépend de quelle partie du corps vous parlez. Le tronc de Leonard est toujours là-haut, dans le congélateur, et les éboueurs ont déjà emporté ses bras.

— Je parlais d'Alina.

— Ah, elle va bien. Elle ne tardera pas à être prête.

Prête ?

— Qu'est-ce que vous avez en tête ?

Mon mal de tête devint si douloureux que je dus fermer les yeux. Quand je les rouvris, je vis le sac en plastique dans les mains de Suker. Il le tenait à quelque distance de lui, comme s'il s'agissait d'un sac-poubelle fétide qu'on porte au vide-ordures. « Prends un peu de vacances », était-il écrit en grosses lettres sur le devant.

— Au fait, savez-vous ce que je fais ici ? demanda-t-il.

— Vous détruisez des êtres humains.

— Faux, dit-il en faisant un pas vers moi. Je leur ouvre les yeux afin qu'ils ne puissent plus les détourner de leur faute.

Je cherchai sur le visage de Suker un signe de sa maladie mentale – un clignement d'œil, un tressaillement, un sourire de démence, quelque chose. Mais le seul, dans ce lieu, à avoir l'air malade et perdu, c'était moi, ce que, à mon corps défendant, me confirmaient les images réfléchies par les miroirs.

— Comme je vous le disais il y a peu, commença-t-il à pontifier, j'ai eu une enfance protégée. Je n'ai jamais joué avec des allumettes, jamais torturé d'animaux, jamais pissé au lit.

Il n'était plus qu'à une longueur de bras de moi, et il levait devant lui le sac qui contenait un objet sans forme précise mais assez lourd.

— Et néanmoins vous êtes devenu un psychopathe, affirmai-je avec beaucoup moins d'entrain que je ne l'aurais voulu.

Suker n'aurait pas eu besoin de m'attacher. Ma voix trahissait que je n'étais plus un adversaire à sa hauteur.

— Non. Les psychopathes ne réfléchissent pas à la culpabilité et la morale comme je le fais en permanence. Je ne suis ni malfaisant, ni un produit de la société. Et je ne punis jamais un innocent.

— Ah bon ? Et pourquoi suis-je votre otage ?

Suker soupira comme si j'avais touché chez lui une corde sensible.

— C'est la malchance. Je n'avais jamais envisagé de vous associer à mes traitements, croyez-le bien. Vous ne m'avez jamais rien fait. Quand vous avez surgi ici totalement à l'improviste, j'étais en train de préparer ma prochaine opération. Heureusement, je me suis aperçu de votre arrivée quand vous étiez encore dans l'entrée des voitures, et cela m'a donné le temps de me déguiser. J'ai résisté à ma première impulsion, qui était de ne pas vous ouvrir. En effet, il y avait partout de la lumière. Et, en définitive, je n'avais pas d'autre objectif que de vous voir partir le plus rapidement possible.

À l'improviste? Vous voir partir rapidement? Voilà qui cadrait mal avec mon soupçon d'avoir été attiré dans ce piège par Tamara.

Suker claqua des doigts à deux reprises quand il s'aperçut que mes pensées dérivaient.

— J'ai effectivement commandé un taxi, monsieur Zorbach. J'aurais simulé un accès de faiblesse et couru le risque de vous laisser partir seul, même si cela signifiait qu'il m'aurait une nouvelle fois fallu changer de cachette. Je ne voulais pas que des personnes non concernées entrent dans le jeu. Mais, pendant que nous conversions là-haut, dans le salon, j'ai regardé par la fenêtre et je suis resté estomaqué. Je n'aurais jamais imaginé qu'une aveugle parvienne à s'enfuir de ma salle d'opération. Elle était attachée, mais, de toute évidence, j'ai été négligent ou bien je l'ai sous-estimée. Quoi qu'il en soit, je devais éviter qu'elle se dirige vers l'autoroute. J'ai donc, sous un prétexte quelconque, secoué la fenêtre. Attirée par le bruit, elle s'est approchée de la maison. Quel méli-mélo ! Deux visiteurs inattendus et, un peu plus tard, un chauffeur de taxi dont j'ai dû me débarrasser.

— Et maintenant? Vous voulez me pousser moi aussi au suicide, comme les autres femmes? Ou me couper en morceaux comme vous l'avez fait avec Leonard Schlier?

— Schlier est une exception. Cet obsédé avait commencé ce classeur à mon sujet, celui que je vous ai montré. Ses recherches l'avaient amené très, très près du but. Je n'ai pas voulu prendre de risque. Par ailleurs, j'avais besoin de sa maison.

— Vous n'êtes qu'un malade !

Suker eut une moue de plaisir.

— Vous êtes aussi impétueux et fougueux que notre amie aveugle, n'est-ce pas ? Vous formez vraiment un beau couple, vous et Alina. Je peux comprendre que vous nourrissiez des sentiments l'un pour l'autre, dit-il, puis, son sourire s'élargissant encore : C'est bien le cas, non ?

Ma douleur à la tête me fit monter des larmes aux yeux, ce que Suker prit, à tort, pour une confirmation de ses hypothèses. Il acquiesça d'un air entendu.

— Oui, oui. Moi aussi, j'ai été amoureux. Il y a fort longtemps. Elle s'appelait Marén. Elle était étudiante en médecine, comme moi, et nous rêvions d'avoir un cabinet commun.

Tout en parlant, il avança d'un pas et, sans commentaire, posa le sac en plastique sur mes genoux.

— Nous voulions nous marier et, quand elle est tombée enceinte, je lui en ai fait la demande. Elle était très active dans son église, elle chantait deux fois par semaine dans la chorale, organisait des cercles bibliques pour les confirmands. Moi, je ne suis pas baptisé, mais, par amour pour elle, je voulais rejoindre son église. Elle rêvait d'un mariage en blanc. Sinon, ses parents n'auraient jamais donné leur accord, et cet accord était important pour elle. Toute sa famille était très pratiquante. Ils ne devaient pas apprendre sa grossesse avant que les liens du mariage n'aient effacé le péché.

Je regardai le sac sur mes genoux, cherchant à comprendre ce que signifiait son petit jeu.

— Le soir où elle avait rendez-vous avec la femme pasteur pour discuter de la cérémonie de notre mariage, elle n'est pas rentrée. Le concierge, un certain Klaas, l'avait épiée. Un déséquilibré, secrètement amoureux de ma Marén. Ayant appris nos projets de mariage, il était fou de jalousie. Il l'a guettée sur le parking et entraînée dans sa camionnette. Elle est morte étouffée par son vomi pendant qu'il la baisait.

En un geste d'excuse, Suker leva ses deux mains couvertes de gros gants en caoutchouc comme on en met pour le jardinage.

— Pardonnez mon vocabulaire, mais je trouve qu'on a besoin d'un vilain mot pour ce vilain acte, pas vous ? Violer est beaucoup trop doux pour exprimer que Marén a été baisée à mort.

— Et quel mot conviendrait pour vos perversités ?

Suker soupira, comme quelqu'un se sentant totalement incompris.

— Réparation, dit-il. Remboursement de dette. Expiation.

— Donc, vous vous êtes vengé du concierge ?

— Oh non. De la femme pasteur.

En dépit de l'étau invisible qui m'enserrait le crâne, je réussis à lever les sourcils pour marquer mon étonnement.

— Marén n'était pas sa première victime, expliqua-t-il. Klaas avait déjà assassiné. Des milliers de fois. Pas dans la réalité, mais en imagination. Il s'avéra que, six mois plus tôt, il avait envoyé à la femme pasteur une lettre dans laquelle il lui avouait ses goûts sexuels, goûts où les poupées en caoutchouc, les godemichés métalliques, un masque à gaz, des femmes avec une poire d'angoisse dans la bouche jouaient un rôle central.

Tout en parlant, Suker avait fait le tour de mon fauteuil roulant. Je le vis, derrière moi, s'attaquer aux brides retenant mes bras aux accoudoirs.

— Mais la femme l'avait gardée pour elle, me chuchota-t-il à l'oreille. Elle était gênée. Personne ne devait penser que, dans son église, il y avait des fidèles sexuellement dérangés. Elle demanda à ce qu'il soit muté, elle ne voulait pas résoudre le problème, seulement s'en débarrasser.

Je constatai soudain avec stupéfaction que je pouvais bouger la main droite. Suker l'avait détachée !

— Vous avez certainement entendu parler des récents scandales autour de l'Église, poursuivit-il alors qu'il se tenait à présent devant moi. Avez-vous lu des articles à propos de cette prestigieuse école berlinoise où des centaines d'enfants ont été harcelés, voire violés ? La plupart se sont tus. Si longtemps que les actes de leurs enseignants sont aujourd'hui prescrits.

Je commençais peu à peu à comprendre où il voulait en venir.

— Toutes les femmes que vous avez enlevées avaient été violées dans le passé ?

— Inexact. Toutes avaient été harcelées. Mais elles avaient décidé de se taire et de passer l'incident sous silence.

— Elles étaient des victimes, protestai-je.

— Non. Elles étaient coupables. Ces lâches et ces salopes ne pensaient qu'à elles et sont responsables des souffrances infinies des futures victimes.

Son visage s'assombrit et il se détourna. Son regard se perdit dans les innombrables reflets de lui-même. D'un seul coup, il parut absent. Il ne me parlait plus, il ne parlait que pour lui.

— Quiconque a lu un roman policier sait que les psychopathes passent par divers stades. Du simple désir jusqu'à l'acte atroce sans oublier des tentatives hésitantes.

Oui, et tu en es au stade ultime de la démence, pensai-je, tout en tendant une main timide vers le sac en plastique.

— Quand le concierge l'a harcelée, la femme pasteur aurait encore pu empêcher l'évolution. Mais elle s'est tue, et cette passivité a signé la condamnation à mort de ma future femme. Si elle avait dénoncé ces actes, Marén serait toujours en vie.

Ce n'est pas vrai. Je me trompe, telle fut ma première pensée quand je touchai l'objet contenu dans le sac. Je le sortis, lentement, m'attendant à tout instant à voir se refermer le piège suivant.

— L'assassin finit un jour ou l'autre par être arrêté et jugé. Mais qu'en est-il des innombrables complices qui se sont auparavant rendues coupables de non-assistance à personne en danger ? demanda Suker. Les mères qui n'ont pas voulu croire leurs filles affirmant que papa les importunait la nuit. Ce qui est loin d'être aussi rare qu'on le prétend. Mon ancienne assistante, par exemple, avait supplié sa mère de la protéger de son propre père, mais celle-ci ne voulait pas perdre son époux.

Iris, pensai-je soudain. *C'est donc pour ça qu'elle aidait Suker*.

— Cette mère s'est tout autant rendue coupable que le premier élève qui, voici quelques décennies, a été violé à l'internat par un professeur et qui n'est pas allé le confier à la police. L'eût-il fait, des centaines d'enfants n'auraient pas été violés par la suite. Je ne suis pas un psychopathe, monsieur Zorbach. Je ne suis pas méchant. Je me contente de faire justice et de montrer aux coupables la responsabilité qui a été la leur en restant passives.

— En leur coupant les paupières et en les violant dans cette pièce aux miroirs ?

Il se retourna vers moi.

— En leur ouvrant les yeux et en les soumettant aux souffrances que d'autres ont dû endurer à cause d'elles.

— Vous êtes complètement fou, dis-je en levant le pistolet.

Il était lourd et froid. Jadis, avec le même modèle, je m'étais exercé à tirer au stand de la police. Je l'avais démonté et remonté des centaines de fois d'une seule main, mais à présent ce Heckler & Koch n'était plus pour moi qu'un corps étranger.

— Qu'est-ce que ça veut dire ? Pourquoi me donnez-vous cette arme ?

J'ouvris le magasin du 9 mm et regardai ce qu'il contenait. Mon cœur s'affola. Il ne contenait qu'une cartouche.

— Comme je vous l'ai déjà dit, monsieur Zorbach, je n'ai rien contre vous. Au contraire. Je veux vous aider.

Je laissai le magasin se refermer et pointai l'arme sur la poitrine de Suker.

Il doit avoir totalement perdu la raison, me dis-je en armant le chien.

— Soyez prudent, il ne peut tirer qu'une fois.

— Ce qui me suffit pour vous.

Suker avança d'un pas. Il était si près de mon fauteuil roulant que la première balle serait mortelle. Même un tireur inexpérimenté n'aurait pu le manquer à cette distance.

— Allez-y, dit-il d'un ton insouciant. Tirez. Mais, sachez-le : si vous m'abattez maintenant, vous n'aurez plus de balle pour le meurtrier de votre fils. Assassin qui vous attend dans la pièce à côté.

60

Il y eut un bip et l'un des nombreux miroirs qui m'entouraient s'ouvrit.

Sans les touches numériques inscrites sur le verre et commandant le verrou électronique, la porte serait restée invisible de l'intérieur. Je présumai qu'on ne pouvait également l'ouvrir de l'extérieur qu'à l'aide d'un mot de passe.

Suker ne s'absenta que quelques minutes. Il traîna ensuite dans la pièce, non sans peine, une bâche en caoutchouc bleu foncé sur laquelle était posé un paquet humain.

— Alina !

Elle était nue, et plusieurs couches de ruban adhésif noir lui attachaient les pieds et les mains ; un morceau de ce même ruban était collé en travers de sa bouche. Ses yeux étaient étrangement écarquillés, mais pas sous l'effet de la peur. Suker lui avait enfoncé des pinces d'acier dans les orbites. Comme elle ne bougeait pas et n'émettait aucun son, je crus un instant au pire, puis je vis sa cage thoracique se soulever et s'abaisser. Je fus pris d'une envie irrésistible de la toucher, d'être auprès d'elle et de l'arracher des griffes de ce monstre.

— Où est le meurtrier de mon fils ? demandai-je sans la quitter des yeux.

Suker manipulait une petite boîte qui ressemblait au transformateur d'un train électrique miniature. Il finit par lever les yeux vers moi.

— Oh, c'est ma faute : j'aurais dû dire la meurtrière.

Alina ? Décidément, il était dingue !

— Qu'est-ce que signifient ces conneries ?

Je compris que je m'étais raccroché à l'espoir irrationnel que Suker avoue l'existence d'un lien entre lui et Frank Lahmann – et qu'il revienne avec l'assassin de mon fils dans ses filets. Mais force m'était de constater que les deux monstres n'avaient en commun que leur esprit malade.

— Laissez Alina tranquille. Elle n'a rien fait.

Suker claqua de la langue avec irritation.

— Qu'est-ce que je viens de vous expliquer sur la nature de la culpabilité ? rétorqua-t-il en branchant la fiche de la boîte dans une prise multiple du mur. Sur les victimes qui sont les véritables coupables ? Vous ne m'avez pas écouté ? C'est peut-être le voleur d'yeux qui a accompli l'ultime acte qui a coûté la vie à votre fils. Mais ici aussi, il y a eu des gens qui auraient pu éviter la tragédie de Julian il y a longtemps.

Il s'affairait sur un tuyau en plastique noir, un tuyau cannelé dont un bout était enfoncé dans la boîte. Il essayait de fixer l'autre extrémité dans le dos d'Alina.

— Des gens comme cette aveugle à mes pieds.

— C'est une connerie absolue ! hurlai-je.

Dans mon emportement, j'avais un instant oublié l'arme dans ma main. Je la pointai de nouveau sur Suker.

— Vous croyez votre amie innocente ? Intéressant !

Je m'aperçus qu'Alina bougeait sur sa couche. *Non, faux.* Je voyais *la couche* bouger. La bâche bleue était un matelas pneumatique, la petite boîte un générateur qui, lentement mais sûrement, propulsait de l'air dans les boudins.

— Un lit gonflable, expliqua Suker avec un sourire de fierté. Un mètre soixante sur deux ; quatre-vingt-dix-neuf euros sur Internet. Bien sûr, ça n'a rien de comparable avec une authentique table d'opération, mais celle-ci serait trop lourde pour les fragiles plaques de verre au sol.

Le matelas se remplissait avec régularité, Alina flottant à présent à quatre centimètres au-dessus du sol.

— C'est à peine croyable, ce truc atteint une hauteur d'un mètre en seulement quatre-vingt-dix secondes. Mais ne vous inquiétez pas, j'ai administré à votre amie un petit calmant afin de prévenir tout geste d'énervement de sa part qui pourrait la faire tomber par terre.

Il agitait un rouleau de bande adhésive qui était apparu je ne sais comment dans ses mains. En dépit des nombreux miroirs, je n'avais pas remarqué la mallette à ses pieds d'où il sortait à présent les objets dont il avait besoin. La présence d'Alina, le matelas, l'arme dans ma main, sans oublier les douleurs derrière mes yeux, diminuaient ma réceptivité.

Manifestement, j'avais aussi quelques trous de mémoire : je pensais n'avoir fermé les yeux qu'une ou deux secondes, mais, quand je les rouvris, Suker avait déjà attaché Alina à son matelas avec deux couches de bande adhésive.

— Simples mesures de précaution. On ne sait jamais ce qui peut se passer.

— Arrêtez ça ! Quoi que vous ayez en tête. Immédiatement !

Suker se tourna vers moi.

— Ne vous avais-je pas dit d'être prudent avec cette arme, monsieur Zorbach ?

— Détachez-la !

— Oh non. Je ne la détacherai certainement pas.

D'un pas souple, il alla à la porte sans poignée et la ferma. Ses gants de caoutchouc couinèrent de manière obscène sur la surface lisse du miroir.

— Je compte jusqu'à trois, menaçai-je. Si à trois vous n'avez pas détaché Alina, je vous tire une balle dans la tête.

— Et vous aurez obtenu quoi ?

Suker désigna Alina qui gémissait tout bas. L'effet du narcotique semblait diminuer.

— Ne prenez pas de décision avant de connaître l'ensemble des données.

Il me montra son poing droit dont il écartait le pouce.

— Donnée numéro un : si je meurs, vous mourrez aussi. Personne ne sait que vous êtes ici. Personne ne vous cherchera et je suis le seul à connaître le code qui vous permettrait de sortir.

Son index se leva à son tour.

— Donnée numéro deux : si je meurs, mourra en même temps que moi la vérité sur ce que votre amie a à voir avec la mort de votre fils. Et, donnée numéro trois, dit-il en levant le majeur, si je meurs, vous n'aurez plus de balle pour Alina.

— Pourquoi aurais-je besoin d'une balle pour elle ? demandai-je en tremblant.

Il me faudrait un bon bout de temps avant de réussir à tenir mon arme avec calme.

— Vous voulez savoir ce qu'elle a fait ?

Suker approcha du matelas qui était maintenant gonflé à bloc et arracha le ruban adhésif de la bouche d'Alina.

— Je pense qu'elle devrait vous le raconter elle-même.

61

— Ne fais pas ça !

Tels furent ses premiers mots.

La voix d'Alina était voilée, comme après une séance chez le dentiste, quand l'anesthésique agit encore.

— Ne le tue pas.

Je braquais toujours le pistolet sur Suker, mais cela ne semblait pas le gêner beaucoup.

— Ne crains rien, Alina. Je vais nous sortir de là d'une manière ou d'une autre.

— Ce n'est pas le problème, Alex. Il ne faut pas que tu le tues. Il sait où est Julian.

Suker, qui nous avait écoutés jusque-là avec plus ou moins d'amusement, éclata de rire.

— Ah, vos facultés de médium, madame Gregoriev ! Vous croyez toujours avoir appris quelque chose à mon sujet pendant votre massage shiatsu ?

Alina l'ignora.

— Nous ne sommes pas ici par hasard, Alex. Tu ne dois pas le tuer, sinon il emportera son secret dans la tombe.

Suker et ses innombrables sosies dans les miroirs acquiescèrent de la tête. Je commençais à saisir dans toutes ses dimensions la perversité de cette pièce. Elle renforçait les tortures, faisait grandir la terreur de ses victimes jusqu'à l'infini. Infini vers lequel semblaient se diriger les reflets dans les miroirs.

— Même si, à vrai dire, je ne comprends pas bien où veut en venir votre amie, dit-il, je ne peux que l'approuver pour ce qui est du résultat final. Il vaudrait mieux la tuer, elle, plutôt que moi.

— Pourquoi ? questionnai-je à seule fin de faire parler ce dément aussi longtemps qu'un plan ne me serait pas venu à l'esprit.

Ce qu'il dit alors éveilla mon attention.

— Votre amie aveugle s'est tue. Et c'est son silence qui a coûté la vie à votre fils.

Je regardai Alina.

— Ce ne sont que des conneries, s'écria-t-elle. Ne l'écoute pas. Il joue avec nous. Tire-lui dans un genou et délivre-moi !

— Ce n'est pas possible, dis-je, l'arme toujours braquée sur la tête de Suker.

— Exactement, confirma l'ophtalmologue. Quelle que soit ma blessure, j'aurai encore le temps et la force de sortir d'ici et de vous y laisser mourir de faim.

Il fit un pas dans ma direction.

— Allons, Zorbach. Croyez-vous vraiment que je serais assez stupide pour vous donner une arme chargée si j'avais le moindre doute que vous puissiez gaspiller contre moi la seule balle qu'elle contient ? Le problème n'est pas de choisir entre moi et l'aveugle. Le problème est de savoir si vous avez assez de cran pour faire payer à Alina sa culpabilité ou si je dois m'en charger seul.

— Je suis innocente, espèce de taré !

— Ah bon ? s'exclama Suker en se retournant vivement. Il est donc faux que vous ne vous appelez pas du tout Gregoriev en réalité ?

— Qu'est-ce que… ?

Il la coupa.

— Vous n'avez donc pas changé de nom peu après votre arrivée à Berlin ?

— Cela ne vous regarde pas.

Tout en parlant, Suker ne me quittait pas des yeux.

— On vous a harcelée, n'est-ce pas, Alina ? Vous vous souvenez fort bien de cette époque, n'est-ce pas ? Ça ne date pas de si longtemps. Ce n'était d'abord que des lettres d'un admirateur inoffensif. Puis on a déposé des fleurs devant votre porte. Et, pour finir, vous vous êtes réveillée une nuit, et un inconnu était couché à votre côté, exact ?

Alina ouvrit la bouche, mais garda le silence.

Que se passe-t-il ici ? me demandai-je, luttant contre un sombre pressentiment.

— Mais vous avez décidé de ne pas alerter la police, c'est bien ça ?

— Parce que je ne pouvais rien prouver.

— Parce que vous n'avez pensé qu'à vous.

— Qu'est-ce que cela a à voir avec ce que vous me faites, putain ?

Alina secoua de nouveau ses liens, et Suker retourna vers le matelas. Débranchant le générateur, il se pencha sur elle.

— L'homme qui vous harcelait n'en était qu'aux débuts de sa carrière de criminel. Aujourd'hui, nous le connaissons sous le nom de Voleur de regards.

Il y eut un bref silence, puis on entendit Alina expulser l'air de ses poumons.

— Vous mentez.

Son intonation montant à la fin, son affirmation sonna un peu comme une question.

— Non, dit Suker. Je le tiens du Voleur de regards en personne. De qui d'autre pourrais-je le tenir ? Vous n'avez même pas confié ce secret croustillant à votre meilleur ami, je me trompe ?

Suker tourna la tête dans ma direction.

— Vous comprenez ce que je veux dire, Zorbach ?

C'était la première fois qu'il renonçait à la formule de politesse. Il ne jouait plus le rôle du médecin cultivé. Il n'était plus que lui-même. L'incarnation de la pure folie.

— Si Alina avait alerté la police, une enquête aurait été ouverte. On aurait trouvé des cheveux dans le lit, de l'ADN et des empreintes digitales. Des données que la police stockait déjà. Le saviez-vous ?

— Ce n'est pas vrai, voulus-je dire, mais seul un croassement sortit de ma bouche.

Les empreintes digitales de Frank ? Comment auraient-elles pu se trouver dans les ordinateurs de la police ?

— Oh si, c'est la vérité. Il y a plusieurs années, le futur meurtrier de votre fils a participé volontairement à un test ADN de masse. Si votre chère amie n'avait pas gardé le silence, on aurait pu l'arrêter, avant qu'il n'assassine votre femme.

— Vous dites n'importe quoi. Pour un harcèlement sexuel il n'aurait pas été condamné à des années de prison.

— Non, mais, grâce à des tests simples, un psychiatre aurait constaté sa dangerosité et recommandé un traitement thérapeutique obligatoire. D'autres victimes se seraient fait connaître. Le cours des choses aurait en tout cas été bien différent. Il aurait sûrement quitté la ville, peut-être le pays. Et, même s'il était resté à Berlin, la police, au plus tard après le premier meurtre, l'aurait contrôlé, par simple mesure de routine.

Suker me regarda avec pitié.

— La série du Voleur de regards n'aurait jamais touché votre famille.

— Vous mentez ! hurlai-je.

Il secoua la tête.

— Songez seulement à toutes les souffrances qu'Alina aurait pu éviter. Toutes les familles, toutes les femmes et les enfants… Votre fils serait encore en vie.

À mon corps défendant, Suker avait réussi à me bouleverser. Mon désir de vengeance était si violent que, l'espace d'une seconde, j'abaissai l'arme, réfléchissant effectivement sur l'éventuelle culpabilité d'Alina.

Je savais que j'étais manipulé. Je savais qu'un psychopathe profitait de mes blessures physiques et psychiques. Suker déformait la réalité, intervertissait le bien et le mal, transformait les victimes en coupables pour justifier ses actes morbides. Je me détestais parce qu'il avait réussi à semer en moi les graines de son répugnant monde mental.

— Dis que ce n'est pas vrai, demandai-je à Alina.

Aurait-elle pu effectivement empêcher la mort de mon fils en alertant la police du harcèlement sexuel qu'elle avait subi ?

Elle me fit une réponse que je n'aurais pas voulu entendre :

— Je regrette, dit-elle d'une voix rauque. C'est vrai que j'ai été harcelée. Je n'ai rien dit. Parce que je suis aveugle. Parce que je n'aurais rien pu prouver.

— Vous vous êtes enfuie, énonça Suker du ton d'un procureur. Vous avez pris un faux nom, une nouvelle adresse. Mais le Voleur de regards a fini par vous retrouver, n'est-ce pas ? Il y a deux mois, lorsque vous avez dû le soigner, vous n'avez pas eu d'emblée un sentiment désagréable ? Vous n'avez pas eu envie d'interrompre les soins ? Parce que vous sentiez que l'homme, dans votre cabinet, était le même qui avait essayé de vous violer des années plus tôt ?

— Oui, entendis-je hurler Alina. Oui, mais je ne savais pas *qui* c'était. Ni quand il me harcelait, ni quand il est revenu.

Je fermai les yeux.

— L'ignorance ne préserve pas de la punition, mon enfant. Si vous aviez porté plainte, Alexander Zorbach aurait encore une famille. C'est votre faute.

Il se tourna vers moi.

— Et vous pouvez maintenant vous venger de cette faute si vous le voulez.

62

Je fermai un œil, visant la tête d'Alina. Suker était sorti de mon angle de tir et m'encourageait de la tête.

— Si cela devait vous rendre la tâche plus aisée…, me dit-il, vous épargnerez ainsi à votre amie aveugle une intervention désagréable. J'avais en effet l'intention d'amputer Mme Gregoriev de ses paupières une fois la greffe de cornée réussie. Mais elle a tout bouleversé en tentant de s'enfuir, et elle doit donc en être punie.

J'acquiesçai, retenant mon souffle. Il n'y avait qu'un peu plus d'un mètre entre elle et moi. Je ne pouvais pas la rater.

— S'il te plaît, Alex, me dit Alina, le visage tourné dans ma direction.

Si je n'avais pas été au courant de sa cécité, j'aurais cru qu'elle me regardait droit dans les yeux. Je sentais que ses souffrances psychiques étaient bien supérieures à celles que provoquaient les pinces fichées dans ses orbites. Suker n'avait pas manqué son but. Alina se sentait en partie responsable de la mort de mon fils.

— Je regrette, dis-je en clignant une dernière fois des yeux, car une larme m'avait embué l'œil, puis je tirai.

Il y eut une forte détonation. Le recul de l'arme fut à peine sensible, mais le pistolet n'en glissa pas moins de mes doigts. Le miroir sous moi éclata quand l'arme tomba dessus.

— Dommage, dit Suker, déçu, comme s'il avait sérieusement pensé que j'allais tirer sur Alina et non tourner l'arme contre lui.

— Que s'est-il passé? murmura Alina d'une voix inquiète.

— Ma foi, au moins je sais désormais où j'en suis avec vous deux, dit Suker en mettant son masque et en passant la main au niveau de la poitrine sur sa blouse, à l'endroit où la balle aurait dû le frapper. Je souhaitais vraiment vous voir réussir le test de confiance, Zorbach. Je vous aurais peut-être même laissé partir une fois tout terminé ici.

Il se pencha et prit dans sa valise un haricot en acier inoxydable, qu'il posa par terre, à côté du matelas. Il choisit un scalpel avec une lame légèrement recourbée.

Je regardai le scalpel dans sa main, puis, par terre, l'arme maintenant inutile.

Surtout ne pas commettre d'erreur maintenant.

Je n'avais pas été dupe quand j'avais tiré. L'arme n'avait pas un poids normal. Trop légère, elle avait dû être chargée à blanc. J'avais néanmoins dû tirer pour réaliser mon plan.

— Qu'avez-vous en tête? demandai-je à Suker, même si je connaissais la réponse.

L'ophtalmologue s'agenouilla à côté du matelas et approcha le scalpel du visage d'Alina. Elle se cabra dans ses liens et tourna la tête à gauche et à droite.

— Si tu me touches, je t'égorge, espèce de salopard ! cria-t-elle.

La fureur et le désespoir semblaient l'avoir elle aussi conduite au bord de la démence. Suker hésita, puis, prenant le rouleau de sparadrap, il en découpa un morceau qu'il colla sur la bouche d'Alina.

— J'ai déjà eu une patiente qui a tenté de s'enfuir. J'ai dû elle aussi l'opérer sans anesthésie pour la punir. À vrai dire…, poursuivit Suker, cherchant mon regard dans le miroir. À vrai dire, je disposais alors de meilleurs moyens pour immobiliser ma patiente. Ici, nous ne pourrons peut-être pas faire l'économie d'une nouvelle anesthésie, Alina. Nous verrons.

Le scalpel s'abaissa à nouveau. À présent concentré sur son travail, Suker paraissait chercher le meilleur endroit où inciser, ce qui me donna l'occasion de plonger la main droite dans la poche de mon pantalon.

— Allons, Alina. Cessez de vous tortiller comme ça. Ce serait malheureux que vous vous enfonciez vous-même la pince dans l'œil.

Il sortit de la valise une bouteille en plastique dont il dévissa le bouchon, en réalité une pipette remplie d'un liquide transparent. Il en fit tomber quelques gouttes sur les yeux d'Alina.

— Un désinfectant inoffensif. Mieux vaut éviter une gangrène, non ?

Reposant la bouteille, il examina le visage défiguré d'Alina et, à l'aveuglette, sortit une seringue du haricot.

— Faut-il que j'en remette une dose?

Il ôta la protection de la canule à peu près à l'instant où je m'écrasai par terre.

— Nom de Dieu, qu'est-ce que… ?

Comme je l'avais espéré, le fracas inattendu derrière lui l'avait fait sursauter, l'obligeant à délaisser momentanément Alina.

— Qu'est-ce que ça signifie? demanda-t-il, arrachant son masque et me fusillant du regard.

Dans sa frayeur, il avait laissé échapper la seringue, qui était tombée par terre. L'aiguille, tordue, était inutilisable. La première partie de mon plan avait donc réussi. Pendant qu'il ne me regardait pas, j'avais essayé de m'arracher au fauteuil roulant auquel j'étais ligoté. Mais celui-ci était trop grand et trop lourd, si bien que j'avais basculé sur le côté.

J'étais à présent par terre, sur le flanc, accroché à mon fauteuil renversé, ahanant de douleur. Je crus que Suker allait me donner un coup de pied, mais la colère disparut de son visage et il éclata de rire.

— Comme je le disais, vous êtes aussi rétif et impétueux que votre amie. Vous êtes vraiment faits l'un pour l'autre.

Il alla à la porte, tapa un long numéro de code sur le verrou digital et sortit, comme je l'espérais, pour aller chercher une autre seringue. Alina, qui ne comprenait rien aux bruits qui lui parvenaient, gémissait sous son bâillon.

— J'ai peur qu'il ne soit allé chercher une autre seringue. Mais ne crains rien. Je vais trouver quelque chose, lui dis-je avec plus de conviction que ne le justifiait ma position.

J'étais quand même toujours ligoté à un fauteuil roulant renversé, grimaçant de douleur, une arme non chargée dissimulée sous ma hanche.

Suker revint peu après, une seringue à la main. Me voyant me tortiller, il sourit de mes efforts inutiles, tel un tortionnaire observant un chat pris au piège.

— Oh, mais c'est que vous avez déjà parcouru deux centimètres, monsieur Zorbach. Mes félicitations. Vous savez quoi ? me dit-il en m'invitant d'un geste à franchir la porte demeurée entrouverte. À cette allure, vous mettrez deux jours à sortir d'ici !

Il se dirigea vers Alina en riant et lui administra la piqûre. Elle gémit, comme pour lui parler. Suker se pencha vers elle et lui chuchota quelque chose à l'oreille. Alina s'apaisa, sa tête bougeant de moins en moins violemment. Il l'observa un moment. Puis il reposa la seringue à moitié vide, prit son scalpel et commença à opérer.

Je le vis commencer par la paupière supérieure de l'œil droit, je vis la première goutte de sang perler à l'endroit où il incisait Alina avec le scalpel, je vis les yeux de Suker cligner juste au-dessus du masque qui lui couvrait le visage jusqu'aux pommettes, je vis qu'il s'apprêtait à inciser plus profondément et je hurlai :

— Hé, espèce de dégueulasse !

Il ne prit même pas la peine de se retourner. Il leva les yeux un bref instant et vit dans le miroir que je le visais une seconde fois. Il se contenta de ricaner :

— Tout ça devient parfaitement ridicule.

Cela faisait déjà un petit moment que j'avais sorti l'arme de sous ma hanche et la braquais sur lui, mais je n'étais pas encore prêt à faire le dernier pas.

— Dernier avertissement. Laisse Alina en paix !

— Sinon ? demanda Suker qui finit par se retourner.

Je n'attendais que cela. Je retins mon souffle et lui logeai dans la tête la balle que le Dr Roth m'avait mise dans la main, quelques heures plus tôt à Schwanenwerder, afin de me prouver la gravité de mes blessures.

Suker mourut avant d'avoir touché le sol.

63

— Où diable étais-tu fourré ces huit dernières heures, Zorbach ?

Stoya pestait, mais on entendait du soulagement dans sa voix.

Huit heures ?

Étions-nous restés si longtemps entre les mains du dément ? Et avions-nous mis tant de temps à quitter le champ de bataille ? Bien sûr, il faisait nuit. Nous roulions phares allumés, mais, dans cet hiver berlinois interminablement sombre, cela ne permettait pas de dire à quel moment de la journée nous étions. Pas plus que ne le permettait la montre hors d'usage sur le tableau de bord de la voiture de Leonard Schlier. Ce dernier n'avait peut-être pas été un architecte à succès avant que Suker ne l'assassine et occupe sa maison, mais c'était un homme ordonné. J'avais trouvé la clé de sa Volkswagen sur l'étagère prévue à cet effet à côté de la porte d'entrée.

— À Dreilinden, dis-je en pinçant mon nez qui avait recommencé à saigner.

— L'ancien poste-frontière avec la RDA ?

— Oui.

— Près des anciens bureaux des douanes ?

— Presque. Après avoir passé l'ancienne frontière, suis la Waldstrasse en direction de Potsdam. Il n'y a qu'une maison habitée dans le lotissement forestier. Elle se trouve juste à l'endroit où il n'y a plus de réseau pour les portables.

— Et je t'y trouve ?

— Non. C'est Suker que tu y trouveras. Mais il n'y a pas le feu, il n'est pas près de s'enfuir.

Huit heures, me dis-je en cherchant un mouchoir dans le vide-poches.

J'avais passé la plus grande partie de ces heures perdues à dormir. Alina m'avait cru mort après que j'avais tiré sur Suker, car elle ne m'entendait pas respirer sous le fauteuil roulant. Son anesthésie s'était dissipée plus vite que mon épuisement. Aussi, pendant un bon bout de temps, avait-elle alternativement crié mon nom et appelé à l'aide, jusqu'au moment où je m'étais enfin réveillé.

— Tu as liquidé Suker ? demanda Stoya d'une voix excitée.

— Oui.

— Et Alina ?

— Elle est avec moi, ainsi qu'une autre otage que nous avons délivrée.

Après mon réveil, j'avais mis une éternité à traverser la pièce aux miroirs en me traînant centimètre par centimètre.

Arrivé auprès d'Alina, j'avais ramassé le scalpel par terre et l'avais enfoncé dans le matelas. Une fois celui-ci dégonflé, Alina s'était retrouvée allongée à côté de moi et j'avais coupé ses liens. À son tour, elle m'avait libéré de mon fauteuil roulant.

— Je suis navrée, me dit-elle quand je la pris dans mes bras.

Mais je lui interdis de poursuivre. Elle n'avait rien fait de mal, je n'avais rien à lui pardonner. Suker et Frank étaient les seuls coupables, même si, dans leur folie, l'un et l'autre se sentaient dans leur bon droit. La seule question était à présent de savoir comment ils étaient entrés en contact et avaient parlé d'Alina. Une énigme supplémentaire qu'il restait à résoudre.

— D'accord, Zorbach, fit de nouveau la voix de Stoya. Vous restez sur place jusqu'à l'arrivée de mes hommes. As-tu besoin d'une ambulance ?

— Qu'est-ce que tu crois ? rétorquai-je en tournant le portable vers l'arrière de la voiture où Nicola était en train de tousser à s'arracher les poumons. Tu entends ? La petite, en plus de sa pneumonie, a perdu un œil. Alina semble être passée sous un train et moi, j'ai le crâne qui va éclater. Je te réponds donc : non, je n'ai pas besoin d'une ambulance, j'ai besoin de tout un hôpital. Et c'est justement là que nous allons.

— Je ne veux pas, protesta Nicola derrière moi.

C'étaient ses premiers mots depuis que nous l'avions libérée. Suker avait installé son bloc opératoire dans une cave ménagée sous une remise, à proximité de la maison dans laquelle se trouvait la pièce aux miroirs. Nous avions donc erré, désorientés, jusqu'au moment où Alina s'était souvenue qu'elle avait pensé frapper chez un voisin lorsqu'elle s'était échappée de la maison où Suker pratiquait ses tortures. En réalité, elle avait suivi le bruit de la circulation sur l'autoroute urbaine et n'avait fait que traverser la grande cour.

Nous avions retrouvé Nicola, déshydratée et apathique, dans la cave d'un bâtiment annexe, sur la table d'opération. L'attente pleine d'incertitude, la solitude et la douleur lui avaient enlevé tout espoir. Elle s'était mise à crier quand nous avions allumé, à hurler quand j'avais scié ses chaînes, et m'avait frappé au visage quand je l'avais transportée dans l'escalier de la cave. Elle avait gardé les paupières closes pendant tout ce temps, certainement par peur de devoir regarder la vérité en face. Jusqu'au moment où je l'avais assise dans la voiture, elle avait craint que Suker ne revînt lui ôter son deuxième œil.

— Qu'est-ce que ça signifie ? Elle ne veut pas aller à l'hôpital ? demandai-je à Alina en regardant dans le rétroviseur.

Elle se contenta de hausser les épaules tout en continuant à caresser la tête de l'adolescente pour essayer de l'apaiser.

— Le mieux est que vous alliez tous à l'hôpital Martin Luther, dit Stoya.

Martin Luther ? C'était au moins à vingt minutes d'ici.

— Pourquoi je devrais faire ce détour ?

— Je ne peux pas le dire au téléphone.

Stoya avait le sens politique. Il était assez habile pour formuler ses réponses de manière que même un homme ayant reçu une balle dans la tête comprît entre les lignes.

— Frank ? demandai-je, le souffle coupé.

Inexplicablement, mon saignement de nez avait cessé aussi brusquement qu'il avait commencé. En revanche, la cicatrice sous mon pansement à la tête s'était mise à me démanger. J'avais une envie folle de l'enlever.

— Je viens de t'expliquer que je ne peux pas le dire au téléphone, répéta Stoya, confirmant ainsi mon hypothèse. Une chose seulement : si j'ai laissé plein de messages dans ta putain de boîte vocale ces dernières heures, ce n'est pas sans raison. Tu ferais mieux de te dépêcher.

64

Alina Gregoriev

Alina entendit le teuf-teuf du diesel s'éloigner d'elles. Elle serra la main de Nicola.

— Il faut que tu me conduises, d'accord ?

Étonnamment, elle n'avait pas eu besoin d'un grand effort de persuasion pour convaincre Zorbach de les déposer ici, sur le trajet menant à l'hôpital Martin Luther. Alina connaissait le nouveau lotissement. Peu après avoir subi le harcèlement sexuel, qui, à en croire Suker, était le fait de Frank, elle avait songé à venir vivre ici, à Zehlendorf. Les loyers y étaient relativement bon marché, mais, finalement, elle avait renoncé à habiter à des kilomètres du centre, dans un cube au milieu de beaucoup d'autres, assorti d'un jardin grand comme un mouchoir de poche.

— *Vous allez vous en tirer toutes seules ?* avait insisté Zorbach.

L'impatience dans sa voix avait encore enlevé à la question le minimum de sollicitude qu'elle contenait. En réalité, ayant hâte de poursuivre son chemin, il avait été heureux que le souhait de Nicola lui permît de continuer seul à pourchasser Frank. Avant de démarrer sur les chapeaux de roues, il avait promis de leur envoyer une ambulance.

— Merci beaucoup, dit Nicola, main dans la main avec Alina.

Le sentier, dans le petit jardin devant la maison, était verglacé. Par chance, Alina avait trouvé ses vêtements dans un carton devant la pièce aux miroirs. Elle avait même remis sa perruque. La neige gelée lui rappela néanmoins les minutes atroces de sa fuite pieds nus à travers la cour. Nicola était elle aussi emmitouflée, même si c'était dans des pull-overs trop grands et sentant le moisi qui avaient appartenu à Leonard Schlier. Ses pieds nageaient dans des brodequins d'ouvrier du bâtiment que l'architecte portait sans doute lors de ses visites de chantier.

Le vent, telle une lame acérée et glacée, cisaillait les doigts nus d'Alina, mais elle ne voulait pas lâcher la jeune fille qui tremblait de plus en plus fort, et pas seulement de froid, à mesure qu'elle se rapprochait de la porte de la maison. Bien que Johanna Strom lui eût rendu visite pour la supplier de l'aider à rechercher sa fille quelques jours plus tôt, Alina avait l'impression qu'il y avait des années que la mère lui avait laissé la photo de Nicola.

Depuis que, dans la voiture, Alina avait sorti le tract de la poche de son pantalon et l'avait donné à Zorbach pour qu'il les emmenât à l'adresse écrite dessus, Nicola brûlait littéralement d'excitation.

— Tu n'as aucune raison de me remercier, petite. C'est moi qui ai une dette envers toi.

Évidemment, il était assez irresponsable de leur part de n'aller ni à la police ni à l'hôpital, mais Alina comprenait parfaitement le désir de Nicola de revoir sa mère. Elle le savait d'expérience, ni les médecins ni les comprimés ne pourraient guérir les traumatismes provoqués par plusieurs mois de réclusion et de tortures. Seul l'amour de proches y parviendrait, si tant est que ce fût possible.

— Jamais je n'ai imaginé que maman me chercherait réellement, dit l'adolescente qui était sur le point de pleurer, ou avait déjà les joues inondées de larmes. Encore moins qu'elle viendrait à Berlin. Putain, j'ai toujours cru qu'elle se foutait pas mal de moi. C'est d'ailleurs pour ça que je ne lui ai pas raconté mes problèmes avec papa.

Alina se souvint des mots de Nicola quand elles étaient prisonnières dans la cave de Suker :

« *... mais il est certainement heureux que j'aie disparu de la circulation. Comme ça, je ne peux raconter à personne qu'il m'a tripotée dès que j'ai emménagé chez lui.* »

Quelques minutes plus tôt, pendant qu'ils erraient dans la maison de Leonard, Zorbach lui avait expliqué comment Suker avait suivi la piste de ses victimes grâce à l'aide d'une pseudo-assistante par téléphone. Elle était prête à parier que Nicola avait elle aussi composé ce numéro après avoir été harcelée par son père. Cela expliquait également pourquoi le psychopathe avait rendu visite à la mère de Nicola dans l'établissement psychiatrique de Hambourg et lui avait montré la photo de sa fille torturée : c'était la punition infligée à Johanna Strom pour ne pas s'être aperçue des signes avant-coureurs de ces abus sexuels.

— C'est encore loin ? demanda Alina.

— On y est. Je crois qu'elle est là. Il y a de la lumière dans la cuisine.

Encore quelques pas chancelants, puis elles s'immobilisèrent.

— Tu peux lire son nom sur la plaque ?

— Oui, répondit Nicola en déglutissant. Je sonne ?

— Oui, vas-y !

Alina entendit sonner à l'intérieur de la maison, puis un bruit de chaise qu'on repousse, et enfin le son étouffé de pas s'approchant de la porte. Son cœur battait la chamade. Quels pouvaient être les sentiments de Nicola ? Elle s'imagina le visage décontenancé de Johanna Strom qui s'attendait certainement à tout, sauf à revoir sa fille disparue depuis des mois.

Elle imaginait déjà le cri de surprise, d'abord incrédule et s'interrompant brusquement car elle porterait les mains à son visage, puis, un bref instant plus tard, un cri de joie en même temps que de douleur. Une douleur, accumulée depuis des mois et cherchant un exutoire.

Elle souhaita presque voir de ses yeux la scène : la mère et la fille face à face, en pleurs, puis priant que ce ne fût pas un rêve – un de ces rêves qui, des jours et des jours, les avaient réunies quelques instants avant qu'elles ne se réveillent, seules – et se jetant dans les bras l'une de l'autre. Mais ce seul souhait suffit à lui faire penser à Suker, ce dément qui avait suscité en elle l'espoir de retrouver la vue, puis qui, mutilant la jeune fille à côté d'elle, avait à jamais empoisonné cet espoir.

Comme elle s'attendait à une explosion de surprise et de joie, la violence des réactions quand la porte s'ouvrit enfin ne l'étonna pas.

— Oui, que puis-je pour…

Comme prévu, Johanna Strom s'interrompit au milieu de sa phrase et poussa un cri aigu.

— Oh, mon Dieu, entendit-elle Nicola souffler à côté d'elle, avant de retirer sa main de la sienne, sans doute pour la tendre vers sa mère.

— Vous me l'avez ramenée ! s'écria Johanna. Vous m'avez ramené ma Nicola !

Au même instant, Alina s'aperçut que quelque chose n'allait pas. Nicola tremblait comme une feuille. Et elle criait. Comme on pouvait s'y attendre. Mais quelque chose clochait.

Il y a du louche là-dessous, se dit Alina, avant même de se demander pourquoi le cri de Nicola, contrairement à celui de sa mère, n'avait rien de joyeux.

— Mais qu'est-ce que tu as ? eut-elle le temps de demander avant de perdre totalement le contrôle de la situation.

— Non, pourquoi ça recommence ? hurla Nicola avec un désespoir pire encore que tout ce qu'Alina avait entendu sortir de sa bouche.

Au même moment, un coup lui ébranla tout le corps. Des mains vigoureuses l'entraînèrent vers l'avant et elle trébucha à l'intérieur de la maison, avant de tomber par terre, à côté de Nicola.

— Je ne comprends pas…, dit-elle, essayant de s'expliquer pourquoi Johanna Strom agissait avec une telle violence à leur égard.

— Ce n'est pas ma mère, cria Nicola pendant que la porte se refermait à la volée derrière elles.

— Oh que non ! dit en riant la femme dans leur dos. Elle n'a jamais quitté l'asile de Hambourg.

Passant au-dessus de la tête d'Alina, elle lui donna un coup de pied pour l'obliger à s'allonger sur le dos.

— Je ne suis pas Johanna Strom. Vous pouvez m'appeler Iris.

Ce qu'Alina sentit ensuite, ce fut un couteau à pain s'enfonçant dans son bas-ventre.

65

Alexander Zorbach (moi)

— Tu arrives trop tard, dit Stoya en me prenant par le bras.

M'arrachant à son étreinte, je bondis hors de l'ascenseur. Nous nous trouvions au troisième étage du bâtiment neuf. Une inscription peinte sur le crépi indiquait que le service des soins intensifs était à droite.

— Écoute-moi d'abord un peu, haleta derrière moi le commissaire qui peinait à me suivre. Où veux-tu aller ? Tu ne peux plus rien faire ici.

— Où ? demandai-je en me retournant, sans cesser de courir, vers Stoya. Où est Frank ?

Deux minutes plus tôt, Stoya m'avait accueilli devant l'hôpital pour m'informer des événements les plus récents.

— Comme tu es partie prenante, Alex, je devrais ne te donner aucune information sur l'avancement de l'enquête, avait-il déclaré en allumant une cigarette comme si nous n'étions pas pressés. Une chose toutefois : tu l'as salement amoché. Frank a tenté de s'enfuir, mais il avait perdu tant de sang à cause de sa blessure à l'épaule qu'il a finalement préféré se livrer plutôt que d'y rester. Il s'est traîné, à moitié mort, jusqu'à l'hôpital. On l'a trouvé, inanimé, devant les marches.

Stoya s'était mis à rire.

— Sois content. C'est terminé. On tient ce salopard.

Sur quoi, j'avais posé la seule question qui m'intéressait :

— Qu'est-ce qu'il a dit ?

Où est mon fils ?

— Rien du tout. Il avait perdu toute lucidité. Ils ont essayé de le stabiliser, mais le stress et la douleur avaient paralysé son système circulatoire. Ils tentent de le sauver. À vrai dire, le professeur Gruenberg estime que les blessures…

À l'instant où Stoya avait haussé les épaules d'un air de regret, je l'avais laissé en plan, et, depuis, il courait après moi.

— Où est-il ? criai-je en tournant au coin du couloir où j'aurais heurté un médecin s'il ne m'avait évité à la dernière seconde.

— Hé là ! faites attention. On n'est pas au stade.

Je pris cependant le pas de course, l'écart entre Stoya et moi ne cessant de grandir.

— Il est là-dedans ? m'exclamai-je en m'immobilisant, montrant une porte en verre à deux battants au bout du couloir.

Sur une vitre en verre fumé était écrit en lettres réfléchissantes : « OP I - III ». Sans attendre la réponse, j'appuyai sur la sonnette.

— Zorbach, je t'en prie, calme-toi.

Stoya m'avait rattrapé et toussait, plié en deux. Je laissai le doigt sur la sonnette, mais la porte resta fermée. Un médecin s'approcha dans le couloir et s'arrêta à côté de nous.

— Où voulez-vous aller ?

L'homme était petit, un peu bouffi, avec les oreilles décollées et une barbe, ce qui lui donnait l'air d'un Mickey adulte. Le ton impérieux compensait le manque d'autorité de l'apparence.

— Vous ne pouvez pas entrer. Une opération est en cours.

— Vous êtes chirurgien ? demandai-je en reculant d'un pas.

— Oui.

Il appuya sur un interrupteur placé dans la baguette de l'encadrement de la porte, et celle-ci s'ouvrit vers l'intérieur. Il commit alors l'erreur de se tourner vers Stoya :

— Je vous tiendrai au courant, dès qu'il y aura une évolution.

Je me mis sur son chemin quand il voulut entrer.

— Professeur Gruenberg ?

— Plus tard, je suis pressé.

Je lui touchai le bras.

— Laissez-moi vous accompagner, je vous en prie.

— C'est impossible.

— Allez, donnez-moi des vêtements stériles.

— Il n'en est pas question. L'entrée est interdite à toute personne étrangère au service. Dans l'intérêt des patients.

Il voulut passer, mais je le pris par le col de sa blouse.

— Ce n'est pas un patient, c'est l'assassin de mon fils, lui crachai-je au visage.

— Zorbach, je t'en prie, intervint Stoya d'un ton apaisant.

Je sentis sa main sur mon bras.

— L'homme qui est là-dedans, votre *patient*, a enlevé et assassiné mon fils, et je ne peux accepter qu'il meure sur la table d'opération avant que je sache ce qu'il a fait du cadavre de mon fils, vous comprenez ?

J'ai besoin de certitude. Je ne peux continuer à vivre sans savoir quelle a été la fin de Julian, quelle qu'elle ait été.

Le chirurgien prit une profonde inspiration quand je relâchai quelque peu ma prise.

— Oui, je vous comprends. Moi aussi, je suis père. Mais, ici et maintenant, je suis médecin. Et, en tant que tel, aussi regrettable que cela puisse être, je ne dois pas m'intéresser à l'histoire passée de mes patients. Mon engagement à sauver la vie m'oblige. Et je ne vous laisserai pas m'empêcher de le tenir. Vous, est-ce que vous le comprenez ?

— Bon, très bien. Parfait.

Je lâchai sa blouse et fis un pas en arrière.

— Alors, veuillez répondre à une seule question, dis-je quand le professeur voulut passer. Quelles sont les chances que Frank Lahmann survive à l'intervention ?

Gruenberg s'immobilisa. Ses chaussures grincèrent quand il se retourna vers moi. Je lus dans son regard qu'il pesait le pour et le contre. Devait-il calmer le jeu en me garantissant le succès de l'opération ou me dire la vérité ? Je sortis mon arme et la pointai sur lui.

— Pour l'amour du ciel, Zorbach, cria Stoya.

Du coin de l'œil, je le vis prendre son portable.

— En pourcentage, docteur. Quelle est la probabilité qu'il s'en tire ?

— À peu près trente pour cent, répliqua Gruenberg d'une voix étranglée.

— Merci, dis-je. Mais c'est trop peu pour moi.

Puis je menaçai le chirurgien de l'abattre s'il ne me faisait pas entrer immédiatement dans la salle d'opération.

66

Alina Gregoriev

Alina, allongée sur les dalles grossières d'une cuisine, sentait la chaleur s'écouler de son corps.

Elle tremblait. Le couteau vibrait en elle à chacune de ses inspirations.

Le bas-ventre. Quel mot stupide, pensa-t-elle. *Presque aussi stupide que « maladies de bonnes femmes »*.

Elle voulait dire quelque chose à la personne penchée sur elle et dont elle sentait l'haleine humide. Mais elle avait déjà perdu trop de sang et n'eut pas la force de demander pourquoi elle la maltraitait ainsi.

— Nicola a vu mon visage, expliqua Iris, debout dans la flaque entourant le corps d'Alina.

Celle-ci pensa : *Elle sait manifestement ramasser le sang*, ce qui, à vrai dire, n'avait guère de sens, mais quelle logique y avait-il à ce qu'elle se trouve là, dans une cuisine inconnue, comme un animal immolé ?

— Je n'ai pas accepté que Suker me l'enlève, poursuivit la femme au-dessus d'elle.

C'est donc ça, pensa Alina, heureuse que ses pensées aient retrouvé leur cours normal. Le froid gagnait en elle, en dépit du feu qui lui brûlait la région de son corps que sa grand-mère appelait « là en bas ».

— *Ça te fait de nouveau mal, là en bas, ma chérie?*

— *Oh oui, mamie. Je crois qu'il faut que j'aille chez le médecin.*

C'était donc pour cette raison qu'Iris l'avait trompée, qu'assise dans son salon, balbutiant et pleurant, elle s'était fait passer pour Johanna Strom, tandis que la véritable mère, dans la clinique de désintoxication, attendait que la police vînt lui annoncer avoir réussi.

Iris est une comédienne sadique. La phrase prononcée par Nicola quand, quelques heures plus tôt, elles avaient tenté de s'enfuir de la cave lui revint à l'esprit. *Un jour, elle s'est fait passer pour une codétenue, juste pour décourager une autre victime*.

Et, en présence d'Alina, elle s'était glissée dans le rôle de la mère éplorée.

Suker s'étant séparé d'elle après leur altercation, le risque d'être découverte était devenu trop grand pour son assistante. Elle devait trouver Nicola, et manifestement à n'importe quel prix.

Alina rassembla ses forces pour tenter d'arracher le couteau de son corps, mais sa main glissa sur le manche de bois. Elle ne put s'empêcher de penser à Zorbach et à l'erreur qu'il avait commise en croyant que Tamara avait été l'assistante de Suker, alors que c'était le seul hasard qui l'avait attirée dans les griffes de l'ophtalmologue. *Tout comme moi qui, sans le savoir, ai ramené Nicola à celle qui la torturait.*

— Tu n'aimes pas la récompense pour ta découverte ? lui demanda Iris.

Et cette fois, sa voix n'était pas un souvenir dans sa tête, mais une voix bien réelle – c'était peut-être la pire des vérités qu'elle entrevoyait peu à peu : quand elle avait « vu » tout cela, elle n'était pas dans le corps de Suker, mais dans le sien propre ! Elle comprenait à présent pourquoi la vision n'était intervenue que bien après qu'elle eut massé Suker, c'est-à-dire quand elle se touchait la tête, se tordant de douleur à cause de sa chute sur la table d'opération. Ce n'était pas l'ophtalmologue qui vivait ses dernières secondes sur un plancher, mais…

… mais c'est moi ! Je vais mourir…

Au moment où elle fit cette épouvantable constatation, le monde se mit à tourner autour d'elle.

Elle entendit son sang couler, son cœur ralentir comme si quelqu'un avait mis la main dans sa poitrine pour arrêter le balancier.

Mais je l'ai peut-être mérité, se dit-elle, alors qu'Iris se moquait d'elle une dernière fois :

— C'est pourtant la juste récompense de ta découverte !

La tête d'Alina s'affaissa vers l'avant, son menton venant toucher sa poitrine. Mais elle ne dormait pas. Elle s'éteignait lentement.

Plusieurs années auparavant, une chiromancienne de Los Angeles lui avait prédit pour dix dollars qu'elle vivrait longtemps et finirait ses jours paisiblement, vieille femme se souvenant des gens qu'elle avait aimés.

Je veux récupérer mon argent, songea Alina qui, en cet instant, se sentait loin comme jamais encore de tout ce qu'elle avait aimé.

Mais ce qui arrive ici est sans doute effectivement le juste châtiment de mes fautes. Julian, j'aurais peut-être pu le sauver…

Elle ne parvint pas à aller au bout de sa pensée, à se demander si Suker avait eu raison et si le fils de Zorbach serait encore en vie si elle était allée trouver la police pour dénoncer son harceleur. Elle n'eut pas davantage le temps de se demander pourquoi elle avait toujours tiré de fausses conclusions de ses «visions». Or, après qu'elle avait heurté de la tête la plaque métallique d'une armoire à médicaments dans la prison, ce n'était pas l'ophtalmologue que ses mains touchaient mais ses propres tempes, et ce n'était donc pas avec les yeux de Suker qu'elle avait vu le monde, mais avec les siens. Elle était incapable de saisir par quelle ironie du sort elle avait fini par retrouver sa «vue» après avoir rencontré le chirurgien dément – même si ce n'avait été qu'un bref instant, et pour contempler sa propre mort de surcroît –, tout comme elle était incapable de constater que Suker n'avait sans doute jamais rien su du destin de Julian. Elle n'était plus en mesure de se livrer à ce genre de réflexions. Seul le bruit banal d'une sonnette d'entrée la troubla un instant, parce qu'elle se croyait en train de mourir, entrée dans une phase où les influences extérieures ne parvenaient plus jusqu'à elle. Quoi qu'il en soit, elle ne respirait plus l'odeur du sang dans lequel elle était allongée et, si elle sentait toujours le couteau en elle comme un corps étranger, elle n'avait plus l'impression d'avoir avalé un rouleau de fil de fer barbelé trempé dans de l'acide.

En réalité, la sonnette aurait dû être pour elle le signal que les ambulanciers appelés par Zorbach étaient devant la porte, mais sa perception des choses était devenue trop faible pour cela. Pourtant, le bourdonnement eut au moins pour effet de perturber quelques secondes le processus d'abandon dans lequel elle était plongée. Elle se retrouva dans un état d'incertitude, quelque part entre une somnolence de plomb et des battements de cœur frénétiques, comme si, au moment où elle s'endormait, quelqu'un lui avait mis un réveil contre l'oreille. Alina songea qu'elle venait de gaspiller la dernière chance de sa vie quand, dans la maison de Leonard, elle avait brièvement étreint Zorbach, sans lui dire ce qu'elle éprouvait pour lui. *Sans l'embrasser*.

On sonna de nouveau à la porte.

Merde, on n'est donc jamais tranquille? L'idée lui traversa la tête alors que son œil interne était en train de dessiner l'image d'un être qui l'avait accompagnée dans une grande partie de son parcours d'aveugle, parcours qui allait s'achever là, maintenant, dans une cuisine empestant le sang et la vaisselle.

— *Envie de quelque chose de chaud?* demandait John et elle acquiesçait parce que la chaleur était précisément ce qui lui manquait alors le plus.

Ah, John. Toujours là quand on a besoin de toi.

N'ayant jamais été bonne cuisinière, elle saisissait la moindre occasion pour se dérober à cette corvée. À présent, comprenant que le temps d'apprentissage était à jamais révolu, elle regrettait de n'avoir pas assisté son ami quand il était aux fourneaux.

Elle ignorait tout du temps de cuisson des légumes, de la recette de la sauce au vin rouge et de l'art d'utiliser un presse-purée. Putain, elle ne savait même pas dans quel tiroir se trouvaient les ustensiles avec lesquels John cuisinait de si délicieux…

Le tiroir ?

Alina écarquilla les yeux. La cuisine était toujours obscure, mais la lumière se fit en elle. On aurait dit que quelqu'un venait de visser une ampoule dans le monde de ses pensées. *Mille watts, forte intensité.*

D'un seul coup, elle eut devant les yeux des images nettes et lumineuses. Elle voyait ce qui se passait.

Iris devant la porte.

Iris qui n'allait pas ouvrir.

Iris qui allait attendre que les ambulanciers, croyant s'être trompés, fassent demi-tour.

Iris qui allait revenir et…

Le tiroir !

D'un seul coup, Alina se souvint des images qui s'étaient incrustées dans sa tête peu après sa chute sur la table d'opération, et elle savait donc ce qui allait se passer dans quelques secondes :

Iris se dirige vers le buffet. Elle ouvre le tiroir supérieur…

— Nicola !

Alina s'entendit parler, d'une voix étouffée, comme si quelqu'un pressait un coussin devant sa bouche.

— Nicola ! Tiroir supérieur. Arme.

— *Prends-la !* voulut-elle crier. *Prends-la avant qu'Iris la prenne et te la mette dans la bouche.*

Alina n'était pas sûre que Nicola fût en mesure de comprendre l'avertissement. De l'entendre d'abord, puis d'en saisir le sens.

Elle « voyait » l'adolescente par terre, de l'autre côté de la cuisine, le dos contre un radiateur auquel elle était attachée par une main. Mais peut-être qu'elle se trompait encore et que Nicola n'était pas dans la pièce. Elle ne l'avait pas entendue crier, gémir, se plaindre, râler ou pleurer. Il est vrai qu'avant les coups de sonnette elle-même ne ressentait pas grand-chose.

Aussi ne sut-elle pas avec certitude ce que signifiait le coup de feu qu'on tira à quelques pas d'elle.

Avec son écho dans l'oreille, Alina se demanda s'il était d'ailleurs possible de modifier le destin, même quand on le connaissait, et glissa dans une obscurité qu'elle n'avait encore jamais connue.

67

Alexander Zorbach (moi)

— Qu'est-ce que ça veut dire, ça ne marche pas ?

J'agitais mon pistolet sous le nez de l'anesthésiste. Depuis que j'avais abattu Suker, je n'avais pas eu l'occasion de le recharger. De toute façon, je n'avais pas l'intention de tirer sur un innocent. La menace devait suffire.

— Je ne peux pas ranimer le patient aussi aisément. Il est anesthésié.

Le médecin, dont la calvitie me gênait un peu car elle me faisait penser à Alina, tremblait en me montrant les appareils dont il avait la responsabilité.

— Nous avons déjà mis les choses en route.

— Rien que des conneries ! criai-je en frappant du plat de la main le ventre de Frank avec tant de force que la table vacilla sous lui.

Derrière moi, une infirmière profita de l'occasion pour s'enfuir du bloc. Quand j'étais entré, remorquant Gruenberg, elle était en train de disposer les instruments du professeur. Deux autres médecins, plus jeunes, peut-être des assistants, se tenaient auprès d'elle, et ils avaient bondi en arrière presque simultanément, comme si la vue de mon arme avait provoqué chez eux un choc électrique. J'ignorais s'ils étaient encore là. J'avais l'impression que le bloc, dans mon dos, était vide. Gruenberg avait été le premier à déguerpir quand je l'avais lâché pour me précipiter sur le médecin chauve.

J'examinai le corps inanimé de Frank. Je vis ses yeux clos, la blessure sous la clavicule et je baissai les yeux jusqu'à ses pieds nus qui dépassaient d'une couverture.

Qu'est-ce que tu crois? pensai-je, plein de haine. *Tu oses te traîner jusqu'ici, à l'hôpital, et implorer de l'aide?* Avec tous les tuyaux qui alimentaient son corps, il ressemblait plus à une machine qu'à un homme.

Tu peux crever!

J'aurais volontiers enfoncé mon pouce dans le trou de son épaule et attendu le bruit de succion que provoque immanquablement le fait de tirer suffisamment fort sur les bords d'une plaie.

Les appareils de l'anesthésiste lui procuraient une respiration régulière. Je n'avais qu'une pensée : *Il ne l'a pas mérité. Il ne peut pas dormir tranquillement, ici, tandis que, quelque part dehors, le corps de mon fils se décompose.*

— Je compte jusqu'à trois! criai-je en pleine face au médecin sur qui je déversai une partie de la fureur que je ne pouvais déverser sur Frank.

Pas encore.

— À trois, je lui arrache le tube de la gorge.

— Alors, il ne pourra plus respirer; il mourra.

— Vous vous foutez de ma gueule ? Donnez-lui un antidote qui remette sa respiration en route et le réveille. Je ne suis pas idiot. Vous avez ce genre de truc dans votre kit d'urgence, en cas de complications. Je suis au courant.

Plus exactement, je l'espérais. Mon assurance était, comme l'arme dans ma main, du bluff pur et simple.

Quelques années plus tôt, il y avait eu un problème lors du détartrage des dents d'un des chats de Nicci. Le vétérinaire lui avait injecté un antidote ; l'animal s'était réveillé et avait recommencé à respirer.

— D'accord, d'accord, je peux lui donner quelque chose, dit le médecin en déglutissant.

Chez ce type, la pomme d'Adam fait de l'ascenseur, avait dit un jour Frank à propos de notre directeur de la publication. Cette description si exacte m'avait fait rire.

Comment avais-je pu être aussi aveugle ? Et croire que son humour irrespectueux pourrait être un lien entre nous, alors qu'il n'était qu'un élément de sa mascarade ?

— Mais ça n'a pas de sens, dit le médecin, de plus en plus nerveux, qui clignait des yeux en mesure avec le respirateur artificiel.

— J'en fais mon affaire.

— Mais comprenez donc ! insista le médecin, ne s'avouant pas vaincu mais ayant déjà à la main une seringue qui, je l'espérais, contenait le bon produit. Son corps ne le supportera pas. Le choc et le collapsus qui s'ensuivra tueront M. Lahmann.

Ne l'appelle pas M. Lahmann. Appelle-le par son vrai nom. Appelle-le assassin.

J'entendis derrière moi des voix étouffées, une sonnerie de téléphone. Je me retournai et je pus vérifier que mon hypothèse était exacte. Les médecins avaient quitté le bloc, mais l'unité spéciale, informée par Stoya, n'osait toujours pas intervenir, évaluant manifestement les options possibles.

— Combien de temps ça durera ? demandai-je au médecin en train d'enfoncer la seringue dans l'un des tuyaux tout en m'interrogeant une dernière fois du regard.

— Ça ira vite. S'il revient à lui, c'est l'affaire de quelques secondes.

— Je veux savoir combien de temps j'aurai pour parler avec lui ?

— Une minute peut-être. Au grand maximum.

Je lançai un regard vers les portes du bloc derrière lesquelles le silence régnait à présent.

Mauvais signe.

— Bon, alors, dis-je en posant mon arme directement sur le front luisant de sueur de l'anesthésiste et en montrant la seringue du menton. Pique maintenant !

68

Tout, mais pas ça !

Je ne voulais pas me souvenir de ma mère.

Dans une maison de repos non loin de là, elle aussi était couchée sur un matelas à réduction de pression, le visage caché sous un masque à oxygène, avec, dans le corps, plus de tuyaux qu'un téléviseur ne compte de câbles.

Jusqu'à l'attaque d'apoplexie qui avait réduit les capacités de son cerveau à celles d'une assiette de semoule, ma mère avait été enfermée dans une existence étrangère. Pas dans la sienne, mais dans celle de notre famille, une existence à laquelle elle était subordonnée. Elle aimait la montagne, et c'était pourtant toujours à la mer qu'elle allait, parce que cela plaisait davantage à « ses hommes ». Ses excellents résultats universitaires auraient pu lui ouvrir la porte d'une carrière diplomatique ; elle aurait parcouru la planète en « jet », elle aurait partagé la table des puissants de ce monde. Au lieu de quoi elle nous conduisait dans nos camps de vacances, moi et mes amis, dans un break bringuebalant. Et, si elle ouvrait un journal, ce n'était bien sûr pas dans l'espoir d'y voir son nom, mais pour parcourir les pages « supermarchés » afin d'y relever les produits en promotion. Dans son monde, il n'y avait pas de « moi », mais un « nous ». Et, si elle avait passé sous silence qu'elle était atteinte d'une maladie du sang, cela avait relevé, pour elle, d'une pure logique : il ne fallait pas plonger mon père et moi dans l'angoisse, alors que nous nous employions à bâtir ce qu'on appelle une carrière.

Et, maintenant que je devais reconnaître que toutes ses privations avaient été vaines, qu'elle avait inutilement mis sa propre existence au second plan et que, en dépit de son amour, j'avais échoué dans tous les domaines où l'on peut échouer, voilà que je pensais à elle, pour la première fois depuis longtemps, ici, dans le bloc III de l'hôpital Martin Luther. C'était à la fois aberrant et injuste : comment l'homme qui avait renversé sur mon existence un plein bidon d'herbicide et la femme qui m'avait donné la vie il y a trente-six ans pouvaient-ils bénéficier des mêmes soins vitaux ? J'avais envie de débrancher sur-le-champ tous les appareils pour mettre fin à cette injustice. Mais l'électrocardiogramme plat pouvait attendre. J'avais encore besoin que le cœur de Frank batte.

— Il est prêt ?

— À mourir ? ironisa l'anesthésiste chauve en retirant son masque désormais inutile. La respiration est activée, il s'éveille lentement.

Les bips de plus en plus rapprochés provenant de l'écran de contrôle confirmaient son propos.

— Mais je vous mets en garde une dernière fois. Si j'enlève le tube et qu'il revienne à lui, vous aurez à répondre de sa mort.

Je lui indiquai avec mon arme que ce n'était pas mon problème.

— Hé, Alex !

Je me retournai d'un bond. Stoya était dans le sas. Il avait ôté son manteau et sa veste, ne portait plus qu'un tricot de corps qui s'arrondissait sur son ventre et, les mains croisées sur la nuque, il tourna une fois sur lui-même pour me prouver qu'il n'était pas armé.

— Je peux rentrer ?

— Non, dis-je en faisant un signe de la tête au médecin toujours hésitant.

— Je comprends ce que tu ressens, dit-il pour tenter d'établir une communication.

Il aurait pu tout aussi bien m'écrire une lettre. Je cessai de m'occuper de lui. Le tube se détacha de la gorge de Frank avec un bruit de caoutchouc. La réaction qui suivit fut aussi rapide que violente. Un bref instant, le jeune homme cessa totalement de respirer, sa bouche et ses yeux s'écarquillèrent comme chez quelqu'un ayant avalé de travers et cherchant à attirer l'attention sur lui, puis tout s'accéléra.

Les convulsions commencèrent sans prévenir. D'un seul coup, il se mit à frétiller comme un poisson dans un seau vide.

— Mon Dieu, souffla Stoya derrière moi.

— C'est le choc, expliqua le médecin.

Je vous avais prévenu, était-il écrit dans son regard réprobateur. Il s'efforçait de maintenir sur la table le corps de Frank qui s'agitait hors de tout contrôle. On avait l'impression que la douleur, jusqu'ici retenue derrière un barrage d'anesthésiques, cherchait à se frayer un chemin vers l'extérieur.

— Je t'en prie, Zorbach, arrête ! dit Stoya comme s'il était en mesure de faire revenir les choses en arrière.

Contrairement à lui, j'éprouvais une étrange satisfaction et j'aurais pu observer longtemps encore le corps de Frank se convulser. J'avais presque de la répugnance à demander au médecin de calmer la crise. Mais, en continuant ainsi, je n'aurais pu obtenir la moindre information de cette ordure. L'anesthésiste était d'ailleurs déjà en pleine action, ouvrant le robinet d'une autre perfusion sans que je lui aie rien dit.

Il fallut un certain temps avant que la cadence des signaux de contrôle se modère un peu et que Frank ouvre les yeux. Il regardait dans le vide.

Je me penchai vers lui et vis mon reflet dans ses yeux vitreux.

— Où est mon fils ? demandai-je, mon arme toujours braquée sur le médecin afin de dissuader Stoya de commettre une bêtise.

Frank me regarda et tordit les lèvres en un sourire affreux. Même dans la mort, il voulait encore me narguer. J'eus envie de lui flanquer mon poing dans son visage juvénile, de le prendre au collet et de l'égorger, mais l'un et l'autre m'étant interdits, j'en restai aux menaces verbales.

— Si tu ne me dis pas sur-le-champ ce que tu as fait de Julian, je vais t'injecter un litre de détergent dans les veines.

Il leva la main droite et ses doigts s'agrippèrent à la manche de ma veste.

— Où ? insistai-je en lui faisant lâcher prise.

Il déglutit. Une fois, deux fois. Puis sa tête tomba sur le côté et je dus m'agenouiller pour l'entendre.

— L'auto.

Il avait la voix d'un petit enfant essayant de prononcer un mot nouveau.

— L'auto ? Dans une voiture ?

Il cligna des yeux.

— Laquelle ? Dans quelle foutue bagnole est-il ?

— Devant…

Ses yeux roulèrent sur le côté. Un instant, je n'en vis plus que le blanc, puis son regard se fit un peu plus clair.

— Devant la…

Le bruit de sa respiration évoquait celui d'un sac-poubelle mouillé tiré par terre. Il toussa, puis prononça le mot décisif.

On entendit quelque chose comme « lini », parce que son larynx ne pouvait plus émettre de « c », mais je le compris aussitôt.

Clinique.

Le salopard parlait de la voiture avec laquelle il avait réussi à venir jusqu'à l'hôpital.

— Ici ? demandai-je pour m'en assurer, et il cligna des yeux, des larmes coulant de ses yeux comme des filets de morve.

— Où ? dis-je en le secouant, incapable de me retenir plus longtemps. Où se trouve exactement cette bagnole ?

La bagnole dans laquelle tu as transporté le cadavre de mon fils.

Il n'y eut plus de réponse.

Je levai les yeux.

Je regardai l'écran où les pics et les creux devenaient tout à coup beaucoup plus irréguliers.

Je regardai le médecin dont le visage s'était pétrifié en un masque de désapprobation.

Je regardai Stoya.

— Vous avez trouvé sa voiture ? questionnai-je.

Se contentant de secouer la tête, il me désigna l'écran qui signalait l'affaiblissement des fonctions vitales de Frank.

— Tu as ce que tu voulais, finit-il par dire. Baisse ton arme. Arrête-toi là.

À mon tour je secouai la tête et, étonnamment, elle ne me faisait plus mal. Tandis que Frank agonisait à la suite du choc, celui que j'avais reçu semblait me délivrer de mes souffrances.

— Allons, Zorbach. Tu sais ce que tu as à faire maintenant.

— Oui, dis-je en m'approchant de l'anesthésiste et en posant mon arme déchargée sur sa nuque.

— Ce truc est-il transportable ?

— Oui, oui, acquiesça-t-il violemment de la tête. La table a des roulettes.

Reculant d'un pas, je coupai de deux gestes rapides tous les tuyaux et raccordements. Aussitôt, un son modulé et strident remplaça les divers bruits. Frank recommença à trembler.

— Qu'avez-vous en tête ?

— Nous allons au parking, dis-je en obligeant le médecin à desserrer les freins des roulettes. Et vous nous accompagnez.

69

Rien, dans l'existence, ne prépare à voir son enfant mort.

J'avais réussi à sortir du bloc et à atteindre les ascenseurs. Sans mes deux otages, l'un des policiers qui nous suivaient aurait certainement osé intervenir. Mais Stoya voulait manifestement mettre fin sans effusion de sang à cette situation dangereuse. S'il avait su l'inutilité de l'arme pointée sur la nuque du médecin, il se serait lui-même jeté en travers de ma route. Mais il tint ses hommes à distance, pendant que, traversant le rez-de-chaussée déjà évacué, nous gagnions l'air libre par le service des urgences.

— Vit-il encore, docteur David ?

Je lui avais demandé comment il s'appelait dans l'ascenseur et, son nom de famille étant quasi imprononçable, je m'en tenais au prénom. Il suait de peur, ce que je regrettais, car, à vrai dire, je n'avais pas eu l'intention de mêler des innocents à cette affaire. Mais, seul, je n'aurais pas réussi à sortir Frank du bloc sans recevoir le coup de grâce.

— Si vous voulez savoir si la mort cérébrale est intervenue, non ! Ses yeux ont encore des réflexes.

Mais peut-on appeler ça vivre? répondit-il en haussant les épaules tandis que nous franchissions le tambour de la clinique.

Le froid, dehors, fut comme un coup de poing.

Il me frappa en pleine poitrine, me comprima les poumons au point que j'eus du mal à respirer. Je crus en même temps que j'étais en train de me ratatiner, car tous les muscles de mon corps se contractaient, même la peau de mon crâne se tendait, si bien que je fus un instant persuadé que mon pansement allait glisser et descendre comme un foulard autour de mon cou. Le Dr David, vêtu d'une simple blouse d'opération, lâcha immédiatement la barre métallique qui lui servait à pousser la table. On aurait dit qu'il avait peur de la tenir à mains nues.

Tandis que nous demeurions un instant sur le palier supérieur de l'escalier menant à l'entrée principale, le froid parut ranimer un peu Frank. Il commença à trembler doucement et ouvrit l'œil gauche.

— Hé, tu m'entends?

J'ordonnai au médecin de disposer le dossier de la table de manière que Frank fût à moitié assis.

Le mourant cligna des yeux, ce qui pouvait être une approbation, mais aussi un réflexe involontaire.

— Où est mon fils? demandai-je tout en entendant derrière moi s'ouvrir des portes coulissantes.

Je m'attendais à voir surgir la meute des policiers, l'arme au poing, mais Stoya sortit seul. Quelque chose devait lui signaler que je n'étais un réel danger pour personne.

À part pour Frank et moi-même.

— Laisse partir le médecin, cria-t-il.

Je réfléchis brièvement, puis j'acquiesçai de la tête en direction de l'homme qui, à côté de moi, commença par douter de sa chance.

— Fous le camp! lui braillai-je en le poussant de la main.

C'est alors seulement qu'il fit demi-tour, passa à côté de Stoya et se réfugia derrière les murs de la clinique.

Afin d'empêcher le commissaire de faire des bêtises, j'appuyai alors le pistolet contre ma propre tempe.

— Un pas et j'appuie sur la détente, dis-je, à nouveau penché sur Frank.

Je fus étonné de voir qu'il avait soudain les traits totalement normaux, paisibles même, et mes pensées se mirent à tourner dans ma tête, empruntant la voix du Dr Roth :

Il se trouve dans une phase paradoxale. Vous avez certainement déjà entendu parler de ces agonisants qui se sentent mieux peu avant que la maladie n'empire à nouveau et ne les emporte.

Frank Lahmann, le Voleur de regards, l'homme qui représentait le mal absolu, avait un moment de lucidité. J'eus la nausée à l'idée que, même à l'instant où il rendait son dernier soupir, je dépendais de lui. Il avait le pouvoir d'emporter son secret dans la tombe ou de le partager avec moi.

Je crus d'abord à un geste humiliant quand il leva la main, tel un empereur saluant ses sujets. Puis, mes yeux se tournant dans la direction qu'indiquait son index, je vis.

L'entrée.

La voiture.

La lumière.

La limousine, de l'autre côté de la rue, pas tout à fait en face de nous, était un peu inclinée, une roue avant sur la bordure du trottoir. Cela ne se remarquait pas du premier coup d'œil, car il y avait là un chantier devant lequel de nombreux véhicules étaient garés pêle-mêle, entre des éléments d'échafaudage démontés et des conteneurs. La voiture sautait néanmoins aux yeux dans l'entrée, parmi tous les autres véhicules : pourquoi ? Je n'aurais pu l'expliquer à cet instant.

Je courus, sautant deux marches à la fois, et m'étalai par terre quand je quittai la partie sablée de la chaussée. La rue était une véritable patinoire. Je me relevai et cherchai à tâtons l'arme, qui m'avait échappé. Je m'attendais à entendre d'une seconde à l'autre un coup de semonce et à ce que plusieurs policiers se jettent sur moi. Peut-être même Stoya, derrière moi, me sommait-il de m'allonger. Ce qui fut certainement le cas, mais je ne l'entendis pas.

Chaque cellule de mon corps était attirée, comme par un aimant, par la limousine gris-vert dont le plafonnier était allumé.

Parce que quelqu'un en était sorti en toute hâte.

Quelqu'un qui n'avait pas eu le temps de fermer soigneusement la portière.

On n'apercevait pas cette lumière du premier coup d'œil, car la voiture était garée sous un lampadaire.

Je traversai la rue en glissant et vis des taches sombres sur le siège du conducteur.

Sinon, je ne voyais…

Rien.

Je contournai la voiture et me retrouvai sur le trottoir, face à la clinique. Stoya s'approchait de moi, toujours seul.

Ma main trouva la poignée de la portière arrière. Je la tirai, ouvris la voiture et je vis…

Rien.

La voiture qui, de manière inquiétante, me paraissait familière, était…

Vide.

C'est au moins l'impression qu'elle donnait au premier coup d'œil. Je ne voyais rien, parce que mes yeux se refusaient à percevoir que ma recherche était enfin arrivée à son terme, que ce que je regardais n'était pas un siège arrière, mais le cercueil de mon fils.

Rien dans l'existence, comme je l'ai déjà dit, ne prépare à voir son enfant mort. Et rien n'exige plus d'énergie que de tirer d'une banquette arrière la couverture sous laquelle se dessinent les contours d'un corps inanimé.

— Non !

Je tombai à genoux à côté de la portière ouverte, serrant mes tempes entre mes mains et hurlant mon désespoir.

Non, je t'en prie, implorai-je un Dieu en qui je ne croyais plus depuis longtemps. *Je t'en prie, fais que cela ne se termine pas comme ça.*

Hésitant, comme craignant de réveiller une personne endormie, je tendis la main vers la couverture, touchai son étoffe grossière et tirai.

Et je vis…

Julian.

Le choc fut comme une main m'attirant à l'intérieur. Bien que ne voulant pas monter dans la voiture, bien que ne voulant pas sentir la mort qui donnait à la peau exsangue de Julian les reflets d'un marbre fragile, je ne réussis pas à m'en empêcher.

Ai-je pleuré quand je me suis agenouillé au pied de la banquette ?

Ai-je crié en m'asseyant à côté de Julian et en posant mes doigts tremblants sur ses yeux clos ?

Est-ce que, posant mes lèvres sur les siennes, grisâtres désormais, j'ai pensé à notre ultime trajet en voiture, la veille de son onzième anniversaire ?

Je l'ignore.

Je sais seulement que je voulais mourir quand j'ai refermé la portière derrière moi et que j'ai appuyé sur le loquet pour être seul avec Julian.

Pour toujours.

Jamais encore mon envie de mourir n'avait été aussi forte qu'en cette seconde où je tenais Julian dans mes bras, le visage enfoui dans ses cheveux qui jamais plus ne seraient collés contre son front, parce que jamais plus il ne laisserait passer le temps à cause d'un match de foot et devrait rentrer à la maison en courant afin de ne pas être en retard pour le dîner. Pas plus que je ne sentirais à nouveau l'odeur douce et forte de son corps pendant qu'il s'endormirait devant la télé, appuyé contre moi.

Pressant sa tête contre ma poitrine, je regardai la clinique. Je vis un groupe de policiers et, au-delà d'eux, vers l'entrée, toute une équipe de médecins et d'infirmiers disparaître avec l'assassin de Julian. Je savais que j'étais maintenant incapable de le rattraper pour être présent quand il rendrait son dernier souffle. Me contentant de prier pour qu'il endure encore les pires souffrances, j'étreignis mon garçon encore plus vigoureusement.

J'avais décidé de ne plus jamais quitter la voiture quand, dans mes bras, Julian se mit à tousser.

70

Grandiose.

Combien de fois avais-je déjà utilisé ce mot à mauvais escient ? À propos de pièces de théâtre, de films ou de concerts, pour tenter d'exprimer l'enthousiasme que m'inspirait le travail des artistes ? À la vue de levers de soleil, de cascades et d'autres spectacles naturels, ou bien en lisant la première lettre d'amour de Nicci ?

Grandiose.

Combien de fois avais-je utilisé ce mot, le galvaudant parce que je n'en comprenais pas le sens, même approximativement ?

Alors que je croyais que le monde extérieur avait disparu, que l'univers était réduit à l'espace intérieur d'une automobile, l'instant où mon fils ouvrit les yeux fut véritablement *grandiose*.

— Julian, voulus-je dire.

En réalité, je criai, puis j'enfonçai mon poing dans ma bouche, ressentant une merveilleuse douleur quand je le mordis, une douleur qui, mélangée au goût de mon sang, me délivra de la crainte de devoir m'éveiller du plus beau de mes rêves pour retomber dans le cauchemar de mon existence.

Mais personne ne me tira du sommeil.

Pas de médecins pour me tranquilliser dans mon lit de malade et ramener la présence de Julian à une hallucination, un effet secondaire de mes blessures cérébrales.

Je ne me réveillai pas en sursaut.

Ce fut pire.

Julian ouvrit les yeux, sa langue apparut entre ses lèvres qui articulèrent un seul mot :

— Frank !

— Je sais, dis-je en l'embrassant. Tu n'as plus à avoir peur de lui. Il est mort.

Mon fils se figea entre mes bras.

— Mort ? demanda-t-il, avant de se mettre à pleurer.

Je remerciai le ciel de ces larmes libératrices dont j'espérais qu'elles étaient un premier pas dans le processus devant chasser la douleur du plus profond de son être.

Je n'étais pas fou. Julian était encore en vie. Il n'était pas mort, mais, toujours en pleurs, il sombra dans mes bras dans un profond sommeil réparateur.

La *grandiose* euphorie fut néanmoins de courte durée. Elle fut interrompue par un bourdonnement, des vibrations. J'ai aujourd'hui la conviction que l'alarme avait dû sonner à plusieurs reprises depuis que j'étais dans la voiture. Je l'avais refoulé, et peut-être aurais-je longtemps encore refusé de prêter attention au téléphone posé dans le vide-poches au-dessus de la radio si mon regard n'avait pas accidentellement frôlé le volant de la voiture.

Plus exactement l'allumage où pendait encore la clé.

Et le porte-clés.

Un bonhomme en plastique, en habit de détenu, la corde au cou.

71

— Je pense donc que la partie est terminée, dit une voix fiévreuse.

L'alarme SMS du téléphone dans le vide-poches indiquait quatorze appels en absence, tous provenant du même numéro.

— Maintenant que tu es dans ma voiture et que tu me réponds avec mon portable.

Contrairement à l'homme à l'autre bout du fil, je n'avais encore jamais reçu de balle dans le ventre, mais cela ne devait pas être plus douloureux que les blessures que ces mots m'infligèrent en cet instant.

— Scholle ? demandai-je, stupéfait, en me laissant tomber sur la banquette arrière, à côté de Julian. Tu as…, dis-je en saisissant mon fils rendormi, froid sous mes doigts, mais respirant toujours. Tu aidais Frank ? *À enlever et à tuer les enfants ? À assassiner ma femme ?*

— Ne raconte pas de conneries. Je n'ai aidé personne. Frank n'a jamais participé à notre partie.

Je fermai les yeux.

Non, non. Ce n'est pas possible.

— Mais il a avoué, croassai-je, le souffle coupé.

J'entendis des cris devant la voiture. Quelqu'un m'ordonnait dans un mégaphone de me rendre.

— Frank me l'a avoué ! hurlai-je dans le téléphone.

— Par un e-mail que chacun aurait pu écrire et envoyer ?

Scholle se mit à rire. Je serrai Julian plus fort contre moi et criai à nouveau :

— Il m'a téléphoné. Frank m'a obligé à me tirer une balle dans la tête.

L'autre jour, sur le bateau.

— Je me tenais à côté de lui et j'appuyais mon revolver contre le crâne de ton fils. Un mot de travers, et la tempe de Julian volait en éclats.

Scholle toussa avant de poursuivre :

— Mais tu as raison, il était étonnamment convaincant, surtout chez toi, dans ta maison, sans doute aussi grâce aux médicaments que je lui donnais pour qu'il se tienne tranquille. Putain, si tu savais combien coûtent ces piqûres !

Je fermai les yeux, me défendant contre les souvenirs que Scholle me confirmait dans toute leur atrocité. Que la voix de Frank n'était pas sa voix habituelle, qu'il parlait comme sous l'effet d'une drogue. Et qu'il avait entremêlé son propos de mots étranges :

Le poisson frétille encore dans mes filets. Je peux encore fournir à la police des indices pour le retrouver.

Des mots qui n'avaient qu'un seul objectif – *Un poisson dans le filet ? Une sole*[1] *!* –, des mots destinés à me prévenir sans mettre mon fils en danger.

---

1. Scholle signifie « sole » en allemand.

Des indications qui peuvent lui sauver la vie. Tu me comprends ?

Non, je n'avais pas compris. Je n'avais pas non plus vraiment écouté quand Frank m'avait dit :

— *Ah bon Dieu, Zorbach ! Tu es resté aussi pro qu'avant, tu remets toujours tout en cause. L'homme qui sait quand il a ferré un gros poisson et qui laisse filer les petits, c'est exact ?*

Je n'avais rien décelé. Aveuglé par la fureur, la haine, la douleur et la peur, j'avais laissé filer le gros poisson.

— Où es-tu ?

J'entendis un bruit étouffé à l'arrière-plan, d'où je conclus que Scholle était en voiture. Il se mit à tousser.

Je perçus un mouvement sur ma droite. Supposant que les policiers entreraient de force dans l'auto, je me cramponnai plus fort à Julian que je ne voulais plus lâcher, à aucun prix. Mais c'était Stoya qui s'approchait, tendant vers moi ses mains sans arme et me montrant le siège passager à l'avant.

J'acquiesçai et ouvris le verrouillage central.

Qu'il monte ! Tant que personne ne me reprenait mon fils, tout m'était égal.

Entre-temps, Scholle s'était arrêté de tousser.

— J'ai peu de temps devant moi, haleta-t-il. C'est un miracle que, si peu après mon opération, j'aie réussi à déguerpir de l'hôpital sans me faire remarquer. Donc, ne gaspille pas notre temps si précieux en me demandant où je me trouve, question à laquelle je ne peux de toute façon pas répondre.

Stoya, ayant ouvert la porte avec précaution, s'était assis sur le siège passager, les jambes toujours en dehors de la voiture. Il me tendit une couverture chaude (il avait à l'évidence vu Julian bouger dans mes bras), ainsi qu'un cordon à deux écouteurs.

D'abord, je ne compris pas ce qu'il voulait de moi. Il me montra alors le portable dans ma main tout en mettant un doigt sur ses lèvres.

Il veut aussi écouter.

J'étendis la couverture sur Julian. Puis je branchai les écouteurs et en tendis un à Stoya. D'un signe, il indiqua aux policiers postés non loin que tout allait bien, referma sans bruit sa portière et, l'écouteur à l'oreille, se pencha vers nous, à l'arrière.

— Allô ? Tu es encore là ? s'informa Scholle.

Stoya me regarda, les yeux écarquillés. Aujourd'hui encore j'ignore ce qu'il s'était dit et demandé au sujet d'une conversation si importante que, malgré la menace d'une intervention violente de la police, je n'avais pas voulu interrompre, refusant de sortir de la voiture.

Il ne s'attendait manifestement pas à entendre la voix de son partenaire.

— Alors, c'est toi le Voleur de regards, Scholle ? questionnai-je pour établir la vérité devant témoin. C'est toi qui as tué tous ces enfants ? Et ma femme ?

— Oui, c'est moi.

Je regardai Stoya droit dans les yeux. Contrairement à moi, il n'avait rien dans les bras pour le réconforter.

— Le Voleur de regards, c'est moi, avoua Scholle sans détour et en ricanant. Sincèrement, vous avez cru à cette connerie de test d'amour que débitait Frank, sous prétexte que son frère borgne avait jadis clamsé dans un congélateur ? Les quarante-cinq heures et sept minutes, les yeux énucléés, l'aveu par e-mail et tout ce merdier ? Nom de Dieu, je suis bien placé pour savoir ce que recherchent nos profileurs. Ce que *nous* recherchons. J'ai imaginé tout ça pour que les soupçons tombent sur Frank.

Fermant les yeux, j'appuyai la tête contre le front de Julian. Je ne voulais entendre rien d'autre que son souffle régulier, pas les explications démentes de Scholle. Je réprimai néanmoins le violent désir de jeter le téléphone. Ayant interrompu par la force l'opération de Frank et le livrant ainsi à la mort, je m'étais rendu coupable d'un acte que je n'expierais jamais. Je savais que je devrais en payer le prix ma vie durant. La sentence était évidente et, si elle n'était pas prononcée par un tribunal, elle l'était par ma propre conscience. Ce qui me condamnait à écouter l'entière et impitoyable vérité.

— Frank était mon meilleur alibi, poursuivait Scholle. Tant que je l'avais en mon pouvoir, j'étais en sécurité. Puisque Julian est encore en vie, il te racontera tout, alors tu peux aussi bien l'apprendre de moi.

— Je te tuerai, dis-je d'une voix blanche, ce qui me valut un regard furieux du commissaire.

Stoya savait comme moi que Scholle en était arrivé au stade où il lui fallait étaler au grand jour son intelligence et sa supériorité. Il ne lui suffisait plus de commettre des crimes, il lui fallait s'en vanter. Il avait donc besoin d'un public favorable, pas d'un public qui l'insulte. Mais cela m'était indifférent.

— Tu as assassiné ma femme ! Tu as torturé mon fils. Tu le paieras.

— Ah oui, comme Frank ? Bien tiré, d'ailleurs. Alors qu'il voulait se rendre après avoir réussi à me mettre une balle dans le ventre. Il a dû se sentir assez merdeux quand il est revenu vers la maison et que tu l'as mis en joue. Un miracle qu'il ait pu arriver jusqu'à ma voiture. Je suppose qu'il était complètement foutu, non ? Il saignait comme un cochon. Il a dû se demander ce qu'il devait faire. Il n'avait naturellement plus vraiment confiance en la police. Et son mentor venait de lui tirer dessus. Putain, de quoi perdre toute foi en l'amitié, pas vrai ? Au fait, est-ce que Frank vit encore ?

Je lançai un regard à Stoya. Le regard navré qu'il me renvoya me fit monter les larmes aux yeux.

— Pourquoi ? demandai-je, moins à Scholle qu'à moi-même.

Pourquoi moi ? Pourquoi ma famille ?

— Vengeance, rétorqua Scholle. C'est tout simple. Ma femme m'a enlevé mon fils. Je ne l'ai jamais retrouvé.

— Et c'est ça que tu fais expier à d'autres familles ?

— Suis-je un psychiatre ? répondit-il en riant. Mais oui, pourquoi serais-je le seul père à chercher en vain ce qu'il aime le plus au monde ? Et puis oui, j'ai du plaisir à tuer des traînées qui quittent leurs maris et leur enlèvent leurs enfants.

— Nicci ne m'a pas pris Julian !

— Ah oui ? Qui donc avait le droit de garde, espèce de lavette ? Indépendamment de ça, il s'agissait de tout autre chose avec toi, Zorbach. J'avais pour toi un projet très particulier, car tu es le pire de tous les pères. Si pénétré de tes mérites et fier de tes principes. Tu te considères comme meilleur que les autres, espèce de trou du cul arrogant. Par chacun de tes gestes, chacun de tes regards, tu me faisais sentir que j'étais de la merde. Quelqu'un qui torture des innocents. Tu pensais que ton expédition vengeresse contre Frank était légitime ? Eh bien, qu'est-ce que ça te fait maintenant de te retrouver dans ma situation ?

— Nous n'avons rien de commun, dis-je, bien que ressentant le contraire.

— Oh si ! Plus que tu ne crois ! Sauf que moi, je suis conscient des dégâts collatéraux de mes actes. C'est comme dans toute révolution. Des innocents meurent quand la vérité est en jeu.

— La vérité, c'est que tu es complètement fou.

— La vérité, c'est que tu devrais m'être reconnaissant jusqu'à ton dernier jour. J'aurais pu tuer Julian, mais alors je n'aurais pu te dispenser cette leçon.

Entendant dans le téléphone un coup de klaxon, je me dis : quelqu'un klaxonne, sans le savoir, le meurtrier de ma femme.

— C'est uniquement pour cette raison que j'ai exceptionnellement enfreint ma règle et laissé ton fils en vie. La raison même pour laquelle je te raconte tout à présent. C'est une partie de ton châtiment. Car, pour que tu ne puisses te mentir à toi-même, il faut que tous les faits te soient connus.

Le monologue de Scholle s'accordait de mieux en mieux à mes états d'âme. Il devenait de plus en plus irréel.

— Mon Dieu, qu'est-ce que je n'ai pas entrepris pour te ramener sur le terrain de jeu ! Mais tu as préféré donner dans la psychologie, et j'ai été obligé d'imaginer quelque chose pour te faire sortir de Schwanenwerder.

Entendant un bruit de papier, je levai la tête. Stoya m'avait mis sous les yeux un billet où était écrit SUKER. J'acquiesçai.

— Qu'est-ce que Suker a à voir dans l'affaire ?

Scholle, à nouveau, ne se fit pas prier.

— J'avais un simple deal avec lui. Il me débarrassait d'Alina et je lui épargnais la taule.

— Pourquoi Alina ?

— Parce qu'elle m'emmerdait, elle brouillait notre jeu. D'où il sortait, ce joker qui dévoilait l'avenir, bordel ? Il me fallait l'éliminer pour que nous puissions continuer à jouer. Sinon, ce n'était pas fair-play. Elle a au moins servi à te sortir de ton sommeil de Belle au bois dormant. C'est la raison pour laquelle, contrairement à l'avis de Stoya, je l'ai attirée à Schwanenwerder, et ça a suffi : tu lui as sauté dessus comme un chien en rut.

— Et tu l'as livrée à Suker ?

— C'est lui qui est allé la chercher. Je me suis contenté de lui livrer quelques petites informations. Je savais qu'il était en quête de victimes de viol. Je lui ai donc raconté que le Voleur de regards était un violeur qu'on recherchait et qui serait depuis longtemps tombé dans nos filets si Alina avait dénoncé à temps qu'il l'avait harcelée sexuellement.

— Tu as donc obligé Tamara à ne pas témoigner, afin qu'on libère Suker.

Julian gémit dans mes bras.

— C'était ma contrepartie dans le deal. Un jeu d'enfant ! Suker m'avait appris combien elle avait peur d'une assistante…

— Iris !

— C'est ça ! J'ai transmis une information à Tamara : si elle ne renonçait pas à témoigner, Iris tuerait son père. Puis je lui ai montré un dessin que j'avais pris dans la chambre de ton fils, exigeant qu'elle recopie ce modèle sur les murs pour qu'on la croie devenue subitement folle, ce qui priverait son témoignage de toute valeur. Putain, elle a marché à fond dans ce truc de psychologie à la noix.

Son bref ricanement dégénéra en une autre quinte de toux, ce qui ralentit un peu son débit. Quand elle fut calmée, le bruit de fond avait disparu. Je supposai qu'il s'était garé sur sa droite et j'imaginai les piétons passant à côté de sa voiture, apercevant un homme au téléphone et ne se doutant pas une seconde qu'ils avaient affaire à un tueur en série en train de tourner en dérision ses victimes survivantes.

— J'ai dit à Tamara qu'elle devait simuler la folie jusqu'à ce que tu lui montres le journal de ton fils. SAFRAN WECKT HIRN. Elle t'en a parlé ?

— Oui.

— Et tu n'as pas compris, hein ? Putain, c'était un signe, Zorbach ! Je voulais t'aider. Tu vois combien j'étais fair-play ? Ça donne quoi, si tu remets les lettres en ordre ?

— FRANK WAR ES NICHT[1].

— Eh bien voilà, tu as fini par trouver !

Stoya me tendit un autre bout de papier, mais je l'ignorai.

— Pourquoi le dessin ?

1. « Ce n'était pas Frank. »

J'étais retombé dans les méthodes d'intervieweur de mon existence antérieure. Je voulais des réponses. J'étais à l'affût de déclarations illogiques qui révéleraient que le baratin de Scholle n'était qu'une plaisanterie cruelle. Je ne voulais pas plus longtemps sentir que j'étais bel et bien celui que j'étais, l'assassin d'un innocent. Mais à mesure que nous parlions, j'étais de plus en plus certain que Scholle disait la vérité sur chacun des points. Et il n'agissait pas ainsi pour s'ôter un poids de la conscience, mais pour empoisonner la mienne. Il venait de le dire : m'apprendre la vérité faisait partie intégrante de mon châtiment.

— Je faisais par là d'une pierre deux coups. Je savais que tôt ou tard tu passerais par la chambre de Tamara et qu'il me suffisait d'organiser cette mise en scène. Et, comment dire ? Bingo ! Une fois que tu as vu ses peintures rupestres, je n'ai pas eu à te le demander deux fois. Tu es aussitôt parti avec moi. Tu aurais voulu arriver chez toi avant d'être parti.

Je me penchai vers Julian, qui rouvrit les yeux et demanda de l'eau à voix basse. Ce fut pour moi le signe qu'il était temps de bouger de là.

72

Je mis le portable dans la poche de ma veste tout en veillant à garder l'écouteur dans l'oreille et j'ouvris la portière. Je la repoussai du pied et je sortis sans lâcher mon fils.

Stoya, qui ne pouvait plus entendre la conversation, me suivit. Il fit apparemment signe aux policiers devant moi ; en tout cas, ils formèrent une haie et me laissèrent passer.

Un vent froid tourbillonnait autour de mes oreilles et j'avais de la peine à comprendre Scholle.

— D'ailleurs, je regrette le bordel qui s'est déroulé chez toi, au Dörferblick. Ce n'était pas prévu au programme. Amateurisme du début à la fin. Mais c'est le genre de choses qui arrivent quand on doit improviser.

Je transpirais sous l'effort. Mes bras s'abaissaient sous le poids de Julian, alors que l'entrée de l'hôpital était encore à trente pas.

— En fait, tout aurait dû se terminer là. Le journal de ton fils devait te briser le cœur, le chien noyé dans la baignoire te mettre dans une rage folle contre Frank. Ensuite, je t'aurais attiré jusqu'au grenier où j'avais caché Frank et ton fils les quatre dernières semaines. Pas mal, l'idée, non ? Une fois que l'anthropométrie a eu vidé les lieux, il n'y avait pas cachette plus sûre. Qui irait rechercher le lieu d'un crime sur un lieu de crime déjà passé au peigne fin ?

Une troupe de médecins et d'infirmiers surgit à côté de moi, accompagnés de deux policiers pour le cas où je sortirais une nouvelle arme. Respectant une distance de sécurité de deux mètres, ils m'apportèrent un brancard pour que j'y dépose Julian.

— C'est là-bas que tout aurait dû se terminer. Tu aurais trouvé Frank et Julian, tous deux sans connaissance. Mon pistolet aurait été posé à côté de Frank. Je parie que tu l'aurais abattu, exact ou pas ? Putain, qu'est-ce que j'aurais donné pour voir ton visage quand Julian, réveillé par le coup de feu, t'aurait raconté ce qui était arrivé en réalité.

— Mais ça ne s'est pas passé comme ça.

— Non, car, idiot que je suis, j'avais pour la première fois poussé le bouchon un peu loin avec ma mise en scène. Tu vois, Zorbach, contrairement à toi, j'avoue franchement mes erreurs. Je n'aurais jamais dû renoncer à entraver les pieds de Julian. Le petit merdeux était sur le point de s'échapper quand j'ai ouvert la porte, chez toi.

— C'est avec lui que tu t'es battu ?

— Ton fils a du cran, je dois le reconnaître. J'ai dû l'assommer avec mon flingue, puis le traîner jusqu'à la cave afin que tu ne le voies pas en entrant dans la maison.

Quelqu'un emporta le brancard avec mon fils. Je voulus protester et m'accrocher aux barres, mais mon épuisement était tel que je tombai en avant.

— Heureusement que tu ne me suivais pas de près et que tu as ensuite encore pris ton temps. Si tu ne t'étais pas évanoui, je n'aurais jamais pu te porter dans la chambre de Julian et improviser mon suspense final.

Avec le journal intime de mon fils sur la table de nuit, TomTom dans la baignoire et Frank au grenier. Sauf que ce n'était pas Frank qui menaçait Scholle, mais le contraire.

— Mais putain, tout ça allait trop vite. À la cave, je n'avais rien pour attacher ton fils, et j'ai donc dû le cacher dans le coffre de ma voiture.

Frank, non content de n'avoir jamais fait le moindre mal à mon fils, l'avait délivré plus tard et, malgré une balle dans l'épaule, l'avait enveloppé dans une couverture, allongé sur la banquette arrière, avant de se traîner jusqu'à l'hôpital…

— C'est là que tu l'aurais trouvé, ça n'aurait pas été mal non plus. En reconnaissant ma voiture, tu aurais fini par piger que ce n'était pas le bon que tu avais tué.

J'eus envie de vomir. Entre-temps, j'avais roulé sur le dos devant l'entrée de l'hôpital et je voyais au-dessus de moi un paquet de policiers me tenant en joue. Dans des circonstances normales, ils auraient déjà dû m'avoir mis hors de nuire depuis longtemps, au moins depuis que Julian n'était plus avec moi. J'appris ultérieurement que les techniciens de la section spéciale d'intervention avaient réussi à pirater le portable de Scholle. Stoya avait donné l'ordre de me tenir en respect, mais de n'interrompre sous aucun prétexte ma communication.

— Mais bordel, après la tentative de fuite de Julian, tout a échappé à mon contrôle. À la fin, j'étais certes bien au grenier comme prévu, je maîtrisais Frank qui était obligé de dire exactement ce que je voulais, mais je n'avais plus sous la main mon moyen de pression. Tant que Frank redoutait que je puisse abattre le gamin, il s'abstenait de tout écart par rapport à mes ordres. Mais il tenait manifestement moins à sa vie qu'à celle de Julian. Il a donc osé m'attaquer. Quand tu as découvert la caméra et que ça m'a distrait une seconde, cette espèce de junkie s'est effectivement emparé de mon arme et m'a tiré dans l'estomac.

— Malheureusement pas dans le cœur, salaud! hurlai-je dans le téléphone.

— Hé, je te l'ai déjà dit : je regrette tout ce bordel. Mais c'est la vie! C'est comme dans le jeu. On peut planifier tout ce qu'on veut, à la fin c'est le hasard qui décide comment on parvient au but. Et c'est exactement là que tu en es, non? Oh oui, Zorbach. Tu es exactement là où je te voulais.

Ce furent les dernières paroles que je devais jamais entendre de la bouche de Mike Scholokowsky. Il raccrocha. Comme ça, tout simplement. Le verdict était tombé.

Ce jour-là, couché sur les marches devant l'hôpital Martin Luther, par moins quatorze, et attendant de lui quelques mots encore, je me sentais à la fois mort d'épuisement et dopé. Euphorique parce que Julian était encore en vie et désespéré par la mort de Frank, une mort dont j'étais responsable. Je pleurais les victimes et j'étais plein d'allégresse à l'idée de ceux qui survivaient.

Ces émotions contradictoires luttaient en moi.

Je sentis des mains me retourner, me mettre à plat ventre et me tordre les bras. On me fouilla, à la recherche d'armes, et on me plaça en garde à vue.

J'ignore combien de temps je suis resté les mains crispées sur le portable, sans rien dire, observant d'un œil vide le ciel nocturne de Berlin.

Je pense parfois que ma conversation avec Scholle n'a jamais cessé et, aujourd'hui encore, je me surprends à monologuer avec lui, au téléphone, le menaçant de le retrouver et de le tuer, de la même manière qu'il a anéanti à jamais mon monde et quasiment tous ceux qui m'avaient un jour été chers.

Dernier chapitre

[illegible] plus tard. C'est [illegible]
[illegible] par [illegible]
[illegible]

[illegible] savait qu'il [illegible] grave [illegible]
[illegible] n'avait que par miracle. Les [illegible]
[illegible] quand le coup de [illegible]
[illegible] l'appartement [illegible]
[illegible] des [illegible]
[illegible]

[illegible]

Quelques mois plus tard. C'est Noël. Julian et moi décorons l'arbre. Il n'est pas encore tout à fait redevenu lui-même, mais la thérapie qu'il suit auprès du Dr Roth lui fait du bien. Nos pertes nous ont rapprochés, à la manière des anciens combattants qui ont connu l'enfer et entre lesquels se sont noués des liens indestructibles.

On sonne à la porte. Alina. Elle est pâle. Aujourd'hui encore se remarquent les graves blessures auxquelles elle n'a survécu que par miracle. Les sauveteurs s'apprêtaient à s'en aller, quand le coup de feu avait été tiré. Ils avaient alors forcé la porte de l'appartement d'Iris.

John est allé rendre visite à des membres de sa famille aux États-Unis, et Alina ne sait où passer les fêtes. Je la prends dans mes bras, tandis que Tom-Tom me saute dessus.

Elle a apporté un cadeau à Julian. Dans un cadre, une photo de Frank que les médecins ont arraché à la mort à la toute dernière seconde. *La mauvaise graine a la vie dure*, est-il écrit sous le cliché que le chirurgien a pris après la troisième opération d'urgence, la bonne.

Moi aussi, j'ai droit à un cadeau d'Alina. Une photo également, mais en noir et blanc et rugueuse.

Une échographie. Des larmes me coulent sur les joues. Cela a dû se produire la seule nuit où nous avons couché ensemble, avant que nous ayons libéré les jumeaux, quelques heures avant l'enlèvement de Julian. Un double miracle, après le coup de couteau donné par Iris. Quand Julian examine le cliché, ses lèvres esquissent un sourire.

Assis en silence à la table où les couverts sont mis, nous nous tenons par la main, TomTom couché à nos pieds. Soudain, nous ne nous sentons plus dans la peau d'anciens combattants ayant survécu aux épreuves subies en commun. Nous nous sentons membres d'une famille en train de se constituer peu à peu…

Si vous souhaitez entendre cela de moi, allez au cinéma.

Il n'y a pas de filtre de flou dans ma réalité. Ma vie n'a jamais été régie par les lois de Hollywood. Mon fils ne m'a en fait pas adressé la parole ces neuf derniers mois. Pas de « bonjour ! », le matin, quand je lui sers ses corn-flakes, pas de « salut ! » quand je le dépose devant l'école où il retourne depuis quelque temps, même si ce n'est que trois heures par jour. Au-delà, il ne parvient pas à se concentrer.

Le Dr Roth dit qu'il fait des progrès et, effectivement, il ne suce plus son pouce et ne souille plus son lit qu'une nuit sur deux. Mais, dans mon for intérieur, je sais qu'il ne me pardonnera jamais la mort de Frank. Durant les semaines où un psychopathe monstrueux le retenait prisonnier, Frank avait été son unique allié, et je l'ai tué.

Peut-être que le Dr Roth a raison et que Julian, un jour ou l'autre, essaiera de me pardonner, mais, à la fin des fins, j'en suis certain, jamais il n'y arrivera. Je le vois dans le regard qu'il m'adresse chaque soir, peu avant que j'éteigne la lumière. Le regard d'un vieil homme.

Officiellement, je suis dans l'attente de mon procès. Grâce à l'habileté de mon avocat, je suis libre sous caution. Il espère que le tribunal parviendra à la conclusion que je suis déjà amplement puni. Ma femme est morte, mon fils traumatisé et Alina a interrompu tout contact avec moi depuis que, sortie de son coma artificiel, elle sait qu'elle ne pourra jamais avoir d'enfant. Je peux comprendre qu'elle me fuie et je ne suis pas sûr que ce ne soit que provisoire, comme le suppose John. Car, même si ce n'est pas moi qui ai guidé le couteau qui lui a déchiré l'utérus, j'ai en permanence été l'aimant qui a attiré sur elle les tourments dont elle souffre aujourd'hui encore.

De même que Julian. De même que tous mes proches.

Seul John me téléphone de temps à autre. Comme moi, il est rongé par le remords : il se demande si, durant les quelques heures dont nous disposions encore, il n'aurait pas eu mieux à faire que de rendre visite à Iris. Je sais par lui qu'Alina ne travaille plus et qu'elle passe le plus clair de ses journées devant son ordinateur, fréquentant des groupes d'entraide virtuels. Dernièrement, il paraît qu'elle va sur Google s'informer à propos de termes comme « limbe de la cornée » et « greffe de cellules souches ». Beaucoup de choses sont mortes en elle. Sauf, apparemment, le désir de revoir un jour. Mais elle fait tout pour le refouler. Elle a déclaré à John se sentir dans la peau d'une femme condamnée à mettre au monde l'enfant de celui qui l'a violée – idée qui, compte tenu de sa blessure, est doublement cruelle. D'une part, elle souhaite une existence d'où l'obscurité aurait disparu, mais, d'autre part, elle n'a que haine pour celui qui a éveillé en elle ce désir. John pense que je devrais prendre l'initiative. Il m'a indiqué les heures où elle se promène avec TomTom. Un jour, je me suis même risqué dans le parc qu'elle affectionne et je l'ai observée de loin. C'était un dimanche, une journée paisible, avec très peu de circulation. Elle m'aurait entendu si je l'avais appelée par son nom. Mais que se serait-il passé si elle s'était arrêtée ? Qu'aurais-je bien pu lui dire ? Que je suis désolé ? Que, d'après mon avocat, les vies humaines que j'ai sauvées compensaient mes erreurs ? Alina peut-elle me pardonner, quelqu'un peut-il d'ailleurs jamais me pardonner sous le prétexte que je suis déjà assez puni ? Je pense que non.

Car, en définitive, Scholle a dit la vérité. C'est peut-être irrationnel, mais je ne peux me tromper moi-même. Je ne me sens pas le moins du monde meilleur que lui. Tout assassin ou presque est capable de vous expliquer ses ressorts. Le kamikaze qui, pour venger le sort subi par son peuple, se fait sauter devant une terrasse de café se sent tout autant dans son bon droit que le fou qui, pour apprendre aux pères à mieux se soucier de leurs enfants, enlève ces derniers, ou que Suker qui « punissait » de n'avoir pas prêté assistance à autrui des victimes de harcèlements sexuels qu'elles avaient tus. Tous ces criminels considèrent que leurs actes sont justifiés et, quand ils les accomplissent, ne se sentent nullement coupables. C'est ainsi que je me suis comporté, croyant venger la mort de mon fils alors que je faisais expier ce forfait par un innocent.

Vous refusez que l'histoire se termine ainsi, que ma vie soit à jamais détruite et que Scholle, après sa fuite de l'hôpital de Neukölln, ne soit pas appréhendé ?

Vous souhaitez peut-être que tout n'ait pas été aussi noir et vous croyez que, à en croire une expertise, Frank serait mort de toute façon, même sans mon intervention ? Ah bon ! Et vous voulez aussi que Nicola n'ait en réalité pas perdu un œil et que Suker ne lui ait infligé que des blessures pas trop graves, des blessures guérissables, avant de décider qu'il ne voulait finalement pas lui enlever sa cornée ?

Je suis navré de vous décevoir. Je n'écris pas des scénarios hollywoodiens.

Nicola est néanmoins toujours en vie, même si, aujourd'hui encore, elle ne parvient pas à s'expliquer comment Alina savait qu'il y avait une arme dans le tiroir supérieur, arme avec laquelle, prenant Iris de vitesse, elle a réussi à abattre cette dernière. Elle vit aujourd'hui avec sa mère, à Hambourg, sa blessure a guéri et une procédure est engagée contre son père pour attentat à la pudeur et abus sexuel sur enfant. Presque personne ne remarque l'œil de verre parfaitement adapté à son visage.

Et si cela doit vous tranquilliser, sachez qu'hier je suis allé avec Julian dans une animalerie. Le Dr Roth a en effet pensé qu'un chien pourrait avoir un effet thérapeutique, que mon fils était en définitive trop âgé pour des animaux en peluche, mais qu'il avait un besoin urgent de quelque chose à aimer. J'ai alors songé à un chiot, un labrador ou un dalmatien peut-être, mais Julian, qui avait accepté de venir parce que le Dr Roth nous accompagnait, a fait un choix qui nous a surpris. Il a choisi un rat noir.

J'étais perplexe. Le rongeur qui entourait le cou de mon fils de sa queue ivoire n'était pas le substitut d'ourson en peluche que j'avais imaginé.

— Vous avez vu comme Julian riait quand il le tenait dans ses bras ? m'a demandé le Dr Roth.

Cela avait été une simple ébauche de sourire, le « sourire aux anges » des bébés n'ayant que quelques semaines. Inconscient, mais tout de même un début.

— Le temps guérit toutes les blessures, me confia le Dr Roth, citant l'adage populaire, quand je logeai le rat, sa cage, sa paille et sa nourriture sur un siège arrière de ma voiture.

— Non, le contredis-je. Il se contente de faire vieillir.

Un instant, le Dr Roth eut l'air de ne pas savoir s'il était judicieux de me laisser seul. Il finit par prendre congé en me disant :

— Il ne faut pas perdre espoir, monsieur Zorbach. Regardez votre fils. Pensez à son doux sourire dans le magasin, à l'instant, et vous ne pourrez faire autrement que penser : le Bien finit toujours par l'emporter. Il est parfois momentanément enfoui quelque part, dans les profondeurs de l'âme. Mais il est comme un ballon qu'on enfonce dans l'eau. À un moment ou à l'autre, il remonte à la surface.

Cela, c'était il y a six heures. Entre-temps, le nouvel ami de Julian a reçu un nom. Monsieur Jones dort dans sa chambre, dans notre appartement de Pankow ; la cage est posée devant le lit.

Un visiteur jetant un coup d'œil dans l'appartement y verrait une scène familiale tout ce qu'il y a de banal : peu après minuit, le père, sur le pas de la porte, observe son fils endormi.

Scène paisible. Normale. Fausse !

Je suis perplexe : peut-être Monsieur Jones a-t-il réellement un effet apaisant, ne serait-ce qu'en raison de l'odeur qui est entrée ici avec lui, un mélange de bois, de terre et de foin. J'ai l'impression que Julian respire de manière un peu plus régulière sous sa couette, mais c'est difficile à dire de là où je me trouve, dans la pénombre du couloir.

Je ferme doucement la porte et reste un moment assis sur le canapé pour voir si les démons disparaîtront d'eux-mêmes cette nuit.

Comme toujours, ils s'en gardent bien. Je retourne donc dans la chambre de mon fils qui, dans ses cauchemars, n'arrête pas d'appeler sa mère.

Aujourd'hui, je ne peux m'empêcher de penser au Dr Roth. Je voudrais tant qu'il ait raison, que le Bien finisse vraiment par remonter.

Car le Mal, lui… Ça, j'en ai la certitude quand je touche le front trempé de sueur de Julian et qu'il ouvre les yeux en pleurant… *Le Mal remonte dans tous les cas*.

Une heure plus tard. Julian s'est rendormi, mais il gémit, plongé dans ses rêves obscurs. J'ai attendu auprès de son lit et je m'apprête à quitter la pièce quand j'entends un léger frou-frou. Je m'immobilise. Dans sa cage, le rat me regarde comme désireux de me confier un secret. J'ouvre la petite porte et, étonnamment, il ne cherche pas à se sauver quand je le prends dans ma main. Seul son cœur s'affole sous le chaud pelage.

Je pose Monsieur Jones sur l'oreiller, à côté de la tête de mon fils. Il y reste, sans bouger. Je suis aussitôt furieux d'avoir eu ce geste d'impuissance.

Au moment où j'étends la main pour remettre l'animal dans sa cage, mon fils ouvre les paupières. Ses yeux clignotent de fatigue, puis il voit Monsieur Jones et me fait un signe d'approbation de la tête. Il ouvre la bouche comme pour me dire quelque chose. Un très bref instant, je pense l'avoir entendu chuchoter « merci ».

Je me le suis peut-être seulement imaginé, pensé-je tout en refermant sans bruit la porte derrière moi. *Ce ne serait pas la première fois que je me trompe*.

Du même auteur
aux éditions de l'Archipel :

L'Inciseur, 2015.

Le Voleur de regards, 2013.

Le Briseur d'âmes, 2012.

Tu ne te souviendras pas, 2010.

Ne les crois pas, 2009.

Thérapie, 2008.

PAPIER À BASE DE FIBRES CERTIFIÉES

Le Livre de Poche s'engage pour l'environnement en réduisant l'empreinte carbone de ses livres. Celle de cet exemplaire est de :
450 g éq. CO_2
Rendez-vous sur www.livredepoche-durable.fr

Composition réalisée par Lumina Datamatics

Achevé d'imprimer en février 2015 en France par
CPI BRODARD ET TAUPIN
La Flèche (Sarthe)
N° d'impression : 3009716
Dépôt légal 1re publication : mars 2015
LIBRAIRIE GÉNÉRALE FRANÇAISE
31, rue de Fleurus – 75278 Paris Cedex 06

12/6670/5